Un aveu dangereux

*

Retour à Pine Lake

JANIE CROUCH

# Un aveu dangereux

*Traduction française de*
CATHERINE VALLEROY

BLACK ROSE

HARLEQUIN

*Collection :* BLACK ROSE

*Titre original :*
BATTLE TESTED

*Ce roman a déjà été publié en 2018*



**HARPERCOLLINS FRANCE**
83-85, boulevard Vincent-Auriol, 75646 PARIS CEDEX 13
Service Lectrices — Tél. : 01 45 82 47 47 - www.harlequin.fr
ISBN 978-2-2805-0159-0 — ISSN 1950-2753

Composé et édité par HarperCollins France.
Imprimé en décembre 2023 par CPI Black Print (Barcelone)
en utilisant 100% d'électricité renouvelable.
Dépôt légal : janvier 2024.

FSC www.fsc.org MIXTE Papier issu de sources responsables FSC® C159065

Pour limiter l'empreinte environnementale de ses livres, HarperCollins France s'engage à n'utiliser que du papier fabriqué à partir de bois provenant de forêts gérées durablement et de manière responsable.

# 1

Épuisée, terrifiée et bientôt sans ressources, Rosalyn Mellinger était à bout de nerfs.

Assise dans un restaurant de Pensacola — choisi parce qu'elle pouvait embrasser l'entrée et la sortie d'un seul coup d'œil —, elle jouait avec sa tasse de café. Cette boisson était la seule qu'elle avait pu s'offrir pour accompagner un maigre en-cas, et elle la faisait durer aussi longtemps que possible.

À vrai dire, surveiller l'entrée ne servait à rien car Rosalyn n'avait aucune idée de l'apparence de son persécuteur. Pourtant, chaque fois que la clochette tintait, signalant l'arrivée de nouveaux clients, elle se recroquevillait sur son siège.

Ce couple âgé qui progressait lentement vers une table ne pouvait en aucun cas avoir un quelconque rapport avec le Guetteur. Mais Rosalyn savait qu'il n'était pas loin. Elle savait qu'au cours de la soirée, un e-mail, un texto, un appel ou une enveloppe lui parviendrait, faisant allusion à ce qu'elle avait mangé, au prénom de la serveuse qui lui avait apporté son café, ou à l'édulcorant avec lequel elle avait sucré son café. Un détail, n'importe lequel, qui lui ferait comprendre qu'il l'avait épiée comme il le faisait depuis cinq mois.

Elle dévisagea les autres clients pour voir si on l'observait. Personne ne semblait faire attention à elle.

C'était toujours comme ça. Et pourtant, le Guetteur en saurait autant que s'il avait dîné en face d'elle.

Elle serra sa tasse et inspira à fond pour se calmer.

Après tout, peut-être ne dirait-il rien à propos du dîner. Peut-être même ne la contacterait-il pas pendant plusieurs jours. Cela arrivait parfois. Rosalyn ne savait jamais à quoi s'attendre avec lui, et cela la maintenait en permanence au bord de l'hystérie.

Tout ce qu'elle savait, c'était qu'une peur sans nom lui rongeait les entrailles.

Jessie, la serveuse qui s'était occupée d'elle, nettoyait la table à côté. L'air embarrassé, elle s'arrêta devant la sienne.

— Je suis désolée, madame, mais mon patron dit que vous devez partir si vous ne commandez rien d'autre. La clientèle ne va pas tarder à arriver pour le dîner, et l'établissement va se remplir très vite.

Rosalyn sentit son estomac se nouer à l'idée de quitter le restaurant. Pourtant, elle n'était pas plus à l'abri du Guetteur là que nulle part ailleurs.

Il l'avait encore retrouvée la veille au soir. Elle était à Pensacola depuis quatre jours, dormant dans un hôtel différent chaque soir. Trois nuits s'étaient écoulées depuis le dernier message, et elle s'était abandonnée à l'espoir d'avoir réussi à le semer définitivement.

Dieu sait qu'elle avait fait assez de tours et de détours pour semer n'importe qui. Elle s'était garée devant un hôtel, puis s'était faufilée dans un centre commercial, avant de traverser un parc pour gagner un autre hôtel, situé à plus d'un kilomètre du premier. Tout cela au cas où sa voiture aurait été équipée d'un mouchard. Cela avait paru fonctionner pendant trois jours.

Mais la nuit dernière, une enveloppe avait été glissée sous sa porte durant son sommeil.

Quand elle l'avait aperçue à son réveil, Rosalyn avait été prise de nausée et avait vomi dans la poubelle.

Elle avait finalement trouvé la force de se lever et de lire le message. Manuscrit, comme toujours.

*Désolé de ne pas avoir été là pendant quelques jours. Je sais que je vous ai manqué. Vous, vous m'avez manqué.*

Elle avait failli vomir à nouveau, mais elle n'avait plus rien dans l'estomac.

Elle avait déposé la lettre dans la boîte où elle les conservait, puis avait soigneusement rangé celle-ci dans son sac de voyage. D'un sac plus petit — celui qu'elle gardait toujours avec elle —, elle avait sorti un carnet et y avait inscrit d'une main tremblante la date et l'heure de ce nouveau message, ainsi que son contenu.

Reprenant ses bagages, elle était retournée à sa voiture — manifestement, ce n'était pas un mouchard qui était en cause — et elle avait conduit jusqu'à la plage où elle s'était arrêtée dans ce restaurant. Il fallait qu'elle reprenne la route, mais elle ignorait où aller. Ses économies étaient épuisées. Et, de toute façon, elle n'aurait pas su où se rendre, même si elle en avait eu les moyens.

Le Guetteur la retrouvait partout où elle allait.

Elle se disait parfois qu'il était dans sa tête, puisqu'il semblait toujours savoir ce qu'elle pensait et faisait. Mais cela aurait voulu dire qu'elle était folle.

Une idée qui lui traversait l'esprit de plus en plus souvent.

Elle se frotta les yeux. L'épuisement lui endolorissait tout le corps.

— Madame ?

Ce n'était pas la faute de la serveuse. Rosalyn se tourna vers la fille, qui lui parut très jeune, même si elle n'avait que cinq ou six ans de moins qu'elle.

— Bien sûr, je suis désolée, Jessie. Je vais vous régler, laissez-moi juste rassembler mes affaires.

Jessie remua les pieds.

— Ce n'est pas la peine, j'ai déjà payé pour vous.

Rosalyn voulut protester. Depuis trois heures qu'elle était là, elle avait vu la jeune fille travailler dur. Sans doute économisait-elle pour aller à l'université.

Mais la vérité, c'était qu'il ne lui restait que vingt dollars. Ces six dollars pouvaient lui être très utiles. Bien sûr, reprendre une vie normale et un emploi stable aurait été encore plus utile, mais le geste de Jessie était touchant.

— Merci, murmura-t-elle, c'est vraiment très gentil à vous.

— Je peux faire patienter mon patron une demi-heure de plus, si ça vous arrange. Je suis désolée de ne pas pouvoir faire plus.

— Non. Tout ira bien. Merci beaucoup.

La fille hocha la tête et s'éloigna.

Rosalyn se demanda si le Guetteur ferait allusion à cette conversation dans son message du soir. Ou, pire, si Jessie perdrait la vie à cause de sa générosité. C'est ce qui était arrivé, trois mois auparavant, à Johnson, un inspecteur de Shreveport, en Louisiane. Désespérée, elle avait saisi l'occasion de lui raconter ce qui lui arrivait et avait compris, à sa grande surprise, qu'il la croyait. C'est lui qui lui avait conseillé de garder les lettres et de sauvegarder les textos et les messages vocaux. Et c'était encore lui qui lui avait donné un carnet en lui disant de tout noter.

Le soulagement d'avoir rencontré quelqu'un qui la croyait, qui ne pensait pas, comme sa mère et sa sœur, qu'elle essayait juste d'attirer l'attention sur elle, avait été immense. Enfin, elle n'était plus seule.

Malheureusement, Johnson — un cinquantenaire bien portant — avait été victime d'une crise cardiaque deux jours plus tard. On l'avait retrouvé mort dans son lit. Décès de causes naturelles, disait l'entrefilet dans le journal. Rosalyn avait eu le cœur brisé de perdre la seule personne qui l'avait écoutée.

Jusqu'à ce qu'elle reçoive le lendemain un e-mail anonyme, contenant un lien vers un article sur la succinylcholine. Un produit qui, administré à forte dose, provoquait une crise cardiaque sans laisser de trace dans l'organisme.

La mort de Johnson n'était pas un accident.

Pas plus que celle de Shawn, un mécanicien de Memphis, qui avait été assez gentil pour réparer sa voiture pour une somme modique. Elle lui avait dit qu'elle fuyait quelqu'un, sans donner de précisions. Mais la sœur de Shawn ayant été harcelée et menacée par un de ses ex, il avait reconnu les mêmes symptômes chez Rosalyn. Il l'avait pressée de parler, et elle lui avait raconté certaines choses. Insistant sur l'importance de ne pas rester seule dans une situation pareille, Shawn l'avait alors invitée à dîner chez sa mère.

Rosalyn avait accepté, car elle avait désespérément besoin d'un ami. Mais en revenant le soir même au garage, elle avait trouvé l'endroit cerné par la police.

Shawn avait été victime d'un « acte de violence gratuite », au moment où il fermait son atelier. Il était mort.

Elle avait encore la coupure de journal qu'on avait glissée sous sa porte le lendemain matin.

Depuis ce jour-là, elle n'avait parlé du Guetteur à personne. Elle se contentait de fuir et d'essayer de le distancer.

Mais il la retrouvait toujours. Pensacola était la sixième ville où elle s'arrêtait en cinq mois. Et il venait encore de la retrouver, elle ignorait comment.

Gagnée par l'épuisement, elle reprit ses sacs et se dirigea vers la porte. Jessie lui fit un petit signe de la main depuis le comptoir, et Rosalyn lui adressa un sourire forcé. Mais, ayant presque atteint la sortie, elle fit demi-tour et revint vers la jeune fille.

Celle-ci parut inquiète. Pour elle ou à cause d'elle, Rosalyn n'aurait su le dire. Elle sortit six dollars de son sac.

— Prenez-les, dit-elle à la serveuse. C'était très gentil de régler mon repas, et je suis sûre que cela vous vaudra des bons points dans l'au-delà. Mais vous travaillez dur, alors il vaut mieux que je paye moi-même.

— Vous êtes sûre ?

Non, elle n'en était pas sûre. Tout ce qu'elle savait, c'était qu'elle ne voulait pas qu'il arrive le moindre mal à cette jolie fille, simplement parce qu'elle lui avait offert six dollars de salade au poulet et de café.

— Oui, dit-elle en pressant l'argent dans la paume de la jeune fille. Merci encore.

Pivotant sur ses talons, elle reprit le chemin de la sortie, plus désemparée que jamais par sa solitude.

Elle ne pouvait plus le supporter. À quoi bon fuir si le Guetteur la retrouvait sans cesse ? À quoi bon s'adresser à des gens, si le moindre échange avec eux leur valait d'être tués ?

Quand le Guetteur cesserait-il de jouer et en finirait-il avec elle ? Rosalyn ne doutait pas que son objectif ultime était de la tuer. Elle ignorait simplement quand et comment il le ferait.

Peut-être aurait-elle dû lui épargner cette peine et le faire elle-même. Ainsi, elle garderait un semblant de maîtrise sur son destin.

Elle jeta un coup d'œil en direction de la plage. Elle allait s'y asseoir et essayer d'élaborer un plan.

Même si ce plan se résumait au suicide. Cela vaudrait toujours mieux que de laisser mourir des innocents à cause d'elle. Ou de vivre dans une terreur sans issue.

Elle se mit en marche vers la plage. Elle tenait à admirer le coucher du soleil. Pour ce qui ce serait peut-être son dernier jour, elle voulait sentir sa chaleur sur son visage.

En dehors de cela, elle n'avait aucune idée.

# 2

Steve Drackett, directeur d'Omega Sector, ne faisait rien.

Non seulement il ne faisait rien, mais il se trouvait dans un bar de Pensacola, la région la plus agréable de Floride. Chaussé de tongs. Il était sûr que *ça*, au moins, ne lui était jamais arrivé.

C'étaient ses premiers congés en dix ans. Après la mort de sa femme, les vacances ne lui disaient plus rien. Ensuite, il avait été nommé à la tête d'Omega Sector, une agence gouvernementale constituée de l'élite des policiers du pays, et il n'avait plus eu le temps d'en prendre.

Et voilà qu'il se trouvait en Floride, au terme du second jour d'une semaine de congés réservée par son équipe pour célébrer ses vingt ans au sein de la police.

Et pour lui faire oublier qu'il avait failli mourir aux mains d'une psychopathe décidée à tout détruire sur son passage.

De toute façon, cela lui convenait. Colorado Springs pouvait être très froid, même au mois de mai. À Pensacola, il commençait déjà à faire chaud. D'où les tongs.

Steve prit place au bout du bar, d'où il avait vue sur le match de base-ball à la TV et sur le coucher de soleil sur l'océan, lequel coucher de soleil était légèrement assombri par quelques nuages annonciateurs d'orage. Il pouvait aussi garder l'œil sur l'entrée du bar, un réflexe sans doute inutile dans ce lieu.

La bière et les ailes de poulet qu'il avait commandées lui rappelèrent fort à propos de se détendre. Rien n'exigeait son attention. Le bar commençait à se remplir, mais la clientèle était détendue. Le bourdonnement des conversations, les rires, le cliquetis des verres sonnaient agréablement à ses oreilles.

Pour quelqu'un dont le métier consistait à sauver littéralement le monde, ce bar décoré dans le style tahitien était un changement bienvenu.

Puis la femme franchit la porte alors que l'orage venait d'éclater.

Il lui jeta un coup d'œil — comme tous les mâles présents — en la voyant se ruer à l'intérieur pour échapper à la pluie. Un couple entra derrière elle pour la même raison, mais Steve ne leur accorda aucune attention.

Comparé à lui, elle était petite, peut-être un mètre soixante-cinq. Ses cheveux sombres lui tombaient jusqu'au milieu du dos. Mince au point d'en être maigre. Une vingtaine d'années, pas plus.

Renversante.

Steve se força à détourner le regard, même si son corps restait attentif à ses déplacements.

Ce n'était pas une habitante de la ville, il l'avait compris en une fraction de seconde. Et sa tenue n'était pas celle d'une vacancière. Non qu'elle soit incorrecte : pantalon kaki et chemisier bleu. Pas de tongs ni de sandales pour cette beauté brune ; elle portait des chaussures de sport blanches.

Son sac était trop grand pour une sortie à la plage. Et elle s'y cramponnait avec trop d'énergie.

Elle avait l'air prête à fuir. Fuir qui, fuir quoi ? Steve n'en avait aucune idée.

Ces dix dernières années, il avait travaillé sur le terrain. À présent, il officiait derrière un bureau. Un bureau imposant, mais un bureau tout de même. Inutile, cependant, d'être toujours sur le terrain pour saisir que cette femme avait des ennuis.

Et comme les ennuis étaient précisément ce qu'il essayait d'éviter durant ces congés, il retourna à sa bière et à ses ailes de poulet. Et au match.

Mais quand il eut fini de manger, il se surprit à laisser son regard s'égarer à nouveau vers elle.

Elle avait visiblement plus de vingt et un ans, donc elle avait le droit d'être dans un bar. Et si elle voulait prendre la tangente avec son sac surdimensionné, c'était son affaire. Du moment qu'elle ne faisait rien d'illégal...

Elle n'avait pas soif, il le remarqua tout de suite. Mais l'orage se prolongeant et redoublant même de violence, elle allait devoir commander quelque chose ou s'en aller.

De fait, elle demanda un soda et s'assit dans un coin, essayant manifestement de ne pas attirer l'attention sur elle.

*Elle a peur*, se dit Steve.

Il termina sa bière, en commanda une autre et s'étira.

Ce n'était pas son affaire.

Et pourtant, il ne pouvait s'empêcher de lui glisser un regard de temps à autre. Elle ne bougeait pas. Steve n'était malheureusement pas le seul dont elle avait attiré l'attention. La majorité des hommes dans le bar étaient conscients de sa présence.

Au début, ils se contentèrent d'attendre et de l'observer. Avait-elle rendez-vous avec quelqu'un ? Un mari ? Un petit ami ? Quand il fut évident qu'elle était seule, ils commencèrent à l'encercler.

Deux jeunes hommes qui, depuis l'arrivée de Steve, engloutissaient bière sur bière, prirent leur courage à deux mains et allèrent s'asseoir à côté d'elle. Elle ne montra aucun signe d'intérêt, mais cela ne les arrêta pas.

Comme le match était fini, quelqu'un alluma le juke-box et, très vite, quelques couples se mirent à danser sur une chanson de Jimmy Buffet. L'un des hommes se leva et invita l'inconnue, mais elle refusa d'un signe de tête. Il se pencha et lui prit la main pour l'entraîner, sans doute persuadé qu'elle voulait se faire prier.

Même de là où il se tenait, Steve perçut sa tension. L'homme qui lui parlait n'avait pas l'air de s'en rendre compte.

Il aurait dû s'en aller, il le savait. Ces types n'allaient rien lui faire. Dès qu'elle aurait refusé avec assez de conviction, ils la laisseraient tranquille.

Cette femme était une source d'ennuis, il le sentait. Il aurait dû partir.

Avec un soupir, il posa de l'argent sur le bar et se dirigea vers le petit groupe. Ce n'était pas en évitant les ennuis qu'il avait pris la tête de l'une des agences de police les plus cotées du pays.

Il fit halte près du premier type, envahissant délibérément son espace. Comme lui-même envahissait l'espace de la femme.

— Excusez-moi, les gars. Cette dame ne veut pas danser.

— Comment vous le savez ? ricana l'un d'eux. Z'êtes son père ?

Les yeux de la femme — d'un bleu magnifique, qui contrastait avec son teint mat — croisèrent le regard de Steve. Elle s'excusa d'un clignement de paupières de la grossièreté de l'homme.

De fait, Steve avait sans doute quinze ans de plus qu'elle. Pas assez pour être son père, mais suffisamment pour n'être rien d'autre.

— Non, je ne suis pas son père. Je suis juste assez vieux et assez sobre pour comprendre quand une dame est mal à l'aise.

— Elle n'est pas...

Le type s'interrompit et parut remarquer pour la première fois la mine déconfite de la jeune femme et la manière dont elle agrippait son sac.

— Elle ne veut pas danser, répéta Steve.

Les deux hommes s'écartèrent, murmurant des excuses. Steve recula d'un pas, soulagé de ne pas avoir eu à user de sa force physique. Il aurait pu mettre ces types au tapis avant même qu'ils comprennent à qui ils avaient affaire. Mais ce n'était visiblement pas ce qu'ils cherchaient.

Steve fit un signe de tête à la femme sans chercher à l'approcher. Il avait perdu l'habitude de flirter, et la dame n'était visiblement pas là pour entamer une conversation. Il tourna les talons pour regagner son siège et s'aperçut que quelqu'un l'occupait déjà.

Apparemment, il était l'heure de rentrer. De toute façon,

il n'avait pas prévu de passer la soirée dans ce bar. Il prit la direction de la sortie.

— Merci, dit une voix douce près de lui.

Il s'aperçut que la beauté brune lui touchait le bras. Il lui adressa un sourire, une gymnastique qui ne lui était plus habituelle.

— Je ne pense pas qu'ils vous voulaient du mal.

— Il fut un temps où j'aurais accepté de danser, mais je crois que j'en ai perdu l'envie depuis un bon bout de temps, dit-elle, l'air un peu surprise de s'adresser à lui.

Elle paraissait toujours nerveuse et apeurée, cela au moins n'avait pas changé. Steve prit conscience qu'il avait envie de la prendre dans ses bras pour la rassurer, lui donner un répit.

Lui aussi était surpris d'éprouver cela. Il avait passé sa vie à protéger des gens, en tant qu'agent du FBI puis d'Omega Sector, mais il était généralement plus distant et évitait de s'impliquer personnellement.

— Je suis sûr que vous n'aviez rien à craindre. Je n'ai fait que mon devoir paternel.

Elle gloussa, et une lueur d'humour éclaira ses yeux bleus.

— Paternel ! Vous avez quoi ? Trente-huit ? Trente-neuf ans ?

— Quarante et un.

— Oh ! Alors vous auriez dû dire « grand-paternel » !

Son sourire était à couper le souffle. Steve ne put s'empêcher de faire un pas dans sa direction.

— Je m'appelle Steve Drackett.

Elle serra sa main tendue. C'était mélodramatique et sentimental de penser que le contact de leurs mains avait quelque chose de magnétique, et Steve n'était ni l'un ni l'autre. Mais il ressentit tout de même ce magnétisme.

— Je m'appelle Rosalyn.

Pas de nom de famille. Il ne la pressa pas. C'était un signe de plus qu'elle avait des ennuis, mais il préférait ne pas s'en soucier.

— Un vieil homme peut-il vous offrir quelque chose à boire ?

Elle lui jeta un regard inquisiteur en relâchant sa main. Ils étaient à mi-chemin de la sortie et il ignorait quelle décision elle allait prendre : rester avec lui ou partir ?

Elle sembla hésiter.

— Puis-je vous poser une question ? demanda-t-elle en remontant la bandoulière de son sac sur son épaule.

Elle dut se rapprocher un peu pour se faire entendre par-dessus le bruit ambiant, et Steve se surprit à bénir l'animation du bar.

— Bien sûr…

— Êtes-vous un psychopathe ? Un maniaque ou un meurtrier ?

Elle lui avait posé la question avec tant de sérieux que Steve ne put s'empêcher de rire.

— Je vous jure que non. Parole de scout !

Il leva la main, en une imitation approximative de salut scout.

— Je suis un honorable citoyen. Mais bien sûr, si j'étais un psychopathe sanguinaire, je ne vous le dirais pas.

Elle haussa les épaules, une expression hantée dans les yeux.

— Je sais. Je voulais juste que vous me le disiez pour que je puisse jauger de votre sincérité.

— Et vous me croyez ?

Elle sourit avec tant de tristesse que Steve sentit son cœur se serrer.

— Je pense, oui, dit-elle doucement. Mais peut-être que cela n'a plus d'importance. Et pour répondre à votre question, oui, vous pouvez m'offrir un verre. Mais pas ici.

# 3

Rosalyn était consciente que son comportement frisait la témérité. Quand bien même un psychopathe n'aurait pas surveillé chacun de ses mouvements, quitter un bar avec un homme qu'elle venait juste de rencontrer était un acte stupide.

Il avait ri gentiment quand elle lui avait posé la question, mais comme il l'avait dit, aucun méchant authentique n'aurait donné une réponse honnête à une question pareille.

Le Guetteur, lui, l'aurait sans doute fait. Si elle le rencontrait un jour et lui demandait à brûle-pourpoint si c'était lui qui la harcelait, elle était persuadée qu'il le lui dirait.

Mais Steve Drackett n'était pas le Guetteur. Il était peut-être un doux maniaque, mais il n'était pas celui auquel elle voulait désespérément échapper.

Elle était donc disposée à prendre le risque de l'accompagner.

Elle l'observa tandis qu'il l'escortait vers la sortie. Il avait plaisanté sur son âge, mais il n'était pas si vieux. Ses tempes grisonnaient légèrement, seul signe qu'il avait dépassé la quarantaine. Son regard vert était bienveillant, du moins envers elle, tandis que le reste de ses traits étaient durs. Des pommettes de granit, un menton âpre. Ce n'était certes pas un visage avenant, mais il était beau.

Son corps était bien fait : sous le T-shirt noir, on devinait son excellente forme physique. Son bermuda kaki était approprié pour une soirée dans un bar en Floride, mais elle doutait que ce soit sa tenue habituelle. Quant aux tongs, elle était certaine qu'elles n'en faisaient pas partie.

— Si vous n'êtes pas un psychopathe, que faites-vous dans la vie ? demanda-t-elle tandis qu'ils franchissaient la porte.

L'air humide de la côte leur sauta au visage. L'orage s'était éloigné en direction du large, mais l'humidité perdurait, signe certain qu'un autre orage se profilait.

— Pour le moment, je bronze sur la plage. Je suis en vacances. J'habite le Colorado.

Ils descendirent les marches.

— Les Rocheuses, hein ? Une belle région. Je n'y suis jamais allée. Là-bas aussi, vous bronzez ?

Il hésita légèrement, puis sourit.

— Loin de là. Je dirige une équipe.

Il ne voulait pas lui dire ce qu'il faisait. Ce n'était que justice : elle-même ne lui avait pas dit son nom de famille. Bien sûr, c'était pour son propre bien.

— Vous êtes d'ici ? lui demanda-t-il. Vous connaissez un bar où nous pourrions aller ?

Mais elle ne voulait pas aller dans un autre bar, où le Guetteur aurait pu les voir et les entendre.

— Et si on achetait un pack de bière et qu'on aille marcher sur la plage ?

Il lui sourit de nouveau.

— Je ne suis pas sûr que ce soit bien légal de boire de l'alcool sur la plage, mais je suis prêt à prendre le risque.

Rosalyn ne savait certes pas à quoi s'attendre en l'accompagnant, mais les heures suivantes furent plus qu'inattendues.

Ils achetèrent des bières et s'assirent là où personne — pas même le Guetteur — ne pouvait les entendre. Et ils parlèrent. De tout et de rien.

Il lui parla de sa femme, morte dans un accident de voiture douze ans auparavant. Des pays où il avait voyagé. Et même un peu de son travail — il avait parfois l'impression de faire du baby-sitting plus qu'autre chose.

Rosalyn resta vague sans être malhonnête. Elle lui dit qu'elle avait encore sa mère et qu'elle avait une sœur, mais qu'elle n'était proche ni de l'une ni de l'autre, ce qui était un euphémisme. Elle lui parla un peu de ses années d'université et de son travail de comptable. Quand il plaisanta sur la taille de son sac, elle lui dit qu'elle n'allait nulle part sans lui. Qu'elle avait pris des congés et voyageait un peu, pour tenter de « se trouver ».

Elle réussit à ne pas éclater d'un rire hystérique en disant cela.

Steve écoutait bien et s'exprimait avec bienveillance. À aucun moment il ne tenta de lui faire des avances, en paroles ou en gestes. Il semblait tout à fait à l'aise et, en même temps, surpris de cette conversation prolongée.

Il n'avait visiblement pas l'habitude de draguer des femmes dans les bars.

Tard dans la nuit — il devait être près de quatre heures du matin — une petite pluie se mit à tomber, qui les obligea à quitter la plage.

Le répit de Rosalyn avait pris fin. Il fallait qu'elle retourne à sa voiture. Peut-être pourrait-elle y dormir quelques heures. L'idée de dormir dans la rue la faisait frémir, mais quel autre choix avait-elle ? Elle était à court d'argent. Un hôtel, même bon marché, était désormais hors de ses moyens.

Steve se leva et l'aida à se remettre debout. Elle lui sourit.

— Merci de m'avoir tenu compagnie. C'était une soirée très sympathique.

— Cela faisait longtemps que vous n'en aviez pas passé une ?

Elle fut tentée de lui parler du Guetteur pendant qu'ils étaient encore hors de portée d'oreilles. Mais elle savait que c'était impossible. Le chef d'équipe d'une quelconque entreprise du Colorado ne pouvait rien pour elle.

— On dirait bien, se contenta-t-elle donc de dire.

— Puis-je vous être utile ?

Elle le regarda. C'était un homme gentil, sexy et extrêmement agréable. Pour la centième fois, elle se dit qu'elle aurait préféré l'avoir rencontré dans des circonstances différentes.

— Tout va bien. Mais merci de le proposer.

Elle lui adressa un sourire aussi sincère que possible, essayant de ne pas penser à l'obscurité qu'elle devrait affronter seule dans quelques minutes.

Comme si le ciel avait perçu ses pensées, il se mit à pleuvoir plus fort.

Steve la prit gentiment par le coude.

— Il faut que je vous dise quelque chose. J'aurais sans doute dû vous en parler plus tôt, mais je ne savais pas comment m'y prendre sans passer pour un mufle.

— Allez-y, dit Rosalyn, en se préparant à une mauvaise nouvelle.

— Mon bungalow est sur la plage, à deux cents mètres à peine de l'endroit où nous nous trouvons, expliqua-t-il. C'est une chambre d'une taille ridicule, une sorte de formule « week-end romantique ». Ce sont mes collègues qui me l'ont réservé.

Elle ne s'attendait pas à cela et ne sut quoi dire.

— Ah...

— Mais vous y êtes la bienvenue. Pour vous abriter de la pluie. Sans aucune contrepartie, bien sûr.

Il haussa les épaules, avec un air d'embarras charmant. Il ne voulait pas la forcer.

— Cette soirée sympathique n'a pas besoin de se terminer tout de suite.

Rosalyn sonda à nouveau l'obscurité du regard. Elle savait ce qui l'attendait dehors : la peur, l'isolement, la panique.

Levant la main, Steve lui repoussa une mèche mouillée derrière l'oreille, sans rien dire. Il n'essayait pas de la convaincre. En silence, il lui faisait comprendre qu'il serait ravi qu'elle l'accompagne, mais que tout irait bien si elle ne le faisait pas.

Plus que tout, ce fut cette absence de pression qui la décida.

— D'accord, juste pour cette nuit.

Il ne fallait pas que le Guetteur la retrouve et découvre Steve du même coup.

Il sourit et lui prit la main. Ils se mirent à courir dans le sable vers son bungalow. Comme il l'avait dit, celui-ci n'était pas loin.

La chambre était jolie : tout à fait ce que l'on pouvait attendre d'un week-end romantique. Un grand lit double avec un couvre-lit turquoise et un ciel de lit. Un canapé et un fauteuil dans un coin. Et un énorme jacuzzi en forme de cœur dans le coin opposé.

Rosalyn jeta un coup d'œil à Steve, qui sourit d'un air penaud.

— Vous n'aviez pas parlé d'un jacuzzi en forme de cœur.

Il se mit à rire.

— J'ignorais si cela jouerait en ma faveur ou en ma défaveur.

— Vous êtes sûr que vous n'êtes pas en voyage de noces ou quelque chose comme ça ?

Steve rit de nouveau et alla prendre des serviettes dans la salle de bains. Rosalyn posa son sac dans le fauteuil.

— En toute franchise, j'avais réservé une chambre normale. Mais en arrivant, j'ai découvert que mes collègues s'en étaient mêlés et avaient surclassé ma réservation. Je suis sûr qu'ils savaient exactement ce qu'ils m'offraient. Dont cette énorme boîte de préservatifs.

Il leva les yeux au ciel, en désignant une boîte scintillante sur la table de nuit. Rosalyn ne put s'empêcher d'éclater de rire.

— Manifestement, ils vous aiment beaucoup.

Steve haussa les épaules.

— Ce qu'ils aiment, c'est être débarrassés de moi pendant une semaine. Et me faire savoir sans grande subtilité que je ferais mieux de revenir plus détendu.

Pour sa part, Rosalyn était certaine que Steve était un homme bon et respecté. Le danger qu'elle lui faisait courir par sa seule présence lui causa un nouvel élan de culpabilité.

— Hé ! Qu'est-ce qui se passe ?

Saisissant l'expression de son visage, Steve se rapprocha d'elle et lui releva le menton du pouce.

— Vous regrettez d'avoir accepté mon invitation ? Vous vous sentez mal à l'aise ? Si c'est le cas, je peux vous raccompagner là où vous voudrez.

Elle ne regrettait pas d'être venue. Elle voulait rester. Et elle voulait plus que le refuge qu'il lui offrait.

Elle le voulait lui.

Il était si grand, si rassurant. Ce n'était pas quelqu'un qu'on pouvait surprendre.

Mais elle savait que le Guetteur ne jouait pas franc-jeu. Il le lui avait assez fait comprendre.

— Non, je me sens bien avec vous. C'est juste...

Elle s'interrompit, ne sachant que dire. Elle ne pouvait pas lui expliquer.

— Quoi ? questionna-t-il gentiment.

— Ce n'est pas bon pour vous de m'héberger ici, Steve. Je crains de ne vous apporter que des soucis.

Ou pire.

— Vous êtes mariée ? demanda-t-il.

— Non, fit-elle en secouant la tête. Je ne l'ai jamais été.

Il fit un pas vers elle. Elle sentit l'odeur de sa peau humide, le sel de l'océan et un parfum distinctement masculin. Elle inspira profondément.

— Vous avez des ennuis avec la loi ?

— Non, murmura-t-elle tandis qu'il se rapprochait encore d'elle.

Percevant la chaleur de son corps, elle se pencha en avant, incapable de se refréner.

— Alors il n'y a aucune raison pour que vous partiez si vous avez envie de rester.

Les lèvres de Steve parcoururent les derniers centimètres entre elle et lui, et elle ne put trouver de réponse, même s'il y en avait eu une. Elle se laissa seulement aller à ce baiser.

Quitte à tout perdre, mieux valait profiter de la nuit avec cet homme splendide. Demain était un autre jour.

Une vague de passion les engloutit tous les deux. Rosalyn lui passa les bras autour du cou et s'accrocha à ses cheveux, impatiente de se fondre en lui.

Steve n'en parut pas contrarié. Il lui encercla la taille, puis la plaqua contre lui en enserrant ses hanches. La sensation de leurs corps l'un contre l'autre lui coupa le souffle.

Il prit possession de sa bouche. Il n'y avait pas d'autre mot pour cela. La *possession*. Leurs langues s'entremêlèrent et ils sentirent leur désir s'embraser. Rosalyn noua ses doigts derrière le cou de Steve. Non qu'il paraisse vouloir s'éloigner. Il se pressait contre elle avec ardeur.

— Rosalyn...

Sur ses lèvres, son prénom avait un accent de vénération. Elle le fit reculer doucement vers le lit, sans se séparer de lui. Quand ses jambes heurtèrent le matelas, il tomba à la renverse et la souleva délicatement pour l'attirer sur lui.

— Tu es sûre que c'est ce que tu veux ? murmura-t-il. On n'est pas obligés de faire ça, si tu as seulement envie de dormir.

Il lui disait cela alors qu'elle était allongée sur lui ? Ils n'étaient pas encore nus, mais Rosalyn ne doutait pas qu'ils le seraient très vite. Son expérience lui disait que la plupart des hommes l'auraient traitée d'allumeuse — ou pire — si elle avait décidé de mettre un terme brutal à leur étreinte.

— Tu t'arrêterais maintenant si je te le demandais ?

Il plongea les doigts dans ses cheveux et lui tira un peu la tête en arrière pour voir son visage.

— Bien sûr. C'est ce que tu veux ?

— Non. Mais je pense que la plupart des hommes m'en voudraient si je changeais d'avis maintenant.

— Chérie, un homme authentique accepte qu'une femme change d'avis à tout moment, et respecte le mot « non » quand il l'entend.

Était-il possible de tomber un petit peu amoureuse de quelqu'un qu'on ne connaissait que depuis quelques heures ?

Rosalyn se redressa pour s'asseoir à califourchon sur les hanches de Steve. Elle saisit le bas de son T-shirt et le lui ôta.

— Eh bien, merci d'avoir posé la question, mais je n'ai aucune envie de m'arrêter.

Elle retira ses chaussures et ses chaussettes et les jeta à côté du lit.

Steve croisa les bras sous la tête et la contempla.

— Dieu merci. J'aurais arrêté si tu me l'avais demandé, mais je dois dire que cela aurait été dur.

Rosalyn poussa un petit cri quand il se redressa brusquement pour la serrer contre lui. Il roula sur le flanc, l'entraînant avec lui. À présent, il était au-dessus d'elle. Elle l'attira contre elle.

Il posa à nouveau les lèvres sur les siennes. Non, elle n'avait pas du tout envie de s'arrêter. Elle était déjà en train de fondre intérieurement. Se cramponnant à lui, elle laissa leurs ébats chasser les démons postés au-dehors.

Ils ne quittèrent pas le bungalow de toute la journée du lendemain, ce qui convenait très bien à Rosalyn. Qui avait besoin de la plage par cette journée maussade et nuageuse ? Au lieu de cela, ils mirent à profit le grand lit, le canapé et le jacuzzi. Steve commanda plusieurs fois des plats au room-service.

Ses collègues avaient peut-être cru lui jouer un tour en réservant cette chambre — et Dieu sait que la décoration manquait de goût — mais Rosalyn apprécia chaque moment qu'ils y passèrent.

C'était son refuge. Le Guetteur ignorait qu'elle était là. Et aussi longtemps qu'elle y resterait, il ne pourrait pas la retrouver.

Peut-être pourrait-elle persuader Steve d'y rester pour toujours. Elle le contempla dans son sommeil, allongé à côté d'elle. Son beau visage était complètement détendu. Cela n'avait pas toujours été le cas. Elle l'avait vu passionné, souriant, parlant avec animation, inquiet aussi quand il l'observait discrètement.

S'il avait été au courant de l'existence du Guetteur, il se serait moins inquiété pour elle et davantage pour lui-même. Il lui aurait peut-être même demandé de partir sur-le-champ.

Tous ceux à qui elle avait parlé du Guetteur étaient morts. Elle n'en prendrait pas le risque avec Steve. Elle se contenterait de vivre ce rêve jusqu'à ce qu'il se termine. Ensuite, elle s'en irait.

Mais elle était consciente qu'elle laisserait une part de son cœur derrière elle.

Elle roula sur le flanc pour pouvoir mieux l'admirer. Elle lui caressa les cheveux près de l'oreille et laissa traîner ses doigts sur sa joue. Il tourna le visage vers elle, cherchant sa proximité même dans le sommeil.

Elle devait dormir, elle aussi. Cela avait été une journée délicieuse mais épuisante, et il était tard. Qui savait de quoi demain serait fait ?

Elle venait de fermer les paupières quand elle entendit le bruit.

Cela ne réveilla pas Steve. Comment cela l'aurait-il pu ? Ce n'était qu'un murmure. Si son cerveau n'avait pas été déjà programmé, elle ne l'aurait pas entendu non plus.

Le bruit d'une enveloppe glissant sous la porte.

Son cœur manqua un battement et elle retint son souffle. Une sensation de brûlure — miraculeusement absente de toute la journée — lui serra l'estomac et la fit se recroqueviller dans le lit.

Elle serra les poings, le visage sillonné de larmes. Elle ne voulait pas réveiller Steve. Si elle le faisait, elle ne pourrait jamais lui taire son secret.

Le Guetteur l'avait retrouvée.

Elle resta allongée pendant ce qui lui parut une éternité, avant de retrouver la maîtrise d'elle-même. Enfin, elle parvint à se redresser, à mettre les pieds par terre et à aller chercher l'enveloppe.

Elle la ramassa d'une main tremblante et l'ouvrit.

*Si vous aimez Steve à ce point, je crois qu'il va falloir que je le rencontre bientôt.*

Rosalyn ravala un sanglot. Non, elle ne pouvait pas lui permettre de s'en prendre à Steve. Cette pensée la galvanisa, et elle se remit en mouvement.

En quelques minutes, elle s'habilla et fit son sac. Steve avait roulé de son côté du lit, comme s'il la cherchait. Mais elle se refusait à y penser, de peur de renoncer à s'en aller.

Elle devait se concentrer sur la suite. Cette journée avec Steve lui avait redonné la force de combattre le Guetteur. Mais cela ne lui avait pas donné pour autant d'idée pour la suite. Elle n'avait ni plan ni argent.

Ce fut alors qu'elle vit le portefeuille de Steve sur la commode. Il s'en était servi pour régler leurs repas, sans jamais envisager qu'elle puisse payer sa part. Ce qui était une bonne chose, étant donné l'état de ses finances.

Ravalant la honte qui l'envahissait peu à peu, elle ouvrit le portefeuille et prit les billets qui s'y trouvaient. Cent quatre-vingt-trois dollars.

Elle ignorait combien de temps cela durerait, mais c'était un début. Cela lui permettait de détourner le Guetteur de Steve.

Elle contempla son dos, ses hanches et ses jambes nues, emmêlées entre les draps. Il ne saurait jamais combien il avait compté pour elle. Ni qu'il lui avait offert le havre dont elle avait besoin.

Elle ne resterait pour lui qu'une passade, qui lui avait volé de l'argent. Une anecdote à raconter à ses amis. Une plaisanterie en forme d'avertissement.

Les larmes roulèrent sur ses joues. Cette fois, elle ne tenta pas de les retenir.

Elle savait qu'elle laisserait un souvenir détestable à Steve. Mais, au moins, il serait vivant.

# 4

*Six mois plus tard*

— On peut voir Steve ou il faut prendre rendez-vous ? demanda Brandon Han, un des profileurs d'Omega, à l'assistante de Steve.

— Oui, dans un an, répliqua Liam Goetz, le chef de l'équipe de négociation. Steve sera peut-être de meilleure humeur à ce moment-là.

Cynthia, l'assistante en chef de Steve, se mit à rire.

— Je pense que vous y pouvez y aller.

Steve tressaillit. Personne ne semblait s'être rendu compte que sa porte était entrouverte et qu'il pouvait entendre tout ce qui se disait.

— Tu penses qu'il faut laisser nos armes ici ? reprit Liam.

— Pourquoi ? Tu as peur de lui tirer dessus ?

Le rire léger de Cynthia ne fit rien pour améliorer l'état d'esprit de Steve.

— Tu plaisantes ? Ce dont j'ai peur, c'est que ce soit lui qui nous tire dessus.

La conversation se porta alors sur des sujets plus neutres : les jumelles de Liam, et Tallinn, la petite fille que sa femme et lui avaient adoptée. Liam avait des photos. Steve cessa d'écouter.

Les plaisanteries de Liam ne le dérangeaient pas — il était toujours en train de plaisanter —, mais la question initiale de Brandon, si. Ces hommes constituaient le cœur de son équipe.

En outre, ils étaient ses amis. Ils n'avaient pas besoin de rendez-vous pour le voir.

Mais ils pensaient le contraire, à cause du comportement de Steve ces derniers mois.

*Rosalyn.*

Se passant une main sur les yeux, il fit pivoter son fauteuil pour contempler les Rocheuses par la fenêtre.

À son réveil à Pensacola, en constatant qu'elle n'était pas là, il avait d'abord pensé qu'elle était allée marcher sur la plage ou faire des courses. Dieu savait qu'ils n'avaient pas quitté la chambre depuis un jour et demi. Peut-être avait-elle besoin d'air.

Puis il s'était rendu compte que toutes ses affaires, y compris son énorme sac, avaient disparu.

Luttant contre la première pensée qui lui était venue, il lui avait encore laissé le bénéfice du doute. Elle avait peur de quelque chose, il s'en était rendu compte. Il avait espéré la persuader de lui en parler.

Mais chaque fois qu'il s'était apprêté à aborder le sujet et à lui révéler qu'il travaillait dans la police et qu'il pouvait l'aider à résoudre ses problèmes, ils avaient fini par faire l'amour.

Non que cela l'ait dérangé. Les seules fois où il n'avait pas vu de nuages dans les yeux de Rosalyn, c'était quand ils étaient remplis de passion. Il voulait l'amener insensiblement à lui raconter ce qui se passait, à lui confier les secrets qu'elle taisait.

À commencer par son nom de famille.

Il était cependant devenu très vite évident que Rosalyn n'était pas sortie pour courir ou boire un café. Steve l'avait compris dès le début, même s'il ne voulait pas le reconnaître. Quelqu'un qui, comme elle, regardait constamment derrière elle et restait toute la journée à l'intérieur alors qu'une plage magnifique attendait dehors, n'était pas sorti pour une promenade anodine.

La vérification de son portefeuille n'avait fait que le lui confirmer. Elle avait pris jusqu'au dernier dollar qu'il contenait.

Elle s'était jouée de lui.

Six mois plus tard, cette pensée lui donnait encore des

crampes d'estomac. Le temps qu'ils avaient passé ensemble n'avait rien signifié pour Rosalyn. Il n'avait été pour elle qu'un moyen de parvenir à ses fins.

Cet après-midi-là, il avait fait ses valises et était retourné à Colorado Springs. Et, depuis lors, il était de mauvaise humeur. Tout le monde le savait, s'il fallait en juger par la conversation devant sa porte.

Et pourtant, il aurait volontiers offert de l'argent à Rosalyn — davantage que ce qu'elle avait pris — si elle lui avait expliqué ce qui se passait. Il le lui aurait offert de bon cœur, sans qu'elle ait besoin de faire l'amour avec lui.

Mais ce n'était pas ce qu'elle avait prévu. Elle l'avait pris pour un pigeon qu'on plume facilement et elle s'était envolée.

Se levant, Steve se dirigea vers un sachet en plastique posé sur le rebord de la fenêtre. Il contenait un verre, celui sur lequel Rosalyn avait laissé ses empreintes digitales.

Il l'avait rapporté avec lui, comme un fichu souvenir de vacances.

— Salut, patron !

Steve reposa vivement le sachet.

— Hé ! Brandon !

— Liam montre des photos des jumelles à Cynthia.

Steve leva les yeux au ciel.

— Qui aurait cru qu'un tombeur pareil deviendrait un papa poule ?

Brandon le rejoignit près de la fenêtre.

— Il suffit d'une femme pour ça.

Brandon avait trouvé la femme qu'il lui fallait quelques mois auparavant — Andrea Gordon, l'analyste d'Omega —, et personne ne pouvait nier les changements que cela avait produits chez lui. La paix que cela leur avait apportée à tous deux.

— Tu as rapporté ça de Floride, pas vrai ? reprit Brandon en désignant le verre sous plastique. Pour les empreintes, j'imagine. Mais tu ne les as jamais fait passer dans la base de données.

Steve haussa les épaules. Brandon était un profileur de génie, et peu de choses lui échappaient.

— Je devine que tu as rencontré une femme là-bas. Et si je devais parier, je dirais que c'était un coup d'une nuit.

Parfois, les dons professionnels de Brandon étaient effrayants. Steve se contenta d'un haussement d'épaules.

— C'était la Floride. Et vous, les gars, vous vous êtes débrouillés pour me réserver la formule romantique.

— Alors je suppose qu'elle est partie sans crier gare, pendant que tu regardais ailleurs.

— Pourquoi dis-tu ça ? demanda Steve en retournant s'asseoir dans son fauteuil.

Brandon s'appuya contre le mur.

— Tu es sûr que tu veux que je le dise ?

— Je t'en prie, continue.

Brandon se trompait rarement, et Steve avait envie de savoir ce qu'il pensait de son comportement.

— Bon, d'accord. Tu as rencontré une femme qui t'intéressait énormément. Je dirais que la relation est très vite devenue intime, mais que tu ne savais pas, et que tu ne sais toujours pas grand-chose d'elle.

Tout bon jusque-là. Steve fit signe à Brandon de poursuivre.

— Quelque chose s'est passé. Quelque chose de désagréable. Le fait que tu aies rapporté le verre montre que tu veux en savoir plus sur elle. Savoir qui elle est. Mais le fait que tu n'aies pas relevé les empreintes montre qu'elle n'a pas commis de délit ou de crime, auquel cas tu aurais essayé de la retrouver et de l'arrêter. Non, c'est sur le plan personnel qu'elle t'a fait du mal : elle a meurtri ta fierté.

En l'occurrence, Rosalyn avait fait les deux : commettre un délit et heurter sa fierté.

— Et tu t'en veux.

Steve plissa les yeux.

— Pourquoi dis-tu cela ?

— Tu laisses ce sachet sur ta fenêtre alors que tu regardes

au travers au moins une dizaine de fois par jour. Chaque fois que tu le fais, tu te souviens de la femme qui t'a trompé. Pour te souvenir de ne plus jamais te faire avoir ainsi.

Steve se renversa dans son fauteuil.

— Je suis content que tu sois des nôtres, Han.

Brandon s'approcha du bureau.

— C'est normal de vouloir la retrouver, Steve. De vouloir savoir si elle va bien. De t'inquiéter pour elle après ce qu'elle t'a fait.

Maintenant il déviait de son cap.

— Ça aussi, tu le déduis de la présence de ce verre ?

— Non. Je le sais parce que je te connais depuis des années. Personne ne te trahit. Tu as laissé cette femme s'approcher de toi pour une raison bien précise — autre que sa beauté. Peu importe comment cela s'est terminé, tu t'inquiètes pour elle.

Les yeux bleus hantés de Rosalyn traversèrent l'esprit de Steve, mais il repoussa cette image. C'était une manipulatrice de haut vol. Elle avait feint la passion, puis l'avait volé. Elle avait de la chance qu'il n'ait pas entré ses empreintes dans la base de données. Il était sûr qu'elle était passée dans les mains de la justice dans un État ou un autre.

Il se disait que c'était parce qu'un vol de moins de deux cents dollars ne valait pas la peine de dépenser l'argent des contribuables. Cela n'avait rien à voir avec une inquiétude quelconque.

— Eh bien, la plus grande partie de ton analyse est correcte, à part la fin. Je ne m'inquiète pas du tout pour elle.

Steve sourit, mais c'était un sourire contraint, comme si ses zygomatiques avaient oublié comment faire.

— Ça m'apprendra à me conduire comme un idiot, marmonna-t-il.

— Oh ! mon vieux ! Tu es en train d'analyser Steve ? s'exclama Liam depuis le seuil de la porte. J'ai manqué le meilleur, je parie ?

Liam aurait fait le pire profileur qui soit. Il se fichait des pensées des gens et ne s'intéressait qu'à la manière de se débarrasser des méchants.

— Ne t'inquiète pas, Liam, je vais essayer de me contrôler et de ne pas me servir de ton arme contre toi...

L'intéressé eut la bonne grâce de paraître embarrassé.

— Désolé, patron. Je sais que je...

— Pas de problème, le coupa Steve. Je sais que je n'ai pas été l'homme le plus facile du monde ces derniers temps.

— Tu plaisantes ? Ma femme élève nos jumelles et elle n'a pas eu une seule bonne nuit de sommeil depuis leur naissance. Tu es loin d'être la personne la plus grincheuse que je connaisse.

Steve gloussa, l'air moqueur.

— Je suis ravi d'apprendre que je suis battu par une nouvelle maman.

— Oh ! mais je garde aussi mes armes hors de sa portée, lança Liam avec un grand sourire.

Les deux hommes s'assirent. C'était bon d'éprouver autre chose que de la colère. La discussion avec Brandon avait aidé Steve à comprendre qu'il devait lâcher prise.

Oui, il s'était conduit comme un crétin et s'était fait avoir. Mais il était temps de passer à autre chose.

La veille, Steve s'en était allé tard et, à son habitude, il revint tôt ce matin-là. Comme toujours, Cynthia était déjà là.

— Bonjour, Steve, dit-elle en lui tendant une pile de papiers. J'ai les rapports de Washington DC et de Pensacola, et la mise à jour hebdomadaire de la direction d'Omega.

— Merci, lui dit-il en prenant la liasse.

En arrivant à la porte de son bureau, il se retourna. Il était temps. Plus que temps.

— Tu peux cesser de demander les rapports de police de Pensacola. Je n'en aurai plus besoin.

Il ne savait même pas pourquoi il les avait demandés. Ou peut-être que si. Il s'était dit que Rosalyn serait arrêtée tôt ou tard. Si elle avait pour habitude d'escroquer les hommes de passage, elle finirait par se faire prendre.

Ce qu'il ignorait, c'est ce qu'il aurait fait si son nom était apparu dans un rapport de police. Porter plainte lui aussi ? Ou la faire libérer et la ramener avec lui pour veiller à ce qu'elle ne fasse plus de bêtises ?

Il secoua la tête, irrité par ses propres pensées. Puis il alla prendre le verre sous plastique et l'emporta jusqu'au panier posé près de son bureau. Il n'hésita que quelques secondes avant de le jeter dedans.

Il était temps.

Steve posa sur son bureau les mises à jour du département, les rapports hebdomadaires lui permettant de se tenir au courant ce qui se passait dans les autres antennes. Puis il prit les rapports de police de Pensacola et fit mine de les jeter à la poubelle.

À cet instant, une photo attira son attention sur celui du dessus. Une femme non identifiée découverte par la police de Pensacola.

Rosalyn. Elle avait l'air de dormir paisiblement, mais la photo avait été prise à la morgue du comté.

Elle était morte.

# 5

Steve prit le premier vol pour Pensacola. La tristesse et la culpabilité pesèrent sur lui durant tout le trajet.

On avait relevé et traité les empreintes sur le verre, repêché dans la poubelle. Si Rosalyn avait déjà eu affaire à un quelconque service de police, Steve le saurait avant même de rencontrer ses collègues de Pensacola.

Bon sang ! Il aurait dû le faire bien plus tôt. Il aurait dû identifier Rosalyn et se mettre à sa recherche. D'accord, elle aurait fait un court séjour en prison, mais au moins elle serait encore en vie.

Il avait compris tout de suite que quelque chose n'allait pas, qu'elle avait de graves ennuis. Mais il n'avait pensé qu'à son orgueil blessé, sans se soucier de lui venir en aide.

À présent, il était trop tard.

Il reçut les informations par e-mail en débarquant à Pensacola.

Rosalyn Mellinger. 24 ans. Originaire de Mobile, Alabama.

Ses empreintes n'étaient répertoriées dans aucune base de données. C'est la raison pour laquelle la police de Pensacola n'avait pu l'identifier. Cynthia avait pu la retrouver grâce à un signalement datant de son adolescence. Bien sûr, ces dossiers-là étaient inaccessibles, il avait été seulement possible de faire le lien avec les empreintes.

Steve se rendit directement à l'hôtel de police, qui abritait aussi le bureau du coroner. On était déjà en milieu d'après-midi, mais il était résolu à identifier le corps de Rosalyn le jour même. L'idée qu'elle passe une seconde nuit à la morgue dans l'anonymat lui était insupportable.

Le shérif du comté de Pensacola et le coroner l'attendaient.

— Agent Drackett...

Le shérif, un homme corpulent d'une cinquantaine d'années, lui tendit la main.

— C'est bien ainsi qu'il faut vous appeler ? Je suis le shérif Harvey Palmer.

— Appelez-moi Steve, répliqua celui-ci.

— Et voici Dwayne Prase, notre coroner.

Steve lui serra la main à son tour.

Ils s'engagèrent dans le couloir menant à la morgue.

— Nous vous sommes très reconnaissants de vous être déplacé depuis le Colorado, dit le shérif Palmer. Pour être honnête, je ne m'attendais pas à votre appel.

— Je n'ai pas connu la victime dans l'exercice de mes fonctions, je l'ai seulement rencontrée pendant mes vacances ici, il y a six mois. Nous avons passé quelques jours ensemble, et je l'ai immédiatement reconnue en voyant sa photo sur mon bureau.

— Je vois.

Le shérif hocha la tête et ne demanda heureusement pas pourquoi Steve recevait les rapports de Pensacola.

— Nous n'avons aucun signalement de disparition à son sujet. Et ses empreintes n'étaient enregistrées dans aucun de nos fichiers.

Steve acquiesça d'un signe de tête. S'il n'avait pas eu accès aux bases de données d'Omega, il n'aurait rien su de Rosalyn, lui non plus.

— Est-il exact qu'elle a été assassinée ?

— Oui, étranglée, répondit Palmer. Dans sa voiture, sur un parking.

— Elle était morte depuis plusieurs heures quand on l'a trouvée, intervint le coroner. Et elle est restée sans identification pendant trente-six heures.

Steve se pinça l'arrête du nez. Il y avait tant de choses qu'il aurait voulu faire autrement.

Ils entrèrent dans la chambre froide et Steve vit tout de suite le corps sur une table, prêt à être identifié.

Prase souleva lentement le drap qui recouvrait le visage de la défunte.

Jusque-là, Steve ne s'était pas rendu compte à quel point il espérait que ce ne serait pas elle, qu'il y avait eu une méprise quelconque. Mais il ne put faire autrement que la reconnaître.

— C'est elle, dit-il. C'est Rosalyn Mellinger.

Les heures suivantes, il les passa avec le shérif Palmer à remplir des formulaires. Il avait demandé à Palmer s'il pouvait rester quelques jours pour collaborer à l'enquête. Le shérif n'avait pas paru ennuyé par cette requête et avait promptement accepté.

Steve avait rappelé Omega pour les informer qu'il serait absent quelques jours. C'était l'avantage d'avoir une équipe aussi qualifiée que la sienne : ils fonctionnaient sans lui lorsqu'il le fallait.

Il voulait retrouver l'assassin de Rosalyn. C'était le moins qu'il puisse faire pour elle.

Mais pas ce soir. Ce soir, il allait retourner au bar tahitien où il l'avait rencontrée, et porter un toast à sa mémoire.

Il avait décidé de loger dans le même motel. Cette fois, ce ne serait pas la formule romantique, juste une chambre ordinaire. L'hôtel n'était situé qu'à quelques rues du commissariat. Il se présenta à la réception, loua une chambre et s'y rendit tout de suite pour déposer son sac. Il retira ensuite son costume et mit un jean et un T-shirt. Pas de short ni de tongs, cette fois.

Il décida de marcher jusqu'au bar en passant par la plage. À la hauteur de l'endroit où Rosalyn et lui s'étaient installés le premier soir, il fit halte, en partie pour mémoriser le lieu.

Mais aussi parce qu'il avait senti un regard sur lui.

Il se retourna en prenant un air naturel. Rien sur sa gauche.

Il s'agenouilla dans le sable comme s'il venait de trouver un coquillage et se tourna vers la droite. Rien non plus.

Peut-être était-ce le stress qui lui donnait cette sensation. Dieu sait à quel point sa journée avait été éprouvante.

Il se releva et reprit sa marche en direction du bar.

On était mercredi, non dimanche comme la première fois. Un match de basket passait à la TV, et le bar était plus qu'à moitié vide.

Pas de chanson sur le juke-box, pas d'orage poussant une belle femme à s'abriter.

Steve n'avait pas l'intention de s'attarder, aussi ne prit-il pas son tabouret habituel au bout du bar. Il s'assit simplement sur le premier siège disponible et commanda une bière.

Il n'en avait bu que quelques gorgées quand il sentit de nouveau un regard posé sur lui. Il sortit de sa poche de quoi payer le barman au cas où il lui faudrait partir précipitamment, puis se rassit et jeta des coups d'œil discrets autour de lui.

Personne ne semblait lui prêter attention, mais il était dans la police depuis trop longtemps pour ignorer cette sensation récurrente.

Quelqu'un le suivait, et cela depuis qu'il avait quitté le commissariat.

Peut-être était-ce l'assassin, qui voulait savoir qui avait identifié la victime. À moins qu'il ne veuille s'en prendre à lui.

Steve sentit l'adrénaline courir dans ses veines et le stimuler. Rien ne lui plairait davantage que de se retrouver face à face avec le meurtrier. Il enverrait avec plaisir ce type à l'hôpital avant de le jeter en cellule.

Il reprit une gorgée de bière et s'arrangea pour englober toute la salle du regard. Au bout de quelques secondes, il vit ce qu'il cherchait.

Sur la terrasse, une silhouette avec une veste à capuche se tenait derrière la vitre. S'apercevant qu'il avait été repéré, le type qui le surveillait se détourna.

Steve se mit aussitôt en mouvement, mais il dut sortir par

la porte latérale pour atteindre la terrasse, ce qui lui fit perdre des instants précieux. L'inconnu avait déjà dégringolé l'escalier extérieur et se dirigeait à bonne allure vers le groupe d'hôtels le plus proche. Dans l'obscurité grandissante, il était difficile de distinguer sa veste noire.

Mais Steve n'avait pas l'intention de le laisser filer.

Il contempla les bâtiments que l'homme voulait visiblement rejoindre — sans doute avait-il garé sa voiture par là. Puis il dévala à son tour l'escalier, sautant les dernières marches. Il se mit à courir vers les hôtels, mais par un chemin différent, pour éviter que le fuyard, en le voyant derrière lui, accélère l'allure.

Le plan de Steve était de faire le tour de l'hôtel le plus proche et de le surprendre.

C'était risqué, car l'homme pouvait changer de direction, mais Steve ne prit pas la peine d'y réfléchir. Il lui fallait mobiliser ses forces pour atteindre l'hôtel avant lui.

Courir dans le sable n'était pas facile, mais Steve savait qu'il gagnait du terrain. Du coin de l'œil, il vit l'inconnu ralentir. Sans doute parce qu'il ne distinguait personne derrière lui. Ou peut-être parce qu'il voulait se mêler aux touristes, maintenant qu'il était à proximité des hôtels.

Steve, lui, ne ralentit pas et se rendit compte qu'il avait quitté le sable pour le trottoir, puis la chaussée. Par-dessus son épaule, il vit la silhouette encapuchonnée se glisser dans une étroite allée entre deux bâtiments. C'était sa chance.

Il se força à accélérer, car il lui fallait tourner le coin du bâtiment avant que l'autre ne sorte de l'allée et débouche dans le parking. Une fois là, il serait difficile à retrouver.

Steve fonça à l'angle du bâtiment, prêt à se jeter sur l'homme, mais il n'était pas là. Il aperçut un groupe d'adolescentes en train de monter en voiture, tandis que des parents, un peu plus loin, faisaient sortir leurs enfants de leur véhicule.

Il cligna des yeux dans la lumière ténue. Peut-être le type se cachait-il derrière une voiture ? À moins qu'il ne soit parti dans l'autre direction après avoir tourné au coin de l'immeuble ?

Un mouvement attira son attention dans l'allée d'où il s'était attendu à voir l'homme sortir. C'était bien lui, qui regardait dans la direction opposée.

Steve s'aplatit contre le mur et entama une progression prudente. Il sortit son arme, mais la garda pointée vers le sol. Il ne voulait pas créer une panique parmi les vacanciers et alerter ainsi le suspect.

Silencieusement, il s'approcha de la silhouette encapuchonnée, qui lui tournait toujours le dos.

— Police, je suis armé, dit-il en effectuant les derniers pas et en braquant son Glock sur l'inconnu. Mettez les mains derrière la tête, doucement.

L'autre se raidit. Steve se rapprocha au cas où il aurait l'intention de fuir ou de se battre. L'homme était petit, mais Steve avait souvent vu des gringalets faire de gros dégâts. Il en avait même formé quelques-uns.

N'ayant pas de menottes sur lui, il allait devoir appeler le shérif pour procéder à l'arrestation.

— Ne bougez pas ! ordonna-t-il en sortant son téléphone de sa poche.

L'homme fit mine de se retourner.

— Hé ! Tu ne m'as pas entendu ? lança Steve en lui fourrant le canon de son arme dans le dos. Reste où tu es.

— Steve...

La voix était douce, presque un murmure, mais elle lui fit l'effet d'une décharge électrique.

Il fit alors quelque chose qu'il n'avait jamais fait en vingt ans de police : il baissa son arme.

Ce n'était pas un homme, mais une femme.

— Rosalyn ?

Elle leva les mains et baissa le capuchon de son K-Way tout en se retournant.

C'était bien elle. Sa magnifique chevelure noire, ses yeux d'un bleu étonnant, son nez piqueté de taches de rousseur. Rosalyn était vivante.

C'était impossible, puisqu'il venait d'identifier son corps. Mais peu importait. Quel que soit le miracle qui lui avait rendu la vie — et il allait exiger des explications à ce sujet — il l'acceptait.

Il rengaina son arme et la prit dans ses bras. Puis il la repoussa et examina soigneusement le reste de son corps.

Pas de doute, c'était elle. Bien vivante.

Et, à moins qu'il ne soit subitement atteint de troubles visuels, enceinte.

# 6

Steve contempla le ventre de Rosalyn un long moment, puis revint à son visage.

Il y avait tant de questions dans ses yeux qu'elle ne savait à laquelle répondre en premier.

Il avança doucement la main vers elle et elle murmura :

— Oui, je suis enceinte. De six mois.

Le calcul n'était très compliqué à faire, aussi le laissa-t-elle conclure de lui-même qu'il était le père du bébé. Elle ne voulait pas le lui affirmer d'emblée, parce qu'elle n'était pas sûre qu'il la croie. Après tout, ils ne s'étaient pas séparés dans les meilleurs termes.

Il l'observa une longue minute sans rien dire et Rosalyn se contenta de subir cet examen visuel. Elle était aussi surprise que lui de le voir.

— Je viens d'identifier ton cadavre, dit-il enfin.

Enfin peut-être pas *tout à fait* aussi surprise que lui.

— C'est ma sœur jumelle, murmura-t-elle. Lindsey Rose. Jusqu'à aujourd'hui, j'ignorais qu'elle était morte. J'allais au commissariat quand je t'ai vu.

De toute façon, se rendre au commissariat ne lui disait rien, sachant que le Guetteur l'attendrait sans doute là. Quand elle avait vu Steve sortir de l'immeuble, elle avait été stupéfaite.

C'était la dernière personne qu'elle s'attendait à voir. Sa présence avait sans doute un rapport avec la mort de Lindsey. Sinon, pourquoi serait-il venu du Colorado ?

— Tu m'as suivi depuis l'hôtel de police ?

— Oui.

Steve plissa les yeux.

— Pourquoi ? Pour me parler du bébé ? Pourquoi t'es-tu enfuie quand je t'ai vue au bar ?

Ses questions fusaient si vite qu'elle ne pouvait y répondre. De toute façon, elle préférait garder le silence.

Elle ne s'attendait pas à voir Steve. Elle était enceinte de six mois, seule, effrayée et en deuil.

Puis Steve avait franchi la porte. Il avait l'air si fort, si capable d'affronter tout ce qui pouvait se présenter !

Rosalyn était retournée à sa voiture et l'avait suivi sans même savoir pourquoi. Quand elle l'avait vu entrer dans le même motel, puis dans le bar où ils s'étaient rencontrés, elle avait senti une lueur d'espoir s'insinuer en elle.

Peut-être ne la haïssait-il pas, après tout ? Peut-être pourrait-elle lui dire qu'elle attendait un bébé ? Peut-être même pourrait-elle lui parler du Guetteur et de tout ce qui lui était arrivé.

Elle avait besoin d'aide.

Mais quand elle avait croisé son regard à travers la vitre du bar, elle avait paniqué. Il avait l'air si soupçonneux ! Alors elle avait couru, aussi vite que ses jambes pouvaient la porter.

Mais elle n'avait pas réussi à s'en tirer. Il l'avait rattrapée et lui avait dit...

Qu'il faisait partie de la police ?

Steve fit un pas vers elle, essayant visiblement de l'intimider par sa taille.

— Tu n'as pas répondu à mes questions.

Rosalyn ne pouvait pas lui parler à cet endroit. Ils étaient trop exposés.

— Je vais te répondre, mais pas ici, pas dehors. Tu m'avais dit que tu étais chef d'équipe.

— Je ne t'ai pas dit de quel genre d'équipe il s'agissait, répliqua Steve en haussant les épaules. Et je veux que tu me répondes avant que je ne t'arrête.

— M'arrêter, mais pourquoi ?

— Et les deux cents dollars que tu m'as volés il y a six mois ?

Rosalyn rougit jusqu'à la racine des cheveux.

— Je suis désolée. Je n'avais pas le choix. J'étais désespérée. Je l'étais pendant tout le temps que j'ai passé avec toi.

Ce n'était pas le mot exact, et elle aurait dû formuler cela autrement, comprit-elle en le voyant se raidir. Elle n'avait pas voulu dire qu'elle était restée avec lui parce qu'elle était désespérée, mais c'est ainsi qu'il l'avait compris.

— J'imagine que ce petit souvenir, remarqua-t-il en désignant son ventre, n'était pas prévu non plus. Ce bébé est-il le mien ?

— Oui.

Elle fit un pas vers lui, sans même en avoir eu l'intention.

— Je sais que tu ne me crois sans doute pas, mais tu es le seul homme avec qui j'ai couché depuis très longtemps.

Le seul homme auquel elle s'était *fiée* depuis très longtemps.

— Eh bien quand il sera né, il sera sans doute intéressant d'effectuer un test de paternité.

Consciente qu'elle n'aurait pas dû se sentir blessée, étant donné ce qui s'était passé entre eux, Rosalyn lança tout de même :

— Bien sûr. Je ne m'attends pas à ce que tu me croies sur parole.

Maintenant que le Guetteur l'avait retrouvée, elle avait besoin de l'aide de Steve, qu'il la croie ou non. Elle n'était plus la seule sur laquelle il fallait veiller. Steve ignorait une grande partie de l'histoire, mais elle pouvait au moins lui faire confiance.

— Écoute, je ne tiens pas à me comporter comme un salopard, déclara-t-il en fourrageant dans ses cheveux. Mais tu m'as surpris à plus d'un égard, et j'ai besoin d'éclaircissements.

— D'accord. J'ai une chambre dans un hôtel à quelques kilomètres d'ici. Allons-y.

Rosalyn était en vie.

Rosalyn était en vie *et* enceinte. Steve avait déjà du mal à croire à la première partie de cette découverte, alors la seconde le dépassait totalement.

Elle était assise sur le lit, dans une chambre d'hôtel plutôt miteuse, mangeant un paquet de crackers. Quant à lui, il était sur une chaise de bureau qu'il avait tirée pour mieux l'observer. Comme si le fait de manger des crackers était la chose la plus intéressante qu'il ait jamais vue.

Avait-elle faim ? Prenait-elle soin d'elle ? S'était-elle fait suivre par un médecin durant sa grossesse ? Le bébé était-il vraiment de lui ?

Ils avaient utilisé des préservatifs, mais il y avait parfois des accidents, il le savait.

Il avait envie de la croire. Elle avait retiré son K-Way, et il voyait mieux le renflement de son ventre, sous son T-shirt. C'était une grossesse, à n'en pas douter. Elle ne marchait pas encore en se dandinant, mais elle était enceinte, c'était certain. Quelqu'un d'aussi menu qu'elle ne pouvait le cacher.

Il aurait voulu lui poser toutes sortes de questions sur son état, mais tant d'autres interrogations lui venaient qu'elles étaient en quelque sorte englouties dans la masse.

Son travail à Omega consistait à trier d'importantes informations et à prendre des décisions non moins importantes. Décider des questions à poser était la première de ses compétences. Des vies en dépendaient parfois.

Mais qu'il soit damné s'il savait par où commencer avec Rosalyn !

Néanmoins, le cadavre semblait le sujet le plus urgent.

— Alors, la femme que j'ai identifiée à la morgue...

— Je te l'ai dit, c'est ma jumelle, Lindsey Rose Mellinger. Ma mère, expliqua-t-elle d'un air sérieux, a voulu faire un jeu de mots.

Rosalyn et Lindsey Rose.

— L'envers l'une de l'autre. Enfin, presque.

Elle hocha la tête.

— Oui, et cela s'est révélé vrai en tout. Nous étions jumelles, mais nous n'aurions pas pu être plus différentes — en dehors de notre apparence, bien sûr.

— Quand as-tu vu ta sœur en vie pour la dernière fois ?

Les yeux de Rosalyn se remplirent de larmes et elle les essuya du dos de la main.

— Il y a au moins un an et demi. Nous n'avons jamais été proches, et cela a empiré à l'âge adulte. Lindsey vivait toujours à Mobile, mais elle était continuellement en cure de désintoxication.

— Et c'est là aussi que tu vivais ?

Steve le savait déjà, mais il voulait savoir si elle disait la vérité.

— Oui, mais j'en suis partie il y a presque un an.

Steve se demanda où elle avait vécu ces six derniers mois, mais préféra attendre que le sujet arrive de lui-même sur le tapis.

— Que sais-tu sur la mort de ta sœur ?

— Rien, répondit Rosalyn en secouant la tête, en dehors du fait qu'elle a été assassinée. C'est le cas, n'est-ce pas ?

— Qu'est-ce qui te fait penser ça ?

Cette fois, les larmes débordèrent avant que Rosalyn puisse les retenir.

— Lindsey est venue me voir à Pensacola parce que je le lui avais demandé. Nous étions censées nous retrouver dans un restaurant à quelques rues d'ici, il y a deux jours, mais elle n'est jamais venue.

Elle lui donna le nom et l'adresse du restaurant. Le corps de Lindsey avait été retrouvé non loin de là.

— Lindsey était très tête en l'air, continua Rosalyn. J'ai pensé qu'elle s'était trompée de jour ou d'heure. Ou qu'elle s'était de nouveau droguée. J'ignorais sa mort jusqu'à ce qu'une serveuse me montre un article dans le journal, disant que la police cherchait des informations sur une morte qui me ressemblait comme deux gouttes d'eau.

Rosalyn se leva et alla prendre un mouchoir en papier sur le petit bureau.

— Je venais identifier le corps quand je t'ai vu.

— Tu as dit qu'elle se droguait, alors qu'est-ce qui te fait penser qu'on l'a tuée ? Une overdose n'aurait pas été plus plausible ?

— Normalement, oui, dit Rosalyn en se rasseyant. Mais j'ai soupçonné tout de suite un homicide parce qu'elle était venue pour me voir.

— Je ne comprends pas.

Les yeux bleus de Rosalyn le transpercèrent.

— Tu as vu son corps, n'est-ce pas ?

Il hocha la tête.

— Je vais répondre à tes questions, reprit-elle, je te le promets. Mais dis-moi d'abord : a-t-elle été assassinée ?

Steve ne vit aucun avantage à lui mentir.

— Oui, je suis désolé. Elle a été étranglée dans sa voiture.

Rosalyn se mit à pleurer silencieusement, la tête dans ses mains. Steve alla s'asseoir à côté d'elle. Peu importait le passé, il ne pouvait refuser le réconfort à quelqu'un qui venait de perdre un membre de sa famille.

— J'espérais que tu allais me dire le contraire. Que c'était une overdose, dit-elle enfin.

— Je ne comprends pas pourquoi tu n'y as pas pensé.

Son expérience lui disait que les gens ordinaires, quand ils apprenaient la mort de l'un des leurs, ne pensaient pas immédiatement au meurtre. Et si Lindsey consommait et achetait de la drogue, il aurait été logique que Rosalyn fasse le lien entre son addiction et sa mort.

Mais elle ne l'avait pas fait. Parce qu'elle savait quelque chose, quelque chose qu'elle ne lui disait pas.

— Rosalyn…

Il lui releva le menton d'un doigt, et elle le regarda dans les yeux.

— Raconte-moi ce qu'il se passe. Il faut que tu me le dises.

Elle essaya de détourner les yeux, mais il l'en empêcha.

— Je ne peux pas, dit-elle tandis qu'une autre larme roulait sur sa joue. Je ne veux pas te mettre en danger, toi aussi.

Steve fixa cette petite femme — petite femme enceinte — qui

voulait le protéger. Pourquoi se souciait-elle de lui s'il n'avait été qu'un pigeon à plumer ? D'une manière ou d'une autre, il voulait connaître le fin mot de l'histoire.

— Je peux m'occuper de moi, Rosalyn. Dis-moi seulement ce qu'il se passe.

Au début, il pensa qu'elle n'allait pas répondre, mais elle s'y décida finalement.

— Depuis un an, quelqu'un me harcèle.

Steve se redressa.

— Te harcèle ? Comment ça ?

— La plupart du temps, il me laisse un message sous la porte, pendant que je dors.

Elle frémit.

— Mais il m'a aussi envoyé des e-mails, des textos, et il m'a même appelée au téléphone.

Steve était dans la police depuis assez longtemps pour prendre ce genre de choses au sérieux. Surtout quand il s'agissait de mots sous la porte. Cela signifiait que le type était tout près et sans doute dangereux.

— Quel genre de messages ?

— Rien de très menaçant. En général, ce sont de petits commentaires sur ce que j'ai fait dans la journée.

C'était étrange, pour un maniaque, de parler d'elle au lieu de lui. Ce genre d'homme était généralement obsédé par ses fantasmes et essayait de les imposer à ses victimes.

— Et tu en as parlé à quelqu'un ?

— Oui. À ma mère et à ma sœur. Elles m'ont dit que je faisais mon intéressante. J'ai déménagé à l'autre bout de la ville pour me débarrasser de lui, espérant que ça s'arrêterait là.

— Et ça n'a pas été le cas.

— La première nuit que j'ai passée dans mon nouvel appartement, on a glissé un mot sous ma porte.

Steve fronça les sourcils. Ainsi, le type l'avait suivie.

— Tu es allée voir la police ?

— Oui, je suis allée les voir à Mobile, mais j'avais jeté les lettres, alors ils ont cru à une plaisanterie.

Il aurait été facile de reprocher à la police de Mobile de n'avoir rien fait, mais la vérité était que les polices municipales n'avaient que des moyens très limités. Si les messages ne contenaient pas de menaces, les policiers n'y avaient sans doute prêté que peu d'attention.

Rosalyn se leva et se mit à faire les cent pas.

— Les choses ont tellement empiré qu'au bout d'un mois, j'ai décidé de quitter la ville. J'avais pas mal d'économies, alors j'ai démissionné et je suis partie. Je n'ai rien pris, ni mes meubles ni mes affaires, je suis juste montée dans ma voiture un matin et je suis partie.

Elle cessa son va-et-vient un instant.

— Je suis allée à Dallas. Je pensais que ce serait une ville sympa où séjourner et semer mon ennuyeux petit poursuivant. Et j'ai cru y être arrivée, jusqu'à la deuxième nuit. Un nouveau message sous ma porte parlait de la crème brûlée que j'avais mangée au dîner.

Elle ne regardait pas Steve mais il entendait la peur dans sa voix.

— Je suis repartie un quart d'heure après. J'ai fait un tas de détours pour m'assurer que personne ne me suivait. Et je suis allée à Shreveport, où j'ai filé tout droit au commissariat.

Ce n'était pas le meilleur des plans, étant donné que les choses ne s'étaient pas déroulées dans cette juridiction, mais Steve ne le lui dit pas. Elle aurait mieux fait d'aller voir la police de Dallas.

Cependant, une lettre qui parlait de dessert n'aurait pas non plus été prise au sérieux.

— Personne n'a voulu m'écouter, sauf un inspecteur, Johnson, qui m'a proposé de le rejoindre quelque part, après son travail. Je lui ai tout raconté, et il m'a aidée. Ou plutôt il a essayé.

— Qu'a-t-il fait ?

Rosalyn se frotta nerveusement les cuisses, un geste dont elle n'était sans doute pas consciente.

— Je lui ai montré les lettres que j'avais gardées. Il m'a dit de toutes les conserver, y compris celles que je recevrais à l'avenir. Et il m'a donné un carnet et m'a montré comment noter tout ce que faisait le Guetteur.

Steve lui prit les mains pour l'empêcher de se frotter les jambes.

— Le Guetteur ?

— Oui, c'est comme ça que je l'appelle. J'ai tout gardé depuis que l'inspecteur Johnson m'a dit de le faire.

— Et qu'a-t-il fait avec ? En a-t-il tiré des indices ?

— Malheureusement, il est mort d'une crise cardiaque le lendemain.

Steve releva brusquement la tête.

— Il était âgé ?

— La cinquantaine. Et plutôt en forme.

— C'est une sacrée coïncidence.

Et un coup majeur pour Rosalyn, qui venait enfin de trouver de l'aide.

— Je l'ai cru aussi, jusqu'à ce que je reçoive un e-mail parlant d'un produit chimique qui provoque des crises cardiaques.

— Quoi ?

— C'est le Guetteur qui a tué Johnson. Il a tué tous ceux à qui j'ai parlé de lui. Et j'ai peur que tu sois le prochain.

# 7

Steve ne la croyait pas.

Il ne l'exprimait pas ouvertement, mais elle voyait bien que, selon lui, le Guetteur ne représentait pas une menace crédible.

L'inspecteur Johnson était mort d'une crise cardiaque. Cela arrivait tout le temps, parce que le métier de policier était stressant.

Lindsey était morte aussi, mais c'était une droguée. Ça aussi, ça arrivait tout le temps.

Elle ne lui parla pas de Shawn, le mécanicien assassiné après qu'elle lui eut parlé du Guetteur, parce que Steve penserait sûrement qu'elle exagérait.

Elle reconnaissait cette expression. Il voulait la ramener à la raison sans la vexer. Il ne voulait pas ajouter à son stress, mais il ne trouvait pas son histoire très inquiétante.

Sans parler du fait qu'il était encore sous le choc de sa réapparition et de sa grossesse. Mieux valait se montrer indulgente envers lui.

Elle n'avait pas prévu de l'entraîner dans tout cela. Parce que, qu'il la croie ou non, elle le savait : le Guetteur essaierait de le tuer lui aussi.

Elle aurait voulu fuir pour protéger Steve. Mais elle ne le pouvait plus. Il fallait qu'elle affronte la réalité, à savoir que très bientôt, elle ne serait plus une personne mais deux. Elle aurait un bébé. Et elle ne pourrait pas continuer à fuir avec un enfant sur les bras.

Elle avait eu six mois de paix relative. Même si, chaque nuit, elle avait peur qu'il la contacte, le Guetteur n'en avait rien fait. Rosalyn ignorait pourquoi. Elle s'était dit qu'il avait renoncé, qu'il avait décidé de la laisser tranquille.

Elle avait commis une terrible erreur, se rendait-elle compte à présent, en contactant sa sœur. Cela n'avait pas seulement coûté la vie à Lindsey, cela avait permis au Guetteur de la retrouver.

Elle savait qu'elle ne pourrait plus lui échapper. Pas sans une aide extérieure.

Steve se tourna vers elle.

— Écoute, on va dormir à présent, et on en discutera demain matin à tête reposée.

Elle acquiesça d'un hochement de tête. Si elle lui montrait les messages, peut-être la prendrait-il au sérieux. En outre, elle était consciente qu'il était loin d'avoir fini de la questionner.

C'était un flic, et il avait délibérément omis de l'en informer lors de leur première rencontre. Elle ne lui en voulait pas, mais cela changeait bien des choses. Peut-être pourrait-il la protéger du Guetteur.

Bien sûr, l'inspecteur Johnson faisait aussi partie de la police, et le Guetteur l'avait tué. Mais c'était avant qu'elle comprenne jusqu'où il était prêt à aller. Avant la mort de Johnson, elle croyait être sa seule victime. À présent, elle était consciente des risques. Il fallait qu'elle se débrouille pour faire comprendre à Steve qu'il était en danger.

— D'accord. À quelle heure veux-tu qu'on se retrouve demain ?

Steve la regarda comme si elle avait perdu l'esprit.

— Il est hors de question que je te laisse seule ici. Tu viens avec moi.

Elle ne s'attendait pas à cela.

— Pourquoi ?

— Pour de multiples raisons. Premièrement, parce que je ne veux pas que tu t'envoles à nouveau.

Rosalyn sentit ses joues devenir cramoisies, mais elle ne dit rien.

— Deuxièmement, parce que, selon tes propres mots, tu es harcelée par un maniaque meurtrier. Je ne suis pas certain de connaître tous les faits, mais j'ai bien l'intention d'y réfléchir. Et troisièmement, parce qu'il n'est pas question que je te laisse toute seule alors que tu portes un enfant.

Une vague de soulagement envahit Rosalyn. Steve ne la croyait pas complètement, mais il était disposé à étudier l'affaire. Et à les protéger, elle et le bébé.

— Bien sûr, je suis prêt à dormir dans ce bouge si tu insistes. Mais je préférerais aller à mon hôtel.

Il regarda autour de lui d'un air dégoûté, puis reporta les yeux sur elle.

— De toute manière, tu peux t'attendre à passer cette nuit et les suivantes avec moi — jusqu'à ce que nous trouvions ce psychopathe et que tu aies le bébé.

Il n'était apparemment pas convaincu que le bébé était le sien, mais il était disposé à veiller sur elle jusqu'à ce qu'il le sache. Devait-elle en éprouver de la reconnaissance ou se sentir blessée ? se demanda-t-elle.

Cependant, rester dans cette chambre, alors qu'il en avait une bien plus confortable, aurait été idiot.

— D'accord. Donne-moi juste le temps de prendre mes affaires.

Steve se chargea de son sac de voyage et l'accompagna jusqu'à sa voiture. Il lui prit la clé et déposa le sac dans le coffre.

— Tu es passée de ville en ville depuis six mois ?

Rosalyn se mordit la lèvre. Lui dire la vérité, à savoir que le Guetteur ne l'avait pas contactée depuis qu'elle avait quitté Pensacola, n'allait pas ajouter à la crédibilité de son histoire.

Elle ignorait pourquoi son harceleur ne s'était pas manifesté pendant son séjour chez les Ammons, mais ce répit lui avait fait du bien.

— Je vais aller régler ta chambre. Reste ici, lui ordonna Steve.

— Non, je vais le faire. J'ai de quoi payer.

Steve haussa les sourcils.

— Je préfère ne pas savoir comment tu as eu cet argent.

— Je ne l'ai pas volé, d'accord ? Je ne l'ai fait qu'une fois, parce que j'étais désespérée.

Mais il n'avait toujours pas l'air de la croire.

— Attends dans la voiture, je vais régler la note.

Elle lui décocha un regard noir, ce qui le fit sourire.

— Parfait, va payer si ça te chante. Je t'attends ici.

La réception du motel était à l'autre bout du parking. Rosalyn n'avait ni la taille ni la carrure nécessaires pour s'éloigner d'un air indigné, d'autant plus qu'elle avait l'air d'avoir avalé un ballon de rugby. Steve se moquait sûrement d'elle, mais elle s'en fichait.

En tout cas, il ne menaçait plus de l'arrêter. Non qu'elle y ait vraiment cru la première fois.

Elle entra dans le hall de l'hôtel et régla sa note à la réception, un peu contrariée qu'on lui facture deux nuits au lieu d'une. Malgré tout, elle ne voulait pas laisser Steve payer. Et puis cette dépense supplémentaire ne la mettrait pas sur la paille, car elle avait de nouveau économisé de l'argent. Elle signa la fiche et ressortit pour retourner à la voiture.

— Je te rembourserai, tu sais, cria-t-elle en se dirigeant vers Steve.

Il fit quelques pas dans sa direction.

— Ce n'est pas nécessaire. Tu peux...

À cet instant, un rugissement de moteur se fit entendre. Rosalyn se retourna. Pleins phares, une voiture fonçait vers elle en zigzaguant.

— Hé ! Regardez ça ! s'exclama quelqu'un sur la galerie du premier étage.

Rosalyn ne savait dans quel sens s'écarter pour éviter le véhicule. Tout ce qu'elle savait, c'est qu'il allait l'écraser. Elle était toujours figée sur place, certaine de son destin, quand quelque chose la heurta latéralement.

*Steve.*

La plaquant contre sa poitrine, il poursuivit son élan. Au

dernier moment, il réussit à se retourner pour amortir leur chute et protéger le bébé.

Mais il ne s'écoula qu'une seconde avant que Steve se remette sur pied. Sortant son arme, il visa la voiture.

À cet instant, le conducteur enclencha la marche arrière et accéléra dans sa direction. Steve n'eut pas le temps de s'écarter : le véhicule le heurta et le renversa.

— Steve ! hurla Rosalyn de là où elle gisait.

Il se redressa et tira en direction de la voiture. Mais voyant le conducteur foncer vers lui de nouveau, il roula sur le flanc pour l'éviter.

Rosalyn tentait de s'agenouiller, ne sachant pas ce que le chauffard allait faire. Heureusement, il s'éloigna à toute allure.

Steve courut vers elle et posa les mains sur son ventre.

— Ça va ? Je suis désolé de t'avoir heurtée si violemment.

Son cœur battait la chamade, mais elle ne pensait pas être blessée.

— Mieux valait que ce soit toi qui me percutes plutôt que la voiture. Tout va bien. Et je suis sûre que le bébé va bien aussi. C'est toi qui as encaissé la plus grosse partie du choc.

Le directeur franchit précipitamment les portes de l'hôtel.

— Mon Dieu, vous allez bien ? Je viens d'appeler le 911. Ce type devait être ivre.

Deux autres personnes sortirent en courant du bâtiment.

— Nous avons tout vu ! Quelqu'un a pensé à relever la plaque d'immatriculation ?

Ils se mirent à parler tous ensemble.

Cessant de leur prêter attention, Rosalyn se mit en devoir de se relever, mais les mains de Steve la maintinrent doucement sur le sol.

— Reste là, d'accord ? Une ambulance va arriver. Mieux vaut l'attendre.

Elle hocha la tête. Son cœur battait encore de façon désordonnée mais, en dehors de cela, elle ne se sentait pas mal.

Néanmoins, Steve avait raison — mieux valait laisser les secouristes l'examiner, au cas où.

— Fichu chauffard ! Vous avez de la chance d'être en vie, s'exclama le directeur de l'hôtel. Vous avez vu comment il a reculé ? Il ne savait même pas ce qu'il faisait.

Rosalyn jeta un coup d'œil à Steve. Ses yeux disaient la même chose que les siens. Ce n'était pas un chauffard ivre.

— Tu vas bien ? lui demanda-t-elle. C'est toi qu'il a renversé.

Il poussa un petit grognement en s'asseyant près d'elle, sur l'asphalte.

— Oui, je n'ai rien de cassé, j'en suis sûr.

Les gens s'agitaient autour d'eux, mais ils restèrent assis en silence, la main de Steve posée sur le ventre de Rosalyn. Très vite, les secours et la police arrivèrent. On aida Rosalyn à s'allonger sur une civière et on la fit entrer dans l'ambulance, tandis que Steve parlait aux policiers.

Elle ne sut jamais ce qu'il leur avait dit mais, quelques minutes plus tard, l'ambulance démarra avec Steve à son bord. Il ne quitta son chevet qu'à l'hôpital pour parler à un membre du personnel médical.

De nouveau, Rosalyn n'entendit rien mais, vingt minutes plus tard, elle fut examinée par la chef du département de gynécologie obstétrique, alors qu'il était déjà 22 heures. Le Dr Puglisi procéda à une échographie dès qu'elle eut entendu ce qui s'était passé.

— Voilà, dit-elle en désignant l'écran. Le cœur bat régulièrement. Le bébé va aussi bien que possible.

Des larmes roulèrent sur les joues de Rosalyn et elle agrippa la main de Steve, assis à côté d'elle.

— Dieu merci !

— Le corps de la femme fournit une protection incroyable au fœtus. En général, il faut beaucoup plus qu'une chute pour causer de vrais problèmes, déclara le Dr Puglisi en déplaçant la sonde. Vous connaissez déjà le sexe du bébé ?

Rosalyn secoua la tête.

— Pas encore. C'était prévu pour ma prochaine visite.

— Voulez-vous le savoir maintenant ?

Rosalyn regarda Steve, mais il haussa les épaules.

— À toi de décider.

Elle s'efforça de ne pas se sentir blessée par son indifférence. Il était trop tôt pour qu'il s'y intéresse.

— Oui, j'aimerais bien, si vous pouvez le voir, dit-elle enfin.

Le Dr Puglisi sourit.

— Félicitations, vous allez avoir un petit garçon.

# 8

Il allait avoir un fils.

Le Dr Puglisi avait demandé des analyses pour s'assurer que Rosalyn était en bonne santé et que le bébé allait bien.

L'un de ces tests consistait à établir l'âge gestationnel de l'enfant. Et tout indiquait que le fœtus avait vingt-cinq semaines, soit six mois exactement.

Cela ne prouvait pas que le bébé était de lui, mais c'était tout de même un pas dans cette direction.

Le plus important, néanmoins, était que Rosalyn et le bébé aillent bien. Le vol plané qu'il leur avait fait faire ne les avait pas blessés.

Quand il avait vu la voiture foncer sur elle, il avait senti son cœur s'arrêter. Seuls ses réflexes et son entraînement l'avaient poussé à plonger sur elle pour la soustraire à la trajectoire du véhicule.

Un conducteur ivre, mon œil !

Il aurait peut-être accordé du crédit à cette théorie si le type en question n'avait pas reculé pour l'écraser.

On avait essayé de les tuer tous les deux. L'homme avait feint l'ivresse, mais après ce que lui avait raconté Rosalyn, c'était une coïncidence de trop.

Jusqu'à cette agression, il ne l'avait pas vraiment crue. Son récit et l'interprétation qu'elle faisait des événements contredisaient du tout au tout les modèles comportementaux des maniaques assez obsédés pour passer au meurtre.

Il venait de discuter une heure au téléphone avec le shérif Palmer, dans une petite pièce mise à sa disposition. Il lui avait parlé de Lindsey, la sœur de Rosalyn, et lui avait expliqué que les empreintes de la première n'étaient pas enregistrées, mais que celles de la deuxième l'étaient, bien qu'il ne sache pas encore pourquoi.

Il lui avait aussi raconté l'incident avec la voiture. Une petite Toyota noire ou bleu marine, sans plaques d'immatriculation, n'allait pas être facile à retrouver, mais le shérif avait accepté de faire des rapprochements avec les accidents de la circulation qui s'étaient produits récemment dans la région. Peut-être auraient-ils de la chance.

Steve termina la conversation en déclarant à Palmer qu'il allait ramener Rosalyn avec lui à Colorado Springs.

Au quartier général d'Omega.

S'ils devaient combattre un criminel, il avait l'intention de le faire sur son propre terrain.

Quand il eut fini avec Palmer, il appela Denver.

— Bureau de Steve Drackett...

— Angela, c'est moi.

Il y avait toujours quelqu'un de garde au central, afin de pouvoir relayer les appels de première importance. Angela effectuait les gardes du soir.

— Bonjour, patron. Je pensais que vous étiez en congé !

— Je l'étais, mais la situation a changé. Je voudrais que tu me réserves deux billets sur le premier vol Pensacola-Colorado Springs demain matin. Pour moi et Rosalyn Mellinger.

— Pas de problème. Je vous envoie les détails par texto.

— Du neuf au bureau ?

— Dans l'ensemble, c'était une journée plutôt calme.

Une journée « calme » signifiait seulement qu'il n'y avait pas eu d'événements menaçant la sécurité nationale.

— Ravi de l'apprendre. Je serai là demain.

— À demain alors, monsieur.

Un médecin avait déjà examiné ses blessures — écorchures

et hématomes — et l'avait autorisé à partir. En retournant à la salle d'examen, il vit Rosalyn bavarder avec l'une des infirmières et fut de nouveau frappé par sa beauté.

L'incident aurait pu avoir des conséquences bien pires.

Sa colère contre elle avait duré six mois, suivie d'une tristesse accablante quand il l'avait crue morte. Découvrir qu'elle était en vie lui avait donné une seconde chance qui ressemblait à un cadeau.

Son sourire lui coupa le souffle, exactement comme six mois auparavant.

— Tu es prête à partir ? lui demanda-t-il.

Elle sauta à bas de la table.

— Oui. Le Dr Puglisi m'a dit que je pourrais y aller dès que tu aurais fini.

— Bon. Il se fait tard. Je pense qu'un peu de sommeil ne nous fera pas de mal. On va retourner à mon hôtel, comme prévu.

Un policier en uniforme avait amené la voiture de Rosalyn à l'hôpital. Steve lui ouvrit la portière et alla prendre place derrière le volant.

Il sortit lentement du parking et commença à rouler. Mais il ne prit pas le chemin le plus direct, s'engageant au contraire dans des petites rues.

Au bout d'une heure, il fut certain que personne ne les suivait. En fait, il en était sûr depuis au moins vingt minutes, mais Rosalyn s'était endormie et il n'avait pas eu le cœur à la réveiller. Elle avait eu une journée épuisante. D'abord il avait braqué son arme sur elle, puis quelqu'un avait essayé de la tuer. Sans parler du récent décès de sa sœur.

Elle méritait bien un peu de repos.

Mais il y avait tant de choses dont ils devaient parler. Il avait besoin de connaître tous les détails dont elle se souvenait concernant le Guetteur. Et il voulait également savoir où elle était allée durant ces six derniers mois.

Il voulait lui dire qu'il était le directeur d'une agence de police et qu'il était en meilleure position que quiconque pour la protéger. Même s'il avait failli se faire tuer, lui aussi.

Oui, il était possible que ce soit un chauffard ivre qui ait manqué les écraser, mais il continuerait d'être sur ses gardes jusqu'à ce qu'il sache exactement à qui il avait affaire.

Il roula encore quelques minutes, puis se gara dans le parking de son motel. Sortant de voiture, il balaya les environs du regard, afin de s'assurer qu'on ne les avait pas repérés au cours des dernières minutes. C'était peu probable, mais toujours possible.

Rien. Tout était tranquille. La plage était également déserte. Rien d'étrange à cela, un mercredi à minuit.

Il sortit le sac de voyage de Rosalyn du coffre. Son autre sac, elle s'y cramponnait comme elle le faisait depuis qu'il l'avait rencontrée.

Il ouvrit la portière et lui effleura gentiment l'épaule.

— Hé ! Belle au bois dormant, réveille-toi ! Il est temps de te mettre au lit.

Les yeux à peine ouverts, elle sortit de la voiture. Il passa un bras autour d'elle et l'accompagna dans le hall, dans l'ascenseur, puis dans le couloir menant à sa chambre, au septième étage. Il ouvrit la porte avec sa carte.

La chambre était beaucoup moins romantique que le bungalow de la première fois. Mais à en juger par la mine ensommeillée de Rosalyn, elle n'était pas d'humeur romantique.

— Je vais me coucher tout de suite, d'accord ?

Elle s'allongea sur les couvertures, sans même retirer ses chaussures. Apparemment, elle n'avait pas remarqué qu'il n'y avait qu'un seul lit. Une seconde plus tard, elle dormait profondément.

Steve posa le sac sur une chaise et s'approcha pour retirer les chaussures de Rosalyn. Puis il la souleva d'un bras afin de la mettre entre les draps.

Elle ne bougea pas un cil.

Souriant, Steve secoua la tête. Elle ressemblait à une enfant.

Dormait-elle tout le temps ainsi, ou était-ce la conséquence de l'épuisement et du stress ?

En tout cas, la journée avait été longue. Il prit une douche, en tressaillant un peu à cause de ses écorchures, puis enfila un pantalon de pyjama.

Demain, il emmènerait Rosalyn dans le Colorado. Elle n'avait pas encore accepté de le suivre, mais il n'y avait pas matière à discussion. Il fallait qu'il comprenne ce qui se passait, et le siège de l'agence était le meilleur endroit pour cela.

Bien sûr, il fallait organiser les obsèques de Lindsey, mais la mère de Rosalyn devrait s'en charger. Il espéra que Rosalyn n'allait pas refuser de le suivre, et qu'il ne faudrait pas l'y forcer.

Mais s'il fallait en venir là, il le ferait sans hésiter. Pour le moment, elle dormait paisiblement et il se dit qu'il devait faire la même chose.

Il se glissa près d'elle dans le lit. Il avait envie de la prendre dans ses bras, mais savait que ce n'était pas sage. Il y avait trop de questions non résolues entre eux. Il fallait qu'il garde ses distances jusqu'à ce qu'il sache à quoi s'en tenir avec elle.

Il la contempla. Tournée sur le flanc, elle paraissait innocente, adorable, fragile.

Mais son métier lui avait appris à quel point les apparences pouvaient être trompeuses.

Il allait rester de son côté du lit. C'était la meilleure solution pour tout le monde.

Il se réveilla en sursaut et sentit immédiatement que quelque chose n'allait pas.

Rosalyn était blottie dans ses bras, recouvrant en partie son corps. C'était raté pour les distances. Mais ce n'était pas le problème.

Il regarda la fenêtre. Aucune lumière ne filtrait ; il faisait donc encore nuit. Il estima qu'il était environ 4 heures du matin.

Qu'est-ce qui l'avait réveillé ?

Il tendit l'oreille, dans l'attente d'un bruit inhabituel. Quelqu'un qui aurait essayé d'entrer dans leur chambre ou crié dans la chambre voisine…

Rien.

Puis il sentit l'odeur. L'odeur de la fumée. Elle était trop forte pour qu'il s'agisse d'un client en train de fumer une cigarette sur le balcon.

Il secoua Rosalyn.

— Réveille-toi, mon ange.

Elle marmonna et tenta d'éloigner ces mains qui perturbaient son sommeil.

Steve la secoua plus fort.

— Allez, Rosalyn, il faut te réveiller !

Il la redressa pour la mettre en position assise.

— Qu'est-ce qu'il se passe ? demanda-t-elle en cillant. C'est le matin ?

— Il y a un problème, j'en suis sûr.

Il se précipita vers la porte et vit de la fumée s'infiltrer dessous. Revenant au lit, il s'empara du téléphone et appela la réception. Dès que quelqu'un répondit, il aboya :

— Je suis à la chambre 742. Il y a un incendie dans le couloir, mais l'alarme ne s'est pas déclenchée. Il faut appeler les pompiers et prévenir les clients.

Il raccrocha sans attendre de réponse et ramassa une des chaussures de Rosalyn.

— Tu peux les mettre ou tu veux que je t'aide ?

— Je vais le faire, répondit-elle. Je suis lente, mais je vais y arriver.

Il lui tendit celle qu'il tenait, lui mit lui-même la deuxième et enfila en hâte les siennes.

— Il faut sortir d'ici. Il est possible que l'incendie soit étendu et qu'il y ait beaucoup de fumée.

Rosalyn prit son sac à main et le passa sur son épaule. Le reste de leurs affaires allait devoir rester là.

Steve la guida vers la salle de bains.

— Mouille les serviettes. On va les mettre sur notre figure pour nous protéger des flammes et de la fumée.

Elle ouvrit le robinet et Steve retourna examiner la porte de la chambre. La fumée qui passait dessous épaississait peu à peu.

Il l'entrouvrit pour jauger de la situation. La fumée était si épaisse, qu'on ne voyait pas à deux mètres. Il était hors de question d'attendre que les pompiers arrivent à leur étage.

Il referma la porte et alla prendre les serviettes des mains de Rosalyn.

— Il y a beaucoup de fumée, on ne pourra rien voir dans le couloir. Mais il faut qu'on réussisse à gagner l'escalier.

— Mais je ne sais pas où il est ! s'exclama Rosalyn, le visage crispé par la panique. C'est près de l'ascenseur ?

— Non.

Par habitude, Steve avait mémorisé le plan de l'hôtel à son arrivée.

— C'est un peu plus loin. Tiens-moi la main et ne la lâche pas.

Elle hocha la tête, les yeux élargis par la peur. Steve lui entoura le bas du visage d'une des serviettes.

— Je ne sais pas où en est l'incendie, mais la fumée est dense. Ça va être difficile. Reste courbée et respire autant que possible à travers la serviette.

En rouvrant la porte, il sentit immédiatement la chaleur sur la droite. L'incendie s'était rapproché et leur bloquait l'accès à l'escalier.

— Il va falloir rejoindre l'autre cage d'escalier, dit-il à Rosalyn. Reste près de moi.

Elle acquiesça, et il ouvrit la porte plus grand. La pièce se remplit immédiatement de fumée. Steve se plia en deux. Il était conscient que ce serait difficile pour Rosalyn, mais il était content qu'elle soit plus petite que lui.

À quelques mètres à peine de leur chambre, il perdit toute visibilité. Il lui fallut se fier à son instinct pour se frayer un chemin.

Il sentait la petite main de Rosalyn dans la sienne et savait que s'il commettait une erreur, comme manquer la porte de l'escalier ou tourner dans le mauvais couloir, cela signerait leur mort à tous deux.

À mi-chemin de l'endroit où il situait l'escalier, la fumée devint si épaisse qu'ils durent se mettre à quatre pattes. Les yeux de Steve le brûlaient, même si la serviette lui protégeait la gorge.

Il se retourna vers Rosalyn. Ses yeux ruisselaient de larmes. Il avait la même apparence, il le savait.

— Remonte la serviette sur tes yeux, lui cria-t-il. Je vais te guider.

Elle ne discuta pas et se contenta de tirer la serviette sur son nez et ses yeux. Cela ne servirait pas longtemps, mais c'était mieux que rien. Elle se fiait entièrement à lui pour les guider. Il ne la laisserait pas tomber.

Il progressa sur les genoux et les mains aussi rapidement que possible — sentant la main de Rosalyn sur sa cheville — jusqu'à ce qu'il trouve ce qu'il espérait être la bonne porte. Si ce n'était pas le cas, ils seraient dans de beaux draps. Il sentait déjà la chaleur des flammes leur lécher le dos.

Un bruit de verre brisé se fit entendre à l'autre bout du couloir. C'étaient sans doute les pompiers, mais ils n'arriveraient pas à maîtriser le feu assez rapidement pour leur venir en aide.

Steve tâtonna à la recherche de la poignée de la porte et soupira de soulagement en la sentant tourner.

Ils étaient dans l'escalier ! Il entraîna Rosalyn le long des marches que des gens dévalaient, certains hurlant de terreur.

Faisant halte, il souleva Rosalyn dans ses bras et, en baissant la serviette, vit ses yeux bleus le fixer.

— Je vais bien, dit-elle d'une voix rauque. Je peux marcher.

Il secoua la tête. Il ne voulait pas prendre le risque qu'elle soit heurtée ou renversée par quelqu'un. Il avait déjà failli la perdre deux fois la veille. Et c'était *après* qu'il eut identifié son cadavre.

Il se remit en marche pour la mettre en sécurité.

# 9

Pour la deuxième fois en huit heures, Rosalyn fut examinée par le Dr Puglisi. Une nouvelle échographie.

Dieu merci, le bébé et elle étaient sains et saufs.

— Je peux vous hospitaliser si vous voulez, étant donné que la malchance semble vous poursuivre, dit le médecin en examinant les résultats d'analyse. Mais, en toute franchise, il n'y a aucune raison pour que vous restiez.

Rosalyn avait les yeux et la gorge irrités, comme ceux de Steve, mais grâce à sa présence d'esprit, ils n'avaient pas inhalé trop de fumée.

— Vous avez eu de la chance, poursuivit le médecin. Les deux fois. Surtout pour quelqu'un qui a l'air d'attirer les ennuis comme un aimant.

— Je préfère ne pas rester à l'hôpital si ce n'est pas nécessaire, dit Rosalyn en posant une main sur son ventre.

— Ce petit bonhomme est en parfaite santé. En fait, vous allez bientôt le sentir bouger.

— J'ai parfois l'impression d'avoir des bulles dans le ventre.

Le Dr Puglisi lui sourit.

— Eh bien, ces bulles, cette sensation de flottement, c'est lui, c'est votre fils.

— Vraiment ? s'exclama Rosalyn en regardant Steve.

Il avait l'air aussi surpris qu'elle.

— Faites-moi confiance.

Le médecin sourit de nouveau, puis se dirigea vers la porte.

— Mais vous verrez que d'ici pas longtemps, il y aura moins de bulles et plus de coups de pied. Maintenant, faites-moi plaisir, ne revenez plus cette nuit.

Sur cette conclusion, le Dr Puglisi s'en fut. Rosalyn se tourna vers Steve. Il était resté avec elle durant tout le trajet — effectué dans la voiture de Rosalyn — et dans la salle d'attente. Et tout ce temps, il était demeuré silencieux, pensif. La seule fois où il avait parlé, c'était dans le couloir avec un homme du shérif. Mais il avait passé et reçu beaucoup d'appels.

— Je vais prendre une douche, annonça Rosalyn en sortant les jambes de son lit.

On leur avait donné une chambre particulière avec salle de bains. Autant en profiter. Elle avait des vêtements de rechange dans son sac.

— Bonne idée, dit Steve. J'en prendrai une dès que tu auras terminé.

Il l'accompagna jusqu'à la salle de bains, comme s'il craignait qu'elle ait besoin d'aide.

— Je vais bien, lui dit-elle. Je n'ai pas été blessée.

Il pinça les lèvres et plissa les yeux, manifestement bouleversé. Ils avaient failli perdre deux fois la vie au cours de la nuit, son émotion était donc justifiée.

Rosalyn aurait voulu parler de l'incendie avec lui. C'était une terrible coïncidence, n'est-ce pas ? Se pouvait-il que le Guetteur les ait épiés de si près qu'il les ait entendus parler de l'hôtel ?

Cette pensée lui donna un frisson qu'elle ne put réprimer. Steve était assez près d'elle pour le percevoir.

— Tu es sûre que ça va ?

Non, elle n'en était pas sûre. C'est plutôt l'inverse. Car elle avait entraîné Steve avec elle sur le territoire de l'homme qui la harcelait.

Un territoire sombre et dangereux, où le Guetteur tuait tous ceux qui s'approchaient d'elle. Et il semblait désormais résolu à la tuer, elle aussi.

Elle ouvrit la bouche pour demander à Steve ce qu'il en pensait et ce qu'ils devaient faire. Mais il lui mit un doigt sur les lèvres.

— La douche d'abord. Tu te sentiras mieux après. Tu es en sécurité, ici. Nous le sommes tous les deux. Profitons-en.

Rosalyn acquiesça. Il avait raison.

— Ça t'ennuie si je t'emprunte ton portable pendant que tu te laves ?

— Je n'en ai plus. C'est une des premières choses dont je me suis débarrassée.

— Tu n'en as plus depuis que tu es revenue à Pensacola ?

Elle secoua la tête.

— Non, depuis que le Guetteur m'a envoyé une série de textos à Dallas. Je l'ai détruit. J'ai pensé que c'était grâce à ça qu'il me repérait.

— Tu es maligne. Je pensais la même chose, en fait.

Elle haussa les épaules.

— Je ne voulais pas lui donner de moyen supplémentaire de me contacter.

— Je comprends.

La douche lui fit effectivement grand bien. Du moins, elle fit partir l'odeur de fumée qui lui collait à la peau.

Steve se lava après elle, mais lui n'avait pas de vêtements de rechange. Une infirmière lui apporta un pantalon d'hôpital et un T-shirt.

Dans cette tenue de médecin, il était aussi sexy qu'il l'aurait été avec un uniforme de policier.

Ce qui, à y réfléchir, était un autre sujet de questionnement pour elle. Ce qu'il faisait dans la police. À ajouter à la longue liste de toutes les choses dont ils devraient discuter.

Moins d'une heure plus tard, ils sortirent de l'hôpital. Steve ne lui avait pas dit grand-chose durant ce temps, mais visiblement, il avait un plan.

— Tu pourrais me dire ce que tu comptes faire exactement ? demanda-t-elle quand ils arrivèrent à sa voiture.

— Je suis policier et j'habite Miami. J'ai réservé un vol dans quelques heures.

De tout ce qu'il pouvait dire, c'était ce à quoi elle s'attendait le moins.

— Mais tu ne m'avais pas dit que tu venais du Colorado ?

Il la contempla, sourcils froncés.

— J'imagine qu'aucun de nous deux n'a dit la vérité, ce soir-là.

Rosalyn était consciente de l'avoir trompé. C'était elle qui était partie comme une voleuse. Mais découvrir qu'il lui avait menti la blessa. Il avait fait en sorte qu'elle ne puisse pas le retrouver.

— Rosalyn..., commença Steve d'un ton embarrassé.

Elle se redressa sur son siège.

— Non, tu as raison. Nous avons été malhonnêtes l'un envers l'autre. Et tu n'as pas besoin de m'emmener. En l'occurrence, ce serait mieux de ne pas le faire.

— Non, tu restes avec moi.

Pourquoi la voulait-il avec lui, alors qu'il avait fait en sorte, six mois auparavant, qu'elle ne puisse pas le retrouver ? Rosalyn avait envie de discuter sa décision, mais il venait de s'arrêter dans le parking d'un grand supermarché.

— Allons-y. J'ai besoin de vêtements et toi aussi.

— Ça ne peut pas attendre qu'on arrive à Miami ?

Pourquoi voulait-il acheter des vêtements ici, alors qu'il serait de retour chez lui dans quelques heures à peine ? Son pantalon d'hôpital était un peu étrange, mais pas au point d'être indécent.

— Non, allons-y.

Il sortit de la voiture et en fit le tour pour lui ouvrir la portière.

— Prends ton sac.

Rosalyn laissa son pull sur le siège et descendit de voiture.

— Prends ton pull aussi.

— Mais je n'ai pas froid !

Steve prit le vêtement sur le siège.

— Prends-le quand même. Allons-y.

Elle faillit lever les yeux au ciel. Qu'était-il arrivé à l'homme qui, à peine quelques heures auparavant, lui parlait si gentiment ?

Un ours mal léché l'avait remplacé. Il ne paraissait pas avoir envie de parler du tout.

Peut-être était-ce le fait d'avoir failli mourir deux fois ? Elle ne pouvait le lui reprocher. Qu'il fasse partie ou non de la police, Rosalyn avait l'impression qu'elle allait bientôt être à nouveau seule.

Le comportement de Steve dans le magasin ne la rassura pas davantage. Il prit un chariot, puis l'escorta au rayon femmes, où il lui ordonna de choisir un jean et un T-shirt. Ensuite ils firent de même au rayon hommes pour lui.

Il leur prit même des sous-vêtements.

Quand elle essaya de lui dire qu'elle en avait déjà de rechange dans son sac, il l'ignora et choisit un ensemble culotte soutien-gorge. Enfin, il la poussa dans une cabine d'essayage, laquelle, comme ses voisines, était vide, vu qu'il était 6 heures du matin.

— Change-toi entièrement, lui dit-il avant de tourner les talons et de se diriger vers les cabines pour hommes.

Rosalyn en avait assez de ces manières autoritaires.

— Écoute, je ne sais pas quel est ton problème, même si je vois bien que tu as été bouleversé par le chauffard et l'incendie. Mais on peut en parler, non ?

Steve la contempla un long moment, avant de lui tourner le dos.

— Non, pas maintenant.

Elle eut l'impression que les yeux lui sortaient de la tête.

— Pas maintenant ? Mais qu'est-ce qui ne va pas chez toi ?

— Mets juste ces vêtements.

— Et si j'étais parfaitement bien dans ceux que j'ai ? Tu t'es déjà dit…

L'air s'échappa de ses poumons quand il l'agrippa par le bras et la poussa de force dans la cabine. Il ne s'arrêta que quand elle eut le dos plaqué contre la paroi.

Si ce contact ne l'avait pas excitée outre mesure, elle se serait dit qu'il avait perdu l'esprit. Sa bouche n'était qu'à quelques centimètres de la sienne, et elle ne pouvait en détacher le regard.

Mais il ne l'embrassa pas. Au lieu de cela, il pencha la tête tout contre son oreille et murmura :

— Tu as un micro.

Au début, tout ce qu'elle sentit fut la tiédeur délicieuse de son haleine contre son oreille. Puis les mots firent leur chemin dans son cerveau embrumé par le désir.

— Quoi… ?

Elle avait à peine articulé ce mot que les lèvres de Steve vinrent se poser sur les siennes. Elle comprit que ce baiser était destiné à lui fermer la bouche, mais elle ne put s'empêcher de lui jeter les bras autour du cou.

Il déplaça ses lèvres le long de sa joue jusqu'à son oreille.

— Ne dis rien qui trahisse le fait que nous nous en sommes rendu compte. Je t'expliquerai plus tard, mais pour le moment, il faut tout laisser ici.

Rosalyn hocha la tête pour montrer qu'elle avait compris.

— Hum, excusez-moi, monsieur. Les hommes ne sont pas autorisés dans les cabines d'essayage des dames.

Un jeune vendeur pointa la tête dans la petite pièce.

— Je crains qu'il ne vous faille aller de l'autre côté.

Steve acquiesça et jeta un coup d'œil à Rosalyn en sortant.

— Tout. D'accord ?

Dès que le vendeur et Steve furent sortis, Rosalyn referma la porte et se débarrassa de ses vêtements.

Un micro ?

Elle avait cru que sa voiture était équipée d'un mouchard, mais elle n'aurait jamais pensé que ses vêtements pouvaient la trahir. Pourtant, en y réfléchissant, elle maudit sa propre stupidité. Chaque fois qu'elle s'était dit que le Guetteur était dans sa tête, il était en fait dans ses vêtements.

Cela expliquait pourquoi il attendait parfois plusieurs jours avant de la contacter et, d'autres fois, le faisait presque toutes les heures.

Parce que certains de ses vêtements étaient équipés d'un émetteur et d'autres non.

La plupart de ses habits avaient été détruits par l'incendie de la veille, de même que son sac de voyage. Elle ôta ceux qui lui restaient et, un goût de bile au fond de la gorge, enfila sa nouvelle tenue. Tout était neuf, sans exception.

Elle sortait de la cabine quand une alarme se mit à hurler au-dessus de sa tête. Steve l'attendait dehors. Il se tourna vers l'employé.

— Qu'est-ce que c'est ? Un incendie ?

Le jeune homme secoua la tête.

— Non. Je ne crois pas. Je ne travaille pas ici depuis très longtemps, mais je ne me souviens pas l'avoir déjà entendue. Une tornade, peut-être ?

Steve prit la main de Rosalyn.

— Il faut y aller.

— Je suis prête. Toute de neuf vêtue.

— Il faut aussi laisser ton sac, murmura-t-il. Il peut y en avoir un à l'intérieur.

L'idée de laisser ce sac qui l'accompagnait dans tous ses mouvements depuis un an lui répugnait, mais elle ne discuta pas. Steve en avait un du même genre à la main.

— Je voudrais garder mon carnet, c'est possible ? chuchota-t-elle. J'y ai noté tous les méfaits de qui tu sais.

Steve prit le calepin et le feuilleta.

— Il a l'air intact.

Rosalyn prit aussi son argent et son permis de conduire. Tout le reste — maquillage, stylos, babioles — alla à la poubelle.

La sirène se tut soudain.

— Ce devait être un exercice d'évacuation, marmonna l'employé.

Steve déchiffra le nom du jeune homme sur sa poche de poitrine.

— Hé ! Paul, vous aimeriez gagner cent dollars ?

L'intéressé se redressa.

— Est-ce que ça me vaudra de me faire renvoyer ?

— Non. Je voudrais juste que vous preniez ces étiquettes

et que vous alliez payer pour moi à la caisse. La monnaie sera pour vous.

Il n'eut pas besoin de le demander deux fois. Paul prit l'argent et les étiquettes et s'en fut.

Steve prit Rosalyn par la main et ils se dirigèrent vers la sortie.

— Qu'est-ce qu'on fait de nos vieux vêtements ?

Steve secoua la tête.

— J'ai trouvé deux micros dans les tiens. Impossible de savoir combien il y en a. Avec un peu de chance, les laisser dans la cabine trompera ce malade.

— Et on va juste sortir par-devant ?

— Exactement.

— Ce n'est pas dangereux ?

— Je pense que la sirène était une tentative pour nous faire fuir par la porte de derrière. Donc, on va sortir par-devant, comme tout le monde.

— Et embarquer sur un vol pour Miami.

— Pas du tout. Nous n'allons pas à Miami. Je voulais seulement tromper celui qui nous écoute.

— Oh ! Alors tu vis vraiment dans le Colorado ?

— Oui, et c'est là que nous allons. C'est le lieu idéal pour te mettre à l'abri.

# 10

— On va conduire jusqu'à Colorado Springs ? Mais il ne faut pas au moins trois jours pour y aller ? s'exclama Rosalyn.

Ils avaient déjà quitté la Floride dans une voiture de location.

— Un jour et demi, tout au plus. C'est à peine plus que ce qu'il faut pour y aller en avion, étant donné le temps qu'on passe dans les escales.

Effectivement, les plans de vol envoyés par son assistante, étaient aberrants : départs tardifs, longues escales... Depuis qu'il avait trouvé des micros dans les affaires de Rosalyn, il avait compris qu'il leur fallait arriver le plus tôt possible à Colorado Springs. Attendre un vol dix heures était hors de question.

— C'est le meilleur moyen, je te le promets, dit-il en la regardant. Regarde à quelle vitesse, nous sommes sortis de Floride. Avec un peu de chance, le maniaque pensera que nous sommes en route pour Miami.

— Alors c'est comme ça qu'il savait où j'étais, dit Rosalyn en secouant la tête. Je me disais qu'il avait peut-être mis un mouchard sur ma voiture, alors j'en ai changé plusieurs fois. Mais il me retrouvait toujours.

— Je ne sais toujours pas comment tu as réussi à lui échapper ces derniers mois.

La simple idée de Rosalyn — seule et enceinte — essayant d'échapper à un tueur lui glaçait le sang. C'est tout ce qu'il avait trouvé à dire pour ne pas lui prendre la main.

En fait, c'est tout ce qu'il avait trouvé pour ne pas s'arrêter au prochain motel et lui faire l'amour plusieurs jours d'affilée. Loin du mal et de la folie.

— En fait, je n'ai plus entendu parler de lui après Pensacola. Il m'a laissé un mot sous la porte de ta chambre. C'est pour ça que je suis partie.

Steve la regarda.

— Quoi ?

Elle haussa les épaules.

— Pendant six mois, je n'ai plus eu de ses nouvelles.

Steve reporta les yeux sur la route.

— Non, reviens en arrière. Tu dis que le Guetteur t'a laissé un mot à mon hôtel ?

— Il l'a glissé sous la porte, la deuxième nuit.

— Tu te souviens de ce qu'il disait ?

À présent, il comprenait pourquoi elle gardait si précieusement ces lettres.

— Non, j'essaie de ne pas m'en souvenir, parce que cela me rend folle. C'est pourquoi je les note dans mon carnet.

Rosalyn fouilla dans son sac et en sortit l'objet qu'elle l'avait supplié de garder. Elle tourna les pages.

— Ça disait : « Si vous aimez Steve à ce point, je crois qu'il va falloir que je le rencontre bientôt ».

Elle referma le carnet et le posa sur ses genoux.

Steve serra le volant.

— Quand cette lettre est-elle arrivée ? À quelle heure ?

— Autour de 6 heures du matin. Tu dormais. Je l'ai entendu la glisser.

Le Guetteur s'était tenu derrière sa porte. De savoir que l'homme avait été si proche et qu'il n'en avait rien su rendit Steve furieux.

— Alors, tu l'as ouverte, c'est ça ? Et quand tu as vu ce que c'était, pourquoi ne m'as-tu pas réveillé ?

Il pouvait comprendre que Rosalyn ne se soit pas mise à la poursuite du maniaque, mais lui-même n'aurait eu aucun scrupule à le faire.

Elle le fixa un long moment.

— Je pensais que tu étais un contremaître. J'ignorais complètement que tu étais dans la police.

— Mais il n'était pas nécessaire d'être dans la police pour venir à ton secours. Tout être humain qui se respecte t'aurait aidée à affronter un maniaque qui te suit comme ton ombre.

— J'ai déjà perdu deux êtres humains qui se respectent pour cette raison même ! Je ne voulais pas. Je ne pouvais pas t'entraîner dans cet enfer.

Steve serra les dents. Sur le plan rationnel, il comprenait que Rosalyn n'ait pas voulu lui parler du Guetteur, mais il ne pouvait s'empêcher de regretter qu'elle ne l'ait pas fait. Tout serait peut-être déjà réglé.

— Deux ? Quelqu'un d'autre t'a aidée ? Que s'est-il passé ?

— C'était un mécanicien de Memphis, Shawn. Et c'était avant que je me méfie. Et avant que je sache que je portais un micro qui retransmettait tout ce que je disais.

— Il est mort ?

Rosalyn acquiesça lentement.

— Le soir du jour où je lui ai parlé du Guetteur.

— Une crise cardiaque, comme l'inspecteur ?

— Non. Au journal télévisé, ils ont parlé d'un acte de violence gratuite. Une sorte de vengeance de gang, même s'il n'avait jamais fréquenté de gang et qu'il ne vivait même pas dans un quartier mal famé.

Rosalyn se tourna vers sa vitre.

— Alors non, je n'allais pas te parler du Guetteur, j'avais trop peur de te voir mourir, toi aussi.

Elle avait porté un énorme fardeau durant des mois, se faisant non seulement du souci pour elle-même, mais pour d'autres gens. Et maintenant, il y avait un bébé dans l'équation. La plupart des gens se seraient effondrés dans une situation pareille.

Il revint au début de la conversation.

— Mais tu n'as plus entendu parler du Guetteur après cette nuit-là ?

— Eh bien, quand je suis revenue à Pensacola pour rejoindre ma sœur, j'ai eu de ses nouvelles. Un autre message glissé sous la porte de ma chambre d'hôtel.

Elle frémit.

— Celui-là était pire que les autres ?

— Non, c'est juste qu'il y avait longtemps que je n'avais rien reçu.

— Alors tu veux dire qu'entre le moment où tu m'as quitté il y a six mois, et le moment où tu es revenue à Pensacola, il ne s'est pas manifesté ?

Cela signifiait forcément quelque chose. Steve ignorait quoi exactement, mais il savait que l'absence du Guetteur pendant six mois constituait un indice important.

— Où es-tu allée quand tu m'as quitté ?

Rosalyn lui jeta un regard en rougissant.

— Je suis désolée de t'avoir volé. Je n'avais plus rien, tu sais.

— Je t'aurais donné de l'argent, si tu me l'avais demandé.

— Mais il aurait fallu pour cela que je te raconte des choses dangereuses pour toi.

— J'aurais préféré ça plutôt que de me réveiller et de m'apercevoir que tu étais partie. Imagine ce que j'ai pensé de toi pendant six mois.

En fait, il avait pensé encore pis de lui-même. Il s'était conduit comme un imbécile. Mais il avait aussi maudit Rosalyn.

Cela n'avait plus d'importance, désormais.

— Alors tu as pris près de deux cents dollars.

— Comprends-moi, j'étais dans une situation épouvantable. Partout où j'allais, le Guetteur me retrouvait. Il n'avait pas encore essayé de me faire du mal, comme maintenant, mais c'était épuisant. Un mot glissé sous ma porte chaque nuit ou presque...

— Je suis sûr que c'était angoissant.

— C'était angoissant les premiers mois. Quand je t'ai rencontré, j'en étais au point d'envisager de me tuer et d'épargner cette peine au Guetteur.

Steve lui jeta un coup d'œil.

— Sérieusement ?

— Oui, dit Rosalyn. Ce soir-là, je suis entrée dans le bar pour m'abriter de la pluie. J'étais restée sur la plage pour regarder le coucher du soleil et je me demandais quel était le pire : me suicider ou laisser le Guetteur continuer à tuer des innocents.

Steve ne put supporter d'entendre cela.

— Rosalyn...

— Et c'est alors que je t'ai rencontré, continua-t-elle. Cela n'a pas changé grand-chose, mais...

Elle s'interrompit et détourna le regard.

— Mais quoi ?

— C'était un lien avec un autre être humain. C'était la première fois depuis très longtemps que je ne me sentais plus toute seule.

Elle ramena ses cheveux derrière son oreille.

— Je ne me suis pas servie de toi, Steve. Mais j'ai paniqué quand j'ai vu le mot du Guetteur. Je n'avais qu'une seule idée, m'enfuir.

Il la croyait. Elle ne lui avait pris ni ses cartes de crédit ni sa voiture de location. Si son objectif avait été de tirer profit de lui, elle n'aurait pas laissé tout cela derrière elle.

— D'accord, alors qu'as-tu fait quand tu as quitté la chambre ?

— J'ai pris un bus pour aller aussi loin que je le pouvais avec l'argent que je t'avais pris. Je ne voulais pas reprendre ma voiture, je voulais juste quitter la ville. Et j'ai atterri à Ellijay, en Géorgie.

— Jamais entendu parler.

— Je serais surprise du contraire. C'est un tout petit hameau au nord d'Atlanta, dans les Blue Ridge Mountains. Il n'y a pas plus de quinze habitants.

— Et qu'est-ce qu'il y avait à Ellijay ?

— Rien. C'est seulement que je n'avais plus d'argent.

Elle regarda par sa vitre un long moment.

— Et Ellijay a-t-il été bon ou mauvais pour toi ?

— Incontestablement bon. J'avais besoin d'argent, alors j'ai demandé au couple qui gérait le petit café du village si je pouvais laver la vaisselle ou autre chose. M. et Mme Ammons — Jim et Cheryl — ont dit oui. J'ai lavé la vaisselle pendant quelques jours, sans savoir où aller ensuite.

Steve serra les dents mais ne dit rien.

— Puis Cheryl m'a invitée à loger chez eux. Ils habitaient au-dessus du café. Je dormais dans la chambre de leur fils. Il était mort dans l'armée, longtemps auparavant.

— Et tout ce temps, tu n'as eu aucun contact avec le Guetteur ?

— Aucun. Je me disais qu'il était passé à autre chose ou que j'étais sortie du territoire qu'il considérait comme le sien.

Elle haussa les épaules.

— Ou alors qu'en me voyant enceinte, il s'était désintéressé de moi.

Tous ces scénarios étaient plausibles.

— Bien sûr, je n'ai pas parlé de lui aux Ammons, poursuivit Rosalyn en s'installant plus confortablement sur son siège. Je ne voulais pas les mettre en danger. En outre, Jim était assez parano depuis la mort de son fils, due à une brèche dans les communications militaires. Lui et sa femme vivaient complètement hors du système. Ils n'avaient ni portable, ni télévision, ni ordinateur, ni Internet.

— Je suis heureux qu'ils t'aient aidée.

— Ils étaient formidables, mais taciturnes et plutôt vieux jeu. Quand j'ai découvert que j'étais enceinte, je me suis dit qu'ils allaient me jeter dehors, mais cela ne leur est même pas venu à l'esprit.

— Alors pourquoi es-tu partie ? Si le Guetteur avait perdu ta trace, pourquoi n'es-tu pas restée à Ellijay ?

Du coin de l'œil, il vit Rosalyn se tordre les mains.

— Parce qu'en avançant dans ma grossesse, j'ai commencé à réfléchir à mon avenir. À avoir peur que le Guetteur joue une sorte de jeu. Peut-être attendait-il que j'accouche pour s'en prendre à moi, ou au bébé. J'aimais beaucoup les Ammons, mais ils étaient âgés, plus de soixante-dix ans. Ils n'auraient pas pu s'occuper d'un bébé. Alors j'ai décidé d'appeler Lindsey. Pour savoir où elle en était, comment elle allait.

Elle le regarda brièvement, puis reporta les yeux sur la route. Manifestement, son récit n'était pas terminé.

— Et ?

— Et quoi ?

— Qu'est-ce que tu ne veux pas me dire ?

— Rien. Ce n'est pas important.

— Rosalyn, tout ce qui a un lien avec toi et le bébé est important.

Elle haussa les épaules.

— J'ai demandé à Lindsey de me rejoindre à Pensacola, parce que je voulais essayer d'obtenir ton adresse auprès de l'hôtel où tu étais descendu.

— Pourquoi, pour me demander de l'argent ?

Dès que ces mots eurent quitté sa bouche, Steve eut envie de se couper la langue.

Sans le regarder, Rosalyn se déplaça afin de lui tourner le dos.

— Je suis désolé, ce n'était pas ce que je voulais dire, marmonna-t-il.

Il aurait voulu voir son visage.

— Si, c'était ce que tu voulais dire. Du moins, une part de toi. La part de toi qui me prend pour une menteuse et une voleuse, enceinte d'un bébé qui n'est peut-être pas de toi. La part de toi qui ne voulait pas se fourrer dans une situation pareille.

— Rosalyn...

— Tu sais quoi ? Je ne t'en veux même pas. Tu as raison d'être prudent. Espérons que cela t'aidera à rester en vie.

Steve s'efforçait de trouver un moyen pour réparer les dégâts causés par ses paroles.

Toujours sans le regarder, Rosalyn abaissa le dossier de son siège.

— Nous avons une longue route devant nous. Si cela ne te

dérange pas, je vais dormir un peu, pour pouvoir te relayer plus tard. Ce sera plus facile pour nous deux.

Parlait-elle de sommeil ou d'absence de conversation ? Comme lui poser la question n'aurait fait qu'aggraver les choses, il décida de laisser filer.

Il savait que l'intention de Rosalyn n'était pas de le voler. C'était la sécurité qu'elle recherchait, pas l'argent.

Il n'aurait pas dû lui parler ainsi. Même s'il se méfiait toujours d'elle. Même si elle ne lui avait guère donné de raisons de lui faire confiance.

Il pouvait néanmoins remédier à cela immédiatement. Sachant Rosalyn endormie, il appela son bureau.

— Cynthia, dit-il en guise de salut à son assistante, je voudrais tout ce que tu pourras trouver sur Rosalyn Mellinger. Et aussi sur Jim et Cheryl Ammons, dans le nord de la Géorgie.

— Compris, patron.

— Appelle-moi quand tu auras les infos. J'ai changé de plan. Nous avons pris la route pour rentrer au quartier général.

— Ça fait une bonne trotte.

— Il était impossible de rester à Pensacola. Nous avons été victimes de deux tentatives de meurtre dans les dernières douze heures.

Steve lui parla de la voiture et de l'incendie.

— Bon sang, patron, tu veux que je déroute un avion d'Omega pour venir vous prendre ? Ou que je vous envoie Liam ou un autre des gars pour vous protéger ?

— Non, j'ai fait en sorte qu'il ne puisse plus nous suivre. Tout devrait bien se passer, maintenant. On va s'arrêter pour dormir, mais je pense être au bureau demain après-midi au plus tard.

— Je vais m'assurer que Joe range les vestiges de la fête d'ici là.

Steve gloussa. Joe Matarazzo s'occupait de négociations d'otages et son goût pour la fête était célèbre. Ou l'était jusqu'à ce que Laura, sa femme, lui passe la corde au cou quelques mois auparavant.

Rosalyn n'avait pas bougé durant toute la conversation.

Son souffle n'avait pas changé et aucune tension musculaire ne montrait qu'elle était éveillée. Elle était épuisée. Elle avait à peine dormi quand l'incendie s'était déclaré à l'hôtel.

Deux heures plus tard, elle dormait toujours du sommeil des bienheureux, quand Jon Hatton, l'un des meilleurs profileurs d'Omega et un ami personnel de Steve, le rappela.

— Salut, patron. Cynthia et moi avons rassemblé les infos que tu voulais.

— Quelque chose d'intéressant ?

— Rosalyn Mellinger, 24 ans, fille de Crystal Mellinger, et sœur jumelle de Lindsey Rose. Ah ! je vois ce que la mère a fait avec les prénoms...

— Oui, je sais. Continue Jon.

— Père inconnu. Arrêtée à l'adolescence pour vol à l'étalage. C'est de là que viennent ses empreintes, et nous avons eu un mal de chien pour ouvrir le casier juvénile. Ce petit accrochage avec la loi a dû l'effrayer, parce que sa vie d'adulte est aussi droite qu'une flèche. Elle est allée à l'université, puis est devenue comptable. Elle a travaillé jusqu'au jour où elle est partie. Même pas un PV de stationnement.

Steve regarda Rosalyn, toujours endormie.

— D'accord.

— Sa sœur a fait plusieurs cures de désintoxication à l'adolescence et à l'âge adulte. Elle n'a pas fini le lycée et n'est pas allée à l'université. La mère est aussi un cas social. Alcoolique. Elle est au chômage et vit des allocations.

Donc, aucun soutien pour Rosalyn. Cela expliquait pourquoi elle fuyait seule depuis un an.

— Durant les derniers mois, son nom est apparu dans plusieurs rapports de police, au sud-est du Texas. Elle leur a parlé d'un maniaque, mais les enquêtes n'ont rien donné. Personne ne l'a prise au sérieux.

— Eh bien moi, je la prends au sérieux. Quelqu'un a tenté de nous tuer deux fois hier.

— Je vais voir ce que je peux trouver dans les rapports.

— Merci, Jon. Essaie aussi de trouver ce que tu peux sur l'inspecteur Johnson, de Shreveport — il serait mort d'une crise cardiaque il y a huit ou neuf mois — et sur un mécanicien de Memphis, tué par des inconnus. Shawn quelque chose.

— D'accord. Il y a un lien entre eux ?

— Regarde juste s'il y a quelque chose de suspect dans ces deux décès.

— D'accord. On continue de chercher pour les Ammons. Tout ce que j'ai trouvé jusqu'ici, c'est un fils mort pendant son service militaire, il y a près de quinze ans. Qui qu'ils soient, ils sont très discrets. Je n'ai même pas trouvé de compte en banque.

— Ça correspond à ce que Rosalyn m'a raconté. Tiens-moi au courant si tu trouves autre chose.

— Compris. Fais gaffe, patron. Toute cette affaire sent mauvais.

Steve prenait les pressentiments de Jon très au sérieux. Il lui dit adieu et raccrocha.

Rosalyn se tourna vers lui dans son sommeil, essayant sans doute de trouver une position plus confortable. Steve avait pensé conduire toute la nuit pour arriver au matin, mais ce ne serait pas possible.

Rosalyn avait besoin d'une bonne nuit de sommeil, dans un lit. Quelque part où personne n'essaierait de l'écraser, de mettre le feu au bâtiment ou de glisser un mot sous sa porte.

Elle était restée seule bien trop longtemps. Et Steve avait l'intention de lui faire comprendre que ce n'était plus le cas désormais.

# 11

Rosalyn s'éveilla au son de la voix de Steve. Cette fois, au moins, il ne disait pas que l'immeuble était en feu.

— Viens avec moi. Tu pourras te rendormir bientôt si tu veux.

Elle regarda ce bel homme, fort et rassurant, qui la soutenait. Oh oui, elle voulait se coucher, mais pas pour dormir.

Elle le voulait, lui. Il disait parfois des choses très stupides, mais elle le voulait quand même.

Steve ouvrit la porte de leur chambre et alluma la lumière. C'était une chambre bien plus jolie que celles où elle avait dormi l'année précédente, avant d'atterrir chez les Ammons. Anonyme, certes, mais propre et décorée avec goût. Meublée d'un grand lit double.

Rosalyn s'avança jusqu'au lit, puis se tourna vers Steve.

— Pas de jacuzzi, cette fois.

Elle faillit sourire en voyant son regard s'enflammer. Bien. Elle n'était pas la seule à sentir passer le courant entre eux.

— Oui, dommage, marmonna-t-il.

Il referma la porte de la chambre.

— Désolé que nous n'ayons pas de vêtements de rechange. Quand nous arriverons à Colorado Springs, je veillerai à t'en procurer.

— Pas de problème. Je peux porter ceux-là un jour de plus.

Peut-être était-ce parce qu'elle avait dormi, ou que Steve avait trouvé les micros qui expliquaient tant de choses, toujours est-il qu'elle se sentait mieux.

Pour la première fois depuis le début de ce cauchemar, elle était certaine de ne pas trouver de mot sous la porte pendant la nuit.

Dire qu'elle avait pensé être devenue folle tant de fois, qu'elle avait cru que le Guetteur pouvait entendre ses pensées... Alors qu'il était seulement au cœur de ses vêtements, écoutant tout ce qu'elle disait. C'est ainsi qu'il l'avait retrouvée.

Le fait qu'il l'ait approchée assez près pour poser des micros la terrifiait. Steve en avait trouvé deux. Combien y en avait-il dans ses affaires détruites par l'incendie ?

Mais ils n'existaient plus. Peu lui importait de porter des vêtements de supermarché mal coupés. Cela signifiait que plus personne ne pouvait l'entendre. Personne, en dehors de Steve et elle, ne savait où ils se trouvaient.

Elle ne s'était pas rendu compte de la pesanteur de son fardeau jusqu'à ce qu'elle en soit déchargée en partie. Cela lui permettait de se concentrer sur autre chose.

Par exemple sur le fait qu'elle était à l'hôtel avec un homme splendide. Un mètre quatre-vingts de muscles et de cerveau. Des cheveux noirs et des yeux verts, qui la fixaient d'un air interrogateur.

Personne d'autre que lui ne l'avait prise dans ses bras au cours de l'année précédente. Personne ne l'avait embrassée, ni étreinte, en dehors de lui. Personne ne l'avait touchée.

Bien sûr, Jim et Cheryl Ammons lui tapotaient parfois l'épaule, mais les démonstrations d'affection n'étaient pas leur fort. Ils avaient du cœur et l'aimaient bien, mais ils n'étaient pas démonstratifs.

Non que cela lui ait vraiment manqué. Rosalyn avait été élevée dans une maison où les marques d'affection étaient rares. C'était une des choses dont elle se promettait que son enfant ne manquerait jamais. Son fils serait étreint et embrassé jusqu'à ce qu'il n'en puisse plus. Chaque jour, il saurait qu'on l'aimait, pas seulement avec des mots, mais aussi par des gestes.

Pourtant, en regardant Steve traverser la pièce, s'assurer que la porte était bien fermée et poser sur elle son intense regard vert, Rosalyn comprit avec certitude de quel genre de contact elle avait envie.

Une brève accolade n'y suffirait pas.

Ce n'était pas de réconfort dont elle avait besoin, c'était de désir et de plaisir.

Il fit lentement un pas vers elle. Elle sourit de ses hésitations. Le policier en lui devait être conscient de la présence d'un prédateur dans la pièce.

Elle-même.

Et lui était la proie. Un homme aussi grand et fort ne devait pas y être habitué.

— Tu veux prendre une douche la première ou j'y vais ? questionna-t-il.

— Et si on en prenait une ensemble ?

— Rosalyn...

C'était une protestation, mais elle vit son corps se tendre et ses yeux briller d'un éclat plus vif.

Elle fit un pas vers lui.

— Ce serait une manière d'économiser l'eau.

— Je crois qu'on y resterait un peu trop longtemps pour l'économiser.

Il fit mine de la contourner pour se diriger vers la salle de bains, mais elle lui barra le passage. Elle vit le jour se faire dans son esprit.

— Rosalyn, ces deux derniers jours ont été très longs. Très éprouvants.

Il parlait pour elle, non pour lui. Elle haussa un sourcil et émit un petit gloussement.

— Et tu es fatigué ? Tu as besoin d'un petit répit ? D'un thé au lait ou un truc du genre ?

Elle le vit réprimer un sourire. Il la désirait aussi, elle le savait. Elle n'allait pas renoncer à sa première protestation.

— Non, je parle de toi. Tu as eu de dures journées. Qu'est-ce que je dis ? De durs mois. Tu n'as pas besoin de te précipiter sur moi, simplement parce que tu es soulagée ou reconnaissante.

— En général, je ne rembourse pas mes dettes au lit, si c'est à cela que tu penses.

Il tressaillit.

— Je ne voulais pas dire que tu essayais de me payer en retour. Seulement que...

Elle se rapprocha pour l'empêcher d'ajouter autre chose. Il était en train de s'enferrer, et elle craignait qu'il la blesse à nouveau avec la première ineptie qui lui passerait par la tête.

— Steve, arrête de réfléchir.

— Il faut bien que quelqu'un le fasse.

Il la protégeait et elle lui en était reconnaissante. Mais ce n'était pas ce qu'elle lui demandait. Elle voulait qu'il use de sa force pour célébrer avec elle sa joie d'être libre pour la première fois depuis très longtemps.

Elle lui caressa les bras du plat de la main. Il était tendu, mais il ne s'écarta pas. Elle se pencha vers lui.

— Je suis heureuse d'être en vie. Je suis heureuse que personne ne puisse me retrouver et me glisser une lettre sous la porte. Je suis heureuse que nous soyons tous les deux en sécurité.

De ses bras, elle passa à ses épaules, puis à son cou, l'attirant vers elle.

Le désir était toujours là. Dieu merci, ce n'était pas seulement un souvenir. Les lèvres de Steve étaient toujours fermes et brûlantes, aussi tentantes que dans son souvenir.

Mais il ne la prenait pas dans ses bras. Il avait posé les mains sur sa taille, d'une façon neutre.

— Rosalyn, grogna-t-il contre sa bouche.

Elle comprit qu'il allait la repousser.

— Steve, tu m'as sauvée d'un dingue. Je veux fêter ça.

Elle avait mal choisi ses mots. Il recula.

— Tu ne me dois rien.

Encore ?

— Je sais. Et je suis très contente que tu ne sois pas le genre d'homme à me le faire sentir. Mais ce n'est pas la question.

Il lui prit les bras et l'éloigna de lui.

— Écoute, j'ai eu affaire à beaucoup de gens traumatisés. Parfois, il est difficile d'en reconnaître les symptômes en soi. Je ne veux pas que tu fasses quelque chose que tu regretteras plus tard.

Rosalyn sourit. Elle appréciait qu'il se soucie d'elle. Mais il n'était pas question qu'elle ait le moindre regret — elle en était absolument sûre.

— Crois-moi, ça ne risque pas d'arriver.

Elle tenta de nouveau de s'approcher de lui, mais il l'en empêcha.

— Et as-tu envisagé que ce soit moi qui n'en aie pas envie ? jeta-t-il avec une pointe de colère.

Il ne la désirait pas. Elle eut l'impression qu'on venait de lui administrer une douche glacée. Elle recula vivement.

À quoi s'attendait-elle vraiment ? Elle lui avait menti, l'avait volé, l'avait entraîné dans une situation où il avait failli mourir deux fois. Sans parler du fait qu'elle était enceinte de son enfant. Bien sûr que faire l'amour avec elle ne lui paraissait pas une bonne idée. Certes, ils étaient attirés l'un par l'autre, mais il était assez raisonnable pour se rendre compte que ce n'était pas une raison suffisante pour se laisser aller.

Toute l'excitation et la joie qu'elle avait ressenties parurent s'évanouir.

— Tu as raison. Je n'avais pas pensé à cela. Tu as bien fait de me le dire.

— Rosalyn...

Il fit un pas vers elle, mais elle s'écarta. Pas question qu'il la touche, à présent. S'il le faisait, elle éclaterait en sanglots.

— Je vais prendre une douche.

Elle tourna les talons et s'enfuit plutôt qu'elle ne marcha vers la salle de bains.

Steve la regarda s'éloigner.

Bon sang ! Qu'est-ce qui n'allait pas chez lui ? Pourquoi lui avait-il dit ça ?

Il dirigeait l'une des agences de police les plus prestigieuses du pays, il s'adressait régulièrement à des congressistes, des sénateurs, des conseillers présidentiels. Il s'était même entretenu avec deux présidents en exercice.

Il était connu pour ses qualités oratoires. Pour sa capacité à déchiffrer les situations, à régler les problèmes. Son équipe comprenait plusieurs dizaines de personnes, qui attendaient de lui qu'il les guide et les dirige. Qu'il les rassure et les encourage quand tout semblait s'effondrer.

Et pourtant, il venait de dire des horreurs à une petite femme fragile qui ne lui demandait qu'un peu de chaleur humaine.

Et le pire de tout, c'est qu'il n'en pensait pas un mot.

Ne pas la désirer ? C'était si loin de la vérité qu'il avait du mal à l'imaginer.

Mais il était convaincu qu'elle se sentait redevable envers lui. Qu'elle ne l'aurait pas désiré dans des circonstances normales.

Bien sûr, lui-même la désirait avec une sorte de désespoir, et les situations porteuses de danger mortel étaient son lot quotidien.

Ses doigts le démangeaient de la toucher. De caresser ses cheveux et son corps. D'étudier les changements que la grossesse y avait apportés, en dehors de ceux qu'il pouvait constater à distance.

Il la voulait avec une passion qui allait à l'encontre de sa nature calme et posée. Il ne parvenait pas à se souvenir d'avoir autant désiré quelqu'un, pas même sa femme, Melanie. Ils s'étaient aimés, bien sûr, mais avec la certitude qu'ils auraient toute leur vie pour vivre cet amour.

Une vie qui avait pris brusquement fin douze ans auparavant.

Le feu qui le consumait quand il était en présence de Rosalyn ne pouvait pas être comparé à cela. Elle lui faisait perdre son calme, ses repères.

Melanie aurait compris. Dans un recoin de son esprit, Steve savait que sa femme aurait approuvé une jeune femme qui était restée en vie malgré des circonstances proches du désespoir.

Et elle aurait approuvé le fait que Rosalyn l'ébranle assez pour qu'il dise des choses stupides.

Il entendit la douche se mettre en route dans la salle de bains.

Rosalyn le voulait pour nulle autre raison que ce fichu désir entre eux. Une démangeaison qu'ils avaient seulement commencé à apaiser six mois auparavant et qui, depuis, les rendait fous.

Ce n'était pas le manque de désir qui avait poussé Steve à la rejeter — cette idée le fit presque rire —, mais un besoin exagéré et ridicule de la surprotéger.

*Je suis un imbécile*, se dit-il.

La porte de la salle de bains s'ouvrit, mais il ne vit pas pointer la tête de Rosalyn.

— Tu sais quoi, Drackett ? Tu es un imbécile.

Avant même que son cerveau n'enregistre ses gestes, il sentit ses jambes se mettre en mouvement. Il saisit la porte avant qu'elle se referme et la repoussa.

La bouche de Rosalyn forma un petit O. Mais il vit flamber le désir dans ses yeux, comme il savait qu'il brûlait dans les siens.

Il l'embrassa.

Ce ne fut pas un baiser doux. Ni poli.

Mais il possédait toute la passion voulue.

Il la prit dans ses bras et la déposa sur le lavabo. Puis il lui agrippa les hanches pour la plaquer contre lui. Ils grognèrent tous deux quand elle enroula ses jambes autour de ses cuisses et noua ses doigts sur sa nuque pour le rapprocher d'elle.

— Rosalyn, je suis désolé..., commença-t-il contre ses lèvres.

Mais elle l'interrompit.

— Pas d'excuses, pas de parlotte, pas de raisonnement.

Il ne pouvait cacher l'effet qu'elle lui faisait. Et il n'essaya même pas de faire semblant. Il laissa seulement le désir s'emparer de lui.

Ils se dépouillèrent de leurs vêtements et, tout en la portant dans la douche pour ne pas se séparer d'elle plus que nécessaire, il espéra que les flammes du désir n'allaient pas les consumer tous deux sur place.

# 12

Ils se remirent en route très tôt, après un bref petit déjeuner. Vers midi, ils n'étaient plus qu'à quelques heures de Colorado Springs. Ils s'arrêtèrent dans un routier dans les faubourgs de Dalhart, au Texas, au bord de la route 87.

Rosalyn se sentait reposée. Cela n'aurait pas dû être le cas, étant donné qu'elle était restée éveillée une bonne partie de la nuit pour la meilleure des raisons, mais elle se sentait revigorée.

Steve avait paru fasciné par les changements de son corps. Elle en était au stade idéal : elle n'était plus nauséeuse et fatiguée comme les premières semaines, et pas encore assez lourde pour se dandiner en marchant. Elle savait néanmoins que cela viendrait.

Beaucoup de choses l'inquiétaient quant à son avenir. Qu'allait-elle faire à Colorado Springs ? Trouver du travail et s'y installer ? Elle avait encore de l'argent, économisé à Ellijay, mais pas assez. Surtout quand le bébé arriverait.

Encore une chose dont ils devaient parler, Steve et elle. La liste ne cessait de s'allonger.

Certes, elle se faisait du souci pour l'avenir mais, pour la première fois, elle ne paniquait pas.

Peut-être était-ce la certitude que le Guetteur ne pouvait plus la retrouver désormais. Ou parce que Steve était avec elle et la croyait en danger.

Mais elle n'avait pas aussi bien dormi depuis des mois. Même chez les Ammons.

Les bras de Steve l'avaient rassurée.

Avoir fait l'amour avec lui n'était pas la seule raison de ce nouveau bien-être. Sa simple présence faisait la différence. Elle n'était plus seule. Et même s'il restait beaucoup de choses à éclaircir, elle savait que cela se résoudrait petit à petit.

Il était en train de feuilleter son carnet, étudiant les dates, les notes et les messages que le Guetteur lui avait fait parvenir.

— Quel dommage que j'aie perdu toutes ces notes dans l'incendie !

Elle sirota son thé glacé. Elle n'aurait pas dû consommer d'excitant, mais un seul verre ne pouvait pas faire de mal au bébé. Elle savourait son plaisir, en même temps qu'un solide déjeuner.

Steve haussa les épaules.

— Elles nous auraient servi, c'est certain, mais ce carnet regorge d'informations. Mon équipe pourra sans doute en tirer des conclusions utiles.

— L'inspecteur Johnson m'a poussée à tout noter. À l'époque, je pensais qu'il me disait ça pour me donner quelque chose à faire. Pour que j'aie moins l'impression d'être une victime et que je prenne une part active à l'enquête.

Et cela avait marché. Pour la première fois, elle s'était sentie utile. Jusqu'à ce que Johnson meure.

Steve lui prit la main.

— J'ai déjà demandé à mes hommes d'étudier sa mort et celle du mécanicien. Ils vont creuser jusqu'à ce qu'on en ait le cœur net, tu comprends ?

Rosalyn acquiesça.

— Merci.

Il lui rendit le carnet.

— Je vais payer et aller aux toilettes. Ensuite, on repartira. Il faut arriver à Colorado Springs avant la fin de l'après-midi.

Rosalyn lui sourit.

— Je vais essayer de ne pas dormir tout l'après-midi, cette fois.

— Tu peux dormir autant que tu veux, répliqua-t-il en se

levant, ne t'inquiète pas pour ça. Les deux derniers jours ont été très stressants, et ton corps a besoin de repos.

Ce n'étaient pas seulement les deux derniers jours, mais toute l'année, qui avait été stressante. Mais elle se contenta de hocher la tête.

Elle était reconnaissante à Steve de se pencher sur la mort de Johnson et du mécanicien. Elle ne savait toujours pas ce qu'il faisait exactement dans la police, mais il était visiblement haut placé. Il ne lui avait pas donné de précisions, et elle n'avait pas osé en demander.

Il fallait qu'elle appelle les Ammons avant qu'ils reprennent la route. Elle devait leur faire savoir qu'elle allait bien. Ils n'avaient pas de téléphone à la maison car, dans son immense paranoïa, Jim était persuadé que le gouvernement les espionnait, mais il y en avait un au café.

Rosalyn fit de la monnaie auprès de la serveuse et se rendit dans l'entrée du restaurant. Une cabine téléphonique rappelait le temps où les portables n'existaient pas, et où les gens appelaient leurs proches depuis ce genre d'appareil. Elle composa le numéro du café des Ammons, puis inséra la somme demandée pour obtenir la communication.

— Main Street Café...

— Bonjour, Cheryl, c'est...

— Oh ! Rosalyn, ma chérie ! Dieu merci, tu vas bien !

Rosalyn n'avait jamais entendu autant d'émotion dans la voix de la stoïque Cheryl.

— Je suis désolée que vous vous soyez inquiétés pour moi. J'aurais dû vous appeler plus tôt.

*Mais un maniaque m'a retrouvée, a assassiné ma sœur, et a essayé de me tuer.*

Rosalyn n'avait jamais parlé du Guetteur aux Ammons. Ils se doutaient qu'elle fuyait quelqu'un, mais ils n'avaient jamais demandé de détails, et elle n'en avait jamais donnés.

— Ça ne fait rien. Je suis seulement contente de savoir que tu vas bien. Jim se faisait du souci, lui aussi.

Rosalyn se mit à rire.

— Je ne crois pas que Jim se fasse du souci pour quoi que ce soit, à part pour les incursions du gouvernement sur son territoire.

— Eh bien, hier soir, il parlait d'installer une ligne téléphonique dans la maison, pour que tu puisses nous appeler en cas de besoin.

Rosalyn sentit des larmes lui monter aux yeux. Pour que Jim envisage une chose pareille, il fallait qu'il l'aime beaucoup.

— Cheryl, j'appellerai au café, d'accord ? Dis à Jim qu'il n'a pas besoin de faire quelque chose d'aussi radical.

C'était dit comme une plaisanterie, mais elle était sérieuse. Elle savait ce que cette simple idée représentait pour Jim.

— Est-ce que tu vas revenir ? demanda Cheryl. Tu sais que tu es la bienvenue à tout moment. Toi et le bébé.

— Merci, Cheryl.

L'émotion assourdit la voix.

— J'ai encore des choses à faire. Mais je reviendrai, je ne sais pas encore quand.

— Nous parlions sérieusement quand nous t'avons dit que tu pouvais rester avec nous. Ne l'oublie pas, d'accord ?

— Bien sûr. Mais je suis avec le père du bébé en ce moment, et nous essayons de tirer les choses au clair.

Ce n'était sans doute pas ce à quoi Cheryl pensait, mais cela n'avait pas d'importance.

— Je vous appellerai dans quelques jours pour vous tenir au courant, d'accord ?

— Sois prudente, ma chérie. Et souviens-toi que tu as un chez-toi ici.

— Merci, Cheryl. Embrasse Jim pour moi.

— Je n'y manquerai pas. Au revoir.

Rosalyn reposa le combiné dans son berceau et appuya la tête contre l'appareil. C'était bon de savoir que quelqu'un s'inquiétait d'elle. Qu'elle avait le choix. Mais elle se demanda si elle ne mettait pas les Ammons à la portée des griffes du

Guetteur. Si elle retournait chez eux, ne le conduirait-elle pas jusqu'à eux ? Elle ne pouvait supporter de penser que ce couple si gentil pourrait devenir la proie de ce monstre.

Elle n'aurait peut-être pas dû les appeler. Mais après la destruction des micros, il était impossible qu'on leur fasse du mal.

Levant les yeux, elle vit Steve la fixer, les yeux étrécis. Elle lui adressa un petit sourire tandis qu'il se dirigeait vers elle. Mais toute la camaraderie du déjeuner et l'intimité de la nuit semblaient s'être évanouies.

— Je t'aurais prêté mon portable si tu voulais passer un appel. Tu n'avais pas besoin de payer pour ça.

— Pas de problème. Je ne voulais pas te déranger. Et je ne voulais pas perdre de temps. Je sais que tu essaies d'arriver à Colorado Springs aussi vite que possible.

Elle était encore émue par sa conversation avec Cheryl. Ce devait être les hormones de la grossesse. Mais l'idée que Jim accepte d'installer un téléphone chez eux simplement pour qu'elle puisse les appeler lui fit de nouveau monter les larmes aux yeux. Elle se détourna pour que Steve ne puisse les voir.

— Tu es prêt à y aller ? demanda-t-elle.

Il lui attrapa le bras.

— À qui parlais-tu, Rosalyn ?

La colère de son ton la laissa abasourdie.

— À qui penses-tu que je parlais ? rétorqua-t-elle.

— Je ne sais pas. Tout ce que je sais, c'est que je te laisse seule quelques minutes et que tu passes des appels mystérieux.

— Je téléphonais à Cheryl et Jim Ammons. Les gens qui m'ont hébergée à Ellijay. Je voulais leur dire que je vais bien.

— Et tu ne pouvais pas attendre d'être dans la voiture pour utiliser mon portable ?

Il lui tenait toujours le bras. Rosalyn se dégagea d'une secousse.

— Je n'y ai pas pensé, d'accord ? Je suis seule depuis un bon bout de temps, et je n'ai plus l'habitude de m'en remettre aux autres.

Les yeux de Steve se rétrécirent encore, si bien qu'elle tourna les talons et sortit du restaurant. Après tout, il pouvait bien croire ce qu'il voulait !

Le temps allait lui sembler long jusqu'à Colorado Springs.

Les heures défilèrent, lourdes de tension. Malgré ce qu'elle lui avait dit, Steve ne croyait pas Rosalyn. Après tout, ne lui avait-elle pas expliqué que Jim Ammons se méfiait du gouvernement et qu'ils vivaient complètement en dehors du système ?

Aucun ordinateur, aucun téléphone. Alors comment avait-elle fait pour les appeler ?

Steve n'avait pas envie de la soupçonner, surtout après la nuit dernière, mais le doute s'infiltrait en lui. Il était entraîné à voir le mal partout, à tout remettre en cause.

Il devait affronter l'idée que Rosalyn se servait peut-être encore de lui. Qu'elle était entrée en contact avec lui à Pensacola dans un but bien précis, qui n'avait rien à voir avec le bébé ou le Guetteur.

Quel pouvait être cet objectif, il n'en avait aucune idée. Mais il devait admettre qu'elle pouvait s'être mise en cheville avec un associé, pour le manipuler. Peut-être savait-elle qui il était chez Omega. Il avait régulièrement accès à des informations top secret. Peut-être était-ce ce qu'elle espérait obtenir de lui.

Il ne pouvait oublier combien elle avait paru triste en raccrochant. Triste et coupable.

Pourquoi éprouvait-elle cela après avoir parlé à un couple dont elle avait été si proche ? Et pourquoi ne s'était-elle pas servie de son portable pour les contacter ? Cela aurait été beaucoup plus logique.

À moins que ce qu'elle lui avait dit soit exact ? Elle n'était pas habituée à dépendre des autres. Elle n'avait plus de portable depuis un bon moment. Peut-être n'avait-elle pas pensé à lui emprunter le sien. Elle avait vu la cabine — une rareté de nos jours —, et décidé d'appeler pendant qu'il était occupé.

Cela n'avait rien d'étrange, quand on le considérait sous cet angle.

Il agrippa étroitement le volant. Il ne lui était pas habituel de remettre en cause son jugement.

Mais s'agissant de Rosalyn, il devait reconnaître qu'il manquait d'impartialité.

Il résolut de lui parler. Ils ne pouvaient pas continuer à se taire ainsi.

— Je vais t'emmener au bureau, lui dit-il. Je vais demander à mon équipe d'étudier ta situation.

Elle hocha la tête.

— D'accord. Tu ne m'as toujours pas dit ce que tu fais ni pour qui tu travailles.

Il ne répondit pas. Était-ce un hasard si elle l'interrogeait à ce sujet juste à ce moment-là, ou interprétait-il un peu trop les choses ? Il la contempla, croisa le regard limpide de ses yeux bleus qui le fixaient.

Il aurait pu jurer qu'elle était innocente. Mais il ne pouvait prendre de risque. Le département des interventions critiques d'Omega n'était pas secret, mais il ne voulait pas lui donner la moindre information, au cas où elle aurait collaboré avec quelqu'un.

Seigneur, quel scandale si c'était le cas ! Si le test de paternité se révélait positif et que Rosalyn soit associée avec un malfaiteur...

Le mot « compliqué » serait un euphémisme.

# 13

Génial ! Elle était coincée dans une voiture avec M. Ronchon en personne.

Où était passé l'homme passionné avec qui elle avait fait l'amour la veille ? Il avait été là jusqu'au déjeuner.

Peut-être souffrait-il d'indigestion.

Non, ce n'était pas son repas, mais l'appel qu'elle avait passé. Il n'aimait pas qu'elle ait eu une conversation hors de sa présence, il ne fallait pas être un génie pour le comprendre.

Il ne lui faisait pas confiance.

Comment savoir à quelle traîtrise il s'attendait de sa part ? Sans doute ne le savait-il pas, lui non plus, mais il était visible qu'il s'attendait à quelque chose de ce genre.

Elle n'avait même pas envie de lui parler et avait fait semblant de dormir pendant une partie du trajet pour l'éviter. Mais à une heure de Colorado Springs, elle fut soudain prise d'une envie pressante.

— On pourrait faire un arrêt pipi ?

— Il ne nous reste qu'une heure de route. Nous sommes presque à Pueblo. Tu ne peux pas te retenir ?

S'il avait été en colère, elle aurait entamé une dispute. Mais il ne paraissait pas fâché, il paraissait méfiant.

— Parfait.

Elle allait se retenir, même si cela devait la tuer.

Trente minutes plus tard, elle eut peur que ce soit le cas.

— Écoute, il va falloir s'arrêter, d'accord ? Je sais que tu crois que je prépare une attaque nucléaire ou un truc du genre, mais le bébé appuie sur ma vessie.

Il esquissa un sourire.

— D'accord. De toute façon, je dois prendre de l'essence.

Il s'arrêta dans une station-service, et Rosalyn courut aux toilettes. En ressortant, soulagée, elle se demanda ce qu'elle pouvait faire pour alléger la tension entre Steve et elle. Pour sa part, elle devait accepter que la méfiance fît partie de son métier — il était flic après tout. Elle ne devait pas s'offusquer qu'il se mêle sans cesse de ses affaires. Surtout si c'était pour la garder en sécurité.

Elle allait faire des efforts pour être aimable. Peut-être lui acheter une barre chocolatée pour faire la paix. Qui pouvait résister au chocolat ? De plus, elle avait faim.

Elle regarda par la vitre de la petite boutique de la station, se demandant ce qui lui plairait. Un motard arrivait lentement derrière leur voiture. Steve remplissait le réservoir, tout en la regardant. Sans doute pour s'assurer qu'elle ne volait pas la caisse enregistreuse.

Au début, elle ne fit pas attention au motard, sauf pour se demander pourquoi il s'arrêtait derrière eux au lieu de se diriger vers une pompe libre. C'est alors qu'elle le vit tirer quelque chose de son blouson, un objet qui ressemblait à un petit bâton.

Puis il fit un mouvement du poignet, et le bâton devint une canne beaucoup plus longue. Il allait frapper Steve.

Laissant tomber la barre chocolatée, Rosalyn courut vers la porte, sachant qu'elle n'aurait jamais le temps d'avertir Steve.

Son expression dut néanmoins l'alerter, à moins que ce ne soit son instinct de policier, car il pivota sur lui-même et leva le bras juste au moment où la canne allait entrer en contact avec sa tête.

Rosalyn cria. Le coup avait dû être douloureux, il avait peut-être même cassé le bras de Steve. Mais le plus important était qu'il était toujours debout.

L'angoisse de savoir que le Guetteur l'avait retrouvée s'insinua dans son esprit, mais elle la repoussa. Elle ne pouvait pas s'effondrer maintenant, il fallait qu'elle aide Steve.

— Appelez la police ! cria-t-elle au caissier. Quelqu'un s'en prend à mon ami !

Elle n'attendit pas de voir si l'homme obéissait et franchit la porte en courant.

Le type à la canne revenait à la charge, mais Steve était sur ses gardes. Voyant son agresseur balancer son arme latéralement, il se baissa et leva son bras blessé comme s'il avait l'intention de le frapper. Mais l'autre était trop loin et il ne put l'atteindre. La canne lui donnait l'avantage.

L'homme abattit de nouveau son arme. Le coup n'avait pas la même force que le précédent, mais il réussit tout de même à faire tomber Steve en le heurtant à l'épaule. Il se releva, tandis que l'autre reprenait son élan pour le frapper.

— Hé ! laissez-le tranquille !

Sans même se rendre compte qu'elle était plus petite, enceinte et surtout désarmée, Rosalyn s'était précipitée vers les deux hommes. Le meilleur moyen était d'attirer l'attention des autres clients.

Le motard la regarda, sans qu'elle puisse voir son visage à travers la visière de son casque intégral.

— Hé vous ! Laissez-le ! À l'aide !

Elle ne pouvait pas faire grand-chose, mais elle savait crier à plein poumons. Avisant les bidons d'huile entassés près de la porte de la boutique, elle en prit un et le jeta sur l'assaillant. Il n'atteignit pas sa cible, mais son geste eut le mérite d'attirer l'attention sur elle.

D'autres clients étaient en train de sortir du magasin et, sur la route, une voiture s'arrêta. Jugeant manifestement la situation trop compliquée pour lui, le motard accéléra brutalement et s'éloigna dans un rugissement de moteur. Personne ne put l'arrêter.

Rosalyn se précipita vers Steve.

— Ça va, tu n'as rien ?

Il tenait le bras dont il s'était servi pour bloquer le premier coup, le plus violent.

— Oui. Ça va. Je ne sens plus mon bras, mais mieux vaut ça qu'un coup à la tête.

Rosalyn serra les dents.

— Ça t'aurait tué.

— Non, je ne pense pas. Mais ça m'aurait mis hors circuit assez longtemps pour qu'il termine son sale boulot.

Des sirènes retentirent au loin.

— J'ai dit au caissier d'appeler la police. Je ne savais pas quoi faire d'autre.

Steve pencha la tête et la dévisagea.

— Tu lui as demandé d'appeler la police ?

— Oui, je n'étais pas sûre qu'un bidon d'huile suffise à le stopper, alors j'ai pensé qu'il valait mieux avoir des renforts aussitôt que possible. Comment va ton bras ? Laisse-moi regarder.

Elle fit un pas vers lui, mais s'interrompit en le voyant reculer. Il ne fallait pas qu'elle s'offense de cette réaction, elle n'avait sans doute rien de personnel. Steve avait mal, il essayait de comprendre ce qui s'était passé. Il était en mode flic.

Il ne se passa pas longtemps avant que deux voitures de police et une ambulance arrivent.

— Ça t'ennuie d'attendre dans la voiture ? lui demanda Steve. Ce sera moins compliqué si je parle aux autorités tout seul.

— Ah, d'accord.

Elle haussa les épaules.

— J'y vais.

Un médecin s'approcha d'eux avant qu'elle ait eu le temps de s'éloigner, si bien qu'elle l'attendit. Elle voulait s'assurer que Steve allait bien.

— Madame, vous êtes blessée ? demanda le médecin.

— Non, j'étais dans le magasin, très loin de l'homme à la canne.

— Un motard avec une canne télescopique, précisa Steve.

Il remonta sa manche pour montrer sa blessure au médecin secouriste.

Rosalyn eut un sursaut en voyant son avant-bras. Il était violet et très enflé.

Le médecin soutint le bras de Steve.

— Vous pouvez bouger les doigts ?

Steve les agita.

— Rien de grave. Juste une douleur diffuse.

Le médecin appuya doucement autour de l'hématome.

— L'os n'a pas l'air cassé, mais il faudra faire une radio pour en être sûr. Vous avez eu de la chance. Celui qui vous a fait ça voulait vraiment vous faire du mal.

Steve hocha la tête.

— Il aurait fait bien pire s'il avait réussi à me frapper sur le crâne comme il en avait l'intention.

Le jeune médecin siffla entre ses dents.

— Ça, c'est sûr. Vous avez d'autres blessures ?

— Il m'a touché aussi à l'épaule, mais pas avec autant de force.

Steve se tourna pour que le médecin puisse l'examiner.

— Faites photographier ces blessures, cela vous servira de preuve si jamais on attrape le bonhomme. Mais en dehors de ça, il n'y a aucune raison pour que je vous fasse hospitaliser. Vous aurez sans doute mal pendant quelques jours.

— Merci. Je m'en occuperai.

Steve se tourna vers Rosalyn.

— Je vais parler aux policiers. Tu restes près de la voiture, d'accord ?

Elle hocha la tête et alla s'appuyer contre le capot. Steve alla parler aux policiers, et se plaça de telle sorte qu'il puisse voir Rosalyn. Elle le vit exhiber une carte ou un insigne et leur montrer.

À présent qu'elle était seule et rassurée sur l'état de Steve, le poids de ce qui s'était passé lui tomba soudain dessus.

Le Guetteur l'avait de nouveau retrouvée.

Il était impossible que cet incident soit une coïncidence.

Mais comment était-ce possible ? Ils avaient laissé tous leurs vêtements au supermarché. La seule chose qu'elle avait gardée était son carnet.

Et elle en avait examiné chaque page durant leur trajet en voiture. Il n'avait absolument rien de suspect.

Elle ignorait comment le Guetteur l'avait retrouvée ; elle ne savait qu'une chose, c'est qu'il y était arrivé. Et Steve avait failli en payer le prix, juste sous ses yeux.

Peut-être fallait-il qu'elle prenne de nouveau la fuite. Immédiatement. Si elle partait et s'éloignait de Steve, le Guetteur le laisserait tranquille.

Pivotant sur elle-même, elle appuya ses coudes contre la vitre côté passager et cacha son visage dans ses mains. Qu'allait-elle faire ? Elle aurait bientôt un bébé. Elle ne pouvait pas fuir éternellement.

D'autant plus que la fuite ne résoudrait rien. Le Guetteur parviendrait à la retrouver, où qu'elle aille. Le seul endroit où il n'avait pas pu la localiser, c'était chez les Ammons. Ou s'il l'avait fait, il ne s'était pas manifesté.

Rosalyn se retourna pour regarder Steve. Il parlait toujours aux policiers mais avait le regard fixé sur elle. L'un des hommes hocha la tête et la regarda aussi. L'autre donna à Steve quelque chose qu'il mit sans sa poche. Enfin ils se serrèrent la main, et Steve revint vers elle.

— Tu as l'air bouleversée, lui dit-il. Ça va ?

Rosalyn laissa échapper un rire sans joie. Comment allait-elle ? Mal. Elle n'était pas sûre d'aller de nouveau bien un jour.

— Non, je ne vais pas bien, en effet.

— Pourquoi ? Parce qu'il n'a pas réussi son coup ou parce que tu as changé d'avis ?

Elle observa son visage de plus près. Ses yeux verts étaient froids et la colère faisait saillir les muscles de ses mâchoires.

— Quoi ?

— Je t'ai vue regarder le motard. Tu nous regardais tous les deux, avant même qu'il ne frappe.

Elle secoua la tête, essayant de comprendre ce que Steve voulait dire.

— Oui, je l'ai remarqué, mais je n'ai pas compris ce qu'il se passait.

Il se rapprocha et se redressa de toute sa taille, plus intimidant que réconfortant.

— Alors pourquoi m'observais-tu avec autant d'intensité depuis la boutique ?

— Parce que je me demandais quelle barre chocolatée t'acheter.

Ces mots parurent faibles et ridicules, même à ses propres oreilles.

— Tu as appelé quelqu'un au restaurant, quelqu'un qui ne voulait pas que je sois au courant. C'était lui ? Le Guetteur ? Tu es de mèche avec lui ?

Rosalyn sentit le sang quitter son visage.

— Quoi ?

Steve lui attrapa le bras.

— Tu as décidé à la dernière minute que tu ne voulais pas que je meure ? Tu as changé d'avis ? C'est pour ça que tu avais cet air horrifié dans la boutique et que tu m'as averti ?

— J'avais cet air parce que j'ai compris qu'il allait te frapper...

— Ce qui était le plan depuis le début, non ? Sauf qu'au dernier moment, ton cœur t'a dicté de m'épargner. Si tu n'avais pas changé d'expression, je dois le reconnaître, je serais mort à l'heure qu'il est.

Rosalyn avait du mal à croire à ce qu'elle entendait.

— Non. Non, je ne savais pas ce qu'il allait faire jusqu'à ce qu'il sorte ce... ce truc.

— Vraiment ? Et tu t'attends à ce que je croie qu'il est arrivé à nous retrouver comme ça, alors que tu as passé un mystérieux appel à l'heure du déjeuner ? C'est pour ça que tu voulais t'arrêter avant d'arriver à Colorado Springs ?

— Non. Steve, je...

Il recula d'un pas.

— Tu sais quoi ? Ce n'est pas la peine de me répondre. On t'interrogera dès que nous serons au siège d'Omega.

— Au siège de quoi ?

Il ne répondit pas. Au lieu de quoi, il sortit des menottes de sa poche. C'était ce que les policiers lui avaient donné. Rosalyn leur jeta un coup d'œil. Ils les observaient. Manifestement, Steve leur avait expliqué pourquoi il en avait besoin.

Avec la sensation étrange que son corps appartenait à une autre, elle sentit une menotte se refermer sur l'un de ses poignets, puis sur l'autre.

— Rosalyn Mellinger, vous êtes en état d'arrestation.

# 14

Elle se jouait de lui. Depuis le début. Il n'y avait pas d'autre explication à son comportement.

Steve sentait la colère courir dans ses veines. Une colère dirigée non seulement contre Rosalyn, mais aussi contre lui-même.

Elle l'avait pris pour un pigeon six mois auparavant, et se disait certainement qu'il était toujours aussi stupide.

Le pire était qu'il avait envie de la croire, même maintenant. De croire que son air mortifié était sincère et qu'il avait fait une terrible erreur en la menottant.

Mais qu'il soit damné s'il se faisait avoir une troisième fois !

Et le bébé… Il préférait ne pas y penser.

Elle l'avait forcément trompé. Elle avait conspiré avec le Guetteur. Elle ne portait plus de mouchard. Il avait méticuleusement fouillé ses vêtements, son carnet et son portefeuille.

Kilomètre après kilomètre, il avait vérifié dans le rétroviseur qu'on ne les suivait pas. Il était impossible qu'une voiture les ait filés sans qu'il s'en aperçoive. Il avait fait très attention et n'avait vu personne.

La seule chose suspecte, depuis leur départ de Pensacola, était l'appel qu'elle avait passé aux Ammons. À un couple dont elle avait dit auparavant qu'ils n'avaient pas le téléphone.

Comment pouvait-on appeler quelqu'un qui n'avait pas le téléphone ?

C'était impossible.

Mais on pouvait joindre un comparse et lui signaler une

destination. Même sans autre détail, Rosalyn avait pu lui indiquer leur trajet.

Il la revit, la tête appuyée contre le téléphone. Elle avait la même expression coupable que celle qu'elle arborait quand il parlait aux policiers.

Comme si elle était malheureuse d'avoir renseigné son associé et d'avoir causé ses blessures.

Il aurait dû lui être reconnaissant de ses élans de conscience. Sans cela, il serait déjà mort.

À moins qu'elle n'ait pas compris d'emblée que l'objectif de son agresseur était de le tuer. Il était prêt à lui accorder le bénéfice du doute.

Peut-être n'était-elle qu'une voleuse, pas une meurtrière.

Cette pensée le soulagea un peu, ce qui relança sa colère et, par voie de conséquence, accentua la douleur dans son bras. Il grinça des dents. Il faudrait qu'il prenne de l'aspirine dès son arrivée au quartier général.

Il n'était pas question de donner à Rosalyn une chance de s'échapper. Il aurait juré qu'elle était sur le point de prendre la fuite pendant sa conversation avec la police. Peut-être avait-elle compris qu'elle n'en aurait pas le temps.

Il était surpris qu'elle n'essaie pas de plaider sa cause pendant qu'ils étaient encore en tête à tête. Elle devait savoir qu'une fois d'autres gens présents — des gens qui ne seraient pas, comme lui, aveuglés par la crédulité —, il lui serait beaucoup plus difficile de s'en sortir. De les manipuler comme elle l'avait fait avec lui.

Mais elle ne disait rien. Pas un mot depuis qu'il lui avait passé les menottes. Elle ne s'était pas mise en colère, n'avait pas pleuré et n'avait pas même essayé de le raisonner.

S'il n'avait pas été plus malin, il aurait cru qu'elle boudait. Il est vrai qu'elle avait croisé les bras sur son ventre, comme pour protéger le bébé. Elle regardait droit devant elle, sans paraître voir quoi que ce soit.

Bien sûr, elle n'avait pas prévu qu'il verrait clair dans son jeu. En tout cas, pas si tôt.

Il n'y avait qu'une chose dont il était absolument certain. Il allait obtenir des explications. Peut-être n'était-il pas apte à juger Rosalyn, mais les profileurs et les analystes comportementaux que comptait son équipe étaient parmi les meilleurs du monde. Même s'il ne pouvait lui arracher la vérité, eux y parviendraient.

Quand Steve s'arrêta devant le complexe d'Omega, il vit Rosalyn s'agiter un peu. Visiblement, elle ne s'attendait pas à quelque chose d'aussi sophistiqué.

*Eh oui, mon ange : ce n'est pas le premier péquenaud venu que tu as choisi de rouler. Maintenant, tu joues dans la cour des grands.*

— Tu ne t'attendais pas à cela ?

Rosalyn le dévisagea.

— Je ne sais pas ce que tu veux dire par là, mais non, je ne m'attendais pas à cela.

Elle se détourna pour regarder par la vitre en se frottant les poignets, là où les menottes la serraient.

Il se demanda si elle souhaitait avoir mieux choisi sa victime. À moins qu'obtenir des informations sur Omega n'ait été le plan dès le début.

Il se cuirassa intérieurement, pour ne pas s'attendrir sur son sort. Il ne lui permettrait plus de prendre le dessus. Les menottes étaient peut-être de trop, mais c'était un rappel nécessaire qu'elle était une criminelle. Pour lui comme pour elle.

Quand ils franchirent les portes du complexe, les gardes eurent un temps d'arrêt. Sans doute aussi déconcertés de voir Steve en jean et en T-shirt, que de constater qu'il amenait une prisonnière. L'un comme l'autre n'étaient pas courant.

Il se plia aux procédures habituelles : scanner, fouille, etc. Il inscrivit Rosalyn comme prisonnière et passa avec elle au détecteur de métaux. Elle le fit sonner, à cause des menottes.

Le garde prit un air embarrassé.

— Euh..., le protocole dit que nous devons scanner tous les prisonniers qui pénètrent dans le bâtiment, monsieur Drackett.

— Faites donc.

Steve n'aimait pas ça, mais préférait être damné que d'accorder un traitement de faveur à Rosalyn.

Elle leva ses mains menottées devant elle, afin que le garde puisse passer son scanner le long de son corps, devant, puis derrière. Il ne se passa rien.

Steve dut admettre qu'il était un peu soulagé. Si Rosalyn avait eu un portable ou une arme sur elle, il s'en serait voulu jusqu'à la fin de ses jours.

Le garde les laissa passer, et Steve prit le bras de Rosalyn pour la faire entrer dans l'ascenseur menant aux bureaux.

Dès qu'il posa le pied dans la vaste pièce abritant la plupart des bureaux de ses hommes, Steve comprit qu'il avait commis une erreur. Il n'aurait jamais dû exhiber ainsi Rosalyn. Il aurait dû laisser la police locale s'occuper de son arrestation. Trop de gens allaient poser des questions sur ce qui s'était passé.

Des questions personnelles.

Il voulait certes que Rosalyn y réponde mais, en même temps, il ne voulait pas étaler sa vie privée au grand jour.

Il la regarda. Elle avait la tête baissée, et ses cheveux dissimulaient en partie son visage. Entre ses épaules voûtées, son gros ventre et ses menottes, elle faisait piètre figure.

Steve ne fut donc pas surpris quand Andrea Gordon, l'une des analystes les plus douées de son équipe, s'approcha, l'air inquiet.

Bon sang, même lui se sentait navré pour Rosalyn, et elle avait failli le faire tuer moins d'une heure auparavant.

— Steve, je peux t'être utile ? lui demanda Andrea.

— Dans une minute, si tu veux bien.

Steve regarda autour de lui pour trouver celui qu'il cherchait. Il ne fut pas surpris de le voir appuyé au mur, de l'autre côté de la salle, observant la scène.

— Waterman ! appela-t-il avec un signe de tête.

Derek Waterman, le chef de l'équipe d'intervention d'Omega, était toujours au fait de ce qui se passait autour de lui. Sa concentration et sa détermination étaient légendaires et, pour de multiples raisons, il représentait un atout énorme pour le département.

Mais Steve l'avait choisi pour une raison bien précise : parce que ce n'était pas quelqu'un de chaleureux ou de sympathique. Il voulait que Derek escorte Rosalyn avec froideur et indifférence. Les autres membres de l'équipe se seraient montrés trop tendres avec elle.

C'était ainsi qu'il aurait les réponses qu'il voulait.

Et si une petite voix lui disait qu'il avait tort, il la ferait taire. Il n'était plus question de laisser le bénéfice du doute à Rosalyn.

— Derek, tu peux accompagner Mme Mellinger à la salle d'interrogatoire numéro 2 ?

C'était la plus froide et la moins confortable de toutes.

Du coin de l'œil, il vit Andrea se raidir. Elle n'appréciait pas la façon dont il traitait Rosalyn. Mais il savait qu'elle avait une fâcheuse tendance à l'empathie.

Derek resta impassible.

— Pas de problème, patron.

Il se tourna vers Rosalyn.

— Veuillez me suivre, madame.

Respectueux, mais distant.

Il lui prit le bras et la conduisit le long du couloir.

Steve se retourna et vit au moins une dizaine de ses hommes le dévisager.

— Allez, les gars, remettez-vous au boulot. Je sais que vous avez autre chose à faire que me regarder avec des yeux de poisson frit.

Un bon nombre d'entre eux se rassirent et se remirent à leurs tâches. Liam, le plus hardi d'entre eux, se rapprocha.

— Mais patron, comment pourrions-nous nous remettre au travail alors que nous avons une criminelle aussi dangereuse dans nos murs ?

Cela suscita quelques ricanements. Steve se retourna.

— Je pourrais te virer, tu sais.

— Si on m'avait donné un dollar chaque fois que tu m'as dit ça..., marmonna Liam.

Il regagna pourtant son bureau.

L'avantage de l'équipe de Steve, c'est que ses membres le connaissaient assez bien pour savoir quand le laisser tranquille. Il pouvait aussi compter sur eux pour lui fournir les informations qu'il n'avait pas la capacité d'obtenir lui-même.

— Brandon, Andrea, Jon, je veux vous voir dans mon bureau.

Tournant les talons, il se dirigea vers la salle principale. Il ne se retourna pas pour vérifier s'ils le suivaient. Il savait qu'ils le faisaient, ne serait-ce que par curiosité.

Il entra dans le bureau de ses assistantes. Cynthia et les autres se levèrent en le voyant franchir la porte, sans doute impatientes de lui parler des affaires en attente. Il leva la main.

— Durant les heures qui viennent, à moins qu'une crise nationale ou internationale ne se déclare, considérez que je ne suis pas disponible. Je ne veux rien savoir.

Il vit Brandon et Andrea échanger un regard, mais il s'en fichait. Pour sa propre santé mentale, à moins d'une véritable urgence, il devait régler cette affaire avec Rosalyn.

— Tu as besoin qu'on s'occupe de ton bras ? demanda Andrea.

Tous les regards convergèrent vers lui. Il s'efforçait de dissimuler la douleur, qui ne ferait que s'accentuer, il le savait. Il jeta un regard noir à Andrea.

— Désolée, lui dit-elle en haussant les épaules. Ce n'est pas évident, mais je l'ai vu quand même.

— Que s'est-il passé ? demanda Brandon.

— Je me suis retrouvé du mauvais côté d'une canne télescopique, expliqua-t-il avec une grimace. Mais ça va.

— Je vais chercher de la glace et des antalgiques, ça va te faire du bien. On va s'occuper de tout, Steve.

Cynthia, l'assistante la plus ancienne de son équipe et celle à qui il se fiait le plus, lui adressa un signe de tête.

— Gère ton urgence, on s'occupe du reste.

Steve ouvrit la porte de son bureau et la tint ouverte pour laisser passer les autres. Jon Hatton et Brandon Han faisaient partie des hommes les plus brillants et les plus dignes de confiance qu'il connaisse. Quant à Andrea, elle était plus silencieuse et réservée en raison de son passé, mais c'était un as de l'analyse comportementale.

— Que se passe-t-il, Steve ? demanda Jon. Je suppose que la femme que tu as amenée avec toi est cette Rosalyn Mellinger sur laquelle tu m'as demandé de faire des recherches.

Steve s'approcha de la fenêtre qui donnait sur les Rocheuses. Habituellement, cette vue l'apaisait, mais pas en cet instant.

— C'est elle.

— Tu ne m'avais pas dit qu'elle était enceinte.

— Non, dit-il en secouant la tête.

Il ne voulait pas parler de cela, sauf nécessité absolue.

— Tu ne nous as pas dit non plus que c'était une suspecte.

Il perçut de l'agacement dans le ton de Jon.

— Cela aurait changé la manière dont je lisais les informations.

Steve se retourna et les engloba d'un seul regard.

— Elle n'était pas suspecte jusqu'à l'heure du déjeuner, et même jusqu'à il y a une heure.

Il leur parla du coup de téléphone, puis de l'agression à la station-service. Il achevait son récit, quand Margaret, une autre de ses assistantes, apporta un antalgique et de la glace. Quelqu'un avait aussi trouvé une attelle. Cela soulagerait la pression sur son épaule et diminuerait les élancements. Il la remercia.

— Qu'a répondu Rosalyn à tes accusations ? demanda Brandon tandis que Steve avalait les comprimés.

— Elle a nié, bien sûr.

Andrea s'approcha de lui et l'aida à passer le bras dans l'attelle. Immédiatement, la douleur diminua.

— Et tu n'es pas sûr à 100 % de tes accusations non plus,

dit-elle doucement. Tu es en colère contre elle, mais tu as aussi envie de la protéger. Et tout ça provoque un conflit en toi.

Steve acquiesça.

— C'est vrai. Tout cela est vrai.

Il regarda les deux hommes.

— J'ai perdu mon objectivité vis-à-vis d'elle.

— Parce que le bébé est le tien, hasarda Brandon.

À côté de lui, Jon hocha la tête, nullement surpris.

Steve haussa les épaules.

— C'est ce qu'elle dit.

Andrea lui toucha le bras.

— Tu peux la croire. À moins de savoir avec certitude que ce n'est pas le cas, il est normal de croire ce genre de déclaration.

— Eh bien, si c'est vrai, cela semble encore plus horrible de comploter pour tuer ou blesser gravement le père de son enfant.

Il contourna son bureau et les regarda tous trois.

— Je ne peux pas rester impartial avec elle. Alors je voudrais que vous découvriez la vérité pour moi. Que vous soyez mes yeux et mes oreilles.

# 15

Rosalyn était assise dans une pièce qui semblait tout droit sortie d'une série policière.

Une table et quatre chaises nues, des murs en ciment gris. Au plafond, des néons à l'éclat désagréable, voire douloureux au bout de quelques heures.

Un grand miroir couvrait la moitié du quatrième mur. Bien sûr, c'était une glace sans tain.

Elle savait que Steve était dans la police, mais elle n'aurait jamais imaginé qu'il travaillait dans un endroit comme celui-ci. Ni qu'il soit manifestement le *chef* de cet endroit.

Elle lui avait dit tout ce qu'elle savait du Guetteur, et il avait feint d'être un flic un peu obtus. Alors qu'il était beaucoup plus que cela. De même, il ne lui avait donné aucune indication sur ce qui allait se passer ensuite.

Parce qu'il ne lui faisait pas confiance. Elle pouvait presque comprendre le malentendu à propos du coup de téléphone et du motard. Mais Steve se méfiait d'elle depuis le début. Il ne s'était jamais fié à elle, ni la première fois ni quand ils avaient fait l'amour. Ni aujourd'hui ni jamais.

Elle avait pourtant cru un moment que sa solitude avait pris fin, sans se douter qu'elle était plus seule que jamais.

L'homme qui l'avait amenée dans cette salle austère ne s'était montré ni gentil ni méchant. Il ne lui avait pratiquement pas adressé la parole, si on exceptait la lecture de ses droits. Rosalyn se demanda si elle devait appeler un avocat, mais elle n'en connaissait aucun dans cet État. De plus, elle n'avait rien fait de mal.

Steve Drackett ne veillerait-il pas à ses intérêts ?

L'homme — comment l'avait donc appelé Steve… Derek ? — l'avait escortée jusqu'à son siège.

« Restez ici » était tout ce qu'elle avait pu obtenir de lui avant qu'il ne ressorte, fermant la porte avec un déclic bruyant.

Depuis combien de temps était-elle là ? Au moins vingt minutes. Cela lui paraissait des heures. Elle sentait la panique toquer à la porte de son esprit, essayer de s'insinuer en elle. Mais elle refusait d'y céder. Elle n'avait rien fait de mal. Quelqu'un allait sûrement la croire. Même si elle était sûre que ce ne serait pas Steve.

Et quand on la croirait, elle sortirait de là, mais où irait-elle ? Le Guetteur l'avait retrouvée. Elle croisa ses mains menottées sur son ventre, se berçant d'avant en arrière, luttant de nouveau contre l'anxiété.

Qu'allait-elle faire ?

Elle faillit bondir de son siège quand la porte s'ouvrit. Deux hommes, qui n'étaient pas là quand elle avait pénétré dans les bureaux, entrèrent.

— Est-ce que ça va, madame Mellinger ? demanda d'un air sincère l'un d'eux, un Asiatique d'une beauté stupéfiante.

— Je… C'est juste…

Les mots n'arrivaient pas à sortir de sa bouche.

*Je viens juste de réaliser l'horreur de la situation : un tueur m'a retrouvée et le seul homme en qui j'avais confiance vient de me jeter en prison.*

— Vous m'avez fait sursauter, c'est tout, dit-elle finalement.

Ils s'assirent tous deux en face d'elle. L'autre homme, très grand et tout aussi beau, avait une clé à la main.

— Puis-je vous retirer ces menottes ? Je suis sûr que vous vous sentirez mieux sans elles.

Rosalyn avança les poignets au-dessus de la table, afin qu'il puisse la détacher. Il fallait qu'elle se maîtrise, elle en était capable.

— Et vous êtes sûrs que vous serez en sécurité, si je suis libre de mes mouvements ? lança-t-elle, les sourcils levés.

Ils la dépassaient tous deux d'au moins trente centimètres et pesaient chacun au moins vingt-cinq kilos de plus qu'elle. Sans parler de l'envergure de son ventre qui limitait considérablement ses capacités d'évasion.

Les deux hommes échangèrent un regard et esquissèrent un sourire.

— Nous veillerons à rester sur nos gardes, répondit le plus grand. Je m'appelle Jon Hatton et voici Brandon Han. Nous sommes tous deux profileurs et analystes chez Omega Sector.

— Je ne suis pas sûre de savoir ce qu'est exactement Omega Sector.

L'agent Han se renversa sur sa chaise.

— C'est un groupe de travail interagences. Une structure regroupant des agents du FBI, de la DEA, de l'ATF et autres. Nous avons même des membres d'Interpol et d'autres agences internationales dans nos rangs. Cela nous permet d'économiser la paperasserie.

— Nous aimerions vous poser quelques questions sur ce qui s'est passé à la station-service, commença Hatton. Saviez-vous que l'homme à la moto allait agresser Steve ?

— Non.

Elle les regarda tour à tour.

— J'étais dans la boutique quand je l'ai vu s'arrêter. J'ai pensé que c'était idiot de faire la queue derrière notre voiture, puisqu'il y avait d'autres pompes libres, mais je ne savais pas qui il était, ni qu'il allait attaquer Steve jusqu'à ce que je le voie sortir son espèce de bâton.

L'agent Han sortit un calepin et commença à écrire.

— On appelle cela une canne télescopique. Une arme qui peut être facilement transportée et qui se déploie d'une simple torsion du poignet.

Elle hocha la tête.

— Steve me regardait, alors j'ai compris qu'il n'avait pas fait attention à l'homme et qu'il allait être blessé.

Elle se souvint qu'elle avait pensé ne pas avoir le temps de sortir à temps pour l'avertir.

— Heureusement, Steve a tourné la tête au dernier moment et a bloqué le coup du bras.

— Et vous ignoriez qui était ce type et le fait qu'il allait être là à cette heure-là ? demanda Han.

— Oui, confirma Rosalyn en sentant la panique monter à nouveau.

Hatton pencha la tête de côté.

— Vous ne lui aviez pas dit que vous voyagiez vers Colorado Springs avec Steve ?

Cela ressemblait presque à une question amicale, lors d'un dîner entre amis. Rosalyn sentit l'hystérie bouillonner en elle et s'efforça de la contenir.

— Non. Je n'ai pas contacté l'homme qui m'a harcelée presque quotidiennement cette année, qui m'a forcée à quitter mon travail, mes amis et à vivre six mois dans des hôtels minables pour lui échapper. Je n'ai pas contacté l'homme qui m'a poussée au bord de la folie et m'a donné plus d'une fois des idées de suicide.

Elle se pencha en avant.

— Je n'ai pas contacté l'homme qui, pour la première fois en un an, m'a laissée tranquille et que j'ai cru avoir enfin semé. Je n'ai pas ramené cet homme dans ma vie.

L'agent Han se pencha lui aussi en avant.

— Alors comment vous a-t-il retrouvés, Steve et vous ?

Rosalyn ne put plus retenir ses larmes.

— Je ne sais pas, murmura-t-elle en s'appuyant à nouveau contre le dossier de sa chaise. Il me retrouve toujours.

Les deux hommes l'étudièrent un long moment. Rosalyn finit par se couvrir le visage de ses mains.

Après un long silence, elle entendit l'agent Hatton déclarer :

— Je pense qu'il faut recommencer de zéro.

Steve suivait la conversation dans la pièce adjacente, grâce au miroir sans tain. Andrea avait voulu entrer avec Brandon pour questionner Rosalyn, mais Steve s'y était opposé.

Il avait besoin de son opinion. Non seulement, elle était capable de déchiffrer le langage corporel des gens avec une exactitude remarquable, mais elle avait aussi un sixième sens en termes émotionnels. Elle sentait ce que les gens éprouvaient, même si cela ne correspondait pas à ce qu'ils disaient.

Il s'était fié aux capacités d'Andrea, cinq ans auparavant, pour le tirer d'une situation délicate. Et il s'y fiait encore plus aujourd'hui.

— Steve, il faut que je te le dise : rien dans l'attitude de Rosalyn ne laisse à penser qu'elle ne dit pas la vérité.

Rosalyn avait recommencé son histoire depuis le début, comme le lui avait demandé Jon. Cela faisait une heure qu'elle racontait aux deux agents tout ce que le Guetteur avait fait. Elle leur donnait même beaucoup plus de détails qu'à lui.

Il était révolté en pensant à tout ce qu'elle avait traversé.

Il se frotta le visage de la main, son bras toujours en écharpe. Il ne possédait pas le talent d'Andrea pour décider si Rosalyn disait ou non la vérité.

— J'ai commis une grosse erreur, murmura-t-il.

Andrea lui lança un regard étonné.

— Quand l'agresseur est arrivé à la station-service, quelques heures après ce qui m'avait paru un coup de téléphone suspect, je me suis dit tout de suite qu'elle m'avait de nouveau trompé.

— De nouveau ?

Steve se rendit compte qu'il n'avait jamais parlé du vol de Rosalyn à l'hôtel, six mois auparavant.

— Elle m'avait déjà roulé. Elle s'était glissée hors de la

chambre au milieu de la nuit, en emportant tout le liquide que j'avais dans mon portefeuille.

Andrea l'observait. Steve comprit qu'il n'allait pas aimer ce qu'elle allait lui dire.

— Elle t'a blessé.

— Dans ma fierté, bien sûr. Sur le plan personnel et professionnel. Je dirige l'une des agences les plus prestigieuses au monde. Si je ne m'aperçois de rien quand on me prend pour un pigeon, je ne mérite sans doute pas d'en être le chef.

Andrea secoua la tête, un petit sourire aux lèvres.

— Non, c'est beaucoup plus que ça. Tu t'es abandonné avec elle sur le plan affectif, et elle t'a blessé.

Steve repensa aux heures qu'ils avaient passées ensemble avant sa fuite. Il avait compris qu'elle avait peur de quelque chose. Il avait eu l'intention de lui demander de rester avec lui toute la semaine. Si être au-dehors la rendait nerveuse, ils pouvaient aussi bien rester à l'intérieur.

Il avait voulu la garder avec lui, lui faire l'amour, lui parler et l'écouter jusqu'à ce qu'elle comprenne qu'elle pouvait lui faire confiance. Ensuite, ils auraient pu trouver une solution à ce qui l'effrayait. Il aurait peut-être même envisagé de lui permettre de prendre un nouveau départ dans le Colorado. Elle avait paru aimer les Rocheuses.

Il fourragea dans ses cheveux. Il ne pouvait se mentir plus longtemps. Lui, un policier chevronné, qui avait eu affaire au pire de l'humanité, qui n'était pas sorti plus d'une demi-douzaine de fois avec des femmes depuis la mort de son épouse, il était tombé amoureux au premier coup d'œil. Ou, du moins, il avait été disposé à entamer une relation sérieuse avec Rosalyn et à lui permettre de faire partie de sa vie.

Mais elle s'était évanouie avant qu'il ait la chance de le faire.

Alors oui, elle lui avait fait mal.

Et il ne lui avait visiblement pas encore pardonné. Parce qu'il lui avait passé les menottes, et l'avait fourrée dans une salle d'interrogatoire comme une terroriste ou une criminelle.

— Bon sang ! dit-il en se passant de nouveau la main sur le visage. Je suis un imbécile. Il faut que je la sorte de là.

Andrea posa une main sur son bras.

— Laisse Jon et Brandon finir. Parce que ça l'aide, Steve. De se souvenir de tous ces détails. De pouvoir en parler.

Steve jeta un coup d'œil à travers le miroir sans tain et vit qu'Andrea avait raison, comme toujours. Rosalyn s'était redressée sur sa chaise. Ses épaules n'étaient plus affaissées et ses joues avaient repris des couleurs.

Brandon avait demandé qu'on leur apporte le carnet de Rosalyn, et ils étaient à présent penchés dessus tous les trois.

Il était manifeste que Jon et Brandon la croyaient et qu'ils essayaient de l'aider à mettre de l'ordre dans tout cela. À découvrir les raisons des actes du Guetteur.

Exactement ce que Steve aurait dû faire, au lieu de se demander si elle simulait.

Derek Waterman entra dans la pièce.

— Des infos pour toi, patron, sur les Ammons. Apparemment, ils n'ont pas le téléphone chez eux, mais ils ont une ligne au café, pour les commandes.

Évidemment.

— Nous avons vérifié et il y a bien eu un appel de Dalhart, ce matin à 10 heures, heure de la côte Est. Je pense que ça correspond à l'appel passé par Rosalyn.

— Oui, c'est bien ça. Merci, Derek.

Et cela seul suffit à blanchir Rosalyn. Bien que Steve l'ait déjà innocentée dans son esprit.

Derek se tourna vers le miroir sans tain.

— Elle a l'air bien mieux que quand je l'ai amenée ici.

— C'est parce que le pourcentage d'imbéciles a considérablement chuté autour d'elle, répliqua Steve avec une grimace.

Derek gloussa.

— Hé ! il n'y a que ma femme qui a le droit de me traiter d'imbécile !

— Ta femme est un génie. Elle peut traiter d'imbécile qui elle veut.

La femme de Derek, Molly, dirigeait le laboratoire médico-légal d'Omega.

— Mais en fait, je parlais de moi.

Derek lui assena une claque sur l'épaule, qui fit tressaillir Steve.

— On est tous des imbéciles, quand il s'agit de la femme qu'on aime.

Steve entendit Andrea marmonner :

— Amen.

— Andrea, tu pourrais leur apporter à manger et à boire ? Et t'assurer que Rosalyn va bien ? Je ne veux pas les interrompre en entrant moi-même.

— Bien sûr. C'est une bonne idée. Je suis sûre qu'elle appréciera cette attention, Steve.

— Non, dit-il en secouant la tête. Ne lui dis pas que c'est moi qui y ai pensé. Veille seulement à ce qu'elle ait tout ce dont elle a besoin.

Steve se demandait si Rosalyn lui reparlerait un jour après la manière dont il l'avait traitée. Tout ce qu'il pouvait faire à présent, c'était attraper le psychopathe qui essayait de les tuer tous les deux.

Il allait faire tout son possible pour les garder en sécurité, elle et son bébé. Tout en priant pour qu'elle lui donne une seconde chance.

# 16

Ils la croyaient. Rosalyn ne savait pas comment c'était arrivé, mais les agents Hatton et Han la croyaient.

La superbe blonde qu'elle avait vue à son arrivée entra dans la salle. Elle portait un plateau avec de la soupe, des crackers, de l'eau et du café.

— Nous avons pensé que vous aimeriez manger quelque chose. Et Steve nous a dit que vous aviez sûrement faim.

— C'est Steve qui vous l'a demandé ? Je pensais qu'il voulait me jeter en prison.

La femme posa le plateau devant Rosalyn, puis alla se placer à côté de Brandon. Il passa négligemment un bras autour de ses hanches. Quel couple superbe ils faisaient !

Elle sourit gentiment à Rosalyn.

— Parfois, il est difficile de comprendre ce que l'on a sous le nez quand les sentiments sont impliqués. Je suis certaine que c'est ce qui est arrivé à Steve.

— Et moi je pense qu'il m'a fait clairement comprendre qu'il n'éprouvait rien pour moi quand il m'a arrêtée, il y a quelques heures.

La femme sourit de nouveau.

— Les hommes sont parfois un peu lents à reconnaître leurs sentiments.

Elle regarda Brandon et un courant de tendresse passa entre eux. Il était clair qu'à un moment donné, Brandon avait fait partie de ces hommes. Même si ce n'était manifestement plus le cas.

— Je m'appelle Andrea Gordon, dit la femme en revenant à Rosalyn. Et vous n'êtes pas en état d'arrestation. Vous êtes libre de partir à tout moment, même si nous aimerions que vous restiez pour pouvoir continuer à travailler sur l'affaire avec vous.

— Steve sait-il que je suis libre ?

— Oui, dit Andrea, c'est lui qui en a donné l'ordre.

Rosalyn ne sut que faire de cette information, si bien qu'elle commença à manger sa soupe.

Les trois agents se mirent à étudier les papiers sur la table.

— Steve a trouvé deux micros dans les effets personnels de Rosalyn. Un dans un pull et l'autre dans son sac, dit Jon.

Il se tourna vers Rosalyn.

— Il les a découverts après l'incendie à l'hôtel, n'est-ce pas ?

Elle acquiesça.

— Oui, quand nous étions à l'hôpital, je crois.

— Et vous êtes allés tout de suite au supermarché pour changer de vêtements ?

— Oui, la seule chose que j'ai prise avec moi, c'est ce carnet, répondit-elle en montrant l'objet sur la table.

Jon le feuilleta.

— Il est très improbable qu'il y ait un émetteur là-dedans, mais on va le scanner pour en être sûrs.

Il sortit de la pièce pour s'en occuper.

Brandon se renversa sur sa chaise et prit un des crackers que Rosalyn lui offrait.

— Disons qu'il a posé ces mouchards dès le début. Il s'est introduit chez vous et en a mis dans tous vos vêtements. C'est excessif et très cher, mais nous n'avons visiblement pas affaire à un amateur.

— C'est comme ça qu'il vous a suivie pendant les six premiers mois. Il savait où vous alliez et pouvait vous y devancer, continua Andrea.

Jon rentra dans la salle.

— Derek va porter le carnet à Molly au labo, annonça-t-il.

— On essaie de comprendre l'incidence des micros, lui dit

Brandon. Je pars de l'hypothèse qu'il en a placés dans tout ce qu'elle possédait au départ.

— D'accord, dit Jon. C'est possible. Et effrayant.

Rosalyn ne put qu'approuver.

— Quand nous récupérerons le carnet, poursuivit Brandon, nous vérifierons de nouveau s'il y a des concordances, mais il avait peut-être ses propres horaires. Il est possible qu'il ait un emploi qui l'oblige à rester au bureau au moins une partie du temps. C'est pourquoi il vous contactait plusieurs jours d'affilée et que, d'autres fois, vous n'entendiez pas parler de lui pendant un moment.

Jon approuva.

— Cela correspondrait à quelqu'un qui travaille. S'il y a davantage de notes durant les week-ends, ça le confirmerait.

Rosalyn les regarda tour à tour.

— Je ne comprends pas. Vous laissez entendre que le Guetteur est un type ordinaire ? Un homme d'affaires ou un avocat par exemple ?

Cette idée lui donnait la nausée.

Andrea se pencha pour lui toucher la main.

— Les esprits tordus ont souvent une image très banale.

Brandon haussa les épaules.

— Il vous est arrivé de penser qu'il jouait avec vous en vous faisant croire que vous aviez réussi à lui échapper ? Il est possible qu'il ait eu d'autres obligations qui l'empêchaient de s'occuper de vous.

— Et il est très probable qu'il est originaire de Mobile, comme vous, puisque c'est là que tout a commencé. Non seulement ça, mais vous avez dû le rencontrer, même brièvement, insista Jon avec une grimace.

Rosalyn frémit et se félicita d'avoir fini de manger. Elle n'aurait pas pu avaler une bouchée après cela.

— J'étais comptable. Je voyais sans cesse des clients.

— On va vérifier tout ça, annonça Jon. Vos clients, leurs collègues, etc.

— Mais ça pourrait être n'importe qui, quelqu'un que j'aurais croisé au supermarché ou dans l'ascenseur.

Rosalyn vit la compassion dans le regard d'Andrea.

— C'est malheureusement vrai, dit cette dernière.

L'idée de reconnaître le visage du Guetteur quand il serait arrêté la rendait malade. Tous les gens qu'elle avait connus étaient suspects.

Mais, pour la première fois, elle se prit à espérer que les agents d'Omega Sector puissent réellement l'arrêter. Avant cela, son seul espoir avait été de parvenir à lui échapper. D'aller quelque part où il ne pourrait la trouver. Mais cette possibilité avait été réduite à néant par l'existence du bébé.

Jon, Brandon et Andrea continuaient à discuter de la vie et de la personnalité du Guetteur, quand la porte s'ouvrit et que Steve entra.

Rosalyn et lui se dévisagèrent un long moment. Le visage de Steve exprimait clairement le regret.

Même en le voyant avec son attelle, crispé par la douleur, Rosalyn comprit qu'elle n'était pas encore prête à lui pardonner.

Il finit par s'éloigner de la porte.

— Bon, j'ai dégagé une des salles de réunion pour nous y installer. Je pense que ce sera plus confortable.

Ils se levèrent tous et commencèrent à rassembler leurs notes, parlant toujours du Guetteur.

— Rosalyn et moi vous rejoindrons dans quelques minutes, ajouta Steve.

En entendant cela, ils se hâtèrent de quitter la salle. Rosalyn resta sur sa chaise. Steve prit un siège face à elle.

— J'ai réagi de façon disproportionnée. Je me suis trompé.

Elle pencha la tête de côté.

— Tu as pensé que j'essayais de te faire tuer.

— Tu avais passé un appel suspect et, quelques heures plus tard, ce type m'a frappé avec sa canne métallique. Tout cela m'a paru louche sur le moment.

— Je t'ai dit que j'avais appelé les Ammons, déclara-t-elle en élevant un peu la voix.

— Tu m'avais aussi dit la veille que les Ammons n'avaient pas le téléphone, répliqua-t-il sur le même ton. Il y avait une incohérence dans ton histoire. Et tu sais où on trouve des incohérences ? Dans les récits des menteurs et des criminels.

Rosalyn leva les yeux au ciel.

— J'ai appelé au café. Ils ont une ligne là-bas.

— Je le sais maintenant, dit Steve en plissant les yeux. Mais tu ne me l'avais pas dit.

Rosalyn se leva et s'appuya sur la table pour se pencher vers lui.

— Parce que tu ne me l'as pas demandé. Parce que tu étais persuadé que je préparais un mauvais coup. Que je me jouais de toi.

— Bon sang, Rosalyn, c'est mon métier d'être soupçonneux. Je suis censé repérer les mauvaises choses avant qu'elles se produisent.

— Et c'est ce que j'étais pour toi, pas vrai ? Une mauvaise chose.

— Non, c'est seulement...

Rosalyn frappa la table du plat de la main.

— Tu m'as mis des menottes comme si j'étais une criminelle ordinaire, prête à prendre la fuite à la moindre seconde d'inattention ! Tu ne m'as pas questionnée ! Tu ne m'as pas laissé l'occasion de m'expliquer !

— Rosalyn...

— On a fait l'amour, hier soir ! Et aujourd'hui, tu t'es persuadé que j'essayais de te faire tuer. J'imagine que c'est révélateur de ce que tu éprouves pour moi.

Steve se leva aussi.

— Non, ça ne s'est pas passé comme ça. J'ai dû me forcer à te considérer avec plus d'objectivité.

Il tendit la main vers elle, mais elle se déroba. Quand il la touchait, elle n'arrivait plus à raisonner. Son attirance pour lui occupait toute la place. Elle ne voulait pas ressentir cela en cet instant. Peut-être même plus jamais.

Elle se frotta les yeux. Elle était fatiguée, pas seulement de la journée, mais de tout. Le seul point positif était que les agents la croyaient. Ils semblaient disposés à mettre leurs ressources matérielles et intellectuelles à contribution pour comprendre qui était le Guetteur. C'était plus que ce qu'elle avait obtenu pendant très longtemps.

— Tu sais quoi ? Contente-toi de m'accompagner en salle de réunion. Plus vite nous pourrons résoudre cette histoire, plus vite je sortirai de ta vie.

Parce que Steve ne voulait visiblement pas d'elle dans ce lieu.

Steve ne commettait pas souvent d'erreurs tactiques. Ni d'erreurs de jugement. Son poste, la vie de ses hommes, sans parler de celle du public en général, en dépendaient.

Mais il avait fait les deux avec Rosalyn.

Ils sortirent en silence de la salle d'interrogatoire. Ce n'était pas un silence confortable.

Rosalyn lui en voulait, et il ne pouvait le lui reprocher.

Mais elle avait raison. Ils devaient se concentrer sur le profil du Guetteur. Non parce que Steve voulait que Rosalyn s'en aille — en aucun cas, il ne souhaitait que cela arrive — mais parce que la violence du Guetteur s'intensifiait.

Steve ferait tout ce qui était humainement possible pour mettre Rosalyn et son bébé en sécurité. Même si elle ne voulait rien avoir à faire avec lui pour l'instant.

Il lui tint la porte et la laissa entrer la première dans la salle de réunion. Jon, Brandon et Andrea étaient déjà là. Roman Weber, un membre de l'équipe d'intervention, s'était joint à eux.

Un tableau électronique couvrait l'un des murs de la salle. Brandon et Jon avaient déjà commencé à tracer une frise chronologique. Tout ce qu'ils y notaient serait enregistré dans un fichier électronique.

— Molly a rapporté le carnet de Rosalyn, leur dit Andrea quand ils entrèrent. Il n'a rien de suspect.

Steve hocha la tête, pas du tout surpris.

Debout devant le tableau, Brandon se tourna vers eux.

— En gros, nous avons deux mystères à élucider avant de pouvoir avancer. D'abord, pourquoi le Guetteur n'a-t-il pas contacté Rosalyn quand elle était chez les Ammons à Ellijay ? Qu'y avait-il de différent ? Quelque chose dans sa vie ou dans la sienne ?

— Je ne sais pas, dit Rosalyn en haussant les épaules.

Elle s'assit avec eux autour de la table.

— Comment les avez-vous rencontrés ? questionna Andrea.

— J'ai pris un bus à Pensacola, et je suis allée aussi loin que me le permettait l'argent que j'avais emporté.

Elle jeta un coup d'œil à Steve et détourna le regard rapidement.

— Il se trouve que c'était Ellijay. Les Ammons tenaient un petit café dans le village. Ils avaient vécu là toute leur vie. Ils habitaient juste au-dessus du café, même si je sais que M. Ammons a une cabane de pêche quelque part.

Rosalyn sourit.

— En descendant du bus, je suis entrée pour manger quelque chose. Et je ne suis jamais repartie, sauf pour rejoindre ma sœur à Pensacola.

Son sourire s'évanouit à cette pensée.

— J'ai demandé à Mme Ammons si je pouvais laver la vaisselle ou faire quelque chose de ce genre. Ils n'étaient pas de grands fans du gouvernement, si bien que cela ne les ennuyait pas de m'embaucher au noir.

— Je les aime déjà, intervint Joe avec un sourire.

Rosalyn secoua la tête en souriant, elle aussi.

— Ils sont un peu bizarres. Ils ne veulent pas qu'on se mêle de leurs affaires, mais ils m'ont accueillie et donné du travail. D'abord, j'ai fait la plonge, puis j'ai servi à table. Quand ils ont découvert que je dormais sous une avancée du toit...

— Quoi ?

L'exclamation avait échappé à Steve avant qu'il ait pu la retenir. Mais l'idée qu'elle n'avait pas de toit sur sa tête, alors qu'elle était enceinte...

— Franchement, ce n'était pas si terrible que ça. Et ce n'était que pour quelques jours.

Steve serra les poings, mais n'ajouta rien.

— En tout cas, ils m'ont invitée à dormir chez eux et ça a été réglé. Je ne quittais pratiquement jamais la maison ou le café. Je travaillais puis je montais à l'étage. Les deux premières semaines, le matin, je dévalais l'escalier pour voir s'il y avait un mot du Guetteur.

— Et il n'y avait rien ? Il n'y a jamais rien eu ? questionna Brandon.

— Non. Jamais. J'ai commencé à imaginer que la maison avait un champ de force autour d'elle. Je sais, c'est stupide, dit-elle en se moquant d'elle-même.

Andrea s'approcha d'elle et lui effleura l'épaule.

— Non, ce n'est pas stupide du tout. Personne n'aurait l'idée de vous reprocher de demeurer là où vous vous sentiez en sécurité. Où vous *étiez* en sécurité, à tous points de vue.

— Pourquoi êtes-vous partie ? demanda Jon.

— À cause du bébé.

Rosalyn posa une main sur son ventre.

— Je savais que nous serions très vite deux. Les Ammons avaient soixante-dix ans passés. Il fallait que j'aie un plan B, au cas où...

Elle laissa sa phrase en suspens, puis la compléta :

— Au cas où il me serait arrivé quelque chose.

Au cas où le Guetteur l'aurait tuée. Elle ne le dit pas, mais tout le monde dans la pièce comprit ce qu'elle voulait dire.

— Alors vous avez contacté votre sœur, dit Andrea en voyant qu'elle ne poursuivait pas.

Rosalyn hocha la tête.

— J'ai demandé à Lindsey de me rejoindre à Pensacola. Je voulais passer à l'hôtel où avait séjourné Steve, pour voir s'ils pourraient me donner son nom ou son adresse. Ou, à défaut, le contacter pour moi.

Jusqu'à cet instant, Steve ne s'était pas rendu compte qu'il lui en voulait à ce sujet. Il avait supposé, sans jamais le vérifier, qu'elle n'avait jamais eu l'intention de lui parler du bébé. Mais elle avait tenté de le joindre. Il fit un pas vers elle et croisa son regard.

— Je ne savais pas où tu étais, dit-elle en le regardant. Et je ne savais rien de tout ça, ajouta-t-elle en englobant la pièce d'un geste. Mais je savais que le bébé serait plus en sécurité avec toi qu'avec moi.

Steve aurait voulu la prendre dans ses bras et l'asseoir sur ses genoux. Lui promettre que tout irait bien désormais. S'excuser de s'être conduit comme un imbécile.

Andrea le dévisageait avec une lueur de sympathie dans les yeux. Elle déchiffrait sans peine sa souffrance, son inquiétude. Peu importait à Steve, désormais, que tout le monde en soit témoin.

— Et Steve était là, en train d'identifier ce qu'il pensait être votre cadavre, conclut Jon.

— Vu tous les ennuis de ta sœur avec la drogue, je suis surpris qu'on n'ait jamais relevé ses empreintes. Mais ils avaient les tiennes, précisa Steve. À cause de ton arrestation à l'adolescence.

Rosalyn leva les yeux au ciel.

— Oh ça ! C'est quand nous avions seize ans. Lindsey s'est fait prendre pour vol à l'étalage et m'a laissée payer à sa place.

Cela expliquait beaucoup de choses.

— D'accord, reprit Brandon pour attirer leur attention. Et une fois que vous êtes revenue à Pensacola, le Guetteur vous a immédiatement contactée.

Avec une moue, Rosalyn fit signe que oui.

— On sait que les vêtements de Rosalyn étaient truffés de micros. Peut-être qu'ils étaient à ondes courtes et que le Guetteur ne pouvait pas les capter de loin, hasarda Jon.

— C'est possible, mais elle a voyagé tout aussi loin en allant à Dallas et à Memphis, et il l'a quand même retrouvée.

Brandon se tourna de nouveau vers le tableau.

Le moment était venu d'agir. Steve s'adressa à Roman :

— Je veux que tu ailles à Ellijay. Va trouver les Ammons et évalue la situation. Essaie de comprendre pourquoi le Guetteur a laissé Rosalyn tranquille tout ce temps.

Roman se dirigea vers la porte.

— C'est comme si c'était fait, patron. J'adore les trous paumés.

Il fit un clin d'œil à la cantonade et franchit la porte.

— J'appellerai dès que j'aurai du nouveau.

Brandon hocha la tête.

— Bon. Des infos solides sur les Ammons nous seront utiles. L'autre grande incohérence c'est la manière dont le Guetteur a découvert que vous étiez ici, dans le Colorado, alors que vous vous étiez débarrassée des émetteurs.

Steve se passa une main sur le visage.

— J'aurais juré que personne ne nous suivait. J'ai surveillé nos arrières tout le temps.

Il regarda Rosalyn et haussa les épaules.

— Mais bon, je n'étais pas au mieux de ma forme côté discernement.

Jon, qui lisait le carnet de Rosalyn, leva soudain la tête pour s'adresser aux autres.

— Je pense qu'il faut se mettre d'accord sur un point. Ou bien nous avons loupé un élément, ou le Guetteur n'agit pas seul.

# 17

C'était déjà assez de savoir qu'elle était poursuivie par un maniaque, entendre Jon Hatton émettre l'idée qu'il y en avait plusieurs suffit à jeter Rosalyn dans une sorte de panique.

Elle n'avait rien dit jusque-là, essayant seulement de se maîtriser pendant que les autres discutaient autour d'elle. Ils avaient demandé à quelqu'un d'aller chercher des pizzas, et Rosalyn avait fait de son mieux pour en grignoter un bout, mais cela ne passait pas.

Finalement, elle posa une main sur le bras de Steve. Un regard lui suffit ; il annonça qu'il l'emmenait immédiatement chez lui.

Il avait appelé Derek Waterman et un membre de l'équipe d'intervention qu'elle n'avait pas encore rencontré, Liam Goetz. Ils furent chargés de veiller à ce que personne ne les suive. Liam plaisanta avec elle, puis lui montra des photos de ses jumelles, tandis que Steve inspectait la voiture qui allait les ramener. Bien sûr, elle avait déjà été soigneusement examinée, mais il préférait faire une deuxième vérification.

Ils firent des tours et des détours pendant une heure. Derek était allé inspecter la maison pour eux. Ils changèrent même de véhicule au milieu du trajet. Il était impossible que quelqu'un les ait suivis. Rosalyn était dans la voiture, et elle-même savait à peine où ils étaient.

— Je ne pourrais pas retrouver mon chemin jusqu'à Omega, même si ma vie en dépendait, dit-elle.

Elle avait depuis longtemps fermé les yeux, mais les ouvrir n'aurait de toute façon servi à rien.

— Crois-le ou non, ma maison n'est qu'à quelques kilomètres du bureau. Nous avons pris l'itinéraire touristique.

— Je ne pense pas qu'on ait pu nous suivre.

Steve fit la grimace.

— Je pensais la même chose cet après-midi, mais j'avais tort. Cependant, Derek et Liam nous ont tous les deux donné le feu vert. Alors je suis certain que personne ne nous file. En outre, il y a un garde dans une voiture près de chez moi, qui va surveiller les alentours.

— Derek ?

— Non, quelqu'un d'autre. Derek pourra rentrer auprès de sa femme et de sa fille.

— Oui, Liam m'a montré aussi des photos de ses jumelles et de sa fille, Tallinn.

Steve sourit.

— Vanessa et lui l'ont adoptée l'année dernière, après une affaire de trafic d'êtres humains. Et les jumelles... Il paraît qu'elles sont épuisantes. Ils ne chôment pas.

Rosalyn se rendit compte qu'elle en savait très peu sur l'homme avec qui elle allait avoir un bébé. Elle rouvrit les yeux.

— Et toi ? Tu as des enfants ? Tu as déjà été marié ?

— Oui. Avec Melanie. Je t'en ai parlé. Mais elle est morte dans un accident de voiture, il y a douze ans. Et non, nous n'avons pas eu d'enfants.

— Je suis désolée.

Rosalyn se demanda si Steve aimait toujours son épouse défunte.

— Ne le prends pas mal, mais je pense que vous vous seriez appréciées, toutes les deux. Elle était comme toi, forte et intelligente.

Son sourire était pensif, mais pas triste.

— Tu l'aimes toujours ?

Les mots étaient sortis avant qu'elle puisse les retenir.

— Excuse-moi. Tu n'as pas besoin de répondre à cela.

— Non, ça ne fait rien. J'aimerai toujours Melanie — elle tenait une grande place dans ma vie.

Il la regarda avant de revenir à la route.

— Mais non, je ne suis plus amoureux d'elle. Elle ne me manque plus. En fait, elle m'en aurait sans doute fait voir de toutes les couleurs si elle avait su que je mettrais aussi longtemps à entamer une relation sérieuse.

Était-ce ce qu'ils avaient débuté ? Une relation sérieuse ?

— Tu veux parler de nous ?

— Tu es la seule avec qui je vais avoir un bébé.

— Tu m'as arrêtée, pour l'amour du ciel !

Il fit la grimace.

— J'essayais de prendre la bonne décision. De prendre du recul. Du jour où je t'ai rencontrée dans ce bar de Pensacola, je n'ai plus réussi à le faire.

— Parce que je t'avais volé ?

— Non. Je me fiche complètement de l'argent. Parce que je t'ai tout de suite eue dans la peau.

Il s'arrêta dans l'allée d'une petite maison et se servit de son téléphone pour activer le code du garage.

Rosalyn se tourna pour le dévisager.

— Vraiment ?

Elle s'était imaginé qu'il serait agacé de découvrir qu'elle lui avait volé son argent, puis l'oublierait très vite.

Steve pressa un bouton pour refermer la porte du garage. Il coupa le contact, mais continua à regarder droit devant lui, les mains toujours sur le volant.

— Pourquoi penses-tu que je suis allé à Pensacola identifier ton corps ? Tous les jours, je recevais les rapports de police de Pensacola.

— Tu me cherchais ? Parce que tu pensais que je serais arrêtée ?

— Je me disais que si tu cherchais des pigeons à plumer, tu finirais par te faire attraper.

Après son comportement en Floride, elle ne pouvait lui

en vouloir d'avoir tiré cette conclusion, même si cela pesait lourdement sur son cœur.

— Et tu voulais aussi porter plainte contre moi.

— C'est ce que je me disais.

Il la regarda enfin.

— Mais, en fait, je voulais te retrouver et te sauver. Je voulais te ramener ici, pour te remettre dans le droit chemin.

— Tu parles comme un agent de probation.

Comme s'il ne l'avait pas entendue, il continua avec un regard plus doux :

— Et une fois que tu aurais été installée, avec un emploi et une vie épanouissante, j'avais l'intention de te faire la cour comme il faut. De sortir avec toi et d'apprendre à te connaître.

— Oh !

— Parce qu'il ne s'est pas passé un seul jour sans que je pense à toi. Je l'avoue, je n'ai pas toujours été heureux avec toi. Mais je dois reconnaître que je te voulais dans ma vie — c'est-à-dire une fois que je t'aurais retrouvée. Même si je pensais que tu étais une petite délinquante.

— Et tu ne penses plus que j'en suis une ?

Il tendit la main et ramena une mèche de cheveux de Rosalyn derrière son oreille.

— Non.

Alors elle lui posa la question qu'elle avait peur de lui poser.

— Et tu me crois quand je te dis que ce bébé est le tien ?

— Oui.

Il lui caressa les cheveux et l'attira à lui.

— Et je ferai tout ce que je peux pour vous garder en sécurité, toi et lui.

Il se pencha vers elle et l'embrassa. Cette fois, ce fut un baiser doux, plein de promesses. Du pouce, il lui caressa la mâchoire, la faisant frémir tout entière. Elle se blottit contre lui, mais se figea en éprouvant la plus étrange des sensations.

Elle se recula d'un bond et mit les mains sur son ventre.

— Waouh !

— Quoi ? Ça va ? Tu ne te sens pas bien ?

Elle sourit.

— Si, je vais bien. Il vient juste de me donner un coup de pied. Un grand coup de pied !

Elle prit sa main valide et l'appliqua sur son ventre. Ils attendirent un instant, puis elle le sentit de nouveau.

Les yeux de Steve s'agrandirent.

— Je l'ai senti.

Rosalyn sourit jusqu'aux oreilles.

— Je sais ! Ce sera un footballeur !

— Tu l'avais déjà senti bouger ?

— Je crois, mais jamais aussi fort que ça.

Ils attendirent quelques minutes de plus, mais leur petit footballeur semblait s'être lassé. Le sourire aux lèvres, ils sortirent de la voiture et entrèrent dans la maison.

Au milieu du chaos et des déchirements des deux derniers jours, sentir leur bébé bouger avec tant de vie leur donnait l'impression que tout irait bien désormais.

Mais cela n'empêchait pas Rosalyn d'être épuisée. Steve lui montra la maison. Il s'arrêta et se tourna vers elle quand ils arrivèrent dans la cuisine.

— Je n'ai pas grand-chose à manger, dit-il avec une grimace. En toute franchise, je ne suis pas souvent chez moi pendant la semaine. Je dors dans un petit appartement du complexe. Ou alors je m'allonge sur le canapé de mon bureau. Mais je peux demander à un agent de nous livrer quelque chose.

— Non, ça ira pour ce soir. Mais je sais que j'aurai faim demain matin.

Elle avait toujours faim le matin, car elle ne se réveillait plus avec la nausée, comme les premiers mois.

— J'ai des gaufres et des viennoiseries surgelées.

— Et tous ces gens avec qui tu travailles savent que tu manges des viennoiseries surgelées au petit déjeuner ?

Il lui fit un clin d'œil.

— N'en parle pas, s'il te plaît.

— Ça ruinerait ta réputation d'ogre ?

— Non, dit-il en roulant des yeux, ils se débrouilleraient pour m'apporter des croissants tous les matins.

Le rire de Rosalyn se termina par un énorme bâillement.

Steve s'approcha d'elle et lui passa le bras autour des épaules.

— Je crois que ça répond à la question de savoir si tu es prête à aller au lit.

Il lui fit monter l'escalier.

— Voici ma chambre. Tu peux y dormir. Moi, je dormirai dans la chambre d'amis.

Le voyant tourner les talons, elle le rattrapa par le bras.

— Non, reste ici avec moi.

— Tu es sûre, Rosalyn ? Ce que j'ai fait aujourd'hui...

Il baissa la tête.

— C'est sûr que c'était un peu mélodramatique, monsieur le directeur.

Elle lui releva le menton d'un doigt pour qu'il croise son regard.

— Mais la situation est compliquée, je suis obligée de le reconnaître. Alors ne t'inquiète pas. Notre ennemi est assez difficile à combattre sans que nous nous battions entre nous.

— Alors j'adorerais dormir avec toi, te tenir dans mes bras en ayant la certitude que vous êtes en sécurité, le bébé et toi.

Elle se pressa contre lui en souriant.

— Et moi, j'espère que tu ne feras pas que me tenir dans tes bras...

Fidèle à sa parole, Steve était toujours blotti contre elle quand Rosalyn s'éveilla le lendemain matin. Malgré ses idées coquines, elle s'était endormie à la seconde même où elle avait posé la tête sur l'oreiller.

Se dégageant, elle sortit doucement du lit pour aller aux toilettes et préparer le petit déjeuner. Ce matin, la pensée des fameuses viennoiseries lui mettait l'eau à la bouche, se rendit-elle compte avec un petit gloussement.

Elle portait un des T-shirts de Steve, si large qu'il lui descendait jusqu'aux genoux, malgré son gros ventre. Elle aurait voulu ne plus jamais l'enlever, mais elle aurait l'air un peu bizarre si elle se présentait ainsi vêtue dans les bureaux d'Omega.

Elle descendit l'escalier et entra dans la cuisine en se frottant les yeux. Elle trouva tout de suite les surgelés — il ne plaisantait pas en disant qu'il n'avait pas grand-chose au frigo — et prépara du décaféiné. Elle mordit dans une viennoiserie dès sa sortie du grille-pain pour soulager ses grondements d'estomac et se versa du café.

Avec un peu de chance, ils allaient faire de réels progrès aujourd'hui. S'il y avait quelqu'un qui pouvait le faire, c'était bien l'équipe de Steve. Ils étaient entraînés et compétents dans leur travail.

Elle prépara un petit déjeuner pour Steve et le posa sur un plateau pour le lui apporter. Ils allaient devoir sortir tôt, mais peut-être pourrait-elle le persuader de se livrer à quelques ébats avant cela.

Elle sortit de la cuisine et, dans le hall d'entrée, se figea sur place.

Une enveloppe d'un blanc éclatant se trouvait sur le plancher de bois sombre. Glissée sous la porte, qui sait à quelle heure ? Rosalyn aperçut son nom dessus, en grosses lettres.

Comme toutes celles qu'elle avait reçues.

Le plateau échappa de ses mains et s'écrasa avec fracas sur le sol. Comme dans un rêve, Rosalyn sentit des gouttes de café lui brûler les jambes.

Elle ne pouvait détacher son regard de l'enveloppe.

Le Guetteur l'avait retrouvée.

# 18

Réveillé par le bruit, Steve sauta du lit et vit immédiatement que Rosalyn n'était plus dans la chambre. Par réflexe, il empoigna son arme et courut vers l'escalier.

— Rosalyn ?

Il la vit debout dans le hall, parfaitement immobile. De la vaisselle cassée était éparpillée à ses pieds.

— Ça va ? Ne bouge pas, tu vas te couper. Que s'est-il passé ?

Constatant qu'elle était saine et sauve, il sentit son cœur se calmer un peu. Il posa son revolver sur une console et se dirigea vers elle.

Elle avait laissé tomber son plateau, mais ne paraissait ni blessée ni brûlée.

— Est-ce que ça va ? demanda-t-il. Tu ne t'es pas coupée ?

Mais son inquiétude revint en flèche quand il vit son visage. Elle était pâle comme une morte, les poings serrés. Elle le regarda et parut vouloir dire quelque chose.

Sans se préoccuper des morceaux de porcelaine qui jonchaient le sol, il s'approcha d'elle.

— Qu'est-ce qu'il y a, mon ange ? Qu'est-ce qui ne va pas ? C'est le bébé ?

Il posa la main sur son ventre. Elle baissa les yeux et il la vit regarder quelque chose sur le plancher.

— C'est lui, murmura-t-elle. Je sais que c'est lui. Il m'a retrouvée.

C'était une lettre. Steve laissa échapper un juron. Comment le Guetteur avait-il pu les retrouver ici ? Ignorant la douleur de son bras, il souleva Rosalyn et alla la déposer sur les marches de l'escalier.

— Reste là, d'accord ?

Elle hocha la tête, mais il n'était pas certain qu'elle ait compris ce qu'il disait. Elle fixait seulement l'enveloppe, le visage livide.

Steve prit son arme et inspecta toute la maison, pour s'assurer qu'il n'y avait pas eu d'effraction. Puis il appela Derek.

— Quelqu'un s'est approché de la maison, dit-il avant même que Derek ait pu le saluer.

Le juron qu'il fit entendre ressemblait à celui de Steve.

— Il y a une lettre dans le hall. On l'a glissée sous la porte. Mais j'ai vérifié le reste de la maison.

Il jeta un coup d'œil à Rosalyn, assise sur les marches, les bras serrés autour du corps.

— Qui était de garde, cette nuit ?

— Wilson. Je te rappelle dans une minute.

Derek raccrocha.

Steve avait envie d'ouvrir la lettre et de la lire. Mais il fallait que l'équipe scientifique en tire toutes les informations possibles auparavant. Il se dirigea vers Rosalyn et lui caressa les cheveux. Il aurait aimé l'emporter à l'étage et la réconforter, mais il savait qu'ils devaient s'occuper de cette histoire dès que possible.

Fidèle à sa parole, Derek rappela moins d'une minute plus tard. Son ton était sinistre.

— Wilson ne répond pas au téléphone et n'a pas appelé depuis trois heures.

— Bon sang !

Ce n'était pas bon signe.

— Tu auras des agents à ta porte d'ici trois ou quatre minutes. Liam est en route, il sera là dans dix minutes. J'ai aussi appelé Brandon et Andrea. J'ai pensé que la présence d'Andrea ferait du bien à Rosalyn.

— Merci, Derek.

Il l'entendit parler d'une voix étouffée à quelqu'un avant de revenir en ligne.

— Molly et moi venons aussi. Elle veut examiner la scène elle-même. Elle te demande de ne toucher à rien.

— OK.

— Tiens bon, patron. On arrive.

Trente minutes plus tard, la maison grouillait de monde.

Steve avait fait monter Rosalyn avant l'arrivée des autres. Il l'avait aidée à nettoyer le café répandu sur elle, et ils s'étaient tous deux habillés.

Rosalyn n'avait toujours pas dit grand-chose et son teint était toujours aussi pâle. Mais elle se maîtrisait. C'était tout ce qu'on pouvait exiger d'elle.

L'agent Wilson était mort. Il avait été abattu à bout portant dans sa voiture. L'estimation de l'heure de sa mort était approximativement 3 heures du matin.

Molly Humphries-Waterman et son équipe médico-légale étaient au travail, examinant le porche, la voiture de l'agent Wilson et la lettre elle-même.

Quand Brandon et Andrea arrivèrent, Steve envoya cette dernière directement dans sa chambre, où Rosalyn était assise sur le lit.

Les autres membres de son équipe — Derek, Jon, Liam et Brandon — se rassemblèrent avec lui dans la cuisine.

— Il faut installer Rosalyn à Omega, dit Jon. Au moins, on sera sûrs qu'elle est en sécurité. Qu'il ne pourra pas arriver jusqu'à elle.

Brandon acquiesça.

— Je suis d'accord. Il y a manifestement quelque chose qui nous échappe. Il a réussi à la retrouver d'une façon ou d'une autre.

— Parce que ce n'est pas possible qu'on les ait suivis, intervint Liam en appuyant son grand corps contre le réfrigérateur. Je vous le garantis.

Steve approuva. Il était impossible qu'on les ait suivis sans qu'il s'en aperçoive.

— Je ne voudrais pas jouer l'avocat du diable, déclara Derek, mais, hier, tu étais certain que Rosalyn avait contacté le Guetteur. Tu es sûr que ça ne s'est pas reproduit ?

Steve ne voulait pas revenir là-dessus.

— Oui, j'en suis sûr, répliqua-t-il d'un ton catégorique. Quelle que soit la manière dont il la repère, ce n'est pas grâce à elle.

Derek leva les mains en signe de reddition.

— D'accord, pas la peine de m'aboyer dessus. Tout ce que je dis, c'est que l'explication la plus simple est parfois la meilleure.

— Eh bien, il faut passer aux explications complexes, parce que ce n'est pas Rosalyn qui est en cause.

S'ils avaient vu son expression en découvrant la lettre, ils n'en douteraient pas. Steve aurait donné tout ce qu'il possédait pour ne plus jamais revoir cet air sur son visage.

Jon s'interposa avant que les choses s'enveniment.

— Il faut que Rosalyn vienne au quartier général. Et toi aussi, Steve. On étudiera les hypothèses à partir de là. Et j'ai trouvé d'autres affaires qui ont l'air d'avoir des liens avec ce qui arrive à Rosalyn.

— Steve, je vais ouvrir la lettre, cria Molly depuis le couloir. J'ai collecté tous les indices possibles sur le plancher et sur l'enveloppe.

Ils se déplacèrent tous dans le corridor.

Molly les regarda en secouant la tête.

— J'espérais qu'il avait léché l'enveloppe pour la fermer. Ça nous aurait donné un bon échantillon d'ADN.

— Il ne lèche jamais l'enveloppe, dit Rosalyn d'une voix blanche, depuis le sommet de l'escalier. Il est trop malin pour ça.

— Je vais lire sa lettre, ça vous va ? lui demanda Molly.

Rosalyn hocha la tête.

Molly ouvrit l'enveloppe et croisa tout de suite le regard de Steve.

— Vas-y, murmura-t-il.

Molly lut lentement les quelques lignes qu'elle avait sous les yeux :

*Je suis impatient de rencontrer votre bébé. Peut-être décidera-t-il de venir vivre avec moi. Mais d'abord, je me débarrasserai du papa.*

Rosalyn laissa échapper un sanglot et s'agrippa à la rampe pour ne pas tomber. Steve escalada les marches deux par deux, à temps pour la soutenir. Il sentit son corps menu frémir de peur.

— Il va te tuer ! Il va prendre le bébé !

— Non, lui murmura-t-il à l'oreille. Tu m'entends ? Ce psychopathe ne touchera jamais à notre enfant. Je te le promets. Et je sais m'occuper de moi.

— Pas tout le temps, tu ne le peux pas. Il va finir par t'épuiser. C'est ce qu'il fait.

Ses sanglots étouffés brisaient le cœur de Steve.

Il la serra plus fort contre lui, sentant la fureur courir dans ses veines. Au bas de l'escalier, Liam et Derek les contemplaient, impuissants.

— Il faut l'emmener tout de suite au quartier général, leur dit-il.

En quelques minutes, ils furent en route. Ils laissèrent sur place les techniciens ainsi que les représentants du bureau du coroner, et les membres de l'équipe d'intervention.

Derek resta aussi, sous prétexte de superviser l'ensemble. En réalité, il voulait garder un œil sur sa femme, au cas où le Guetteur aurait décidé de revenir.

Tous les autres formèrent un convoi pour accompagner Rosalyn à Omega. Liam conduisait la voiture de tête, Steve à ses côtés, Jon celle de queue. Les armes étaient à découvert, au cas où un problème aurait surgi. Rosalyn était assise à l'arrière, Andrea à côté d'elle, un bras passé autour de ses épaules. Brandon était de l'autre côté.

Chaque fois qu'il jetait un coup d'œil à Rosalyn dans le rétroviseur, Steve sentait son cœur chavirer. Elle était pâle comme une morte et gardait les lèvres pincées. Ses yeux bleus, habituellement si pleins de vie, étaient ternes et éteints.

Comme si elle avait renoncé.

Il se sentit un peu mieux quand ils arrivèrent à Omega et qu'il la fit entrer dans l'immeuble. La violence du Guetteur ne cessait de croître. Maintenant il utilisait une arme à feu. Rosalyn resterait à l'intérieur du complexe jusqu'à ce qu'ils aient arrêté ce fou dangereux.

Ils passèrent rapidement la sécurité et Steve se mordit la langue quand Rosalyn fit de nouveau sonner le détecteur de métaux. Le garde fit passer son scanner tout le long de son corps, sans rien découvrir.

C'était ridicule.

— Faites régler cette machine ! aboya-t-il au garde.

L'homme acquiesça vivement.

Steve glissa le bras autour de la taille de Rosalyn et la guida dans le couloir.

— Il faut que je prenne des notes dans mon carnet, dit-elle d'un ton distant et monocorde. C'est important de tout noter, c'est ce que m'a dit l'inspecteur Johnson.

Steve adressa un regard préoccupé à Andrea.

— Bien sûr, chérie, dit celle-ci en caressant le bras de Rosalyn. Votre carnet est dans la salle de réunion. Je vais vous aider à transcrire tout ça.

Quand ils y arrivèrent, Jon prit le bras de Steve.

— Brandon et moi, nous avons trouvé quelque chose d'intéressant hier soir, après votre départ.

— D'accord.

Les deux hommes se tournèrent vers les femmes, qui s'installaient à la table de conférence. Jon secoua la tête.

— Je ne sais pas si nous devrions en parler devant Rosalyn. Surtout dans son état d'esprit actuel.

— D'accord, allons dans mon bureau. Vous m'expliquerez et on décidera ensuite s'il faut en parler à Rosalyn. Mais je ne veux pas lui taire des choses qui pourraient affecter sa sécurité. Plus elle aura d'informations, mieux ce sera.

Brandon hocha la tête.

— Je pense qu'on est d'accord. C'est autre chose qui a attiré mon attention.

Dès qu'ils furent dans le bureau de Steve, Brandon sortit quatre dossiers. Il en ouvrit un et en tira la photo d'une jeune femme.

— C'est cette femme dont je me suis souvenu. C'était il y a deux ans.

Brandon avait une mémoire prodigieuse et n'oubliait jamais rien ; cela les avait aidés en plus d'une occasion.

— Son nom est Tracy Solheim. Née à Jackson, dans le Mississippi.

Steve prit le dossier et le survola.

— Elle s'est suicidée ?

— Oui, confirma Brandon. Elle avait vingt et un ans. Mais six mois avant de se tuer, elle a dit à un tas de gens, des membres de sa famille, des amis, des policiers, qu'on la harcelait. Qu'elle recevait des lettres.

— Personne ne l'a crue, poursuivit Jon. Tracy était instable sur le plan émotionnel. À l'adolescence, elle avait fait des choses bizarres pour attirer l'attention sur elle. De plus, les rapports de police disent que ces lettres n'avaient rien de menaçant.

Steve haussa les épaules.

— Bon d'accord, il y a quelques similarités. Mais pas assez pour me convaincre que c'est le même bonhomme.

— Je suis d'accord, reprit Brandon. Mais regarde les trois autres. Une affaire à Tampa, une autre à Birmingham, en Alabama, et la troisième à La Nouvelle-Orléans. Pour moi, le point commun est la situation de ces trois villes par rapport à Mobile, là où vivait Rosalyn.

— Presque en demi-cercle, ajouta Jon. Et durant ces six dernières années, une femme s'est suicidée dans chacune de ces villes. Toutes des femmes blanches, entre vingt et vingt-cinq ans. Toutes se sont plaintes à leur famille et, dans un seul des cas, à la police, qu'elles recevaient des lettres « étranges ». Rien n'a été fait pour les aider, parce que personne n'a envisagé que ces lettres présentaient un danger.

Brandon prit une feuille de papier.

— Et voici ce qui m'a mis la puce à l'oreille. L'un des policiers de La Nouvelle-Orléans a noté les messages dans son rapport. Il les avait recopiés sur des feuilles séparées.

*Il faisait bon au parc aujourd'hui, n'est-ce pas ?*

*À votre place, j'aurais mis le pull rouge, mais le bleu vous va bien aussi.*

*Vous avez passé une bonne soirée avec vos amis ? J'espérais que vous prendriez les crevettes plutôt que le poulet.*

— Ces lettres sont très semblables à celles que Rosalyn a notées dans son calepin, remarqua Steve.

Brandon approuva.

— Exactement. Et assez anodines pour que la police ne s'y intéresse pas.

Steve s'assit sur la première chaise venue et se renversa en arrière.

— D'accord, supposons que c'est le même type. Que s'est-il passé ? Le Guetteur les a tuées ? Je croyais qu'elles s'étaient suicidées ?

— Oui, le suicide a été confirmé dans les trois cas, déclara Brandon en prenant l'autre chaise. Et nous pensons que c'est son mode opératoire, Steve. Il les éloigne de leur famille et de leurs proches. Il les isole. Il est trop malin pour les menacer directement, alors la police ne peut pas intervenir.

— Mais dans quel but ? Il ne réalise pas de fantasmes avec elles, n'est-ce pas ?

— C'est un tueur en série, Steve, dit Jon en croisant les bras sur le bureau. Tout autant que ceux dont nous faisons le profil. Mais au lieu d'utiliser une arme, il les pousse à se suicider. C'est *ça*, son rituel.

C'était tellement tordu et, en même temps, si logique.

Un tueur en série qui ne tuait pas ses victimes lui-même, mais les poussait au suicide en les terrorisant jusqu'à ce qu'elles n'aient plus d'autre choix.

Il fallait être vraiment implacable pour infliger un traumatisme émotionnel de cette ampleur.

Steve comprit à cet instant que le Guetteur aurait pu faire mourir Rosalyn à tout moment. Elle était restée seule et sans défense pendant des mois, avant et après leur rencontre. Et pourtant, il n'avait pas essayé de s'en prendre à elle physiquement. Il était juste devenu violent au cours des derniers jours.

Et ce n'était pas à elle qu'il s'en était pris. Bien sûr, il avait tué sa sœur, mais uniquement parce qu'il avait découvert qu'il s'agissait de Lindsey, et non de sa sœur. Il avait aussi tenté de tuer Steve, mais pas Rosalyn. Elle aurait juste été un dommage collatéral.

Brandon s'éclaircit la voix, tirant Steve de ses pensées.

— Quand on y réfléchit, le fait que Rosalyn soit toujours en vie témoigne de sa force intérieure. Nous sommes toujours en train de rassembler des informations sur ces trois femmes mais, jusqu'ici, il semble qu'aucune d'entre elles n'ait tenu le coup aussi longtemps qu'elle.

Steve se leva.

— Parce qu'elle était seule depuis longtemps, avant que le Guetteur la trouve.

— Elle n'a pas de famille ? questionna Brandon les sourcils froncés. Ça va à l'encontre de notre profilage.

— Si, elle a une mère et avait une sœur, mais aucune d'elles n'a jamais été là pour elle. Elle n'a toujours compté que sur elle-même.

Steve empila les dossiers.

— Allons lui en parler. Je pense que ça va l'aider. Au moins, ça lui permettra de comprendre ce qu'il se passe.

Oui, elle avait longtemps vécu seule. Mais ce ne serait plus le cas désormais.

# 19

Steve avait raison. Expliquer à Rosalyn la théorie de Jon et Brandon était la meilleure chose à faire. Elle exprima de la tristesse pour les autres femmes et de la colère à l'idée que le Guetteur ait commis d'horribles crimes sans que personne ne s'en aperçoive. Mais, par-dessus tout, elle fut soulagée de comprendre enfin ce qui se passait.

— Alors il voulait me pousser à me tuer.

Elle était assise face à lui, à côté d'Andrea. Sa voix était encore faible, mais elle ne paraissait plus aussi fragile.

— J'ai failli le faire, tu sais. Le soir où je t'ai rencontré.

— C'est ce qu'il voulait, dit Steve.

— Oui, approuva Brandon. C'est ainsi qu'il opère. D'après ce que nous en savons, il est très méthodique. Presque comme s'il s'agissait d'une expérience scientifique. Il veut savoir jusqu'où il peut pousser les femmes avant qu'elles s'effondrent.

Jon acquiesça lui aussi.

— Il est intelligent. Il connaît la loi. Ses lettres ne sont pas menaçantes et ne parlent de rien qui pourrait alerter la police.

— Comme quoi ? demanda Rosalyn.

— Comme quelque chose qui dévoilerait une obsession. « On vivra toujours ensemble », ou quelque chose de ce genre. Au lieu de ça, il parle de petits événements quotidiens. De repas, d'activités, de rencontres. De choses dont un ami pourrait parler, pas quelqu'un de malade mentalement.

— Exactement, intervint Brandon. Il a une approche

scientifique, expérimentale. Il n'est pas obsédé par les femmes elles-mêmes, seulement par les réactions qu'il peut déclencher chez elles.

— Et il ne s'attaque pas directement à elles, poursuivit-il. Il utilise la terreur psychologique : l'isolement, la peur, la déstabilisation. Ce n'est qu'une question de temps avant qu'elles craquent.

— Mais toi, tu n'as pas craqué, dit Steve à Rosalyn.

Une larme roula lentement sur la joue de celle-ci.

— J'étais sur le point de le faire. Si je ne t'avais pas rencontré...

Il se pencha vers elle.

— Mais tu m'as rencontré, même si je ne t'ai pas été d'une grande aide à ce moment-là. Et si ce n'avait pas été le cas, tu t'en serais quand même sortie. Tu es l'une des personnes les plus fortes que je connaisse.

Le sourire que ces mots arrachèrent à Rosalyn était à couper le souffle.

Elle connaissant à présent le but recherché par le Guetteur — qu'elle s'ôte elle-même la vie — et elle était déterminée à ne pas lui céder. Steve aurait tout donné pour la prendre dans ses bras, là devant tout le monde. Elle était formidable.

Et elle était à lui. Elle ne l'avait peut-être pas encore compris, mais il n'avait pas l'intention de la laisser partir quand toute cette histoire serait finie. Le bébé était une des raisons qui le poussait à la garder, mais ce n'était pas la seule. Il voulait que Rosalyn, avec sa force, sa beauté et son rayonnement, fasse partie de sa vie. Si elle le voulait aussi.

— Le Guetteur ne s'en prend pas physiquement aux femmes, reprit Steve, mais il n'est pas au-dessus de la violence. La mort de Wilson et de la sœur de Rosalyn nous l'a prouvé. C'est un meurtrier.

— Absolument, confirma Brandon. Mais la mort de ces gens n'est qu'une variable d'ajustement. Un moyen pour arriver à ses fins. Je ne pense pas qu'il tue parce qu'il aime ça. Il tue pour accentuer les réactions de ses victimes. Pour les isoler encore plus.

— Tout est différent, à présent, déclara Rosalyn à la cantonade. Il ne peut plus m'isoler. Mais il a menacé le bébé et Steve.

— Il continue à te manipuler, répondit Steve en lui pressant la main. Mais il ne peut pas arriver jusqu'à toi. Et nous allons fournir une protection à ta mère.

— Et aux Ammons aussi, murmura Rosalyn.

— Roman va bientôt appeler, lui dit Steve. Il devait les rencontrer ce matin.

— Il reste encore des inconnues, intervint Jon. Celles dont parlait Brandon hier soir. En gros, pourquoi n'avez-vous pas eu de ses nouvelles pendant six mois en Géorgie, et comment sait-il où vous êtes ?

— Je vous jure que je ne lui ai pas dit où j'étais, le coupa Rosalyn avec vivacité.

— Personne ne le pense, murmura Andrea en se penchant vers elle.

Steve approuva vivement.

— Personne n'a la bêtise de penser que tu es impliquée.

Elle lui lança un regard étonné et il rentra la tête dans les épaules d'un air penaud.

— Du moins, pas aujourd'hui...

Rosalyn leva les yeux au ciel. Steve fut si heureux de la voir plus animée qu'il ne s'en irrita pas.

Quand il avait entendu les mots du Guetteur, menaçant leur bébé... Un regain de rage lui fit serrer les poings. Il allait résoudre cette histoire, quel qu'en soit le prix.

— Nous étudions toujours les autres affaires, dit Jon. Vu l'intensité de ses crimes, nous sommes sûrs qu'il ne harcèle qu'une femme à la fois, deux au maximum. Aucune de ces affaires ne se chevauche dans le temps. Il y en a sans doute d'autres, mais nous ne les avons pas encore trouvées. Et nous rassemblons toujours des informations sur celles que nous connaissons.

Le téléphone de la salle de réunion bipa. Steve pressa un bouton pour prendre la ligne.

— Roman en ligne pour toi, Steve, lui dit Cynthia. Il est à Ellijay, en Géorgie.

— Bon, il va peut-être pouvoir répondre à nos questions. Passe-le-moi.

— Salut, fit la voix de Roman. La prochaine fois que tu voudras m'envoyer dans un bled minuscule, rappelle-moi de te demander de dépêcher quelqu'un d'autre.

Steve vit une petite flamme d'humour danser sur le visage de Rosalyn.

— Roman, tu es sur haut-parleur dans la salle de réunion. Tout le monde est là.

— Je suis allé voir les Ammons ce matin. Comme le disait Rosalyn, ce sont des gens bien. C'est juste qu'ils ne font pas confiance au gouvernement. Leur fils est mort dans l'armée, il y a des années, mais je pense qu'ils étaient déjà sceptiques avant cela.

— D'accord. Tu as découvert quelque chose d'intéressant ?

— Je vais te dire, ces gens sont plus que prêts pour TEOTWAWKI. Ils ont une cave remplie de nourriture, de filtres pour l'eau, de munitions et Dieu sait quoi d'autre.

— Que veut dire TEOTWAWKI ? demanda Rosalyn d'un ton perplexe.

— La fin du monde tel que nous le connaissons. C'est l'acronyme qu'emploient les survivalistes, expliqua Jon.

— En tout cas, ils vivent incontestablement en marge de la société. Pas d'ordinateur, une seule ligne téléphonique. Toute la ville est préparée pour l'apocalypse, mais les Ammons sont de loin les plus paranos.

— Tu leur as parlé ? demanda Steve.

— Oui, et ils m'ont demandé de vous transmettre leurs meilleurs vœux, Rosalyn. Et de vous dire que vous serez la bienvenue si vous revenez.

Rosalyn sourit.

— Si vous les revoyez, transmettez-leur aussi mon meilleur souvenir. Je sais qu'ils ne sont pas très bavards.

— Ça, c'est sûr. Steve, dans leur matériel de survie — et crois-moi, c'est impressionnant — ils ont des appareils de brouillage. Ils ne veulent pas que le gouvernement puisse les écouter, de quelque façon que ce soit. Ces brouilleurs ne pourraient pas stopper le matériel haut de gamme d'aujourd'hui, mais ils sont efficaces contre les écoutes ordinaires.

Ainsi, c'était la réponse à la question qu'ils se posaient. Un mystère de résolu. Steve regarda Rosalyn.

— Et leur équipement doit interférer avec toutes les transmissions.

— Sans aucun doute. J'ai pensé que ça t'intéresserait, à cause des micros que tu as trouvés dans les vêtements de Rosalyn.

— Bon travail, Roman, dit Steve. Je voudrais que tu restes là-bas pour garder un œil sur les Ammons. Si tu ne t'es pas trompé, ils ne causeront pas de problème. Nous pensons avoir le profil du tueur, maintenant. Il n'est guère probable qu'il se rende à Ellijay, mais juste au cas où...

— Compris, patron.

Roman ajouta quelques détails avant de raccrocher, en promettant d'ouvrir l'œil sur tout ce qui sortait de l'ordinaire.

— Eh bien, cela résout la question numéro 1. Le Guetteur ne pouvait pas te repérer chez les Ammons parce qu'ils se protègent des écoutes avec des brouilleurs — non que le gouvernement écoute un couple de soixante-dix ans qui n'a jamais enfreint la loi, d'ailleurs.

Le soulagement de Rosalyn était palpable. Une autre pièce du puzzle venait de se mettre en place.

— Dieu merci ! s'exclama-t-elle en se renversant sur sa chaise. Je craignais qu'il se contente de jouer au chat et à la souris avec moi. Qu'il fasse tôt ou tard du mal aux Ammons, même si je ne leur ai jamais parlé de lui.

— Il est possible que le Guetteur ne connaisse même pas

leur existence. Leur paranoïa complotiste les a sauvés d'un tueur en série.

Steve s'empara de la main de Rosalyn, par-dessus la table. Peu lui importait que les autres s'aperçoivent de ses sentiments pour elle. Il ne les avait de toute façon pas cachés jusque-là.

Ils firent tous une pause pour le déjeuner. Steve accompagna Rosalyn jusqu'à la petite cafétéria du complexe. Il voulait être sûr qu'elle ne sautait aucun repas. En chemin, il la vit poser les mains sur son ventre, un petit sourire aux lèvres. Le bébé venait de lui donner un coup de pied, comprit-il.

Cela ne fit que renforcer sa détermination. Il fallait résoudre la question de savoir comment le Guetteur les avait retrouvés.

Après le déjeuner, de retour dans la salle de réunion, ils se penchèrent sur les dossiers des affaires relevées par Brandon, comparant les dates et les maigres informations qu'ils contenaient aux notes beaucoup plus précises de Rosalyn. Jon et Brandon étaient partis, le premier à Tampa et le second à La Nouvelle-Orléans, pour enquêter auprès des familles des victimes et de la police locale.

Il n'était pas question de tout expliquer aux familles, d'autant plus qu'il ne s'agissait encore que d'une théorie, mais de les informer que d'autres affaires similaires existaient dans l'espoir que l'un d'eux se souvienne de quelque chose — ou de quelqu'un.

Andrea s'était mise au travail avec Joe Matarazzo pour essayer de trouver des points communs entre les quatre autres victimes et Rosalyn. Ils avaient montré à cette dernière les photos des quatre femmes, mais elle n'en avait reconnu aucune.

Steve ne pouvait rester avec Rosalyn toute la journée, comme il en avait envie. Il devait s'occuper de la mort de Doug Wilson ; le douloureux devoir d'informer sa famille lui incombait. Il devait aussi se mettre en rapport avec la police locale pour l'incident de la matinée.

Il aurait aimé se consacrer à Rosalyn toutes affaires cessantes, mais c'était impossible.

Quand il revint dans la salle de réunion un peu avant

21 heures, il vit qu'elle était toujours penchée sur ses notes en compagnie d'Andrea et de Joe.

— C'est l'heure de rentrer, annonça-t-il. On s'y remettra demain à la fraîche.

Joe acquiesça et, se levant, serra les deux femmes dans ses bras avant de partir. Steve ne s'en offusqua pas. Joe était quelqu'un de très sociable et d'affectueux.

— À demain, patron, lui dit ce dernier en franchissant la porte.

— Transmets mon bonjour à Laura, répondit Steve.

Il avait des liens particuliers avec Laura, la fiancée de Joe, depuis que tous deux avaient failli être brûlés vifs par un psychopathe quelques mois auparavant.

— Je suis sûr qu'elle va vouloir t'inviter à dîner avec ta nouvelle petite amie, chuchota Joe avec un clin d'œil appuyé.

Steve croisa le regard de Rosalyn. Elle secouait la tête devant les bêtises de Joe, comme tout le monde avait tendance à le faire.

— À demain, dit aussi Andrea en enfilant son blouson.

Elle serra Rosalyn contre elle.

— On s'y remettra à la première heure. Tout ça prend du temps, vous savez, c'est la différence entre ce qu'on voit à la télévision et la vraie vie.

La frustration se lisait sur les traits de Rosalyn tandis qu'elle contemplait les dossiers et les papiers éparpillés sur la table.

Steve lui passa le bras autour des épaules et l'attira contre lui.

— Andrea a raison. Ça prend du temps, tu sais.

Elle se laissa aller contre lui, en se frottant le visage.

— On les a lus et relus tant de fois que j'en ai mal à la tête. Et je vois bien que nous ne sommes pas plus près d'attraper le Guetteur.

— Mais si. Le puzzle s'agrandit de jour en jour. Bientôt, nous aurons une image d'ensemble.

— Mais je ne peux pas rester ici pour toujours. Je suis aussi prisonnière que quand je le fuyais de ville en ville.

Steve la prit par les épaules pour la regarder au fond des yeux.

— Non. Tu n'es pas seule ici. Mes hommes feront tout ce qu'il faut pour te protéger. Et nous l'attraperons, Rosalyn.

Elle haussa les épaules.

— Je l'espère. Parce que tes hommes ont aussi une vie à eux. Ils ne peuvent pas passer tout leur temps sur cette affaire.

Il la pressa contre sa poitrine et sentit ses bras lui entourer la taille.

— Laisse-moi me préoccuper de cela, d'accord ? Étudier des affaires et pourchasser les criminels, c'est notre métier. Nous découvrons des choses que personne d'autre ne voit. Et nous excellons dans ce que nous faisons.

— D'accord, dit Rosalyn en hochant la tête tout contre lui.

— Nous l'arrêterons, répéta-t-il en l'embrassant sur le front. Je ferai ce qu'il faut pour que vous soyez en sécurité, le bébé et toi, je te le promets.

C'était une promesse qu'il avait bien l'intention de tenir.

# 20

Des bruits de voix réveillèrent Rosalyn. L'appartement servait manifestement à des agents de passage ou à des employés qui ne voulaient pas rentrer chez eux.

Ou à ceux qui étaient pourchassés par des psychopathes.

À l'écart des bureaux, il était néanmoins situé à l'intérieur du complexe d'Omega. Des membres de l'équipe d'intervention, enragés après la mort de leur collègue, se relayaient pour en garder la porte. C'était Ashton Fitzgerald qui était de garde quand Steve et elle étaient arrivés.

Rosalyn s'était endormie avec la certitude que le Guetteur ne pouvait pas la trouver là où elle était. Ou, du moins, ne pourrait arriver jusqu'à elle.

Mais elle avait rêvé qu'il était parvenu jusqu'au portail extérieur. Assis sur une chaise longue, il buvait un café en lisant le journal. Une sorte d'obscurité surnaturelle enveloppait sa figure, mais elle voyait clairement l'énorme couteau posé sur une petite table à côté de lui.

Il attendait qu'elle sorte d'Omega pour la tuer.

Et pire, les cadavres de tous ceux qu'elle avait rencontrés à Omega, et qu'elle en était venue à apprécier : Jon, Brandon, Andrea, Derek, Joe, gisaient autour de lui.

Le corps de Steve, quant à lui, était assis à proximité, couvert de sang. Ses yeux verts étaient ouverts, fixes et sans vie.

Elle franchissait le portail. Le Guetteur repliait son journal et se levait.

— Je commençais à penser que vous ne sortiriez jamais d'ici, disait-il d'une voix artificiellement déguisée. Mais je me suis distrait avec vos amis pendant que vous vous cachiez.

Elle le voyait avec horreur donner un coup de pied au cadavre de Steve avant de se précipiter vers elle.

— Je suis tellement excité à l'idée de faire la connaissance de votre bébé !

Elle s'était réveillée en sanglotant juste avant qu'il ne l'atteigne.

Sous l'emprise de la terreur, elle s'était débattue quand Steve avait essayé de l'apaiser. Mais il l'avait tenue dans ses bras jusqu'à ce que ses sanglots cessent.

— Vous allez tous mourir à cause de moi ! Parce que je me cache et que le Guetteur veut continuer à jouer !

— Personne ne va mourir. Nous sommes sur nos gardes et nous savons nous défendre.

Steve lui avait caressé les cheveux et l'avait serrée contre lui, lui murmurant des mots de réconfort et d'encouragement. Mais elle n'avait pas pu se rendormir avant que filtre la lumière de l'aube par la fenêtre.

À présent, elle entendait le timbre grave de Steve, ainsi que les voix plus douces de Derek et Molly Waterman. Molly avait peut-être découvert quelque chose en analysant la scène de crime chez Steve. Après s'être habillée, Rosalyn sortit de la chambre pour gagner le petit salon. Même si elle avait eu envie de s'apprêter, elle n'avait plus de maquillage.

En la voyant apparaître, Steve se leva immédiatement et vint l'embrasser sur le front.

— Ça va ?

Il la conduisit vers l'îlot de cuisine pour qu'elle puisse boire un café et manger quelque chose.

— Je te prépare des œufs et des toasts.

— Merci. J'ai fait des cauchemars, mais ça va maintenant.

Elle se tourna vers Molly et Derek.

— Bonjour. Vous avez du nouveau ?

Molly la surprit en s'approchant d'elle pour la serrer dans

ses bras. Cela faisait bien longtemps que Rosalyn n'avait pas eu d'amis, ni même quelqu'un qui se préoccupe d'elle, en dehors de Steve. Elle répondit à son étreinte en tentant de cacher son embarras.

— Nous n'avons rien trouvé d'utile chez Steve. Aucune trace d'ADN, comme vous l'aviez dit.

Rosalyn acquiesça en déglutissant. Elle ne s'était pas attendue à ce qu'ils trouvent quelque chose.

— Ça ne m'étonne pas. J'espérais seulement que des professionnels pourraient relever un détail qui m'avait échappé.

— Il n'y avait rien à relever, ni par vous, ni par nous, ni par personne. Je suis sûre que c'est également le cas des autres lettres.

Rosalyn se sentit un peu mieux.

— Mais Jon a découvert un micro dans un vêtement de l'une des autres victimes. Il va le ramener ici, pour que je puisse l'analyser.

— Notre objectif principal désormais, lança Steve depuis la cuisinière, est de comprendre comment le Guetteur a réussi à nous retrouver après que nous nous sommes débarrassés des micros à Pensacola.

— Ça m'aiderait de pouvoir examiner un de ces appareils, intervint Molly. Je pourrais déterminer où il a été fabriqué.

Steve leur servit des œufs brouillés à tous trois. Molly et Derek, quant à eux, régalèrent Rosalyn d'anecdotes sur la grossesse de Molly — leur fille était née cinq mois auparavant — et sur le comportement extravagant de Derek dans la salle d'accouchement.

Le grand agent, qui dépassait sa femme d'au moins deux têtes, avait visiblement été réduit au statut de « petite chose inutile », selon les propres termes de Molly, quand leur enfant avait fait son entrée dans le monde.

— Quand le moment est venu d'aller à l'hôpital, il s'est perdu, ajouta Molly en levant les yeux au ciel. Il a traversé un jour la forêt équatoriale pour me secourir, mais il n'arrivait pas à trouver l'hôpital qui est à moins de huit kilomètres de chez nous.

En entendant cela, Derek faillit s'étouffer avec son toast.

— J'ai pris la mauvaise route, ce n'est pas la même chose que de se perdre, s'exclama-t-il.

— Bien sûr, chéri, répliqua Molly en lui tapant dans le dos pour soulager son accès de toux. Il s'est perdu, chuchota-t-elle à Rosalyn avec un soupir exagéré.

Steve se mit à rire.

— Attends un peu, grommela Derek en lui jetant un regard noir. Ce sera bientôt ton tour. Je vais te suivre partout avec une caméra.

La conversation, les plaisanteries et même les regards noirs, tout contribuait à rassurer Rosalyn. À remettre la vie sur des rails plus normaux.

Mais les images de son rêve ne tardèrent pas à revenir la hanter.

Si le Guetteur tuait Molly et Derek, leur petite fille resterait orpheline. Elle fit un gros effort pour garder la nourriture qu'elle venait d'ingérer.

Steve se rapprocha d'elle.

— Arrête tout de suite de ruminer, lui murmura-t-il à l'oreille, tandis que Derek et Molly rassemblaient leurs notes pour partir.

— Mais...

— Je sais que tu as du mal à l'envisager, mais le Guetteur est loin d'être le plus mauvais type que nous ayons affronté, ajouta-t-il en lui relevant le menton d'un doigt. Pas vrai, Derek ?

— Pas même dans le *top ten*, confirma celui-ci.

— Et notre ami ne laissera jamais rien arriver à Molly, alors n'y pense plus.

— Sûrement pas, approuva de nouveau Derek en enlaçant sa femme et en la soulevant de terre pour l'embrasser. Plus jamais.

— Et je ne permettrai pas que quoi que ce soit de mal vous arrive non plus, conclut Steve.

Ils prirent tout ce dont ils auraient besoin pour la journée, et tous quatre franchirent la porte et s'engagèrent dans le couloir. Rosalyn s'efforçait de conserver le sentiment de bien-être éprouvé quelques minutes auparavant, mais cela ne dura guère, tant le fardeau de ce qui lui arrivait était pesant.

Ils durent de nouveau franchir le portail de sécurité pour entrer dans les bureaux. Tout le monde passa le détecteur de métaux sans problème, sauf Rosalyn. Encore. Son manque de chance habituel.

Manifestement inquiet pour son emploi, le pauvre garde fit passer son scanner le long du corps de Rosalyn. La sonnerie se déclencha aussitôt.

— Eastburn, je croyais vous avoir dit de faire vérifier cette machine, dit Steve entre ses dents.

— Oui, monsieur, on l'a remplacée. Il ne devrait pas y avoir de problème avec celle-ci.

— Alors vous êtes en train de suggérer que Mlle Mellinger cache une arme dans sa bouche ?

C'était de là que provenaient les bips.

— Non, monsieur. Je ne sais pas ce qui se passe.

— Tu as déjà eu des problèmes dans les aéroports ? demanda Steve à Rosalyn.

— Ça fait longtemps que je n'ai pas pris l'avion, mais non, pas que je sache.

Molly posa les dossiers qu'elle portait et s'approcha de Steve et Rosalyn.

— Vous déclenchez le détecteur de métaux chaque fois que vous passez dessous ?

— Oui, répondit Rosalyn avec un haussement d'épaules. Enfin, la première fois, j'avais des menottes, alors j'imagine que c'était ça. Hier, nous avons supposé que c'était un défaut de l'appareil.

Molly, Derek et Steve échangèrent un regard.

— Quoi ? questionna Rosalyn.

Steve jeta un trousseau de clés à Derek, qui le mit dans sa

poche. Steve prit le scanner au garde et scanna Derek. L'appareil émit un bip quand il passa au niveau de sa poche.

Sans rien dire, Derek sortit les clés de sa poche et les tendit à Molly. Steve le scanna de nouveau, sans rien déclencher.

— Il marche normalement, conclut Derek.

Ils se tournèrent tous trois vers Rosalyn et la contemplèrent.

— Quoi ? demanda-t-elle de nouveau.

— Il faut que vous veniez avec moi au labo, déclara Molly.

— Pourquoi ?

Rosalyn ne comprenait pas du tout ce qui se passait.

— Nous allons vous faire une radio de la bouche. De vos dents, surtout. Je pense que nous allons découvrir comment le Guetteur réussit à vous retrouver.

À peine ces mots prononcés, tout le monde pressa le pas. Faute de savoir quoi faire, Rosalyn suivit le mouvement.

— L'appareil à radiographier que nous avons n'est pas vraiment adapté pour les êtres humains, mais ça devrait aller tout de même, dit Molly en se dirigeant vers le laboratoire avec Steve et Rosalyn.

Derek était parti chercher les émetteurs.

— Ça n'est pas dangereux pour le bébé ? questionna Steve. Je ne veux pas lui faire courir le moindre risque.

— Aucun appareil à rayons X n'est bon pour les êtres humains. Ce sont des radiations. Mais ce n'est qu'une petite quantité de rayons à chaque fois.

Molly se tourna vers Rosalyn et lui prit la main.

— Dans les mêmes circonstances, je l'accepterai si cela peut vous rassurer.

Rosalyn hocha la tête pour signifier qu'elle était d'accord.

L'aisance de Molly dans son laboratoire était évidente. Elle enfila une blouse blanche et commença à donner des ordres dès son arrivée. Il était manifeste qu'on réalisait beaucoup de travaux chaque jour dans ce lieu.

Molly les conduisit jusqu'à une petite salle où était installé un appareil à radiographier.

— C'est une chance que nous ayons pu en acquérir un lors de l'installation du nouveau labo.

Rosalyn interrogea Steve du regard tandis que Molly se mettait en devoir de régler la machine pour l'utiliser sur elle.

— Un nouveau labo ?

Steve hocha la tête.

— Il y a dix-huit mois, un groupe de terroristes a posé une bombe dans l'ancien labo, pour se débarrasser de nos preuves. Nous en avons fait reconstruire un, plus moderne.

— Je suis contente que vous n'ayez pas été là quand il a explosé, Molly.

— Moi aussi. Mais nous avons perdu un technicien.

Rosalyn la vit échanger un regard avec Steve. Ils n'avaient visiblement pas tout dit sur cette histoire. Elle était sur le point de poser la question, quand Molly la fit asseoir sur un tabouret à vis.

Puis elle orienta l'appareil, pendant que Rosalyn tenait la tête dans une position inconfortable. Comme l'avait dit Molly, la machine n'était pas faite pour les êtres humains. Mais elles réussirent tout de même à obtenir le résultat voulu. Dix minutes plus tard, ils étaient assis autour de l'ordinateur de Molly, où venait d'apparaître la radio.

— Là, dit Molly en désignant une des dents de Rosalyn.

— Cette dent ?

— Non, c'est une couronne. Et dedans, il y a un micro miniaturisé. C'est comme ça que le Guetteur vous retrouve.

# 21

Ils étaient sortis dans le couloir pour parler d'elle. Dès que Molly avait repéré l'émetteur, Steve et Molly s'étaient tus. Il fallut une minute à Rosalyn pour comprendre pourquoi.

Ils craignaient que le Guetteur entende ce qu'ils disaient.

Steve revint un instant et lui écrivit un mot pour le lui expliquer, mais elle avait déjà compris que ce n'était pas de l'impolitesse de leur part.

Rosalyn avait terriblement envie de s'emparer d'une pince et de s'arracher cette couronne de la bouche.

Le Guetteur avait mis un émetteur *dans* son corps ! Elle se mit à rire tout haut, consciente d'une note d'hystérie dans sa voix.

Toutes ces semaines à se dire que le Guetteur était dans sa tête... C'était l'exacte vérité.

Elle chercha des pinces du regard. Oui, cela lui ferait mal, mais la douleur en valait la peine, sachant qu'il sortirait de ses pensées une bonne fois pour toutes. Mais elle n'en vit aucune dans le laboratoire.

Steve et Molly la rejoignirent au bout de dix minutes.

— Tout va bien, on peut parler, dit Steve en venant se planter devant elle.

Il lui mit les mains sur les épaules et les lui caressa gentiment.

— Mais il peut nous entendre, non ? dit Rosalyn d'une voix mal assurée.

— Non, pas ici, à Omega. Nous avons des appareils de

brouillage semblables à celui des Ammons. C'est important de mettre nos conversations à l'abri des oreilles criminelles.

Molly leva les yeux de son ordinateur.

— Et les nôtres sont bien meilleurs et bien plus sophistiqués. Tout ce que vous dites ici ne peut pas être entendu.

Steve posa un bras sur les épaules de Rosalyn.

— Allons dans la salle de conférences. Il faut appeler Jon et Brandon et décider de l'étape suivante.

— Je voudrais enlever ce truc dès que possible, leur dit Rosalyn. Je n'ai pas trouvé de pince, sinon je l'aurais fait pendant que vous étiez dans le couloir.

— Bien sûr, approuva vivement Steve. Crois-moi, j'ai autant envie que toi de te l'enlever.

— C'est quand même une couronne. Elle est fixée avec du ciment dentaire, leur rappela Molly. Il vaut mieux que ce soit un dentiste qui le fasse. Ce sera moins douloureux et plus sûr.

Plongés dans leurs pensées, Steve et Rosalyn demeurèrent silencieux sur le chemin de la salle de conférences. Une fois là, ils eurent Brandon et Jon en ligne en quelques minutes et leur expliquèrent ce qu'ils avaient découvert.

— C'est logique, dit Brandon. Ça explique pourquoi il a pu retrouver Rosalyn chez Steve, mais pas à Omega.

— Oui, approuva celui-ci. Molly et moi avons déjà vérifié. Les brouilleurs d'Omega bloquent la transmission du signal hors du bâtiment.

— Alors il ne sait pas où vous êtes, Rosalyn, intervint Jon.

— Tout à fait, renchérit Steve. Et même s'il l'a suivie, il ne peut pas entrer.

Rosalyn se sentait plus en sécurité, mais elle avait toujours hâte de sortir l'objet de sa bouche.

— Plus important, ajouta Brandon, cela nous donne un indice sur l'identité du Guetteur.

— C'est ton dentiste, Rosalyn, déclara Steve en se tournant vers elle. Il est impossible que cet émetteur se soit retrouvé dans ta bouche par accident. Celui qui a fait ça est très probablement le Guetteur.

— Ça correspondrait à notre profil, affirma Jon. Intelligent, professionnel. J'aurais parié sur un médecin, mais un dentiste fait aussi l'affaire. En outre, cela correspond aussi à son schéma, avec des jours d'affilée puis des périodes d'absence.

Bien sûr. Rosalyn se sentait idiote de ne pas y avoir pensé plus tôt.

— Et je parie que vous vous êtes fait poser une couronne il y a environ un an ? demanda Brandon.

— C'est vrai, dit Rosalyn en s'asseyant à la table. Je n'aime pas aller chez le dentiste. Alors j'en ai trouvé un qui m'a mise sous anesthésie générale pour me dévitaliser une dent.

Elle regarda Steve.

— En fait, c'est ma sœur qui me l'a recommandé. Je crois qu'il travaille dans toute la région sud-est. Son nom était Gunson, mais je ne me souviens pas de son prénom.

Steve s'approcha d'elle et l'embrassa sur le front.

— C'est suffisant. On va pouvoir l'arrêter.

Christopher Gunson l'ignorait, mais ses jours de liberté étaient comptés.

Même sans son prénom, il n'avait pas été difficile à Omega de le retrouver. Son cabinet principal était situé à Mobile, mais il travaillait aussi à La Nouvelle-Orléans.

Toutes ces informations se trouvaient sur son site web. Gunson y expliquait qu'il comprenait la peur de ses patients et qu'elle ne lui paraissait pas déraisonnable. Il préférait les soigner avec les moyens nécessaires — y compris une anesthésie générale — plutôt que de les voir renoncer aux soins dentaires.

Il était facile de voir comment il attirait ses patientes. Ensuite, une fois inconscientes, il leur posait les émetteurs, comme il l'avait fait avec Rosalyn.

Brandon était déjà en route pour le cabinet de Gunson à

La Nouvelle-Orléans. Jon, quant à lui, était sur un vol Tampa-Mobile pour enquêter sur sa clientèle.

Steve ne s'attendait pas à ce que l'homme soit dans l'une des deux villes, car il était convaincu que Gunson était encore dans le Colorado. Il ne savait sans doute pas où était Rosalyn, puisqu'il ne pouvait l'écouter à l'intérieur d'Omega, mais il avait très probablement l'intention d'attaquer dès qu'elle en sortirait.

Ils n'avaient pas pu trouver une bonne photo de Gunson. La photo la plus récente qu'ils avaient datait de dix ans et avait été prise à une convention de dentisterie à Las Vegas.

Sur le cliché, Gunson avait la trentaine bien sonnée, une importante calvitie et un embonpoint non moins remarquable. Steve imaginait que les dix dernières années n'avaient pas été tendres avec lui. Il se demanda si c'était la raison pour laquelle Gunson harcelait les femmes. Si cela lui donnait un sentiment de pouvoir dont il ne pouvait jouir dans la vraie vie.

Peut-être n'était-il pas si différent du maniaque moyen, après tout.

Rosalyn tenait le coup, mais tout juste. Chaque fois qu'il la regardait, il la voyait frotter sa mâchoire à l'endroit de la couronne. Elle voulait s'en débarrasser, et il la comprenait. Mais ils ne pouvaient le faire à Omega. Et l'urgence était de mettre la main sur Gunson, avant qu'il se rende compte qu'on l'avait identifié.

Une fois qu'on aurait ôté le micro de la bouche de Rosalyn, le dentiste comprendrait qu'il avait été découvert.

Par conséquent, tant que Rosalyn ne faisait pas une crise de panique, mieux valait laisser les choses en l'état. Au moins pour quelques heures.

Steve aurait aimé pouvoir la distraire. L'emmener à l'appartement et la laisser se reposer. Il savait qu'elle n'avait pas bien dormi.

Mais c'était impossible. Il coordonnait l'action de Brandon et Jon avec celle des polices de Mobile et de La Nouvelle-Orléans. Il fallait veiller à ce que personne n'avertisse Gunson d'une descente imminente dans ses cabinets. Et il était vital de rassembler autant d'informations que possible sans l'alerter.

Quelques heures plus tard, Steve reçut un appel. Brandon et la police de La Nouvelle-Orléans avaient fait irruption dans le cabinet du dentiste. Tout le monde avait été surpris de le trouver là, en compagnie d'un patient. Il n'était donc pas dans le Colorado. Les policiers l'avaient mis en garde à vue et avaient autorisé Brandon à le filmer et l'interroger dans leurs locaux, ce qui permettait à Omega d'avoir les infos en direct.

Dès que Steve vit l'homme à l'écran — il ne s'était pas trompé, ces dix années n'avaient pas été tendres avec lui —, pleurnichant avant même que Brandon pose une question, il comprit que ce n'était pas le Guetteur.

Mais il continuait d'espérer.

Rosalyn était assise à ses côtés, scrutant également l'écran.

— Oui, murmura-t-elle. C'est bien le Dr Gunson. C'est vraiment le Guetteur.

— Attendons de voir ce que Brandon va tirer de lui.

On avait déjà lu ses droits à Gunson, mais il n'avait pas réclamé d'avocat. Une décision téméraire, mais qui indiquait aussi qu'il n'était sans doute pas le tueur. Steve fit la grimace.

Néanmoins, si quelqu'un devait l'interroger, Brandon était la personne idéale. Son aptitude à s'introduire dans l'esprit des criminels était sans pareille. Il n'obtiendrait peut-être pas d'aveux, mais il sortirait de cette pièce en s'étant fait une idée précise du degré de culpabilité de Gunson.

Andrea entra précipitamment dans la salle.

— Brandon va interroger le dentiste ?

— Oui, répondit Steve en lui indiquant le siège à côté de Rosalyn. Installe-toi, tu vas nous donner ton avis.

Ils firent silence et attendirent le début de l'interrogatoire.

— Pouvez-vous me dire pourquoi vous pleurez, docteur Gunson ? demanda d'abord Brandon d'une voix égale et dépourvue de menace.

— Je ne voulais pas le faire.

Rosalyn tendit le cou vers l'écran.

— Vous ne vouliez pas faire quoi, Christopher ? Vous me permettez de vous appeler ainsi ? Je peux m'en tenir à Dr Gunson, si vous préférez. C'est un titre qui inspire le respect.

— Bravo, Brandon, murmura Andrea. Tu sais toujours comment t'y prendre.

La considération dont faisait preuve son mari était en effet la meilleure chose à faire face à quelqu'un d'aussi accablé.

— Christopher, c'est parfait. Ou Chris.

— D'accord, Chris. Dites-moi ce que vous ne vouliez pas faire.

— Je me suis mis dans le pétrin sur le plan financier. J'ai fait des paris en ligne et j'ai perdu beaucoup d'argent. J'étais sur le point de perdre ma maison, mon cabinet, tout.

Ce qu'on avait fait à Rosalyn n'avait rien à voir avec l'appât du gain, au contraire. Gunson avait probablement perdu encore de l'argent en quittant son cabinet pour suivre des femmes.

Brandon en était sûrement conscient, mais il resta impassible.

— Alors vous avez fait quelque chose que vous n'auriez pas dû faire, reprit-il.

— Les micros. Je savais que c'était mal.

Steve entendit Rosalyn pousser une exclamation étouffée.

Gunson s'appuya au dossier de sa chaise, l'air vaincu. Du moins ne pleurait-il plus.

— Je ne sais pas grand-chose. Je ne voulais pas savoir ce qu'il étudiait. Je ne voulais pas savoir comment ça marchait.

— Quelqu'un vous a payé pour les poser à l'intérieur de couronnes.

— Ce n'est pas le Guetteur, murmura Rosalyn.

Steve lui pressa l'épaule, contenant sa propre frustration. Il aurait voulu que ce soit fini. Que Rosalyn puisse sortir d'Omega libérée à tout jamais du Guetteur.

Mais ce ne serait pas pour ce jour-là, à moins que Gunson ne leur en dise beaucoup plus.

— Qui vous a payé, Chris ? questionna Brandon en se penchant vers lui.

— Je ne sais pas. Je ne l'ai jamais rencontré. Il y a environ six ans, j'étais en très mauvaise posture, en butte avec des requins de la finance. Ils voulaient me briser les doigts.

Gunson regarda Brandon comme si cela expliquait tout. Brandon lui fit signe de continuer.

— Alors, quand un homme m'a contacté en m'expliquant qu'il faisait une expérience inhabituelle et qu'il avait besoin que je pose des micros dans les couronnes de mes patientes, j'ai fini par céder et je l'ai fait.

— Combien en avez-vous posé en six ans, Chris ?

— Je ne sais pas.

— Il ment là-dessus, dit Andrea. Tout ce qu'il a dit jusque-là était vrai, mais là, il ment.

— Comment le savez-vous ? demanda Rosalyn.

— Il a baissé le regard vers la gauche.

— Je ne l'ai même pas vu regarder où que ce soit.

Rosalyn se pencha pour scruter l'écran.

— Andrea est très compétente, mon ange. Ne t'inquiète pas, moi non plus je n'ai rien vu.

— Mais Brandon si, murmura Andrea. Je le vois.

— Chris, ça ne marchera que si nous sommes honnêtes l'un avec l'autre, dit en effet Brandon. Je pense que vous savez combien vous en avez posés. Ce n'est pas quelque chose que vous auriez pu oublier.

— Vingt-neuf, répondit finalement Gunson. Uniquement sur des femmes. Sur une période de six ans. Il m'a payé dix mille dollars pour chaque pose.

Rosalyn se redressa d'un coup sur sa chaise, tandis que Steve inspirait bruyamment. Vingt-neuf femmes avaient un micro dans la bouche. Jusque-là, en comptant Rosalyn, ils n'en connaissaient que cinq. Et quatre d'entre elles étaient mortes.

Ils regardèrent Brandon montrer les photos des défuntes. Gunson se souvenait de chacune d'elles. Brandon ne lui dit pas qu'elles étaient mortes, ce qui valait mieux, car la contenance du dentiste ne semblait tenir qu'à un fil.

Il l'interrogea sur son emploi du temps au cours des dernières quarante-huit heures et l'homme fit un rapport détaillé de ce qu'il avait fait et avec qui. Il y aurait bien sûr une enquête, mais Steve n'avait plus aucun doute.

Christopher Gunson n'était pas le Guetteur. Il était pathétique et irait de toute façon en prison, mais ce n'était pas l'homme qu'ils cherchaient.

Il vit que Rosalyn l'avait aussi compris. La désolation se lisait clairement sur son visage.

Cependant, le pire était encore à venir. Brandon questionna l'homme sur l'identité des femmes. Même si elles n'avaient pas encore été harcelées, il fallait qu'elles sachent ce qui leur était arrivé.

L'air penaud, Gunson expliqua qu'une fois l'opération réalisée, il avait transmis les dossiers des patientes à son commanditaire afin d'être payé. Même s'il se souvenait de leurs visages, il ne pouvait fournir leurs noms ou leurs adresses.

Ils ne savaient donc toujours pas qui était le Guetteur. Tout ce qu'ils savaient, c'était qu'il avait encore vingt-quatre victimes à sa disposition, auxquelles il pouvait décider de s'intéresser à tout moment.

S'il ne l'avait pas déjà fait.

# 22

Cette nuit-là, Rosalyn rêva de nouveau du Guetteur.

Il l'attendait à l'extérieur d'Omega, faisant sauter un petit objet dans sa main. Rosalyn n'eut pas besoin de le voir pour comprendre qu'il s'agissait d'un micro.

Tous les agents d'Omega gisaient morts autour de lui. Rosalyn s'efforça de ne pas les regarder, sachant qu'elle ne pourrait plus bouger après cela.

Mais bouger pour quoi faire ? Pour le fuir ?

Le Guetteur n'avait pas seulement tué tous les agents d'Omega, il avait aussi ligoté vingt-quatre femmes sur des chaises et leur avait bandé les yeux. Quatre d'entre elles étaient déjà mortes.

Il marchait de long en large devant elles, comme s'il essayait de décider laquelle choisir.

Rosalyn s'éveilla de nouveau en sanglots.

— Allons, tout va bien.

Steve. Il était là, la tenant dans ses bras comme la nuit précédente.

— Il va les tuer. Elles sont vingt-quatre, et il va les tuer. Les pousser à se tuer.

Steve la serra contre lui.

— On va l'arrêter.

— Comment ? Même Gunson ignore qui il est.

— Nous connaissons son mode opératoire, désormais. Nous l'attraperons, Rosalyn. C'est notre métier.

— Mais d'autres femmes vont mourir entre-temps.

Steve resta silencieux un instant.

— Pas forcément. Nous ferons ce qu'il faut pour que ça n'arrive pas.

Rosalyn se retourna et força Steve à s'allonger pour pouvoir distinguer son visage dans la clarté de la lune.

— Je suis votre meilleure chance pour cela.

— Que veux-tu dire ?

— Si on me laisse le micro dans la bouche, vous pourrez l'utiliser contre le Guetteur.

— Non. Je sais combien ce truc t'incommode. Et ça m'incommode moi aussi. Je ne veux pas qu'il puisse te retrouver.

Il l'attira plus près de lui et l'embrassa sur le front.

— Le dentiste va venir ce matin. Il va te l'enlever. On verra si on peut s'en servir encore après cela, mais ton rôle s'arrête ici.

Elle se blottit contre lui. C'était bon de sentir qu'il se préoccupait d'elle. De pouvoir s'appuyer sur lui, au sens propre comme au sens figuré.

— Rendors-toi, lui murmura-t-il.

Elle sentit ses yeux se refermer, sachant néanmoins qu'elle reverrait les victimes du Guetteur quand le sommeil la reprendrait.

Ils avaient jugé plus sûr de faire venir un dentiste que d'amener Rosalyn à son cabinet, avec les risques que cela comportait. Une fois le micro extrait, Steve espérait pouvoir s'en servir pour piéger le Guetteur d'une façon ou d'une autre.

Molly avait mis une des pièces du laboratoire à la disposition du praticien. Rosalyn n'aimait guère les dentistes en général, et l'idée que l'un d'eux opère sur elle pendant qu'elle serait assise dans un fauteuil inclinable ne la rassurait pas.

Mais elle voulait se débarrasser de l'émetteur, être certaine que son bébé était en sécurité.

Elle jeta un coup d'œil dans la pièce où l'homme installait ses instruments et comprit qu'elle ne pouvait pas faire ça. Pas à cause de sa peur, mais parce que quand on lui aurait ôté la couronne, elle ne serait plus en mesure de les aider à arrêter le Guetteur.

— Tout va bien ? demanda Molly en la voyant figée sur le seuil de la pièce. Je sais que ça a l'air un peu artisanal, mais vous ne sentirez rien une fois qu'il vous aura anesthésiée.

— Je ne peux pas faire ça.

Elle sentit la main de Molly lui frotter le dos.

— Le Dr Mitchell est un excellent dentiste. Je vous promets qu'il ne vous fera pas mal.

— Ce n'est pas le problème. Croyez-moi, j'ai tellement envie de me débarrasser de ce truc que je me laisserais faire même sans anesthésie. Non, c'est le Guetteur. L'émetteur est notre seul lien avec lui. Le seul moyen de l'arrêter.

Molly hocha la tête d'un air compréhensif.

— Il y a une autre raison qui nous a fait choisir le Dr Mitchell. C'est lui qui est le plus à même de l'extraire sans l'endommager.

— C'est avec ça que le Guetteur m'écoute, n'est-ce pas ? Je veux dire, non seulement l'émetteur lui indique où je suis, mais il peut aussi entendre ma voix.

— C'est exact, si j'en juge par ce que j'ai vu sur les radios.

— Alors si nous l'enlevons de ma bouche, il comprendra qu'il se passe quelque chose, non ? Il saura que l'appareil n'y est plus.

— Rosalyn...

— Bien sûr, cela me met à l'abri, mais en même temps, nous perdons le moyen de l'attraper.

— Nous trouverons une autre solution, dit Molly en secouant la tête. Vous n'avez pas besoin de mettre votre vie en jeu. Ou votre santé mentale dans la balance.

Mais Rosalyn avait déjà pris sa décision.

— Je ne peux pas permettre qu'une autre femme vive ce que j'ai vécu. Pas si c'est en mon pouvoir de l'empêcher.

Molly tenta par tous les moyens de la faire changer d'avis, mais Rosalyn était résolue. Elle ne pourrait plus se regarder en face si d'autres femmes étaient harcelées comme elle l'avait été.

Elle voulait en finir avec ce maniaque dangereux.

Molly l'accompagna à la salle de réunion. Steve s'y trouvait, en compagnie de Jon et Brandon de retour de Mobile et La Nouvelle-Orléans, ainsi que Derek et Ashton Fitzgerald.

Ils étaient en train d'élaborer un plan. Mais tout le monde s'arrêta de parler en les voyant entrer.

Steve se précipita vers elle.

— C'est déjà fait ? Je pensais que cela prendrait plus de...

— J'ai décidé de ne pas le faire, le coupa Rosalyn.

Steve lui prit gentiment le bras et l'attira dans le couloir pour lui parler.

— Hier soir, nous étions d'accord pour que tu te le fasses enlever.

Rosalyn contempla le bras de Steve. Il avait remonté ses manches, découvrant du même coup l'hématome causé par le coup du Guetteur.

— Je ne peux pas le laisser faire du mal à quelqu'un d'autre.

— Nous l'arrêterons, Rosalyn. C'est notre métier, pas le tien.

— Non.

Elle lui embrassa gentiment le poignet, puis se faufila sous son bras pour rentrer dans la salle de réunion.

Se plaçant au bout de la table, elle déclara :

— Le meilleur moyen de l'attraper est de me laisser l'émetteur et de le piéger avec ça.

Steve n'était pas disposé à la laisser faire. Il la rejoignit.

— Nous avons déjà un plan. Nous allons nous servir d'un agent qui a à peu près la même taille et la même couleur d'yeux et de cheveux que toi — sans doute Lillian, ici présente...

Ce disant, il désigna une femme assise à l'autre bout de la pièce.

— Elle sera équipée de l'émetteur, ce qui permettra au Guetteur de la suivre et à nous de le piéger.

Derek approuva d'un signe de tête.

— Il vaut mieux employer un agent entraîné.

Rosalyn secoua la tête.

— En supposant que le dentiste arrive à l'extraire sans l'endommager, ce qui n'est pas garanti.

— Le Dr Mitchell est l'un des meilleurs chirurgiens dentaires de l'État, dit Steve.

Rosalyn leva les yeux au ciel.

— Et je suis certaine qu'il en ôte tous les jours ! Peu importe la qualité de ses soins dentaires, il n'a jamais fait ça auparavant. Tu ne peux pas nier que c'est un risque énorme.

— C'est un risque acceptable, déclara Steve en croisant les bras.

Tout le monde regardait Rosalyn, à présent.

— Même s'il arrive à enlever l'émetteur sans faire de dégâts, le Guetteur comprendra qu'il se passe quelque chose. Il entend ma voix. Il l'a écoutée pendant des mois. Il se rendra compte tout de suite qu'elle a changé.

Derek regarda Molly.

— On peut faire quelque chose pour que l'émetteur rende le même son après l'extraction ?

— Je peux essayer de le régler, mais ce n'est qu'une hypothèse. Je suis d'accord avec Rosalyn sur ce point. Après tout le temps qu'il a passé à l'écouter, il remarquera forcément la différence.

— Je suis d'accord aussi, intervint Jon. Ce qui excite le Guetteur, c'est d'écouter les femmes. Il dit que c'est une expérience scientifique, mais le fait de les entendre lui procure sans doute une excitation sexuelle.

— Et il se rendra compte tout de suite de quelque chose, renchérit Brandon. Il connaît non seulement le son de la voix de Rosalyn, mais aussi son volume et son accentuation.

Rosalyn ne put s'empêcher de frissonner.

— C'est comme ça qu'il sait comment tirer des réactions de ses victimes, poursuivit Brandon. Il étudie leurs schémas vocaux pour savoir ce qui les stresse.

Rosalyn acquiesça, s'efforçant de ne pas perdre courage.

— Alors nous sommes d'accord pour dire qu'enlever l'émetteur n'est pas la meilleure solution.

Tout le monde se mit à parler en même temps autour de la table. Il n'y avait pas consensus quant au plan à adopter.

Steve leva la main pour obtenir le silence et se tourna vers Derek.

— Derek, c'est toi et ton équipe qui allez essuyer le plus gros des conséquences. Quelle est ton opinion ?

Derek se renversa sur sa chaise.

— Quand j'ai le choix, je préfère ne pas mettre un civil en danger. Une civile enceinte rend la situation encore plus compliquée.

Rosalyn refusait d'être écartée pour ce motif.

— Mais...

Derek leva la main pour qu'elle le laisse terminer.

— Mais je suis d'accord avec ce que vous dites. Le Guetteur connaît votre voix, et un changement pourrait l'effrayer.

— On pourrait vous utiliser pour l'appâter verbalement, dit Ashton, assis à côté de Derek. Puis envoyer un agent de substitution sur place.

Steve consulta Derek du regard.

— Tu es d'accord ?

Derek haussa les épaules en faisant signe que oui.

— Je comprends très bien que tu veuilles tenir Rosalyn à l'écart, patron. Mais le fait est qu'elle a raison. Elle représente notre meilleur moyen de piéger ce type avant qu'il ne s'en prenne à quelqu'un d'autre. Et si on adopte le plan d'Ashton, les risques seront minimes.

Rosalyn toucha le bras de Steve pour attirer son attention.

— Je veux le faire. J'ai *besoin* de le faire...

— Et moi, j'ai besoin de vous savoir en sécurité, toi et le bébé.

— Mais nous *serons* en sécurité. Tu seras là pour nous protéger à toutes les étapes.

Elle savait qu'il savait que c'était le meilleur moyen. Mais elle sentait aussi son hésitation.

— Parfait, dit-il finalement.

Il se tourna pour s'adresser à tout le groupe.

— Mais nous ne sortirons pas d'ici sans un plan à toute épreuve. Et le temps est d'importance vitale. Cela fait deux jours et demi que Rosalyn est hors de portée d'oreille du Guetteur. Si nous attendons trop longtemps, nous le perdrons pour de bon.

Et si cela se produisait, Rosalyn le savait, ils ne le retrouveraient sans doute jamais.

# 23

— Je continuerai à le pourchasser, Rosalyn. Nous savons qu'il est ici, à Colorado Springs, grâce à la lettre qu'il a laissée chez moi. Mais je crois que tu ne devrais pas partir.

— Je ne veux pas te quitter non plus, Steve. Nous venons juste de nous retrouver. Mais il le faut. Nous ne pouvons pas rester ensemble.

Alors même que ce dialogue était feint — mis en scène à l'intention du Guetteur —, Steve se sentait mal à l'aise.

Ils étaient à moins de deux kilomètres des bureaux d'Omega. Rien ne bloquait plus la transmission. Le Guetteur devait entendre tout ce qu'ils disaient.

Rosalyn était assise au fond du café, recroquevillée sur son siège comme si elle avait froid. Mais c'était parce qu'on lui avait dit de baisser la tête, au cas où le Guetteur, changeant de mode opératoire, tenterait de lui tirer dessus.

L'établissement comportait trois issues : une porte d'entrée, une fenêtre dans les toilettes et une porte de service. La totalité des clients, des serveurs et du personnel de cuisine était au service d'Omega. Tous n'étaient pas des agents actifs, mais tous étaient de confiance.

Steve s'étonnait encore d'avoir réussi à vider les lieux en trois heures. Une fois n'étant pas coutume, il avait demandé à Joe Matarazzo d'user de ses moyens et de ses contacts pour lui trouver un bâtiment qui servirait de décor, et ce en un temps ridiculement court.

Joe n'avait même pas cillé. Il avait appelé Deacon Crandall, son factotum, et en moins de temps qu'il n'en fallait pour le dire, ils avaient pu disposer de cet endroit pour une semaine. Joe avait-il loué ou acheté l'établissement ? De toute façon, il savait y faire avec les gens. Et Deacon était un homme aux compétences multiples.

Steve voulait maîtriser le maximum de paramètres. La situation lui donnait un mauvais pressentiment. Mais peut-être aurait-il eu cette sensation dans n'importe quelle situation impliquant une femme enceinte.

L'immeuble était cerné par quatre tireurs d'élite. Ashton Fitzgerald, de loin le meilleur tireur de l'agence, surveillait le restaurant. Il ne laisserait rien passer qui pouvait mettre Rosalyn en danger.

Quant à Steve, il n'était pas sur place. Ce dialogue devait avoir lieu au téléphone pour être crédible. Ils n'avaient pas l'intention de le faire durer assez longtemps pour que le Guetteur comprenne où Rosalyn se trouvait. Le plan était de l'y amener le lendemain, quand ils seraient prêts. Steve contemplait toute la scène par le truchement de caméras. Mais l'envie le démangeait de rejoindre Rosalyn. Il n'aimait pas qu'elle soit si loin de lui.

Pour autant, il faisait confiance à son équipe.

— Tu n'as pas besoin de partir, continua Steve en suivant le scénario. Je vais le retrouver. Donne-moi juste un peu de temps.

— Je ne veux pas te faire courir un danger, Steve. Il a failli te tuer à la station-service. Si tu ne t'étais pas retourné…

L'émotion était authentique dans la voix de Rosalyn. Il la voyait également sur son visage, à l'écran.

— Mais je l'ai fait. Et je vais bien.

— Mais qui sait quand il recommencera ? Je ne peux pas prendre ce risque. Je dois partir.

— Non, Rosalyn. Dis-moi où tu es. Dis-moi où tu étais ces deux derniers jours.

Cela faisait partie de leur plan. Assurer le Guetteur qu'ils ne savaient rien de l'émetteur dans sa dent. Faire en sorte qu'il ne pense pas à Omega.

— Juste dans un hôtel.

— Tu n'es pas en sécurité dans un hôtel. Il pourrait te retrouver.

— Je ne suis pas non plus en sécurité chez toi, Steve. Il y est venu.

Puisant dans sa frustration de ne pas être avec elle, Steve déclara avec force :

— Je peux te protéger. La police de Colorado Springs a les moyens de te protéger.

Steve et Rosalyn s'étaient rendu compte qu'ils n'avaient jamais parlé d'Omega en dehors des murs de l'agence. Par conséquent, le Guetteur ne pouvait pas savoir que Steve était à sa tête. Ils voulaient à présent le convaincre qu'il n'était qu'un sans-grade de la police de Colorado Springs. Un flic esseulé et sans soutien particulier.

— Tu as parlé du Guetteur à tes chefs ?

Steve attendit un instant avant de répondre.

— Oui.

Il vit Rosalyn remuer son café.

— Ils ne t'ont pas cru, n'est-ce pas ?

— Écoute, dis-moi seulement où tu es.

— Je ne peux pas, Steve.

Jon désigna sa montre. Il fallait en finir pour ne pas donner le temps au Guetteur de la localiser.

— Quand pars-tu ?

— Demain. Je vais prendre un bus. Ça a déjà marché avant. Le Guetteur n'a pas réussi à me retrouver pendant longtemps. J'espère que ce sera la même chose.

— Bon. Alors donnons-nous rendez-vous pour le petit déjeuner avant ton départ, d'accord ? Je veux seulement te voir. Sentir le bébé bouger encore une fois. Tu pourrais accoucher avant que j'arrive à attraper le Guetteur.

— Si tu veux. Mon bus part à 9 h 45 demain.

— Très bien. Alors voyons-nous à 8 heures.

— D'accord. Il y a un petit café en ville…

Rosalyn lui donna le nom et l'adresse de l'établissement où elle se trouvait.

— À demain, mon ange.

— Fais attention, Steve. Je ne veux pas qu'il t'arrive quelque chose.

Puis elle raccrocha.

Steve pressa un bouton pour entrer en contact avec Derek.

— C'est bon, sortez-la de là.

Vêtu d'un tablier, Derek jouait les cuisiniers au fond de l'établissement. De là où il se tenait, il voyait toute la salle.

— Reçu. Tout Omega est là.

Steve regarda Derek faire un signe à Lillian qui, malgré sa petite taille, n'était pas moins dangereuse que lui.

Elle apporta une soucoupe à Rosalyn.

— Votre addition, madame.

— Merci, dit Rosalyn avant de pousser un gémissement de douleur feinte.

— Est-ce que ça va, madame ?

— Juste une rage de dents. Mais je déteste aller chez le dentiste.

Ils espéraient que le Guetteur en déduirait que le micro ne fonctionnait pas bien, ce qui le forcerait à passer à la vitesse supérieure. À s'en prendre à Rosalyn le lendemain. À faire une erreur.

— J'espère que tout ira bien pour vous, dit Lillian en tapotant l'addition. Je vous encaisserai dès que vous le voudrez.

— Merci.

C'était le signal convenu indiquant à Rosalyn que l'heure était venue. Steve la regarda se lever, sortir par la porte principale et se diriger vers une voiture dans un parking secondaire. La caméra la perdit alors, mais il savait qu'elle prendrait la route en faisant des détours, comme si elle craignait d'être suivie.

Quatre véhicules d'Omega la suivraient alors à tour de rôle, afin de ne pas se faire repérer. Quand ils lui signaleraient que la route était libre, elle rentrerait immédiatement à Omega, où l'émetteur serait à nouveau désactivé.

Le Guetteur penserait l'avoir perdue pour une raison quelconque : les montagnes ou une panne d'émetteur. Après tout, il avait perdu le signal pendant tout le temps où elle avait vécu chez les Ammons. Avec un peu de chance, il ne déciderait pas de creuser la question le soir même.

Steve retint tout de même son souffle, jusqu'à l'arrivée de Rosalyn saine et sauve. Dès qu'un membre de l'équipe d'intervention et de dissuasion la fit entrer dans les bureaux, Steve la prit dans ses bras en aspirant le parfum de ses cheveux.

— Comment as-tu trouvé notre petit numéro ? lui demanda-t-elle. Tu penses qu'il y a cru ?

— Je l'espère.

Jon sortit de la salle de contrôle.

— Vous vous en êtes très bien sortie, Rosalyn. S'il n'y croit pas, ce ne sera pas à cause de ce que vous avez fait ou pas fait.

Rosalyn regarda Steve.

— J'aimerais tellement que tout soit fini !

Il l'embrassa sur le front.

— Demain, ce sera terminé.

Mais il savait que même les plans les plus minutieux échouaient parfois.

Le lendemain matin, les employés d'Omega étaient de retour au café. Ils ouvrirent à 7 heures, comme s'ils le faisaient depuis des années.

Derek était dans la cuisine, jouant son rôle de cuisinier. Jon était aux manettes, dans un van garé au coin de la rue. C'est lui qui donnerait les ordres toute la journée, puisqu'il disposait d'une vue d'ensemble.

Steve avait un rôle différent : celui de l'amoureux inquiet. Il n'aurait pas de gros efforts à faire pour feindre.

Il devait arriver à 7 h 45. Rosalyn, pour sa part, arriverait à 7 h 55, lui dirait quelques mots, puis irait aux toilettes.

À partir de là, on la ferait sortir par la porte de service pour la ramener directement au quartier général d'Omega. Steve refusait catégoriquement de mettre sa vie en danger en la laissant au milieu de l'opération.

Une opération énorme. Non seulement les employés et les clients du restaurant étaient tous des agents à eux, mais il y avait aussi des agents d'intervention et de dissuasion tout autour du bâtiment, ainsi que dans les rues avoisinantes. La dame qui promenait son chien, le jogger qui faisait le tour du pâté de maisons, tous surveillaient le café.

Et tous ceux qui entraient seraient filmés, identifiés et répertoriés. Tous les hommes correspondant au profil du Guetteur — c'est-à-dire tous les individus mâles en dessous de soixante ans — seraient filés ou équipés d'un traceur.

Steve avait décidé de retourner les moyens du Guetteur contre lui. Lillian jouait toujours la serveuse. Sa petite taille démentait son aptitude à tuer d'une demi-douzaine de façons différentes. Elle veillerait à coller un émetteur à tous les suspects potentiels.

C'était une opération complexe, mais la complexité était le cœur de métier d'Omega.

Et l'heure du spectacle avait sonné.

Steve se gara devant l'établissement, et entra. Lillian le salua d'un ton guilleret et l'invita à s'installer là où il le voulait.

Il choisit un box au fond et s'assit dos au mur, afin d'avoir vue sur la porte. Comme il l'aurait fait dans n'importe quel restaurant. Au moins n'avait-il pas à feindre de ne pas appartenir à la police.

La salle était presque vide, si on ne comptait pas les agents d'Omega. Un couple âgé était assis à une table, et une jeune mère avec son enfant dans un autre box. On vérifierait leur identité, mais aucun d'eux ne correspondait au profil.

Le bâtiment avait été soigneusement fouillé en quête d'explosifs. À ce stade, Steve n'écartait pas l'hypothèse que le Guetteur veuille tout faire sauter. Ils avaient également vérifié les placards, les greniers et les vides sanitaires. Après les événements de l'année passée — une psychopathe s'était installée dans le grenier d'un agent pour pouvoir le kidnapper le moment venu — ils avaient appris leur leçon.

Tout ce qu'il y avait à faire, désormais, c'était attendre et garder l'œil ouvert. Et prier pour que rien ne joue en faveur du Guetteur.

Il n'en fallait pas de beaucoup pour tout faire basculer.

Cinq minutes plus tard, un homme entra, leur premier suspect possible. Il était grand et massif, vêtu d'un costume bon marché. La voix de Jon résonna dans l'oreille de Steve.

— On l'a. Un bon cliché de son visage. Rentré dans le logiciel de reconnaissance faciale.

— Il porte un attaché-case, murmura Steve derrière sa main.

— Compris.

Un attaché-case pouvait signifier des explosifs ou une arme.

— Négatif pour les explosifs après passage aux infrarouges, dit dans l'oreillette Aidan Killock, le spécialiste des explosifs. Il était posté dans une autre camionnette à proximité.

L'homme acheta un café et un muffin à emporter.

— Pose-lui un émetteur, Lillian.

Il la vit hocher brièvement la tête, puis contourner le comptoir et s'approcher de l'homme.

— Voilà, dit-elle en tendant la main pour redresser son col. Il était un peu froissé, mais maintenant c'est parfait.

— Merci, dit l'homme, flatté de bénéficier de l'attention d'une femme aussi belle que Lillian.

— Aucune trace de lui dans la base, dit Jon.

— Je ne pense pas que ce soit lui. Il n'a pas la même stature que l'homme de la moto.

Mais il savait que son équipe le suivrait de toute façon.

Il y eut soudain une agitation, car plusieurs personnes, parmi lesquelles des couples mais aussi quelques hommes seuls, entraient dans le restaurant.

Steve devait désormais s'en remettre à ses hommes car, à 7 h 55 précises, Rosalyn franchit la porte.

Elle lui fit signe. Il se leva et l'étreignit comme s'il ne l'avait pas vue depuis des jours.

— Tu as faim ? lui demanda-t-il tandis qu'ils s'asseyaient.

— J'ai toujours faim.

Cet échange faisait également partie du scénario qu'ils avaient mis au point la veille au soir. Le Guetteur devait les écouter.

— Qu'est-ce que tu aimerais ?

— Quelque chose de mou, j'ai mal à une dent.

Lillian apparut et prit leur commande. Steve demanda à Rosalyn comment elle se sentait et si le bébé avait de nouveau bougé.

Il n'avait qu'une envie, qu'elle s'en aille. Plus la foule augmentait dans la salle, plus il sentait monter sa nervosité.

Il y avait trois hommes dans le café qui pouvaient être le Guetteur. L'un d'eux semblait particulièrement nerveux, mais le Guetteur n'était sûrement pas du genre fébrile.

Quelque chose clochait. Steve mit la main devant sa bouche et tourna la tête.

— Je vous envoie Rosalyn.

— Tu es sûr que ce n'est pas trop tôt ? questionna Jon.

— Je m'en fiche. Il y a trop d'inconnues.

— Compris. La voiture est prête.

Rosalyn n'avait pas d'oreillette, au cas où son émetteur aurait capté ce qu'on lui disait.

Steve lui fit un signe de tête, et elle acquiesça en silence, comprenant qu'il était l'heure d'y aller. Elle lui prit la main et la serra. Il lui fit un clin d'œil.

— Il faut que j'aille aux toilettes.

— D'accord.

Elle se leva et alla vers le fond du café. L'agent qui était au volant de la voiture signala quelques minutes après qu'elle était avec lui et qu'ils se dirigeaient vers le QG.

Quoi qu'il se passe maintenant, Rosalyn était saine et sauve, se dit Steve en poussant un soupir de soulagement.

Mais son répit fut de courte durée, car un homme — celui dont il avait noté la nervosité un peu plus tôt —, s'assit dans le box, face à lui.

Tirant un revolver de sa poche, il le pointa sur Steve.

— Je ne pense pas que nous nous soyons rencontrés. Je suis le Guetteur.

# 24

Une cascade d'émotions envahit Steve.

La rage à l'idée que ce salaud terrorisait Rosalyn — et d'autres femmes —, depuis des mois.

Le soulagement que Rosalyn soit déjà partie. Qu'elle ait échappé à ses griffes et n'y retombe jamais.

La surprise de voir que l'homme ne correspondait pas du tout à ce qu'il avait imaginé. Il ne savait pas trop à quoi il s'était attendu, mais certainement pas à ce type négligé et en sueur. Mais comment mettre un visage sur un monstre ?

Soit leur plan avait fonctionné et le Guetteur avait grossièrement sous-estimé Steve, soit il avait des nerfs d'acier. Il était en train de braquer un flic en plein jour, avec une vingtaine de témoins alentour.

Par-dessus l'épaule de l'homme, Steve vit Lillian et les autres agents escorter les clients hors du restaurant.

— Ne les laissez pas filer, dit-il dans son émetteur-récepteur.

Peu lui importait que l'homme qui lui faisait face sache qu'il avait des renforts. Qu'il s'inquiète donc !

— On relève l'identité de tout le monde. Tu ferais mieux de t'occuper du type qui te braque.

— Je suppose qu'Ashton l'a dans son viseur.

— Exact, boss, fit la voix d'Ashton dans son oreille. Mais tu vas être éclaboussé par les morceaux de cervelle.

Steve fut tenté de lui ordonner de tirer. L'homme avait une

arme et pouvait décider d'abattre des innocents. Ce serait une exécution regrettable, mais nécessaire.

Et encore, « regrettable » n'était pas le terme approprié.

Pourtant, quelque chose clochait. Depuis qu'il s'était présenté, l'homme ne disait plus rien. Ses mains tremblaient et il transpirait.

— Nerveux ? questionna Steve.

L'homme hocha la tête.

— Je suis le Guetteur.

— Oui, vous l'avez déjà dit.

Steve prit une gorgée du café que lui avait apporté Lillian un peu plus tôt, plus pour mettre l'autre à l'aise que pour quelque autre raison.

— Vous avez quelque chose à me dire ? Vous savez que l'endroit est cerné, n'est-ce pas ?

— Je suis le Guetteur, répéta l'homme.

Le revolver tremblait dans sa main.

— Jon, tu penses quoi de la situation ?

— Il est manifestement anxieux. Je n'en sais rien, Steve. Si je devais émettre une hypothèse, je dirais que ce n'est pas lui. Mais pourquoi te tient-il en joue, dans ce cas ?

Des larmes jaillirent des yeux de l'homme.

— Je suis le Guetteur.

Steve fit signe à Lillian de lui prêter un stylo. Le Guetteur continua à viser Steve, sans prêter attention à elle.

Était-ce parce qu'il pensait qu'elle ne représentait pas une menace, ou pour une autre raison ? Lui avait-on dit de braquer Steve sans discontinuer ?

— Quel est votre nom ? lui demanda Steve.

— Je suis le Guetteur.

— Et si je vous arrêtais, et que vous me le donniez quand vous serez en garde à vue ?

Le revolver trembla plus fort, mais l'homme ne pressa pas la détente.

*On vous force à faire ça ?*

Steve avait griffonné cette question sur une serviette en papier. Il la fit pivoter et la poussa en direction de l'homme. Les larmes roulèrent sur les joues de ce dernier, et il fit signe que oui. Levant la main, il retourna son col de chemise.

Il y avait là un micro, comme dans les vêtements de Rosalyn.

Le Guetteur se servait de lui.

— Écoutez, on va en parler, d'accord ?

L'autre hocha la tête pour dire qu'il comprenait.

Steve écrivit à nouveau sur la serviette.

*Peut-il vous voir ?*

L'homme secoua la tête. Steve lui fit signe de poser l'arme. Il obéit au bout de quelques secondes.

— Vous savez que je suis de la police, n'est-ce pas ?

— Je suis le Guetteur.

C'était manifestement tout ce qu'il était autorisé à dire.

Steve prit une autre serviette.

*Où est l'homme qui a fait ça ?*

*Chez moi. Il va tuer ma femme et mes enfants.*

— Écoutez, posez votre arme, dit Steve tout haut. C'est moi que vous voulez. Je ne voudrais pas que vous blessiez quelqu'un par accident.

*Adresse ?*

L'homme la nota, puis écrivit :

*Il faut que je vous tue, sinon il les tuera.*

La voix de Jon se fit entendre :

— J'ai l'adresse Steve, et les hommes sont en route. Ils vont entrer en silence.

— Baissez votre arme s'il vous plaît, dit Steve à l'homme. Si vous aviez l'intention de m'abattre, vous l'auriez déjà...

Lillian tira un coup de feu dans le mur, au-dessus de sa tête, et hurla de toutes ses forces :

— Ô mon Dieu, regardez ! Cet homme vient de tirer ! Il a une arme !

— Hé ! Il s'enfuit ! cria à son tour Derek, prolongeant la farce.

Steve tendit le bras et s'empara de l'émetteur fixé au col de l'homme. Le laissant tomber par terre, il l'écrasa du pied.

— Vous en avez d'autres ? articula-t-il en silence.

L'homme secoua la tête, la confusion peinte sur ses traits.

— La police est en route pour aller chez vous, lui dit Steve. Comment vous appelez-vous ?

— Donny Showalter. Il m'a dit de venir ici et de vous tirer dessus. Tout ce que je pouvais dire, c'était que nous ne nous étions jamais rencontrés et que j'étais le Guetteur.

L'homme se prit le visage entre les mains.

— Il faut que je rentre chez moi.

— Est-ce loin, chez vous ?

— À quelques rues d'ici.

— Steve, nos agents sont à l'intérieur, dit Jon dans l'oreillette. On a un visuel. Ils sont ligotés, mais personne n'est blessé.

Steve transmit l'information à l'homme qui, de soulagement, s'écroula sur la table.

— Il y a quelqu'un d'autre avec eux ?

Steve attendit que l'information soit transmise.

Quelques instants plus tard, Jon répondit.

— Steve, la femme dit que le type qui les a ligotés est parti juste après son mari.

Le Guetteur était venu. Il s'était trouvé à proximité du café. Peut-être même à l'intérieur. Il voulait voir ce qui se passait. Espérait sans doute que Showalter serait tué et que cela provoquerait une panique.

— Ils vont bien, c'est vrai ? Il faut que je les voie, dit l'homme d'un ton pressant.

— On va leur demander de vous appeler dans une minute, d'accord ?

Showalter accepta d'un signe de tête.

— Vous pouvez me dire autre chose sur l'homme qui vous a forcé à faire ça ? Vous avez vu son visage ?

— Non. Il a fait irruption chez nous pendant que nous prenions le petit déjeuner. Il portait un masque.

Bon sang ! Il était plus malin qu'ils le pensaient. Il avait fait en sorte de s'assurer qu'il ne s'agissait pas d'un piège. Et s'il s'était aventuré aux abords du café, il savait désormais que Steve avait des responsabilités bien plus importantes que celles d'un flic de base.

Il n'était plus possible de le prendre par surprise.

— Steve...

La voix de Jon était sombre.

— Vas-y, Jon.

Steve pressa l'écouteur contre son oreille, car le bruit avait augmenté autour d'eux.

— Je viens juste d'avoir des nouvelles du QG. Travis Loveridge et Rosalyn ne sont pas arrivés. On a retrouvé la voiture à sept cents mètres du QG. Loveridge est mort. Rosalyn a disparu.

Rosalyn était couverte du sang de l'agent Loveridge. Elle n'arrivait pas à s'en débarrasser.

Bien sûr, ce sang séché était le moindre de ses problèmes.

Elle fixa l'homme qui conduisait la voiture.

— Je me souviens de vous. Vous étiez le psychologue de Lindsey quand elle était adolescente. Monsieur Zinger.

— Zenger.

Il tourna la tête et lui sourit. Comme s'ils étaient de vieux amis. Comme s'il n'avait pas abattu l'agent Loveridge à bout portant. Comme s'il ne l'avait pas harcelée et terrorisée depuis de longs mois.

Elle se rencogna contre la portière. Il ne l'avait pas touchée, sauf pour lui administrer une drogue et lui ligoter les mains, mais elle ne voulait prendre aucun risque.

Elle avait déjà du mal à se contenir ; s'il la touchait, elle se mettrait à hurler sans pouvoir s'arrêter.

— Lindsey vous aimait bien, murmura-t-elle. Elle vous trouvait beau.

Elle s'en souvenait : à l'âge de 18 ans, Lindsey était retombée dans la drogue et, cette fois, elle avait dû suivre une thérapie de groupe. Quand elle était rentrée de l'université pour les vacances d'hiver, elle avait demandé à sa sœur comment cela se passait. Mais elle n'avait pas été ravie d'entendre Lindsey gloser sans fin sur la séduction du thérapeute, plutôt que sur ses progrès vis-à-vis de la toxicomanie.

En mettant de côté la terreur qu'il lui inspirait, elle devait reconnaître qu'il était beau. Des traits réguliers, une courte chevelure châtaine, propre sur lui. Mais tout ce qu'elle voyait en lui, c'était le monstre.

— Vous l'avez tuée, parvint-elle à dire dans un souffle.

Il haussa les épaules sans la regarder.

— Si ça peut vous consoler, elle ne s'est pas rendu compte que c'était moi.

Cela ne la consolait pas le moins du monde.

— Où m'emmenez-vous ?

— Il va falloir sortir du Colorado, bien sûr. Votre petit ami est déjà mort, j'ai envoyé un de mes amis l'abattre. Comme Steve ne me connaissait pas, je suis certain qu'il se fichait que je le tue moi-même.

Rosalyn garda les yeux fixés droit devant elle, écoutant sa propre respiration. Disait-il la vérité ? Steve était-il vraiment mort ?

— Je ne savais pas comment allait tourner la scène au café. Mais quand je vous ai vue sortir par la porte de service, j'ai compris que c'était un piège. Comment saviez-vous que je serais là ?

Rosalyn s'efforça de maîtriser sa panique. Elle devait absolument taire le fait qu'Omega était sur ses traces.

— Nous ne le savions pas. J'imagine que Steve avait tout

préparé au cas où. Ce type m'avait prise en stop jusqu'à la gare routière. Vous n'aviez pas besoin de le tuer.

Les yeux étrécis, Zenger se tourna vers elle pour la dévisager. Elle n'était pas certaine qu'il l'ait crue.

— Le stop, c'est dangereux.

Elle retint un éclat de rire hystérique et regarda à nouveau par sa vitre. Ils étaient sur l'autoroute. Impossible de sauter en marche sans risque.

Elle refusait de croire que Steve était mort. Zenger n'était pas là ; il était trop occupé à assassiner le pauvre agent qui la ramenait. Il ne disposait d'aucun moyen pour s'assurer de la mort de Steve. Le coup de feu ne l'avait peut-être pas tué.

Steve était en vie, et il viendrait à son secours. Lui, Jon, Brandon... Ils comprendraient qui était Zenger et ils le retrouveraient.

Steve se porterait à son secours. Il ne les laisserait pas, elle et son bébé, aux mains de ce fou.

Elle devait se raccrocher à cet espoir, ou elle n'y survivrait pas.

Ils restèrent silencieux pendant plusieurs kilomètres.

— Où allons-nous ? demanda-t-elle finalement.

— En terrain connu. Je suis aussi de Mobile, vous savez. J'ai une jolie petite maison là-bas, où vous pourrez loger.

— Et pour y faire quoi ? questionna Rosalyn sans cacher la répulsion qu'il lui inspirait.

Il se mit à rire, un son qu'on aurait pu qualifier d'amical, si les circonstances avaient été différentes.

— Rosalyn, je ne suis pas comme ça. Je n'ai pas l'intention de m'imposer à vous. Ce serait indigne de moi.

— Et tuer des gens ne l'est pas ?

Il soupira.

— Je ne tue pas par choix. Honnêtement. Cela ne me procure aucun plaisir.

— Alors pourquoi les avez-vous tués ?

— Dans l'intérêt de la recherche. Tout ce que je fais est pour la science, Rosalyn.

Oh ! Seigneur ! Jon et Brandon ne s'étaient pas trompés dans leur analyse. L'espoir lui revint qu'ils puissent la retrouver grâce à leurs déductions.

— La science ?

— Je suis psychologue. Les données que je collecte sur les effets de l'isolement aideront bien des gens perturbés dans les décennies à venir.

Il le croyait vraiment.

— L'isolement ?

— Oui, c'est le thème principal de mon travail. Je sélectionne des jeunes femmes, et je les isole de leur entourage. Je les tourmente avec leurs plus grandes peurs, et j'observe comment et combien de temps elles le supportent.

Rosalyn se demanda s'il lui parlerait des micros si elle lui posait la question. Mais elle ne voulait pas prendre de risques.

— Et que leur arrive-t-il quand elles ne peuvent plus le supporter ?

Zenger secoua tristement la tête.

— Malheureusement, elles se suicident. C'est le regrettable effet secondaire de cette recherche. Mais vous ne comprenez pas ? C'est une perte acceptable quand on pense au bien collectif qui en découle. Tous les professionnels de santé mentale adoreraient prendre part à cette recherche de pointe.

Si cela n'avait pas été absolument écœurant, le zèle professionnel de Zenger aurait été presque admirable.

— Et que vouliez-vous de moi ? Que je me tue ?

— Vous, ma chère, vous êtes le sujet qui a tenu le plus longtemps.

Il lui jeta un nouveau coup d'œil.

— Et dire que vous n'étiez pas censée faire partie de l'expérience !

— C'était Lindsey, le cobaye originel.

— Exactement. Mais j'ai compris que sa toxicomanie faisait d'elle un mauvais sujet. Vous étiez bien plus forte. Il suffisait d'attendre le bon moment.

Ce qui voulait sans doute dire, supposa Rosalyn, attendre qu'elle aille chez le dentiste. Le dentiste que Lindsey lui avait recommandé. Parce qu'un thérapeute le lui avait recommandé, à elle.

C'était Zenger, ce thérapeute. Il avait orchestré toute la chose depuis le début.

— Je suis sûr que votre grossesse a joué un rôle important dans cette résistance. Vous ne voulez pas mourir, n'est-ce pas, vous voulez vivre pour votre bébé ?

Peut-être pourrait-elle lui faire comprendre cela, en effet. Et lui laisser penser qu'elle-même comprenait l'importance de ses recherches.

— Oui, le bébé était une variable imprévue, j'en suis sûre, dit-elle. Cela veut dire que je ne corresponds plus à vos catégories et que j'ai faussé vos données.

Il hocha la tête, visiblement ravi qu'elle comprenne.

— J'oublie que vous avez fait des études. Alors les données et l'expérimentation vous sont familières.

— C'est la comptabilité que j'ai étudiée, mais j'ai tout de même quelques connaissances. Je sais qu'un bébé change les choses.

— Vous avez absolument raison. C'est le cas. J'ai dû vraiment réfléchir sérieusement quand j'ai découvert que vous étiez enceinte.

— Monsieur Zenger, maintenant que vous me l'expliquez, je vois combien vos recherches sont importantes. Comme vous l'avez dit, le bébé change tout. Je ne peux plus être isolée quand un petit être grandit en moi.

— C'est exactement cela, Rosalyn. Je suis très heureux que vous le compreniez.

— Alors vous allez me laisser partir ? Je ne parlerai jamais à personne de vos recherches, vous savez. À moins que vous ne le vouliez, bien sûr.

Elle mit tout son cœur dans ces paroles. Si elle pouvait s'en tirer sans danger, elle ferait tout ce que voulait Zenger.

Steve le pourchasserait jusqu'au bout de la terre, mais elle, Rosalyn, se tiendrait à l'écart.

— Non, je ne peux pas vous laisser partir, Rosalyn. Je suis désolé.

Elle s'efforça de ne pas se laisser envahir par le découragement. Il fallait qu'elle essaie de le raisonner.

— Mais le bébé ? Vous m'avez dit que je n'entrais plus dans aucune catégorie. Je ne suis plus d'aucune utilité pour vos recherches.

— Rosalyn, vous étiez une valeur aberrante dès le début. Avant même le bébé. Je ne suis pas sûr que vous me soyez statistiquement utile.

— Mais alors pourquoi m'emmenez-vous à Mobile ?

— Je vais vous y garder jusqu'à votre accouchement. Ensuite, je devrai malheureusement vous tuer. Vous l'avez dit vous-même, vous ne m'êtes plus d'aucune utilité.

— Et le bébé ?

— Oh ! il me procurera une vie entière de données ! Imaginez un peu ce que je vais pouvoir en tirer.

Soudain, Rosalyn eut l'impression de suffoquer. Elle saisit la poignée de la portière. Peu importe qu'ils soient sur l'autoroute, elle ne pouvait plus demeurer dans ce véhicule. Il fallait qu'elle prenne le risque de sauter.

Zenger fit une embardée et freina à fond en lui empoignant le bras pour la retenir.

Elle se débattit. C'était ce qu'elle voulait qu'il fasse, ralentir. Cela lui donnait une chance de survie.

— Arrêtez, Rosalyn !

Elle continua à se débattre de toutes ses forces.

Zenger arrêta la voiture d'un brusque coup de frein, qui les projeta en avant. À présent, il avait les mains libres pour la maîtriser.

Pourtant, même si elle devait se battre avec lui jusqu'à la fin des temps, elle ne le laisserait pas l'emmener là où il pourrait garder son bébé et faire des expériences sur lui.

Mais elle sentit soudain quelque chose la piquer au cou. Quelques secondes plus tard, ses mouvements devinrent lents et inefficaces.

— Non..., souffla-t-elle.

Des larmes jaillirent de ses yeux, mais elle était trop faible pour les essuyer.

— Vous vous êtes bien battue, maintenant vous allez dormir.

Rosalyn s'efforça de rester éveillée, mais l'obscurité l'engloutit rapidement.

# 25

Steve faisait ce qu'il savait le mieux faire : réfléchir au problème.

Il s'efforçait d'oublier que Rosalyn était dans les griffes du maniaque, qu'ils ignoraient où il l'avait emmenée et ne savaient pas davantage à quoi il ressemblait, parce que s'il y pensait, l'angoisse le submergeait.

À la mort de Melanie, il avait compris ce qu'était l'impuissance. Mais si Rosalyn mourait à son tour, il savait qu'il n'y survivrait pas.

Travis Loveridge était mort. Des témoins avaient vu le Guetteur s'approcher de la voiture et l'abattre d'une balle dans la tête. Malheureusement, ils n'avaient pas distingué son visage, ils l'avaient seulement vu sortir de sa voiture une femme aux longs cheveux noirs qu'il avait portée, inconsciente, jusqu'à son véhicule garé le long du trottoir.

Une berline grise. Il y en avait des milliers dans les rues. On la recherchait. En vain jusque-là.

Ils avaient regardé les enregistrements des caméras de circulation, mais celles-ci étaient orientées dans l'autre sens. Encore une impasse.

Brandon interrogeait Gavin, l'homme du café, ainsi que sa femme. L'équipe de Molly cherchait des indices dans la maison. Mais jusque-là…

Partant du principe que le Guetteur allait faire sortir Rosalyn du Colorado pour gagner Mobile, Steve étudiait des cartes numérisées.

Mobile était trop loin pour y arriver en une seule journée, Steve le savait pour l'avoir fait en sens contraire moins d'une semaine auparavant. Il avait donc demandé à tous les agents disponibles d'appeler les hôtels le long de l'Interstate en direction du sud.

Il avait personnellement contacté les polices d'État et les polices routières du Nouveau Mexique, du Kansas et du Texas. Il avait fait en sorte qu'ils comprennent l'enjeu et ne traitent pas sa demande comme un signalement quelconque.

Tout cela avait peu de chances de réussir, mais il continuerait à se démener jusqu'à ce que l'une de ses tentatives se révèle payante. Il se faisait tard. La pensée de Rosalyn seule avec le Guetteur à la tombée de la nuit...

Derek lui posa une main sur l'épaule.

— Tu tiens le coup ?

Steve se frotta le visage. Que répondre à cela ?

Que la panique s'insinuait en lui, menaçant non seulement d'envahir son corps mais aussi son esprit ?

Qui aurait pu le comprendre ?

— Elle est vivante, Steve. Pense à ça tant que nous n'avons pas la certitude du contraire. Rosalyn et le bébé sont en vie.

Peut-être Derek le comprenait-il, après tout. N'avait-il pas lu cette même angoisse dans son regard, huit mois auparavant, quand un sadique avait kidnappé Molly ?

Derek avait remué ciel et terre pour la ramener saine et sauve. Et Steve l'avait aidé. Désormais, il priait pour une fin heureuse pour Rosalyn et leur enfant.

— Je l'ai déjà crue morte une fois, Derek. Et c'était avant que je comprenne ce qu'elle représentait pour moi. Je veux être damné si elle meurt sans savoir que je l'aime.

Molly franchit la porte à cet instant.

— Tu n'auras pas besoin de te damner.

Les deux hommes se retournèrent.

— Que veux-tu dire ?

— J'ai découvert la fréquence que le Guetteur utilise pour

traquer Rosalyn, grâce aux émetteurs ramenés par Jon et Brandon. Ils fonctiennent encore.

— Quoi ? s'exclama Derek.

— Je ne sais pas s'il essayait d'espionner les familles, mais j'ai pu m'en servir pour trouver les autres émetteurs. En fait, j'ai retrouvé toutes les femmes, car il utilise la même fréquence pour toutes.

— Mais comment savoir quel est celui de Rosalyn ?

Molly s'installa à l'ordinateur et ouvrit un navigateur.

— Je pars de l'hypothèse qu'ils sont à mi-chemin entre ici et Mobile.

Elle désigna un point rouge près d'Oklahoma City.

C'était à moins de mille kilomètres. C'était possible si le Guetteur conduisait vite. Et c'était certainement le cas.

Derek embrassa Molly et courut vers la porte.

— Les gars et moi, on t'attend à l'hélicoptère dans dix minutes, cria-t-il à Steve.

Voyant ce dernier s'apprêter à partir aussi, Molly le retint par le bras et lui tendit un petit écran GPS.

— Tu en auras besoin. Je ne peux pas être plus précise à cette distance, mais en arrivant à Oklahoma City, tu en sauras davantage.

Steve l'embrassa sur le front.

— Merci, Molly.

Celle-ci haussa les épaules.

— Tu as enfreint les règles pour moi, l'année dernière, en permettant à Derek de venir à mon secours avec un avion. Si tu ne l'avais pas fait, je ne serais pas là aujourd'hui.

Elle lui donna une tape dans le dos.

— Va sauver ta fiancée.

Comme l'avait promis Molly, le GPS devint de plus en plus précis à mesure qu'ils approchaient d'Oklahoma City.

Le signal ne venait pas du tout de là, mais de Guymon, une ville beaucoup plus petite au nord-est.

Ils en conclurent que le Guetteur avait quitté à un moment donné les axes principaux, ce qui était bien sûr la chose à faire.

— Patron, il n'y a pas de piste d'atterrissage assez grande pour l'hélicoptère à Guymon. Mais nous avons l'autorisation de nous poser sur le terrain de l'université.

C'est Lillian qui pilotait l'appareil. Un de ses nombreux talents.

— D'accord, répondit Steve dans le casque que lui et les cinq membres de l'équipe d'intervention portaient.

La distance réduite lui permit de préciser la position de Rosalyn. Un hôtel à environ quatre kilomètres de l'université. Il transmit l'information à Lillian, qui la relaya à son tour à la police locale, laquelle allait leur fournir un transport jusqu'à l'hôtel. Ils atterrirent quelques minutes plus tard.

Les adjoints de la police locale étaient là pour les accueillir, avec une fourgonnette du comté. Steve constata que son équipe était prête à passer à l'action.

Il n'aurait voulu personne d'autre que ces hommes — et cette femme — pour le seconder.

— Les gars..., commença-t-il en regardant Derek, puis Lillian.

Il voulait leur faire comprendre à quel point Rosalyn comptait pour lui.

— Inutile de le dire patron, lui dit Derek. On va la sortir de là saine et sauve.

Ils roulaient depuis moins d'une minute quand la nouvelle tomba sur la radio de la fourgonnette.

— On signale des coups de feu à l'hôtel Best Holiday dans la 32e Rue.

C'était l'hôtel où ils avaient repéré l'émetteur de Rosalyn.

Steve jura sourdement. La fourgonnette pénétra sur le parking de l'hôtel avec un crissement de pneus, et Steve et l'équipe sortirent par la porte arrière avant même l'arrêt du véhicule.

L'endroit était cerné par des voitures de police, derrière lesquelles s'abritaient des policiers, l'arme au poing.

Steve se précipita vers l'officier responsable, un jeune homme d'à peine vingt-cinq ans, dont on pouvait douter qu'il ait l'expérience de ces situations.

— Steve Drackett. Je dirige le département des interventions critiques d'Omega Sector. Donnez-moi votre nom et un résumé de la situation.

— Keith Holloway, monsieur. Un homme a fait entrer sa femme enceinte et épuisée dans l'hôtel. Il la portait à moitié, selon un témoin. Mais elle s'est mise à crier qu'il l'avait enlevée, et il a sorti une arme. À la suite de quoi, il a abattu le réceptionniste.

— C'était il y a combien de temps ? demanda Steve.

— Moins de deux minutes, monsieur.

Steve s'adressa à Ashton.

— Tu penses pouvoir le cueillir avec un tir longue distance ?

L'intéressé était déjà en train de visser un objectif sur son arme.

— Ce sera difficile sans savoir où se trouve Rosalyn.

— Je vais attirer le Guetteur dehors. Dès que tu l'as en ligne de mire, descends-le.

— Steve..., intervint Derek en lui posant la main sur le bras.

— Il est fichu et il le sait. S'enfuir avec Rosalyn lui est désormais impossible. Il va l'abattre. Il sait que plus longtemps il reste, moins il a de chances de s'en sortir.

— Il va te tirer dessus.

Les autres membres de l'équipe préparaient eux aussi leurs armes. Aucun d'eux n'était aussi bon tireur qu'Ashton, mais cela n'avait plus d'importance.

Steve s'adressa à eux.

— Je vais le faire sortir, et vous, vous le descendrez.

Sa décision prise, il se dirigea vers la porte de l'hôtel et la franchit. Un petit carillon se fit entendre.

— Sortez de là ou je la tue ! cria une voix.

Sans les voir, il comprit que le Guetteur et Rosalyn étaient derrière le comptoir de la réception.

— Je pense qu'il est temps de nous affronter face à face, Guetteur.

Il entendit Rosalyn lâcher un sanglot — de douleur ou de soulagement, il l'ignorait.

— Qui êtes-vous ? demanda Steve. Vous avez envoyé quelqu'un pour m'abattre, mais ça n'a pas marché.

— Drackett ? Comment m'avez-vous retrouvé ? dit l'autre d'un ton incrédule.

Steve fit un pas en avant. Il devait faire sortir l'homme de sa cachette.

— De la même manière que vous avez trouvé Rosalyn durant les mois précédents. Ainsi que les autres femmes. Nous sommes au courant de la présence d'émetteurs dans leur bouche. C'est fini.

— Vous vous rendez compte de ce que vous avez fait ? s'écria le Guetteur.

Il se redressa, tenant Rosalyn devant lui, un revolver contre sa tempe. Il était impossible de le viser sans la toucher.

Rosalyn était pâle et couverte de sang, le regard perdu. Le Guetteur paraissait la soutenir.

Steve se força à rester concentré.

— Vous avez anéanti mes recherches, reprit l'autre d'un ton geignard. L'œuvre de ma vie ! Vous n'avez aucune idée du bien que j'allais faire à l'humanité !

L'homme parlait d'un ton frénétique, hystérique.

— Tout ce que je veux, c'est Rosalyn, déclara Steve.

Il prenait soin de tenir ses mains devant lui mais, en même temps, il s'apprêtait à faire un geste qui attirerait l'attention du Guetteur sur lui.

— Non. Elle m'a déjà promis son bébé. Elle comprend mes recherches, et elle sait combien elles sont importantes.

*Maintenant. Il faut le faire maintenant.*

Soudain Rosalyn s'effondra, le regard chaviré vers l'arrière. Le Guetteur ne pouvait à la fois la retenir et braquer son arme sur Steve.

Du verre explosa autour de lui et le Guetteur tomba. Atteint par six balles à la fois. Tous les membres de l'équipe d'intervention et de dissuasion avaient fait mouche.

Steve sauta par-dessus le comptoir et prit le corps inerte de Rosalyn dans ses bras. Il vit qu'il y avait beaucoup de sang sur elle. Avait-elle été touchée ? Ses mains tremblaient tellement qu'il n'arrivait pas à sentir son pouls.

Derek et Lillian furent les premiers à le rejoindre. Il berçait Rosalyn dans ses bras, sans parvenir à la réveiller.

— Elle saigne, dit-il à Derek. Elle est blessée.

Lillian posa deux doigts sur la gorge de Rosalyn.

— Elle est vivante. Je pense qu'elle a été droguée.

Mais Steve ne voyait rien d'autre que le sang.

— Elle saigne.

Il sentit la main de Derek lui presser fortement l'épaule.

— C'est toi qui saignes, patron. Ce salopard t'a tiré dessus avant que nous le descendions.

Mais Steve s'en fichait. Du moment que Rosalyn était vivante et que le bébé allait bien, rien d'autre ne comptait. Il la serra plus fort contre lui, inconscient de sa propre douleur, certain qu'il ne la laisserait plus jamais partir.

# 26

— Tu vas te faire licencier si tu prends tout le temps des vacances, tu sais, dit Rosalyn à Steve tandis qu'ils marchaient sur la plage de Pensacola, un mois plus tard.

Il lui sourit et la serra contre lui.

— J'ai dix ans de congés à rattraper. Je ne risque pas d'être viré.

— Alors c'est pour ça que tu m'as ramenée sur la scène de crime, au propre comme au figuré.

Elle était heureuse. La drogue administrée par Zenger avait dangereusement ralenti son cœur et celui du bébé, et elle était restée inconsciente deux jours. Mais c'était sans doute une bénédiction, car Steve avait été blessé en lui portant secours.

Il avait dû être opéré. On lui avait retiré la balle, mais son épaule avait été endommagée. Il lui faudrait beaucoup de rééducation avant de pouvoir retrouver une mobilité complète.

Pendant que Rosalyn était inconsciente, Steve avait persuadé le médecin de retirer la couronne creuse où se trouvait l'émetteur, et de la remplacer par une couronne normale.

À son réveil, Rosalyn avait été ravie de l'apprendre, même si le Guetteur était mort et que cela n'avait plus d'importance.

Il ne harcèlerait plus personne. Rosalyn avait expliqué qui il était, et grâce à la découverte de Molly, ils avaient pu avertir les autres femmes de ce qui leur était arrivé.

Bien sûr, il était trop tard pour les quatre femmes qui s'étaient suicidées, et pour une cinquième qu'ils n'avaient pas encore réussi à identifier.

Mais Rosalyn s'en était sortie. Elle se félicitait encore d'avoir rencontré Steve dans ce bar, sept mois auparavant, car que serait-elle devenue, dans l'hypothèse inverse ?

Il représentait tout pour elle.

Elle avait été seule la plus grande partie de sa vie, même quand elle vivait encore avec sa mère et sa sœur. Mais durant le mois écoulé, elle avait enfin compris ce que signifiait le mot « famille ». Des gens qui étaient prêts à vous soutenir, à vous protéger, à mettre leur vie en jeu pour vous sauver.

La famille n'avait rien à voir avec l'ADN, c'était juste une histoire d'amour. Elle savait que quoi qu'il se passe entre Steve et elle, leur bébé aurait une famille qui le chérirait.

Et elle savait que Steve aimait le bébé. Elle aurait juste voulu savoir aussi ce qu'il éprouvait envers elle. Même si elle avait logé chez lui ces dernières semaines, ils n'avaient pas encore parlé d'avenir.

— Je ne suis pas très doué pour le romantisme, murmura-t-il.

— Étonnant de la part de l'homme qui se promène avec moi sur la plage au coucher du soleil..., dit-elle en secouant la tête. Je trouve que tu ne t'en tires pas si mal.

— Il y a quelque chose que j'ai envie de te demander depuis le premier jour.

— Ah oui, qu'est-ce que c'est ?

— Voudrais-tu dîner avec moi ?

— *Quoi ?*

Elle se mit à rire.

— J'ai envie de sortir avec toi. J'ai envie de te faire la cour et de te prouver combien tu comptes pour moi. J'ai envie de te montrer que tu peux me faire confiance, que tu peux me confier tes secrets — et ton cœur.

— Steve, si tu veux parler du bébé...

— Non.

Il se tourna pour la regarder au fond des yeux.

— Tout ça n'a rien à voir avec le bébé. C'est ce que j'ai eu envie de te dire dès que tu es entrée dans ce bar et que j'ai compris que tu représentais des ennuis avec un grand E.

Il lui sourit.

— La perspective d'avoir un bébé me ravit et me terrifie à la fois, comme tous les futurs pères j'imagine. Mais c'est toi que je veux, Rosalyn. Pour toujours. Je te demanderai de m'épouser demain. Mais aujourd'hui, je voudrais juste que nous sortions ensemble. Tu acceptes de dîner avec moi ?

Elle lui passa un bras autour de la taille et le serra contre elle.

— Oui, j'accepte les deux.

Et là, sur cette plage où tout avait failli prendre fin, sa nouvelle vie commença.

AMANDA STEVENS

# Retour à Pine Lake

*Traduction française de*
CHRISTINE MAZAUD

BLACK ROSE

HARLEQUIN

*Titre original :*
PINE LAKE

*Ce roman a déjà été publié en 2018.*

# 1

C'était une journée ordinaire. Le coup de téléphone qu'il reçut n'en fut que plus extraordinaire.

Pour commencer, Jack King n'était pas d'humeur exquise. Il était enfermé depuis l'aube et l'ennui avait eu raison de sa patience. Quand il attendait entre deux missions, ce qui lui arrivait rarement, il s'arrangeait pour trouver quelque chose à faire en dehors du bureau. Il était même prêt à accepter n'importe quoi aussi longtemps que cette occupation lui permettait de sortir de ces bâtiments étouffants.

Cela faisait cinq ans qu'il travaillait pour Blackthorn Agency, une société de conseil en sécurité implantée à Houston, au Texas. Jack occupait un poste dans le service Black Watch, principalement chargé de la surveillance des collectivités territoriales et des grosses administrations, y compris les divers secteurs de la police. Ses missions consistaient à dénoncer la corruption qui rampait partout, dans les grandes comme dans les petites villes où la pourriture commençait au sommet de la pyramide pour contaminer jusqu'à la base. Ce n'était pas un métier pour âme sensible. Les policiers étaient connus pour détester qu'on marche sur leurs plates-bandes et ils savaient faire bloc contre les fouineurs. *L'ennemi*, comme ils disaient entre eux. Mais Jack aimait les défis et il avait appris depuis longtemps à se protéger.

Ce matin, il était arrivé au QG avec l'espoir d'une nouvelle mission. Mais une montagne de paperasse en souffrance et un avertissement solennel de l'homme de l'étage au-dessus l'avaient gardé enchaîné à sa table. Bâillant d'ennui, il avait regardé toutes les deux minutes l'horloge accrochée à l'extérieur du bureau sur le mur du couloir. Autant dire que la journée lui avait semblé interminable.

Finalement, à 18 heures, il avait envoyé son dernier rapport, s'était levé, étiré, et avait pris la porte du bureau, souhaitant au passage un bon week-end à ceux qu'il croisait.

Il sortait de l'ascenseur quand son téléphone avait sonné. D'abord, il l'avait ignoré. Si on le rappelait en haut pour lui signifier qu'il avait posé un point-virgule au lieu d'un point ou oublié une barre à un *t*… Ce pinaillage attendrait lundi.

*Mais si… ?*

Sa curiosité piquée, il sortit son portable de sa poche et regarda l'écran. Pas de nom, juste un numéro. Et un indicatif qu'il connaissait bien. Trop bien. Mieux valait ne pas répondre.

Le cœur battant, il relut le numéro. Ne pas répondre ? Difficile de résister. Cela faisait plus de quinze ans qu'il n'avait plus eu de contact avec qui que ce soit de Pine Lake, la ville où il avait grandi et qu'il avait quittée le lendemain de son diplôme de fin d'études. Ses parents en avaient fait autant un mois plus tard. Seul son oncle Léon était resté parce qu'il avait décidé de s'accrocher, mais il était décédé au printemps dernier. Jack n'y était même pas retourné pour son enterrement.

Nouveau coup d'œil à son écran. Cet appel téléphonique n'annonçait rien de bon. Il en était sûr. Il porta malgré tout l'appareil à son oreille et traversa l'accueil en ayant soin, avant de sortir, de saluer le gardien assis à son bureau.

— Allô, dit-il en poussant la porte en verre qui donnait sur l'extérieur.

Une bouffée de chaleur le saisit. Il faisait très chaud en ce début août.

— Jack ? Jack King, c'est bien toi ?

Jack retint son souffle.

— Oui, c'est moi.

— Tu ne sais pas qui est là, hein ? Ça fait un bail, je sais. Quinze ans, pour être précis.

Comme Jack ne pipait mot, son correspondant ajouta :

— Mince ! C'est Nathan, Jack. Nathan Bolt.

*Nathan Bolt*. Un nom qui surgissait du passé.

Tommy Driscoll et Nathan Bolt avaient été ses meilleurs amis tout au long de sa scolarité. Des frères de sang depuis le jardin d'enfants. Les trois doigts de la main, disait oncle Léon. Jusqu'à ce que Nathan et Tommy lui tournent le dos, en terminale. Tous les deux avaient fourni des alibis pour la nuit où Anna Grayson avait été tuée, le laissant, lui qui avait été incapable d'en produire un, dans les griffes d'un shérif sans pitié.

On pouvait même dire que les autorités s'étaient acharnées sur lui. Bien sûr, il était le petit ami ! Ce harcèlement par la police s'était poursuivi pendant des mois, faisant de lui un paria dans une ville où il avait vécu toute sa vie. Même après l'arrestation d'un détenu multirécidiviste et son incarcération, la ville avait continué à le fuir. Dans les années qui avaient suivi, Jack s'était efforcé d'oublier Pine Lake et tous ceux qui y vivaient, mais pas un jour n'était passé sans qu'il pense à Anna. Pas un jour n'était passé sans qu'il pense au bonheur qu'elle méritait et qu'elle n'avait pas connu.

Une image passa devant ses yeux. Des cheveux noirs. Des yeux noirs. Un sourire éblouissant.

Il passa le bras sur son front pour essuyer les gouttes de sueur que ces souvenirs provoquaient.

— Allô ? Jack ? T'es toujours là ?

— Oui, oui, je suis là, répondit Jack qui se maudissait de ne pas avoir ignoré cet appel.

Pourquoi, après tant d'années de silence, son « ami » reprenait-il contact avec lui ? Et, d'abord, comment avait-il obtenu son numéro ?

Assez facile à deviner. Nathan Bolt était l'avocat de son oncle Léon.

— Tu dois te demander pourquoi j'appelle ?

*J'attends que tu me le dises, mon pote !*

— On avait parlé de pas mal de choses, avec Léon, avant son décès. Il m'avait dit que je devrais t'appeler.

— Pas mal de choses ?

Silence au bout du fil. Puis Nathan reprit :

— As-tu reçu le courrier que je t'ai fait parvenir… au sujet de sa succession ?

— Oui. Pourquoi ?

— Je me demandais, c'est tout. Tu ne m'as jamais répondu. Les choses sont en suspens depuis, mais c'est ma faute. J'aurais dû mieux suivre l'affaire. En fait, j'aurais dû t'appeler tout de suite. Je regrette de ne pas l'avoir fait. Je regrette beaucoup de choses, tu sais.

— Si c'est pour la succession de Léon que tu me téléphones, appelle plutôt mon père, dit Jack brusquement. Il te donnera toutes les infos dont tu as besoin.

— Si tu as lu mon courrier, tu sais que Léon t'a tout légué. Le chalet, le peu de liquide qu'il avait en banque. Mais ce n'est pas pour cela que je t'appelle.

— Pourquoi donc, alors ?

— J'aimerais te parler de Tommy.

Dehors il s'était mis à pleuvoir, une pluie fine qui rendait les rues glissantes comme des patinoires. Comme si la circulation, dense comme tous les vendredis soir à Houston, ne suffisait pas !

Jack longea les bâtiments pour rester au sec.

— Pourquoi veux-tu me parler de Tommy ?

— Il est shérif du comté de Caddo. Depuis trois ans maintenant. Je suppose que Léon t'avait parlé de la dernière élection. Des accusations de fraude et d'intimidation. La façon dont ce vote s'est déroulé a laissé des traces, ici. Sévères.

— On ne parlait pas de politique avec Léon.

En fait, ils n'avaient guère parlé au cours des dernières années, se désola Jack. Il s'était étourdi dans le travail parce que c'était plus facile de se concentrer sur la cupidité et la corruption des autres que de penser aux ratages, aux échecs de sa propre vie... dont son mariage.

S'il ne se passait pas un jour sans qu'il pense à Anna, c'était tout juste si le souvenir de son ex-femme lui traversait parfois l'esprit. Leur échec tenait plus à lui qu'à elle. Elle n'y était pour rien s'il avait des problèmes de confiance. Ce n'était pas faute d'avoir essayé qu'elle n'était pas parvenue à lui redonner confiance dans l'humanité.

— J'ai fait des recherches, poursuivit Nathan. Je sais ce que tu fais chez Blackthorn Agency. Tu enquêtes sur les services de la police, c'est exact ? Tu mets au jour la corruption qui règne au sein du gouvernement. Toute la triche.

— Entre autres.

— Léon disait que tu étais le meilleur dans ton domaine.

— Léon était de parti pris.

— Peut-être. N'empêche, tu as toujours été le meilleur, quoi que tu fasses.

Devait-il voir là un relent de jalousie de la part de Nathan ? Jack et Tommy Driscoll avaient été en compétition — amicale — sur le terrain de football mais, avec Nathan, la relation, en classe, avait été difficile. Nathan voulait toujours être le premier, il voulait briller pour prouver à son père qu'il était digne de son affection. Jack devait impérativement avoir de bonnes notes s'il voulait obtenir une bourse. Quand il avait été admis dans l'une des universités les plus prestigieuses du pays, Nathan avait eu du mal à avaler la pilule. Mais cette proposition, comme à peu près toutes les autres, avait été annulée quand le meurtre d'Anna et l'enquête qui avait suivi avaient fait les gros titres de la presse nationale. Cette fois, c'est Jack qui avait trouvé la pilule amère.

— Je sais que je te prends de court, dit Nathan. Mais je ne voyais pas qui d'autre appeler. On a un vrai problème ici, Jack. La drogue est partout. Le crack, la méthadone, le hasch. Et personne ne bouge. Tu n'imagines pas la situation.

— J'ai travaillé à la frontière, dit Jack. Je n'ai pas besoin d'imaginer... J'ai vu.

— Ah oui, bien sûr. Mais El Paso c'est une chose, moi je te parle de Pine Lake. Rien que l'année dernière, on a eu dix meurtres dans le comté de Caddo. Dix. Tu te rends compte ? D'accord, je sais que ce n'est rien par rapport aux chiffres d'une grande ville mais, pour nous... Tu te rappelles comme c'était tranquille ici, autrefois.

Oui, oui il s'en souvenait.

— Il se passe des choses à Pine Lake. Des choses moches. Graves. Avant, on avait quelques problèmes de temps en temps, mais rien de sérieux, alors que maintenant *ils* sont organisés. Et puissants. Et je pense que Tommy est impliqué. Il est dedans. Et jusqu'au cou, si tu veux mon avis.

— Dedans ? Dans quoi ?

— C'est ce que je voudrais que tu trouves.

— Pour ça, adresse-toi à ma société. Perso, je ne cherche pas de missions, je vais où on me dit d'aller.

— Je pensais que tu pourrais faire ça... comme ça... Au black, si tu préfères. Je te paierai moi-même. Avec mon argent. Ton prix sera le mien.

— Je te dis que ça ne m'intéresse pas.

— Même si ça peut te conduire à l'assassin d'Anna ?

Nathan était habile. Ce chantage le touchait comme un coup de ciseaux dans une blessure ouverte. Et Nathan le savait.

— Son assassin a été écroué il y a quinze ans.

— Et si celui qu'ils ont condamné n'était pas le tueur ? Tu ne t'es jamais posé la question ?

Si. Tellement souvent... Il s'était même rendu à la prison d'État du Texas pour interviewer Wayne Foukes. Une démarche qu'il avait entreprise quelques années plus tôt, de sa propre initiative. Il en était reparti plus convaincu que jamais que la place de Foukes était bien derrière les barreaux. Mais pas pour le motif qui l'y avait jeté.

— Si je te dis que Tommy a menti à propos de l'endroit où il se trouvait la nuit du crime, susurra Nathan, tu viendras ?

Jack regarda fixement devant lui. Le sang commençait à battre trop fort dans sa tempe droite. La migraine n'était pas loin.

— Ce que tu dis, en fait, c'est que *tu* as menti à propos de cette nuit-là.

— Il a bien fallu. Il menaçait de s'en prendre à quelqu'un que j'aime beaucoup si je ne mentais pas.

— Qu'est-ce que tu racontes ?

— Tu te souviens de ma cousine Olivia ? Après la mort de mon oncle, sa mère et elle sont venues habiter chez nous.

Jack fit un effort pour se rappeler. Une image un peu floue, celle d'une jeune fille rousse affublée de lunettes, sortit de la brume de ses souvenirs.

— Vaguement.

— Tu ne l'avais peut-être même pas remarquée, mais elle n'arrêtait pas de me suivre partout. Je crois qu'elle avait besoin que quelqu'un fasse attention à elle. Tommy m'a fait comprendre, sans me le dire franchement, que si je ne jurais pas aux policiers qu'il avait passé toute la nuit chez nous il arriverait malheur à Olivia.

— J'en conclus qu'il n'était pas chez toi.

— Au début, si. Mais quand je me suis réveillé au milieu de la nuit, il n'était plus là.

— Et il ne t'est jamais venu à l'idée d'aller à la police ? Ou d'en parler à ton père ? C'était un personnage important du comté. Il t'aurait protégé, de Tommy ou de celui qui te menaçait.

— Je n'étais pas inquiet pour moi. Mon seul souci, c'était Olivia.

Nathan baissa d'un ton.

— La pauvre. Le décès de son père l'avait beaucoup touchée et je voulais la protéger. Elle était tellement fragile qu'une simple menace l'aurait complètement démolie. Et le problème, c'est que ce n'était pas une menace en l'air. Tommy est dur, tu sais. Il peut être cruel. Tu ne t'en es jamais rendu compte, car il le cachait bien… Il *te* le cachait bien. Mais moi, je sais. J'en ai souvent fait les frais.

— Tu n'en as jamais rien dit.

— Je crois qu'à force de vivre avec mon père je me suis habitué aux brutes.

*Non*, se dit Jack. *Ne te laisse pas attendrir. Ne marche pas dans sa combine. Et puis, tout cela ne te concerne plus.*

Il n'avait pas été condamné. Il avait quitté la ville, libre, et laissé toute cette affaire derrière lui. Il était heureux maintenant, ici, à Houston. Heureux, c'était peut-être un peu exagéré, mais il allait bien. Il avait des amis, un bon métier. Alors à quoi bon remuer le passé, aujourd'hui ?

*Oui mais…* Y avait-il aujourd'hui quelqu'un mis en prison pour un crime qu'il n'avait pas commis ?

Sauf que Wayne Foukes était pyromane, dealer de drogue et violeur en série. Il avait laissé derrière lui des vies saccagées. Il méritait d'être incarcéré, de toute façon.

*Tout comme le meurtrier d'Anna…*

— Tu viendras ? insista Nathan.

— Qu'attends-tu de moi ?

— Que tu fasses ce que tu fais ailleurs avec des policiers corrompus. Dénoncer les malhonnêtetés afin qu'on remette un peu d'ordre dans tout ça.

— Tu ne penses pas que les gens vont s'étonner de me voir apparaître alors que je n'ai jamais remis les pieds à Pine Lake en quinze ans ?

— Tu as un bon prétexte. La succession de ton oncle. Tu peux même t'installer dans son chalet le temps de décider de ce que tu veux en faire. Je vais envoyer quelqu'un faire le ménage et remplir le frigo. Pourquoi ne resterais-tu pas te reposer au lac ? Tout ce que je te demande, c'est d'ouvrir tes yeux et tes oreilles le temps que tu seras là. Pose quelques questions, discrètement. Tu es mieux placé que moi pour savoir comment opérer. Je te fais confiance.

— Je vais y réfléchir, répondit Jack.

— Combien de temps ?

Jack perçut un soupçon d'irritation dans la question de son ancien ami.

— Le temps qu'il me faudra. Je bosse. Je ne peux pas annoncer l'air de rien : « Salut, je me casse ! »

— Ne réfléchis pas trop longtemps, insista Nathan. Bref, quoi que tu décides, je te demande de garder ce coup de fil pour toi. Il faut que ça reste entre nous. Ma vie en dépend peut-être.

Mettre un terme à la conversation en laissant planer la menace d'un drame... Décidément, son copain savait y faire. Jack était bien obligé de lui reconnaître ce talent.

Son portable rangé dans sa poche, Jack s'adossa au bâtiment. Que faire ? Il avait des vacances à prendre. Il était entre deux missions et il avait terminé toute sa paperasserie. C'était le moment idéal pour prendre quelques jours. N'empêche, il n'était pas du genre à se jeter sur n'importe quoi, n'importe quand. Pour commencer, il avait besoin d'un bon shot d'alcool. Se détendre et, ensuite, dormir. La nuit portant conseil, disait-on, il parlerait de tout cela à son boss, lundi.

De l'autre côté de la rue, il y avait le Lola Bar. Il n'avait qu'à traverser et rejoindre ses collègues de Blackthorn qui s'y étaient sûrement déjà retrouvés. Dans la salle du fond, comme d'habitude. La plupart d'entre eux étaient, comme lui, d'anciens représentants de la loi, policiers, agents du FBI, de la lutte antidrogue. Ils s'entendaient tous bien, mis à part le contingent militaire, les équipes des ex-Forces spéciales souvent déployées outre-mer comme agents de sécurité privés. Des mercenaires. Ceux-là restaient entre eux.

Non, tout compte fait, il n'était pas d'humeur à blaguer avec ses collègues. Il valait mieux qu'il aille au Ninfa Bar. Là, il pourrait boire des margaritas et manger des fajitas en toute tranquillité. L'ennui, c'est que l'endroit était très fréquenté, surtout un vendredi soir. En plus, il y avait les Astros de Houston qui jouaient, à domicile, ce soir, contre les Red Socks de Boston. Avec la veine qui le caractérisait, il n'aurait pas de place puisqu'il n'avait pas réservé. Il lui restait une troisième option. Rentrer chez lui.

Son appartement se trouvait quelques rues plus loin. Tête baissée pour ne pas se faire éborgner par les parapluies, Jack louvoya sur le trottoir en direction de son immeuble. D'ici très peu de temps les amoureux des salles obscures allaient affluer vers les cinémas, en voiture, et congestionner les rues. Dans le fond, il était bien heureux d'être à pied, même s'il pleuvait.

Comme il marchait, sa nuque se mit brusquement à le picoter. C'était un signe qu'il connaissait bien. Et qu'il n'aimait pas. Évidemment, il pouvait tenter de se convaincre que c'était son imagination qui lui jouait un tour ou l'étrange conversation de tout à l'heure qui le turlupinait, mais Jack avait appris, depuis longtemps, à se fier à son instinct. À prêter attention aux signes. Quelqu'un le suivait.

L'air de rien, il scruta la façade vitrée de l'immeuble qui se dressait sur le trottoir d'en face, dans laquelle se reflétait le spectacle de la rue. Puis, tout aussi négligemment, il se tourna pour regarder les passants. Apparemment tout était normal, mais comment, dans une telle cohue, repérer un éventuel poursuivant ?

Olivia Belmont se dépêchait de rentrer. Les rues étaient sombres, inquiétantes, et elle n'était pas rassurée. Au coin de Main Street, elle ressentit le besoin de se retourner pour vérifier qu'elle n'était pas suivie. Toute la journée, elle avait senti quelque chose de bizarre et essayé de se persuader que c'était ses nerfs.

Dans trois semaines, elle ferait ses premières armes en tant que proviseur du lycée de Pine Lake. Trente ans à peine et, déjà, une telle fonction... C'était exceptionnel et elle mesurait la lourdeur de sa mission et la responsabilité qui allait lui incomber. Le conseil d'administration de l'école ne lui ferait pas de cadeau. Chacun de ses gestes, chacune de ses paroles, serait scruté, décortiqué. On guetterait le moindre faux pas. Bref, on l'attendait au tournant.

Malgré tout, la rentrée n'expliquait pas son profond sentiment de malaise. Il devait y avoir autre chose. Pine Lake n'était plus la petite ville qu'elle était autrefois. Peut-être n'avait-elle jamais été un paradis idyllique. De là à sombrer, comme nombre de communes rurales du sud du pays, dans la drogue et la délinquance, c'était un fait qu'Olivia ne s'expliquait pas...

Le déclin s'était peu à peu précisé. Les choses étaient allées lentement, tellement lentement qu'il y a peu encore Olivia ne l'avait pas remarqué. Mais un soir comme ce soir, où l'air était lourd, presque étouffant, on sentait la pourriture. Même les belles maisons Queen Anne qui bordaient Primrose Avenue étaient dégradées. Olivia pouvait dire qu'elle avait vu, ces temps derniers, au moins un camion de déménagement par semaine. Les plus fortunés quittaient la ville. Était-ce pour cette raison qu'elle s'était vu proposer le poste de proviseur ? Ils n'avaient peut-être trouvé personne d'autre pour le job ?

En plus, comme si le stress ne suffisait pas —mais peut-être que c'était lui qui en était la cause —, ses cauchemars avaient repris, les mêmes que dans son adolescence. Toujours pareils. Terrifiants. Elle se retrouvait sans savoir comment sur un pont, suspendue dans le vide, se retenant à la rambarde mais sur le point de la lâcher. Elle sentait ses doigts glisser et ses jambes sans forces. Elle tombait alors en arrière dans un abîme brouillardeux, et une forme humaine se penchait sur elle depuis le garde-fou. Olivia ne voyait jamais le visage mais elle pensait que cela pouvait être son père. Il s'était tué sur un pont dans un accident de voiture.

Olivia n'avait plus fait ce rêve pendant des années mais, depuis des semaines maintenant, ce cauchemar récurrent venait hanter ses nuits. Elle ne tombait jamais dans l'eau mais, à deux occasions, l'impression de chute avait été si réelle que cela l'avait réveillée. Elle s'était retrouvée à genoux sur sa couette, accrochée à sa tête de lit. Une odeur d'aiguilles de pin et de marécage imprégnait toute sa chambre, mais elle savait que cette odeur n'était autre que l'effet de son rêve qui se prolongeait même après son réveil.

Pourvu que ces cauchemars disparaissent quand l'école aurait commencé et qu'elle serait établie dans ses nouvelles fonctions ! Sinon, une petite conversation avec Mona Sutton ne serait peut-être pas inutile.

Mona avait déjà été de bon conseil quand Olivia avait intégré le lycée de Pine Lake, quinze ans plus tôt. Dotée d'un doctorat en psychologie et fermement décidée à sauver le monde, Mona Sutton avait pris l'adolescente qu'elle était sous son aile pour l'aider à surmonter la douleur et le sentiment d'abandon qu'elle avait éprouvés à la mort tragique de son père, décès dont elle se jugeait responsable, qui plus est. Dévastée par le chagrin, sa mère n'avait pas vu sa fille de quatorze ans s'enfoncer dans la dépression.

Des années plus tard, quand la pression à la faculté avait été si intense que ses cauchemars avaient resurgi, Mona avait aussi été très présente. Aujourd'hui, si cela se révélait nécessaire, elle ne refuserait pas de l'aider encore, mais leur relation serait sans doute plus compliquée du fait qu'Olivia, par ses nouvelles fonctions, devenait sa supérieure hiérarchique.

Olivia habitait un peu plus loin, à l'angle d'Elm et de Holly Street. À l'approche du carrefour, incapable de résister, elle se retourna une nouvelle fois pour regarder derrière elle. Bien qu'il soit encore tôt, il n'y avait plus âme qui vive dans la rue. Même les petits restaurants d'East Market Street avaient fermé leurs portes.

Ce soir, Pine Lake avait tout d'une ville fantôme. C'était presque angoissant. On aurait dit que tous les habitants avaient fait leurs bagages et quitté la ville alors qu'elle travaillait au lycée en vue de la rentrée prochaine. Mais non. Elle n'était pas complètement seule. Un chien aboyait quelque part, dans un jardin derrière une maison, et elle entendait le ronflement d'un moteur de voiture, pas très loin.

Comme elle descendait du trottoir, brusquement des phares l'aveuglèrent. Tel un daim pris dans les faisceaux d'une lumière, elle se figea puis, entendant le moteur rugir, recula pour remonter sur le trottoir. Bien lui en prit. Une demi-seconde plus tard, une voiture lancée à toute vitesse la frôlait. Une berline noire. Olivia n'eut pas le temps de voir le conducteur, ni de lire le numéro de la plaque. Ce genre de conduite, imprudente et même dangereuse, n'était pas rare à Pine Lake où, surtout le vendredi soir, des excités prenaient Main Street pour un circuit de formule 1. C'était un sport populaire, ici. Une façon de passer le temps. Mais on n'était pas sur Main Street, là, et Olivia aurait juré que la voiture avait fait exprès de foncer sur elle.

Arrêtée sous un réverbère, le cœur battant, elle essaya de se raisonner. Peut-être le conducteur, ou un passager, l'avait-il reconnue et, un peu éméché, avait eu envie de s'amuser à effrayer le futur proviseur du lycée ? Oui, c'était sûrement ça.

Elle n'était pas grande et paraissait plus jeune que son âge, elle devait donc s'attendre à d'autres « plaisanteries » quand l'école ouvrirait. Les élèves allaient la mettre en difficulté. Enfin, ils allaient *essayer* de bafouer son autorité. Elle avait intérêt à s'armer et à apprendre à cacher ses émotions et son énervement si elle voulait tenir bon jusqu'à la fin du premier semestre. Idéalement, jusqu'à la fin de l'année.

Sentant ses mains moites, elle les essuya sur les jambes de son pantalon et, après un regard à gauche puis à droite, traversa la rue. Sa maison était en face. Elle entra, vite, et referma précipitamment derrière elle. Puis, debout sur le tabouret qui se trouvait près de la porte, elle tourna le verrou du haut à double tour. *Deux précautions valent mieux qu'une*, songea-t-elle.

Mais, vu l'endroit où il avait été posé, ce verrou était plus propre à piéger quelqu'un à l'intérieur qu'à empêcher un fou dangereux d'entrer...

Jack avait décidé de s'arrêter dans un bar à l'angle de deux rues, pour surveiller le carrefour. En fait d'un verre, comme il en avait l'intention, il en avait bu trois. À sa sortie, la circulation s'était clairsemée et la nuit tombait déjà.

Sitôt arrivé chez lui, il passa sous la douche. Il ne connaissait rien de tel que le jet d'eau fumante pour tenter d'oublier, l'espace d'un moment, les souvenirs indésirables qui l'entraînaient au bar où il s'attardait trop longtemps.

Comme souvent, le visage d'Anna passa devant ses yeux. Il voulait se la rappeler comme elle était, l'été où il était tombé amoureux d'elle. Une brune superbe au sourire ravageur et aux jambes qui n'en finissaient pas. Mais au lieu de cette image, c'est celle d'une Anna qu'on sortait du lac, les lèvres bleues, le teint gris, les yeux vitreux, qui s'imposa. Comme toujours.

La terminale devait être leur année. Toute une année pour se dire au revoir avant de se séparer, chacun voguant vers une faculté différente. Jack avait été élu capitaine de l'équipe de football ; Anna, meneuse des pom-pom girls. Ils étaient la jeunesse américaine type. En définitive, la plus jolie fille du lycée qui décède de mort violente, c'était presque banal pour les États-Unis. La presse quotidienne était truffée de ce genre de tragédies mais, sans que l'on sache pourquoi, l'histoire d'Anna avait captivé les médias nationaux qui s'étaient emparés de ce fait divers.

Pendant quelque temps, Jack n'avait pu sortir de chez lui sans être agressé par les flashs des reporters. Sa photo avait fait la une des journaux à sensation et des programmes de télévision racoleurs. Bien injustement, il était devenu le garçon de dix-sept ans le plus haï du pays.

Et puis, un soir, alors qu'il conduisait sa voiture, Wayne Foukes s'était fait arrêter pour un feu arrière cassé. Procédure classique, la police avait fouillé le coffre de sa Ford et trouvé, dans une cache, de la drogue et l'anneau d'Anna, sorte d'insigne qu'elle portait toujours au doigt et qui avait disparu.

Foukes arrêté, les journalistes étaient repartis, mais les gens que Jack connaissait depuis toujours avaient continué à lui tourner le dos. On aurait dit qu'ils avaient besoin de le croire coupable pour justifier leur attitude. Il avait donc quitté la ville, se jurant de ne jamais y remettre les pieds, mais ce coup de fil de Nathan changeait la donne.

Tout en passant son jean, il fila dans la cuisine dans l'espoir de trouver quelque chose à se mettre sous la dent. Le réfrigérateur était vide. Ou presque. Il prit une bière. Il allait se faire livrer une pizza ou autre chose. Regarder un film, vautré sur le canapé. Et essayer de dormir.

Il se brancha sur le match des Astros pour meubler le silence et regarda autour de lui. Comme c'était triste chez lui. Froid et impersonnel ! Peu de meubles mais, heureusement, une vue imprenable sur le sommet des gratte-ciel de Houston. Il monta le son et, sa bière à la main, alla prendre l'air sur le balcon. La pluie tombait plus dru maintenant et la rambarde était trempée. D'un geste de la main, il fit gicler l'eau.

Son téléphone sonna à l'intérieur de la pièce. *Zut !* se dit-il. Il secoua sa main mouillée et rentra en pestant.

Il prit son portable et regarda l'écran. Encore l'indicatif de Pine Lake, mais pas le numéro de Nathan. En tout cas, pas le numéro de tout à l'heure.

Il décrocha sans dire un mot.

— Allô ! Jack King ? C'est Tommy Driscoll.

*Gloups !*

— Oui, Tommy, poursuivit son correspondant. J'aimerais bien voir la tête que tu fais ! J'imagine que tu ne t'attendais pas à un coup de fil de moi, ce soir !

Effectivement.

Que ses deux ex-meilleurs copains l'appellent tous les deux, le même soir, après quinze ans de silence… Il y avait de quoi être surpris. Mais Jack ne croyait pas aux coïncidences. Il devait se passer quelque chose d'important.

Tommy Driscoll avait toujours la même voix, forte, enjouée. Ce soir, pourtant, il semblait forcer le trait. Le ton joyeux n'était pas aussi joyeux que ça. Mais peut-être était-ce Jack qui ne s'en souvenait pas très bien et lui trouvait quelque chose de faux ? Ou alors, Driscoll n'avait jamais été le joyeux drille qu'il croyait ?

— Qu'est-ce que je peux faire pour toi, Tommy ? Pardon, je devrais peut-être t'appeler shérif Driscoll ?

— Ah, t'es au courant de ça ?

Il semblait content.

— Qui aurait dit, à notre grande époque, que des fouteurs de souk comme nous deviendraient flics ?

— Je ne suis pas flic, rétorqua Jack.

— Tu l'as été. Police de Houston. Tu vois, je suis bien renseigné moi aussi. J'ai suivi ton parcours pendant tout ce temps.

Il se tut, espérant peut-être que Jack lui dise la même chose.

— Je sais que tu travailles maintenant pour Blackthorn Agency. Je t'ai même vu à la télévision. En uniforme. À ce que je sais, vous êtes sur des coups craignos. Ça doit être excitant. Et payer gros. Tant mieux pour toi. T'as bien mené ta barque, l'ami !

*Si l'on veut.*

— T'appelles pourquoi, Tommy ?

— Un service à te demander. À propos de Nathan.

Jack eut un haut-le-corps.

— De Nathan ?

— Tu n'as pas eu de nouvelles de lui, récemment ?

Une intonation bizarre dans la voix de Tommy le fit se raidir.

— Pourquoi veux-tu que j'aie des nouvelles de lui ? Si tu te rappelles, vous m'avez bien laissé tomber, tous les deux, il y a un certain temps !

— T'es amer, on dirait !

— Pas amer. Méfiant, répliqua Jack.

— Normal, vu la façon dont tu as été traité. Faut pas nous en vouloir, on était jeunes, on avait peur. Je ne me cherche pas d'excuses, faut juste comprendre. Ça a été dur pour tout le monde.

Ces explications, livrées du bout des lèvres, elles arrivaient un peu tard. Et, sans doute, uniquement parce que Tommy avait besoin de lui. Comme Nathan tout à l'heure. Jack n'allait sûrement pas se mettre en quatre pour eux.

— Je sais, ça doit te faire drôle, reprit Tommy comme le silence se prolongeait. Je t'imagine... Ça doit être bizarre.

— Non, tu ne m'imagines sûrement pas.

Tommy fit un drôle de bruit au bout du fil.

— Écoute, vieux, reprit-il, la voix tendue. Je ne me permettrais pas de te déranger si je n'étais pas inquiet pour Nathan. Je pense qu'il a des ennuis. Des ennuis graves. Maintenant que ça lui est tombé dessus, il cherche un moyen de s'en sortir.

— Ça veut dire quoi, ça ?

Tommy hésita.

— Je pense qu'il monte un coup et qu'il va essayer de me faire porter le chapeau.

— Pourquoi ?

— Je ne sais pas exactement, mais je le sens.

Jack regarda par la fenêtre. Dehors, il faisait noir. La nuit était piquée de milliers de loupiotes, phares de voitures, feux de croisements, fenêtres éclairées, néons et autres enseignes lumineuses qui clignotaient dans le paysage pollué de la grande ville.

— Et qu'est-ce que t'attends de moi ?

— Rien, mon pote. Rien du tout. Je t'appelle juste pour te dire que, si Nathan essaie de te joindre, j'aimerais que tu me préviennes. Voilà, c'est tout.

— Et pourquoi chercherait-il à me joindre ?

— Il est aux abois. Ton oncle et lui étaient très liés. Il pense peut-être que tu as un compte à régler avec Pine Lake et qu'il pourrait en profiter. Voilà, conseil d'un vieux copain.

Le ton de Tommy Driscoll n'avait plus rien d'enjoué.

— Ne va pas croire un mot de ce qu'il te dira. Nathan Bolt est un menteur pathologique. Il l'a toujours été. Comme son vieux.

— Ah ? Il ment ? Qu'est-ce qu'il a raconté ? demanda Jack, de plus en plus méfiant.

Tommy hésita.

— Bof, peu importe maintenant.

— Si. Dis-moi. À quel propos a-t-il menti ?

Nouveau silence. Puis Tommy murmura :

— Il n'était pas chez lui, la nuit où Anna a été tuée. Il est parti avant minuit et n'est revenu qu'au petit matin.

# 2

Jack s'assit sur le ponton auquel était amarré le bateau de son oncle. Une brume épaisse enveloppait les arbres qui bordaient le lac. Le paysage avait quelque chose d'irréel avec son labyrinthe de canaux, ses bayous qui couraient jusqu'au-delà de la frontière avec la Louisiane. La ville de Pine Lake n'était qu'à deux kilomètres à peine, mais ses lumières étaient cachées par la forêt. Jack ne voyait pas grand-chose si ce n'est la silhouette des arbres et, de temps à autre, à travers les rideaux de mousse espagnole — que certains à Pine Lake appelaient « barbes de vieillard » ou « filles de l'air » — accrochés aux branches décharnées des cyprès, les piliers en fer du vieux pont qui enjambait le lac.

Bon sang, il faisait noir, ici !

Jack avait oublié ce que c'était que se retrouver au fin fond de la campagne, sans la lumière des gratte-ciel qui donnait l'impression d'être en plein jour.

Comme il fixait l'eau, la nuit sembla s'animer. Un hibou hulula quelque part dans le bois et un moustique vint rôder autour de son oreille. Pas très loin, un alligator femelle vagit, sans doute pour éloigner de son nid d'éventuels prédateurs. Toute cette activité nocturne était excitante mais, en même temps, inquiétante.

*Tu n'aurais pas dû revenir ici*, lui susurra une petite voix dans sa tête. *Tu cherches les ennuis.*

C'était peut-être vrai, après tout.

Il n'avait dit à personne qu'il allait venir. Ni à Nathan ni à Tommy. Pourtant, le chalet était d'une propreté immaculée à son arrivée, même le bateau de pêche de son oncle avait été gratté, récuré, et le plein d'essence avait été fait. Jack n'avait pas apprécié que tout soit ainsi prêt. Mais Nathan était tellement sûr de lui qu'il n'avait pas douté une seconde du retour de son ami… Rien ni personne ne pouvait lui résister. Son assurance frisait la suffisance. N'empêche que, à y bien réfléchir, Nathan avait raison. Il avait fini par venir, non ? songea Jack, agacé.

Pendant tout le week-end, Jack avait ressassé ces deux coups de téléphone bizarres et puis, lundi matin, il était monté en parler à son patron. Ezra Blackthorn, la tête de l'agence, un taciturne, avait écouté attentivement son histoire. Mais la décision de revenir à Pine Lake, au risque de remuer la boue du passé, c'était lui tout seul qui l'avait prise. Bien que redoutant ce qu'il allait peut-être découvrir, il n'avait pas voulu laisser passer la chance, même ténue, de livrer l'assassin d'Anna à la justice. De savoir, une bonne fois, ce qui s'était réellement passé ce vendredi soir de malheur.

Il ne se faisait pas d'illusions, cependant. L'enquête qu'il allait mener serait difficile. Nathan et Tommy n'allaient certainement pas lui servir la vérité sur un plateau. Il voyait assez bien Tommy Driscoll impliqué dans une histoire louche. Jeune, il abusait déjà de son charme inné et de ses prouesses sportives pour s'octroyer des droits que les autres ne s'autorisaient pas. Très vite, il avait compris les avantages qu'il pouvait tirer de ce qu'il estimait comme une supériorité et il en avait profité. Il y avait fort à parier que cela n'avait pas changé, même maintenant que Tommy était dans la police et sûrement fier d'en arborer le badge.

Nathan était plus complexe. Les bonnes fées s'étaient penchées sur son berceau dès sa naissance. Il avait argent et relations. Alors pourquoi risquerait-il son prestige aux yeux de ses pairs ?

En fait, Jack se moquait de ce que ses deux ex-copains avaient en tête. Mais s'ils avaient menti sur leurs déplacements la nuit du meurtre, ils allaient entendre parler de lui.

Pensif, il regarda l'eau. Il ruminait des pensées tellement sombres qu'il prit peur en voyant une lumière vaciller sur le vieux pont.

*T'es complètement parano.*

Mais non, là-haut, la lumière vacillait encore. Il n'était pas parano. Quelqu'un se promenait sur le pont en bois. Cela faisait des dizaines d'années que cet ouvrage ne servait plus, mais les planches disloquées et pourries du tablier et les poutrelles rouillées qui grinçaient n'avaient jamais dissuadé les trompe-la-mort du pays.

Le regard toujours fixé sur la lumière, Jack repensa aux bêtises qu'ils avaient faites, à l'époque, sur ce pont.

Hochant la tête, il revint à la réalité. La lumière ne bougeait plus. Le faisceau était fixe, un peu comme si le promeneur avait posé sa lampe torche par terre ou l'avait coincée entre deux montants métalliques.

Plissant les yeux, il crut voir une forme debout près du garde-fou. Il hésita. Mettre en marche le bateau de son oncle ? Pourquoi pas. Si ce n'est que le brouillard qui s'épaississait dans cette nuit déjà très noire l'empêcherait sans doute d'en voir plus. D'autre part, ça ne le regardait pas. Il n'était pas venu à Pine Lake pour s'occuper de ce qui se passait sur ce pont...

Soudain, il entendit un *splash* comme si quelque chose de lourd avait heurté la surface de l'eau. La lampe torche changea de place. Dirigé vers le bas, son faisceau balaya la surface du lac, et aussi, par moments, les arbres. Jack était assez loin pour ne pas être repéré. Malgré tout, instinctivement, il recula pour se dissimuler dans l'ombre.

Pendant un temps qui lui sembla très long, la lumière se déplaça tout doucement sur l'eau. Puis la lueur disparut pour reparaître au bout du pont. Quelques minutes plus tard, Jack entendit le bruit d'un moteur de l'autre côté du lac. Pas un bruit fracassant, plutôt le ronflement étouffé d'une voiture qui s'éloignait discrètement. Et, de nouveau, le silence.

Jack resta un moment sur le qui-vive. Puis il haussa les épaules. Les locaux avaient pris l'habitude de se servir de ce lac comme d'un dépotoir. Pris sur le fait, ils payaient une amende mais, du temps où Jack venait ici, la police ne faisait jamais de ronde dans le coin. Tout le monde le savait. Sans doute était-ce pour cette raison que le meurtrier d'Anna avait choisi de se débarrasser de son corps en le jetant par-dessus le pont.

*Et si... ?*

Et si ce *splash*, c'était le bruit d'un autre corps jeté du haut du pont, le soir même de son retour à Pine Lake ?

*Je délire*, se dit-il, certain, cependant, que ce bruit le hanterait toute la nuit.

— Autant en avoir le cœur net, poursuivit-il tout bas.

Et il sauta dans le bateau.

Quelques minutes plus tard, il quittait la jetée et se dirigeait vers le port. Bon sang, il faisait encore plus noir sur l'eau ! Évidemment, puisqu'il n'avait pas allumé ses feux au cas où quelqu'un aurait été en train de surveiller... Mais c'était dangereux de naviguer sans lumière sur le lac. Dangereux pour les autres, dangereux pour lui. S'il passait trop près de la rive, il risquait de heurter des branches de cyprès à fleur de surface ou des paquets compacts de végétation aquatique qui enrayeraient l'hélice.

Il alluma le feu de tête de mât, qui éclaira l'eau, devant lui. Comme il approchait du pont, il se mit au point mort et se laissa dériver, se servant d'une torche électrique pour éclairer la rive où poussaient d'inextricables fougères géantes. Le brouillard semblait accroché aux cyprès qui se dressaient, fantomatiques, comme autant de sentinelles barbues veillant sur les abords du vieux pont pour en interdire l'accès. De l'autre côté du lac, bordé de nénuphars et de lotus, poussait une forêt de pins.

Le bateau passa sous la première arche du pont. Jack ne quittait pas la rive des yeux. Il essayait aussi de voir dans l'eau mais, sapristi ! Comme tout était sombre ! Il fit demi-tour et passa sous la deuxième arche. Les nuages cachaient complètement la lune, maintenant. Il n'avait que le feu de tête de mât pour se diriger. Il aperçut tout de même des tortues d'eau, des crapauds, et même les yeux rouges d'un alligator. Rien que de très normal, en somme.

Si quelqu'un avait jeté un corps depuis le pont, il avait dû le lester. Des jours, peut-être même des semaines, s'écouleraient avant que le corps remonte à la surface. Il perdait son temps et il le savait. Ce qu'il avait entendu n'était rien de plus qu'un bruit d'éclaboussure, quelque part, assez loin. Quant à ce qu'il avait vu, c'était une lampe torche qui se balançait. Et alors ? Il n'avait aucune raison de croire que quelque chose de fâcheux...

Bon sang ! Il y avait une femme là, dans l'eau. Morte. Elle flottait sur le dos au milieu des fougères et des racines, ses longs cheveux blonds déployés autour d'elle.

Jack mit le propulseur électrique en marche pour naviguer dans l'entrelacs de végétation puis, à l'aide d'un aviron, stabilisa le bateau pour observer le corps. La victime était déjà morte avant d'avoir touché l'eau, comprit-il. Elle était morte à l'instant où la balle était entrée par l'arrière de sa tête pour ressortir entre ses deux yeux. Quand il était flic, il avait vu ces blessures en forme d'X, surtout dans les exécutions liées à la drogue. Les dégâts au visage étaient importants, mais Jack devina que la femme était jeune, une vingtaine d'années sans doute.

Dévasté par le souvenir que cette scène lui rappelait, il resta un moment immobile, figé, puis, se ressaisissant, il appela Tommy Driscoll. Le téléphone sonna au moins cinq fois avant que Tommy décroche.

— Driscoll.

Il avait une voix bizarre, ennuyée et sourde.

— Tommy, c'est Jack King.

— Jack ? C'est pas un peu tard ?

— Pas pour ça.

— Tu as des nouvelles de Nathan ?

La voix était inquiète.

— Non, j'appelle pour autre chose.

Long silence.

— Où es-tu ?

— À Pine Lake. Assis dans le bateau de mon oncle, sur le lac. Je suis à cinquante mètres du vieux pont. Rapplique. Il y a un cadavre dans l'eau.

Il entendit Tommy prendre son souffle.

— Tu sais qui c'est ?

— Une femme. Européenne. Blonde. Mince, autant que je puisse voir. Elle est jeune. Dans les vingt ans, à mon avis. On lui a tiré une balle dans la tête avant de la balancer par-dessus le pont.

— Pas besoin d'ambulance, si je comprends bien.

Tommy n'avait pas sa voix normale. Il parlait très bas.

— Non, mais fais venir un médecin légiste. Je reste avec elle jusqu'à ce que t'arrives.

— Jack ?

— Oui ?

— Tu fais quoi là, à Pine Lake ?

— Ce n'est pas le sujet pour l'instant.

— Pas si sûr, rétorqua Tommy.

— Allez, arrive, je t'attends. On parlera ensuite.

Jack remit son portable dans sa poche sans quitter la morte des yeux et éteignit le feu de tête de mât dont il trouvait la lumière agressive. Comme l'ombre se refermait autour de lui, une impression désagréable l'envahit : il n'était pas seul. D'emblée, il incrimina son imagination. Et la situation. Les similitudes avec le meurtre d'Anna étaient saisissantes. Il y avait de quoi être nerveux. Mais non, c'était autre chose, la certitude qu'il y avait quelqu'un, là, tout près. Quelqu'un qui l'épiait.

Il ralluma le feu de tête de mât, ratissa les rives avec le faisceau de sa lampe torche, puis fouilla les recoins sombres du pont. Il s'attendait presque à voir quelqu'un le regarder depuis le garde-fou. Mais non. Il n'y avait personne. Il était seul sur l'eau, avec la morte.

Il balaya une nouvelle fois les rives, les recoins sombres sous le pont, puis il dirigea le faisceau vers la cime des arbres. Comme il déplaçait la lumière, il surprit quelque chose de blanc à travers les branches d'un cyprès. Une chouette de grange, se dit-il, ou une aigrette blanche. Mais, en regardant mieux, il comprit que ce qu'il avait vu n'était pas dans un arbre mais tout en haut du pont. Il aurait parié que quelqu'un se trouvait tout là-haut, dans les poutrelles.

Il hocha la tête et abaissa sa lampe. *Je suis fou*, se dit-il en haussant les épaules.

Assis dans le bateau qui se balançait doucement, il se laissa pénétrer par les bruits de la nuit puis, la curiosité aiguisée par cet objet blanc qu'il avait cru apercevoir, il braqua de nouveau les poutrelles métalliques ; la chose blanche était toujours là. Dans les cintres.

S'aidant de l'aviron, il s'éloigna du corps et, alors seulement, mit le moteur. Arrivé à hauteur du pont, il coupa les gaz et dirigea le faisceau dee sa lampe en l'air à travers la dentelle de mousse espagnole. Il ne savait pas ce qu'il s'attendait à voir mais sûrement pas ce qu'il vit.

Jamais, au grand jamais il n'aurait imaginé ce qui l'attendait.

Le tablier du pont se trouvait à environ six mètres du niveau de l'eau et de la jetée : une série de tiges, de traverses, de jambes de force métalliques, montait huit mètres plus haut jusqu'à la charpente en fer qui courait sur toute la longueur du pont.

Au sommet de l'étroit empoutrement, recroquevillée en position fœtale, une femme dormait.

Olivia battit des paupières et ouvrit les yeux. Elle avait encore rêvé de chute. Elle tombait, tombait, tombait toujours dans le même abîme plein de brume. La force de ce cauchemar était telle que l'odeur de marécage était encore bien présente et qu'elle sentait le vent sur son visage.

Elle respira profondément pour tenter de calmer son cœur qui battait très fort.

Un grincement se fit entendre, soudain. Qu'est-ce que c'était ? Elle n'en avait pas la moindre idée. Les pales du ventilateur, peut-être ?

— Ne bougez pas, dit une voix d'homme toute proche.

Cet ordre sorti de nulle part la réveilla complètement. Elle voulut s'asseoir, mais une main ferme la rallongea de force. Elle prit alors conscience qu'une autre main lui avait saisi le poignet. La panique l'envahit. Elle allait se débattre pour qu'on la lâche quand elle réalisa qu'elle se trouvait dans un environnement insolite. Le grincement qu'elle avait entendu ne provenait pas du ventilateur suspendu au plafond, elle n'était pas non plus dans son lit. Elle était...

— Où suis-je ? demanda-t-elle, visiblement terrorisée.

— Ne vous inquiétez pas. Je suis là, je vous tiens.

La voix était profonde et veloutée.

— Vous me tenez, mais... je suis où ?

— Le vieux pont sur le lac, à Pine Lake. Vous connaissez ?

— Oui, je...

Laissant sa phrase en suspens, elle essaya de percer la nuit. Une lumière brillait en bas, au-dessous d'elle. Elle chercha à se tourner pour mieux voir, mais le balancement et la main sur son épaule l'en dissuadèrent.

— Oh là là, ça bouge. Je ne comprends pas. Je suis sur le pont ?

— Plus ou moins, dit la voix.

À la pensée des trous dans les planches pourries du tablier et de la rouille rongeant les poutrelles métalliques, Olivia sentit sa frayeur décupler. Il fallait qu'elle s'accroche à quelque chose, sinon elle allait tomber... en même temps que ce pont qui partait en morceaux.

Mon Dieu, ce qui lui arrivait était effrayant !

Elle agita les bras pour trouver une poutre à laquelle se retenir.

— Non, dit l'homme invisible. Ne bougez pas.

Elle comprenait maintenant le pourquoi du grincement et du balancement.

— Calmez-vous, d'accord ? Si vous faites exactement ce que je vous dis, on va réussir à redescendre.

— Pourquoi ? Je ne peux pas juste me lever et m'en aller ? demanda-t-elle, d'une voix inquiète.

— C'est-à-dire que... Vous n'êtes pas à proprement parler sur le pont. Vous êtes dans la charpente en métal.

— Quoi ?

— Oui, dans les poutrelles qui soutiennent le tablier.

— Mais... c'est impossible, balbutia-t-elle.

Et pourtant... En regardant autour d'elle, elle vit qu'elle se trouvait à la hauteur des cimes des cyprès. Elle sentait l'air frais de la nuit sur son visage et, sous elle, un support vraiment dur.

Elle se mit à trembler.

— S'il vous plaît, supplia-t-elle l'inconnu, ne me laissez pas.

— Mais non, je ne vais pas vous laisser.

Il fallait le croire.

— Comment ai-je fait pour grimper ici ?

— C'est à vous de me le dire.

— Il m'arrive d'avoir des crises de somnambulisme. Je rêve souvent que je tombe...

— Vous n'allez pas tomber, je vous rassure. D'ailleurs, si vous tombez, je tombe avec vous et je ne suis pas d'humeur à prendre un bain. Voilà ce que je vous demande de faire. Là, tout de suite, vous allez vous allonger sur le côté gauche sans regarder en bas.

— Mais je...

— Ne regardez pas l'eau. Restez concentrée sur ce que je vous demande. Écoutez-moi bien, vous allez rouler sur le ventre mais, attention, ce n'est pas large. Trente centimètres tout au plus.

Elle tendit la main mais, ne trouvant rien à empoigner, prit peur.

— Je ne peux pas. Je n'ai pas assez de place.

— Vous aviez assez de place pour dormir toute recroquevillée, vous avez donc assez de place pour vous retourner.

— Non, je ne peux pas. Ne me forcez pas.

Son sauveteur invisible resta silencieux un moment.

— C'est quoi votre nom ?

— Olivia Belmont.

— Olivia ? Comme la cousine de Nathan Bolt ?

À sa voix, elle comprit qu'il était étonné.

— Oui. Pourquoi ? Vous connaissez Nathan ?

— Bon, je reprends, écoutez-moi, Olivia. On va faire les mouvements ensemble. Je suis là, tout près de vous. Vous allez bientôt pouvoir me voir. Posez la main droite sur le support et serrez-le très fort. Faites la même chose avec votre main gauche et retournez-vous de façon à vous retrouver à plat ventre.

Olivia empoigna le support. Après ce qui lui sembla une éternité, elle prit sa respiration et, doucement, commença à se retourner. La poutrelle se balança et, avec elle, c'est toute une partie du pont qui donna l'impression de remuer. Elle se figea.

— Je ne peux pas.

— Mais si, vous pouvez. Le pont ne va pas s'écrouler. Prenez votre temps. Voilà, comme ça, continuez, c'est bien. Vous voyez que vous y arrivez.

Olivia se boucha mentalement les oreilles pour ne plus entendre les grincements, les craquements, tous ces bruits effrayants.

Son sauveteur continuait à la guider, de sa voix très douce et apaisante. Attentive à ses directives, Olivia bougea tour à tour les mains, les jambes, tout son corps jusqu'à se retrouver à plat ventre, le nez sur la poutrelle en fer. Elle avait tellement peur qu'elle en perdait le souffle et tremblait comme une feuille.

— Parfait, la complimenta-t-il. Maintenant, vous allez vous mettre à genoux et, doucement, venir vers moi. C'est bon ?

— Oui.

— Ne regardez pas en bas, regardez-moi. Quand vous serez prête...

Olivia se releva sur les mains et les genoux et avança en tanguant un peu sur la poutrelle. La lumière qui éclairait d'en bas était assez forte, et elle commença à distinguer les traits de l'homme qui se trouvait devant elle, ses yeux qui brillaient, sa mâchoire carrée. Il semblait très à l'aise sur ces poutres instables, et pas du tout effrayé.

— Très bien, Olivia, dit-il doucement.

Sa voix lui donnait du courage dans ce noir terrifiant. Elle coulait sur elle comme un fleuve de miel.

Elle prit sa respiration et soupira.

— Voilà, je suis prête.

Ils commencèrent à avancer, lentement, centimètre après centimètre, vers l'extrémité du pont. C'était plus difficile pour son sauveteur, car il allait à reculons sur la poutre, dans cette architecture savante de montants et de tiges en métal horizontaux, verticaux, obliques qui se croisaient, se décroisaient, montaient, descendaient... Il ne regardait pas derrière lui, il ne regardait pas non plus l'eau. Il avait les yeux sur elle et seulement sur elle. Elle essayait de faire comme lui. En fait, elle n'osait regarder nulle part, et surtout pas en bas. En bas, c'était l'abîme noyé de brume.

L'homme s'arrêta et elle en fit autant. Il chercha son regard et le soutint.

— Maintenant, on attaque la dernière partie. La plus... Disons, la plus délicate.

— Délicate ? répéta-t-elle.

— Pour descendre, il va falloir passer à l'extérieur. Il y a une espèce d'échelle au bout de la poutrelle horizontale que vous voyez là. Je suppose d'ailleurs que c'est par là que vous êtes montée.

— Je ne me rappelle pas.

— Ça peut paraître difficile comme ça mais, vous verrez, vous y arriverez très bien. Je ne sais pas combien de fois j'ai escaladé ce truc quand j'étais gosse. Et Nathan aussi.

— Nathan ? Ça ne lui ressemble pas, pourtant.

— On se lançait des défis ! T'es cap, t'es pas cap !

Ce souvenir dut l'amuser car elle entendit du sourire dans sa voix.

— Je suis prête, dit-elle.

— Je passe le premier. Vous ferez comme moi.

Sur ces mots, il enjamba une traverse et se retrouva au-dessus du vide. Il chercha un endroit pour poser le pied et, se tenant d'une main, attendit qu'elle fasse de même. Elle compta jusqu'à dix et s'exécuta. À cet instant, sans doute sous l'effet de leurs deux poids conjugués, la ferraille émit un grincement menaçant. Un boulon rouillé avait dû sauter quelque part en dessous d'eux. Peut-être plus d'un, car, brusquement, la poutrelle qui supportait ses cinquante-cinq kilos céda. Sentant qu'elle plongeait, Olivia crut mourir. C'était la chute. L'horrible chute. Comme dans ses cauchemars. À la même seconde, une main la rattrapa par le poignet.

— Tout va bien, dit la voix. Je vous tiens.

— Ne me lâchez pas, supplia-t-elle.

— Sûrement pas, dit-il, serrant encore plus fort.

# 3

Il l'aida à poser un pied sur l'échelle puis la tint par la taille jusqu'à ce qu'elle y ait posé les deux pieds. Maintenant qu'une poutrelle avait cédé, la structure se trouvait encore plus fragilisée. Olivia avait l'impression que tout tanguait, mais son sauveteur ne semblait rien remarquer.

Ils descendirent, l'un derrière l'autre, doucement. Arrivés au niveau du tablier, ils enjambèrent le garde-fou. Voyant les planches disloquées et l'eau du lac en dessous, elle s'agrippa à lui.

— Allons-nous-en d'ici, dit-il.

Il prit sa main et la guida vers la sortie du pont. Une fois en sûreté sur la rive, elle s'arrêta et se pencha pour reprendre son souffle.

— Ça va ? lui demanda-t-il.

Elle inspira très fort.

— Oui, oui, ça va aller. Laissez-moi une minute.

— Deux si vous voulez. Vous avez été très courageuse.

Quand elle se redressa, elle distingua parfaitement son sauveteur : il était grand et mince, avec des épaules larges et de grandes jambes. Des cheveux bruns, des yeux foncés. Et, bien que rien de spécial ne le caractérisât, elle eut l'impression de le connaître.

Elle le voyait si distinctement à présent qu'elle crut que la lune s'était levée. Mais non, c'était le feu d'un bateau qui se balançait sur le lac, près de la rive.

— Je ne sais pas comment vous dire merci. Si vous ne m'aviez pas trouvée, je ne sais pas ce que…

Elle frissonna.

— D'ailleurs, comment avez-vous eu l'idée de venir me chercher là-haut ?

— En fait, c'est le hasard, répondit-il.

Il s'arrêta.

— Vous ne vous rappelez vraiment pas comment vous avez fait pour vous retrouver là-haut ?

— Je ne sais pas comment je suis venue au lac. Je ne me souviens même pas d'être sortie de chez moi.

Elle frissonna de nouveau. De froid, cette fois. Baissant les yeux, elle se rendit compte qu'elle était pieds nus. Et en pyjama. Un pyjama en coton léger et un peu transparent mais, franchement, vu la situation rocambolesque dans laquelle elle se trouvait, la pudeur était, à cet instant, le cadet de ses soucis.

Elle ôta une feuille de ses cheveux et la regarda virevolter jusqu'au sol.

— Je ne me rappelle rien.

— Pas même des bruits ? Vous n'avez rien entendu ? Un moteur de voiture, par exemple ?

Elle hocha la tête.

— Non, non, rien. Je ne garde aucun souvenir de mes crises de somnambulisme.

Il la regarda.

— Cela vous arrive souvent ?

— De temps à autre… Mais c'est bien la première fois que je me retrouve perchée en haut d'un pont. C'est bizarre, vous savez, quand vous êtes somnambule vous êtes aussi amnésique. Je ne sais même pas ce qui m'a réveillée.

— Vous avez peut-être senti ma présence quand je suis monté ? Ou senti ma main sur votre épaule ? J'ai fait tout ce que j'ai pu pour ne pas vous effrayer.

— Merci. Ça aurait pu être catastrophique pour nous deux.

Maintenant qu'elle se trouvait sur la terre ferme et que le

danger était derrière elle, elle avait envie d'en savoir plus sur son sauveteur. D'autant qu'il ne lui semblait pas complètement inconnu.

— Vous avez évoqué Nathan tout à l'heure ? Vous étiez dans la même école ?

— Oui, depuis le jardin d'enfants.

— Mais... Attendez ! Je vous connais. Vous êtes Jack King.

Elle vit une ombre passer sur son visage.

— Ma réputation me précède, on dirait.

— Ce n'est pas ça. Je me souviens de vous depuis l'époque où ma mère et moi sommes arrivées à Pine Lake. Nous avons habité chez Nathan et son père, le temps de nous trouver une maison à nous. Vous veniez souvent, avec Tommy Driscoll et d'autres garçons encore. Vous vous poussiez dans la piscine. Les copains de Nathan ne me voyaient même pas mais, vous, vous étiez toujours gentil avec moi.

— Ah ? Vraiment ?

Elle rit bizarrement.

— Je pense que vous non plus vous ne me voyiez pas. Vous ne vous souvenez pas de moi, n'est-ce pas ?

— Si, maintenant je me souviens de vous, mais vous avez changé. Plus de lunettes, plus d'appareil dentaire.

Il pencha la tête pour mieux l'examiner.

— Si, je reconnais vos taches de rousseur. Ça, ça n'a pas changé !

Se voir ainsi détaillée la fit frissonner. Elle n'avait jamais dit à personne — elle se l'était à peine avoué à elle-même —qu'elle avait eu un faible pour Jack King, cette année-là. Nathan et ses amis étaient mal élevés, des brutes souvent, alors que King était différent. Pour l'adolescente qu'elle était alors — quatorze ans et romantique à souhait —, il lui était apparu comme sérieux, profond et réfléchi. Et furieusement beau.

— Tu n'as pas changé d'un poil, lui dit-elle. Je te tutoie, hein ? On se connaît.

— Bien sûr, on se tutoie. Quant à dire que je n'ai pas changé, si j'étais toi, j'attendrais qu'il fasse un peu plus clair pour avancer une chose pareille.

— Je te vois très bien.

Sur la route, des voitures approchaient. Bientôt des portières claquèrent et des voix d'hommes s'élevèrent dans la nuit.

— Ça doit être le shérif, dit Jack.

Il se tourna vers les arbres et cria :

— Par ici.

Anxieuse, Olivia scruta le bois.

— Tu as appelé la police ? Pourquoi ne pas avoir attendu qu'elle arrive pour me faire descendre, alors ?

— Parce que je ne trouvais pas que ce soit une bonne idée de te laisser là-haut trop longtemps. De toute manière, ce n'est pas à cause de toi que j'ai appelé la police.

Il hésita.

— Comment te dire ? J'ai trouvé un... corps dans le lac... avant de t'apercevoir là-haut.

Olivia plaqua la main sur son cou.

— Un corps ? Tu veux dire un cadavre ?

— Oui, une femme.

— Tu sais qui c'est ?

— Non, mais si elle est du coin, le shérif ou l'un de ses adjoints l'identifiera tout de suite.

— Si elle est d'ici, je dois la connaître moi aussi, murmura-t-elle d'une voix blanche.

Une ancienne étudiante peut-être, ou une amie.

— Pine Lake, c'est tout petit. Tout le monde connaît tout le monde.

Elle se tourna vers le lac, horrifiée à la pensée de voir le corps d'une amie en train de dériver.

— C'est affreux, ajouta-t-elle, partagée entre peur, tristesse et... soulagement.

Oui, soulagement. Car si elle était tombée de cet assemblage de ferraille rouillée, c'est elle qui serait morte et en train de flotter sur le lac. Mais elle était saine et sauve sur le rivage, grâce à Jack King.

Elle croisa les bras, comme frigorifiée.

— Tu as une idée de comment elle est morte ? Elle s'est noyée ?

Il la regarda sans répondre, mais l'air si grave qu'elle eut peur et frissonna.

— Tu poseras ces questions au shérif, répondit-il d'un ton énigmatique. Je ne voudrais pas qu'on me reproche d'interférer dans l'enquête.

— Ah oui. Je comprends. Je me demande simplement ce qui va se passer *si* je la connais.

— Tu vas bientôt le savoir, dit-il.

À cet instant des branches craquèrent et Tommy Driscoll et deux de ses adjoints apparurent dans les fougères. Les adjoints étaient en uniforme. Tommy, en jean, avec des bottes de cow-boy et une chemise blanche habillée fermée par des boutons en nacre. Il avait l'air de sortir d'une boîte de nuit.

Dès qu'il les vit, il s'arrêta net. Il se tourna pour dire quelque chose à l'adjoint qui le suivait avant de les rejoindre sur la rive.

Olivia n'avait pas une once d'admiration pour ce shérif, elle n'avait même que du mépris pour lui, mais elle fit de son mieux pour ne pas le montrer. En revanche, elle avait le plus grand respect pour la fonction. Si, de la bande de copains de Nathan, Jack King avait été son préféré, Tommy Driscoll arrivait, lui, en dernier. Adolescent, il était déjà puant de prétention et il n'avait guère changé.

Contrairement à Jack, les années ne lui avaient pas fait de cadeau. Autant la maturité allait bien à Jack, autant les traits de Tommy s'étaient alourdis, affaissés. Dans le même temps, et c'était étonnant, l'expression de son visage s'était durcie. Il était toujours marié avec sa chérie du lycée, mais depuis bon nombre d'années on lui attribuait pas mal d'aventures. À Pine Lake, les rumeurs allaient bon train. Beth Driscoll enseignait la physique et la chimie au lycée. C'était une femme exquise et un professeur totalement dédié à son métier. Olivia avait beau chercher, elle ne comprenait toujours pas comment cette femme pétrie de qualités avait pu se laisser embarquer par un type comme lui.

Tommy et Jack se lancèrent un regard qui en disait long sur leur défiance réciproque. Tommy le salua d'un signe de tête.

— Jack.

— Tommy.

Olivia nota qu'ils ne se serraient pas la main.

— Content de te voir, vieux. Dommage que ce soit en pareille circonstance. Depuis quand es-tu là ?

— Quelques heures.

— Désolé pour l'accueil !

Le regard de Tommy glissa ensuite sur elle. Sa tenue, pyjama et pieds nus, sembla l'étonner.

— Que fais-tu là ?

— Elle arrive à l'instant, dit Jack précipitamment.

Tommy fronça les sourcils.

— D'où ça ?

— De la route. Elle m'a expliqué qu'elle avait entendu mon bateau.

Olivia ne se tourna pas vers Jack pour essayer de comprendre la raison de ce mensonge, elle ne cilla pas, ne broncha pas. Elle parvint même à cacher sa stupéfaction à Tommy qui la regardait d'un œil soupçonneux.

— Si on laissait Olivia répondre ? dit-il.

Elle approuva d'un hochement de tête.

— J'étais sortie prendre l'air quand j'ai entendu le bateau. Je suis venue jusqu'ici pour voir qui s'aventurait si tard sur le lac. J'ai pensé que ce pouvait être des gens qui venaient se débarrasser d'encombrants. Certaines personnes prennent le lac pour une décharge. C'est inacceptable quand on est une écolo comme moi.

— Je sais que tu es soucieuse de l'environnement, dit Tommy. Mais de là à sortir en pyjama ? Et sans rien aux pieds ?

— Je ne pensais pas me retrouver si loin de chez moi. J'ai été très stressée ces derniers temps et, comme je viens de le dire, je sortais seulement prendre l'air, histoire de me vider un peu la tête. Et en fin de compte, j'ai poussé jusqu'au lac.

Tommy la regarda longuement, avant de fixer Jack. Puis il fit un pas vers elle et dit, à voix très basse :

— Tu es sûre que tout va bien ?

L'insinuation n'aurait pu être plus claire. Elle visait Jack, évidemment.

— Je te remercie, je vais très bien, répondit-elle avec force.

C'était idiot, elle n'avait aucune raison de protéger Jack. Mais le sous-entendu était détestable.

Elle ajouta :

— Je pense que tu as plus important à faire pour l'instant que t'inquiéter pour moi.

Tommy lui lança un regard bizarre.

— Où est le corps ? demanda-t-il en se tournant vers Jack.

Ce dernier fit un geste en direction du lac.

— Je peux t'emmener le voir en bateau.

— D'accord, allons-y, dit Tommy.

Il repartit vers ses deux adjoints et échangea quelques mots avec eux.

— Qu'est-ce que c'est que ce cirque ? murmura Olivia, furieuse, une fois le shérif à bonne distance.

— Ne t'inquiète pas, je sais ce que je fais.

— Vraiment ? En mentant à la police ?

— Je te dis de ne pas t'inquiéter, répéta Jack.

Loin d'être rassurée, elle chercha ce qu'elle pouvait faire pour se sortir de cette situation, mais c'était trop tard. Non seulement elle avait marché dans le mensonge de Jack, mais elle en avait rajouté ! Si elle démentait maintenant, on les traiterait de fieffés menteurs ou, pire, on les garderait à vue comme suspects n° 1.

Olivia ne s'était jamais considérée comme une agitatrice, bien que Tommy ait insinué qu'elle soutenait des causes douteuses et qu'elle n'hésitait jamais à exprimer haut et fort ses opinions.

De là à entraver le travail de la police ? C'était grave et elle avait été un peu légère en agissant comme elle l'avait fait.

Elle regarda les deux hommes monter à bord et le bateau s'éloigner en direction de l'autre rive. Là, ils mirent le moteur au point mort et fouillèrent les fougères et autres plantes aquatiques avec le feu de tête de mât.

Restée seule au bord du lac, à bonne distance des deux adjoints, Olivia patienta. L'attente n'en finissant pas, elle commença à s'interroger. De quoi pouvaient-ils bien parler ?

Ils revinrent enfin. Jack s'amarra et ils mirent le pied sur la rive.

— Ça sera plus facile de la sortir de l'eau de l'autre côté, dit aussitôt Tommy en s'adressant à ses adjoints. J'espère que vous avez vos cuissardes, les gars.

Jack arriva derrière lui. Machinalement, elle se rapprocha de lui sans pour autant quitter le shérif des yeux.

— Qui est-ce, Tommy ? demanda-t-elle.

Il hésita.

— Comme tu le sauras très vite, je te le dis : c'est Jamie Butaud.

Mon Dieu ! Elle plaqua la main sur son cœur.

— Tu es sûr ?

— Quasiment. Physiquement, ça lui ressemble. Et Jack a vu un tatouage sur son bras gauche. Je me rappelle qu'elle en avait un.

— Une sirène, murmura Olivia.

— Tu la connais ? demanda Jack.

Malgré la nuit, elle voyait assez bien son visage. Il semblait très tendu.

— On était dans la même classe il y a quelques années, mais elle a laissé tomber l'école assez vite.

— Elle travaillait pour Nathan, c'est bien ça ? dit Tommy.

— Oui, comme hôtesse d'accueil.

— Quand l'as-tu vue pour la dernière fois ? demanda Tommy.

Olivia haussa les épaules.

— Je ne m'en souviens pas avec précision. Je vais rarement chez Nathan, je veux dire à son cabinet. Jamie et moi, quand on se croisait, c'était en ville. Elle était le plus souvent avec son petit ami.

— Elle voyait toujours le fils Waller ?

— Marc ? Oui, autant que je sache.

— Pas recommandable, ce garçon. Pas plus que le reste de sa famille, d'ailleurs.

Tommy se passa la main dans les cheveux.

— Une chose, là, vous deux. Pas un mot à quiconque, pas avant que j'aie prévenu les proches. Je veux aussi parler avec Waller avant qu'il disparaisse.

Olivia regarda Tommy puis Jack.

— Vous pensez qu'elle ne s'est pas noyée accidentellement, c'est ça ?

— Ça n'en a pas l'air, en effet, dit Tommy. On en saura plus après l'autopsie, mais il faut d'abord qu'on la sorte de l'eau. Tu n'as pas besoin de rester, Olivia. Je vais demander à Hank de te raccompagner chez toi pendant que j'attends le médecin légiste.

— Je peux l'emmener, dit Jack.

La proposition de Jack sembla déplaire au shérif.

— En bateau ? Je ne vois pas comment, ironisa-t-il. Olivia habite en ville, que je sache.

— Ma voiture est chez mon oncle. Au chalet. Toi, tu as autre chose à faire ici.

— Ça te va, Olivia ? demanda Tommy d'un ton plein de sous-entendus.

Devant cette nouvelle insinuation, fielleuse, elle faillit lui répondre qu'elle préférait passer une heure seule avec Jack King que cinq minutes avec lui.

— Merci, c'est gentil, dit-elle en se tournant vers Jack.

— Je t'en prie.

Tommy, intrigué et mécontent, plissait toujours le front.

— J'aurai besoin de votre déposition, à tous les deux. Demain matin, première heure. Et n'oubliez pas, pas un mot à quiconque.

Jack la prit par le bras pour l'aider à monter dans le bateau. Le pont était mouillé, glissant. Olivia ne se retourna pas pour regarder l'endroit où Jack avait retrouvé le corps. En revanche, elle ne put s'empêcher de regarder le pont, cette construction métallique sur laquelle elle avait fait de l'acrobatie. Si Jack ne l'avait pas aperçue là-haut…

Comme le pont se faisait plus petit au fur et à mesure que le bateau s'éloignait, une pensée lui vint à l'esprit. Jack lui avait demandé si elle avait entendu du bruit. Elle comprenait maintenant le pourquoi de sa question. Tandis qu'elle dormait, là-haut, recroquevillée sur sa poutrelle en métal, il y avait de fortes chances pour que le meurtrier de Jamie Butaud ait balancé son corps par-dessus la rambarde du pont.

Un peu plus tard, Jack arrêtait sa voiture devant chez Olivia. Tournée vers sa vitre, elle n'avait rien dit de tout le trajet jusqu'à ce qu'elle lui indique la rue pour arriver chez elle.

— Ça va ? lui demanda-t-il.

— Oui oui, je suis un peu perdue dans mes pensées.

Elle était enrouée. La pression qui retombait ? Ou avait-elle pris froid en haut de ce pont ?

Jack coupa le contact et ses phares s'éteignirent. La lumière d'un lampadaire, un peu plus loin, suffisait à éclairer l'habitacle. Olivia était d'une pâleur qui faisait ressortir ses taches de rousseur, mais ses yeux bleus brillaient. Elle l'observait avec une telle insistance qu'il dut détourner la tête. Ce qui lui permit d'embrasser l'environnement dans lequel elle vivait.

La rue était calme dans ce quartier ancien de la ville. Les maisons étaient petites, séparées les unes des autres par de jolis jardins bien entretenus. Jack avait grandi à quelques rues de là, dans un vieil atelier que sa mère adorait. Cela lui avait arraché le cœur de devoir quitter la maison de ses rêves mais, après tout ce qui était arrivé à sa famille, elle ne s'était plus sentie chez elle à Pine Lake.

— Pour ton retour, ce n'est pas très réussi, murmura Olivia

comme si elle avait pénétré dans sa tête. Ce soir, tu dois revivre plein de mauvais souvenirs.

— Oui, cette ville n'est qu'un mauvais souvenir pour moi, rétorqua-t-il.

— Si c'est un si mauvais souvenir, pourquoi es-tu revenu ?

— Pour en finir avec la succession de mon oncle. Il y a plein de détails qui ne peuvent pas se régler au téléphone, ni par mail.

— Ah oui. J'ai appris son décès. Je suis désolée. Il était très gentil. J'adorais ses histoires.

Elle semblait vraiment sincère.

— Ses histoires ? dit-il, étonné, se tournant vers elle.

— Oui. Il suivait les cours d'écriture que je donnais le soir. C'était mon étudiant préféré.

Ahuri, Jack la regarda.

— Léon prenait des cours du soir ? Çà alors ! Je pensais qu'il ne s'intéressait qu'à la pêche.

— Détrompe-toi. Me croiras-tu si je te dis que c'était un écrivain très doué ?

Il la regarda, l'air dubitatif.

— Tu es bien sûre qu'on parle du même Léon King ?

Elle sourit.

— Oui, du même. Il parlait souvent de toi. En bien. Il était fier de voir comment tu t'étais reconstruit après ce qui t'était arrivé.

Elle se tut, pensive, et reprit :

— Tu sais, je n'ai jamais cru que tu avais fait ça.

— Pourquoi ?

Sa réaction la déstabilisa, mais elle se ressaisit très vite.

— À la manière dont tu regardais Anna, on voyait bien que tu étais amoureux. Il y avait de quoi. Elle était belle et c'était quelqu'un de bien.

— Oui, c'était...

Il ne put terminer sa phrase.

— Et puis, quelqu'un comme toi ne pouvait pas avoir fait une chose pareille. Tu étais incapable de faire du mal à une mouche. Et j'imagine que c'est toujours vrai aujourd'hui... Sauf si on te cherche.

— Tu en arrives à cette conclusion après quelques kilomètres en voiture avec moi ?

— Ça fait longtemps que je le pense. Tu es un type bien. Comme ton oncle. Sinon, tu n'aurais pas escaladé ce pont pour me récupérer.

Elle avait un ton si convaincu qu'il en resta tout bête. Quand il avait pris la décision de revenir à Pine Lake, il s'était préparé à affronter les ragots de toutes sortes, la suspicion, les messes basses derrière son dos. Mais il n'avait pas prévu de croiser Olivia Belmont.

— Cela fait un bail que je ne vis plus ici, dit-il. Je ne suis peut-être pas celui que tu penses.

— Et moi, je ne suis peut-être pas celle que tu crois, répondit-elle du tac au tac. Encore faudrait-il que tu penses à moi !

— Difficile d'oublier quelqu'un qu'on trouve en train de dormir au sommet d'un pont.

Il nota qu'elle frissonnait et la vit se tourner pour regarder droit devant elle. Elle était plutôt excitante avec ses cheveux tout ébouriffés et ses lèvres entrouvertes. Le faisait-elle exprès ?

À un autre moment, en un autre lieu, Jack aurait peut-être répondu à l'invitation subtile qu'il croyait deviner dans son sourire. Et puis, il ne fallait pas oublier qu'elle était la cousine de Nathan Bolt, songea-t-il. Il était revenu donner un coup de pied dans la fourmilière. Selon ce qu'il allait découvrir, les choses pouvaient vite dégénérer. Et Olivia aurait peut-être à choisir son camp. Une fois que tout serait dit et fait, lui repartirait pour Houston alors qu'Olivia resterait ici. Il ne savait que trop bien ce que c'était qu'être un paria à Pine Lake.

Elle lui sourit une nouvelle fois et, cette fois encore, il fit un effort pour ne pas succomber. C'était tentant, pourtant ! Empoigner ses cheveux et les tirer en arrière et, sans crier gare, happer ses lèvres.

— J'ai compris après coup pourquoi tu as dit au shérif que je venais d'arriver au lac, dit-elle. Tu penses que j'étais déjà en haut du pont quand le meurtrier a jeté le corps de Jamie dans le lac.

— Oui.

— Donc tu as pensé qu'il valait mieux dire que j'étais sur la route plutôt que sur le pont d'où je pouvais tout voir… Si ce n'est que je dormais !

Il se tourna pour la regarder en face et passa un bras sur le dossier de son siège.

— J'ai entendu le *splash* et, à peine cinq minutes plus tard, le moteur d'une voiture qui filait de l'autre côté du lac. Même si tu avais été sur la route quand ils ont, ou quand *il* a, jeté le corps, tu n'aurais rien vu.

Elle plissa les yeux, inquiète.

— C'est pour cela que tu m'as demandé si j'avais entendu un bruit de moteur ? Je te l'ai déjà dit, je ne me souviens de rien quand j'ai une crise de somnambulisme.

— Peut-être. Mais le meurtrier de Jamie n'est pas obligé de le savoir ! Et même s'il le sait, il ne veut sûrement pas prendre le risque que des détails te reviennent. Ou, pire, toute la scène.

Mal à l'aise, elle se retourna pour regarder derrière elle.

— Alors tu penses que je cours un danger ?

Il aurait aimé lui mentir, lui dire qu'elle ne risquait rien, mais ce n'était pas une bonne idée. Il fallait qu'elle soit sur ses gardes. Qu'elle se méfie de tout le monde. Il avait l'obligation de le lui dire.

— Aussi longtemps que le meurtrier n'aura pas de raison de se sentir menacé, il ne se manifestera pas. Jusqu'à preuve du contraire, je suis arrivé le premier sur les lieux. S'il doit s'en prendre à quelqu'un, ce sera à moi. Cela ne t'empêche pas de faire attention.

— Je ne trouve pas cela rassurant. Pour toi, surtout.

— Ne t'inquiète pas pour moi, j'ai les moyens de me défendre.

— Léon m'a dit que tu étais policier et que tu avais démissionné pour travailler dans une société de conseil en sécurité.

Compte tenu de ton expérience dans la police, tu dois avoir une idée de la façon dont Jamie est morte.

— Tu es sûre de vouloir savoir ?

Elle se raidit.

— Je ne... Oui, maintenant, je préfère que tu me le dises.

— Elle a une blessure entre les deux yeux. À mon avis, on lui a tiré une balle dans la tête, à bout portant. Par-derrière.

— Dans la tête... Par-derrière, répéta Olivia, comme anesthésiée.

— J'ai déjà vu ce genre de blessures. Elles sont typiques des exécutions.

— Tu veux dire des règlements de compte ?

Elle le regarda, interloquée.

— Pauvre Jamie. Qui a pu vouloir lui faire ça ? L'exécuter...

— Tu n'as jamais entendu dire qu'elle était impliquée dans des activités illégales ? Drogue ou que sais-je... ?

— Peut-être, mais c'était avant. Quand elle était plus jeune, elle dealait, c'est vrai. Non, en fait c'est faux. Elle ne dealait pas. Elle achetait de la drogue pour son usage personnel. Sa mère avait demandé à Nathan de la défendre mais sa famille n'avait pas le sou. Il a accepté de plaider l'affaire *pro bono* à condition que Jamie s'engage à prendre des cours du soir pour obtenir son diplôme de fin d'année.

— Et son boy-friend ?

— Je ne le connais pas personnellement, mais Tommy a raison. Marc Waller n'est pas recommandable. Lui aussi a été arrêté en possession de drogue, mais, lui, c'était pour la revendre. S'il avait été condamné, il était bon pour la prison. Et pour longtemps. Mais Nathan a réussi à trouver un vice de forme et le dossier a été classé. Inutile de dire que la police locale l'a très mal pris.

— Nathan est spécialisé dans les affaires de drogue, on dirait ?

— Il n'y a pas beaucoup de choix dans la région, et mon cousin est très fort.

Elle soupira.

— La mort de Jamie va le dévaster. Si jamais on peut prouver que Marc Waller est dans le coup, Nathan ne le lui pardonnera jamais.

Jack trouva ces confidences très intéressantes. Le soir même de son retour, il tombait fortuitement sur la victime d'un meurtre qui se trouvait être une jeune femme que Nathan Bolt avait prise sous son aile. Jack avait du mal à croire qu'il s'agisse d'un hasard.

— Il est tard, dit Olivia. Et nous sommes attendus au poste demain matin, à la première heure. Donc…

— OK, je te raccompagne à ta porte.

— Pas besoin. Je vais bien.

Jack posa la main sur sa portière.

— Pour ma tranquillité d'esprit, j'aimerais jeter un coup d'œil alentour avant de partir.

— Pour être très franche, je serais plus tranquille moi aussi.

Ils descendirent de voiture et se dirigèrent, ensemble, vers l'entrée de la maison. Voyant la porte entrebâillée, Olivia, le front plissé, se tourna vers Jack.

— Décidément, je n'ai pas fait les choses à moitié, ce soir, dit-elle, préoccupée. Pourvu que personne ne soit venu vandaliser mon intérieur.

Jack jeta un coup d'œil dans la rue et passa devant elle.

— Où se trouve l'interrupteur ? demanda-t-il en poussant la porte.

— À gauche.

— Attends-moi là.

Il entra dans la maison et fit le tour des pièces l'une après l'autre avant de revenir dans l'entrée.

— C'est bon, dit-il. Tout est en ordre.

— Merci.

Une fois à l'intérieur, Olivia suivit le regard de Jack. Le nez en l'air, il observait le verrou qui se trouvait tout en haut de la porte.

— Tu l'ouvres en dormant ?

— Apparemment.

— Tu devrais t'équiper d'un système de sécurité muni d'une alarme très forte. Ça te réveillerait si la porte ou une fenêtre s'ouvre.

— Oui, ma mère en avait mis une à la maison quand j'ai commencé mes crises de somnambulisme. Je pensais ne plus en avoir besoin, mais... Tu as raison, je vais faire installer un système dès que possible.

Jack passa de nouveau le salon en revue. Il était petit mais confortable. Des murs blancs, un mobilier gris, rien que de très banal en somme. Mais Olivia avait disposé çà et là des coussins et des plaids de couleur vive. Et cela changeait tout. Le décor dans lequel elle vivait en disait long sur elle, songea-t-il.

Oui, Olivia Belmont était limpide. On lisait en elle comme dans un livre ouvert. Si son cousin était mêlé à quelque chose de douteux, comme l'avait sous-entendu Tommy, elle l'ignorait sûrement.

Il sortit sur le perron et fouilla l'obscurité des yeux. Le vent s'était levé. Il agitait les arbres du jardin et poussait vers lui le parfum du jasmin qui grimpait sur sa clôture. Tout était plaisant ici, plaisant et familier. Pourtant, Jack se sentait terriblement étranger à cet environnement, comme si son retour dans sa ville natale le désorientait complètement.

Il se tourna vers Olivia.

— Es-tu sûre de pouvoir rester seule, cette nuit ?

— Ça devrait aller. Je ne dormirai sans doute pas beaucoup, en tout cas sûrement pas assez profondément pour m'exposer à une nouvelle crise de somnambulisme.

Jack imagina son lit. Des draps blancs bien doux, des oreillers moelleux...

— Bien, en ce cas je te souhaite *bonne nuit*.

Il se pencha pour l'embrasser sur la joue mais, juste à cet instant, elle tourna la tête et... il effleura ses lèvres.

Au lieu de reculer ou de s'excuser, il empoigna ses cheveux et, attirant son visage à lui, prit sa bouche. Elle ne recula pas non plus. Au contraire. Elle entrouvrit les lèvres et répondit à son baiser. Quand il mit fin à cette étreinte et la repoussa, elle sembla totalement désorientée, comme s'il la réveillait d'une nouvelle aventure éprouvante.

— Décidément, quelle nuit étrange ! murmura-t-elle.

— N'est-ce pas ? répliqua-t-il sincèrement.

Sur ce, il dévala les marches.

# 4

Olivia sortait du café le lendemain matin quand elle vit Jack qui s'apprêtait à y entrer. Comme il lui tenait la porte, elle en profita pour le regarder discrètement.

Sa tenue vestimentaire — une chemise blanche en coton, manches roulées jusqu'aux coudes, portée par-dessus un jean juste un peu délavé — lui plut. Non content d'être beau, il s'habillait branché.

Ses cheveux étaient plus bruns que dans son souvenir mais ses yeux avaient gardé leur couleur chocolat chaud. Hier soir, elle lui avait dit qu'il n'avait pas changé, mais ce n'était pas tout à fait vrai. Au jour, elle voyait des petites rides au coin de ses yeux, une mâchoire carrée et un menton qui s'était affirmé. Il n'était plus le garçon de dix-sept ans qui avait été exclu par ses pairs et les anciens — au point de préférer quitter la ville —, mais un homme. Un homme qui semblait s'être endurci.

— Bonjour, dit-elle d'un ton un peu trop enjoué pour la circonstance. On a eu la même idée, apparemment.

— On dirait.

Toujours sur le trottoir, une main encore sur la poignée de la porte, il la dévisageait. Comme elle venait d'en faire autant — discrètement, espérait-elle —, elle trouva normal qu'il l'observe. Par chance, elle avait soigné sa tenue, ce matin. Robe blanche sans manches et talons mi-hauts. Pas pour lui, bien sûr, mais parce qu'elle avait une réunion à l'école dans la matinée, la première avant la rentrée, et qu'elle voulait faire bonne impression. Que Jack semble apprécier son élégance, c'était la cerise sur le gâteau.

— Tu vas chez le shérif ? lui demanda-t-il.

— C'est déjà fait.

Ils s'éloignèrent un peu pour laisser l'entrée du café libre.

— Ça a été rapide. Je n'avais pas grand-chose à ajouter à ce que j'avais déjà dit. Tommy ne m'a rien dit de l'enquête. J'ai compris que tout le pays est déjà au courant de la mort de Jamie. Pas étonnant. Rien ne reste secret bien longtemps dans des petites villes comme Pine Lake.

— J'en sais quelque chose.

Il regarda autour de lui et reprit :

— Tu lui as répété ce que tu lui as dit hier soir ?

— Oui, j'ai redit ce que tu... nous avions inventé, si c'est ce que tu veux dire.

Elle jeta un coup d'œil derrière elle et se pencha à son oreille.

— Mentir à la police avant mon petit déjeuner, avant même ma première tasse de café, quel stress ! Tu ne t'imagines pas ! Je me demande comment font les criminels de métier !

— Si cela peut te rassurer, ton improvisation, hier soir, était parfaite. Tu es une comédienne très crédible.

Elle haussa les épaules.

— Je ne suis pas plus rassurée pour autant. Au contraire. Je travaille avec des ados. Je dois être un modèle pour eux ; je prends ce rôle très au sérieux. Avoir été capable de raconter n'importe quoi dans une enquête pour meurtre, cela en dit long sur mon personnage.

— Tu as le droit de te protéger. Tu n'as rien dit qui soit de nature à entraver l'enquête. Tu n'as rien vu, rien entendu. C'est vrai ou c'est faux ? Pourquoi prendre un risque inutile ?

— Tu as peut-être raison.

Il se tourna vers la porte.

— Je vais prendre un café et y aller. Tommy doit m'attendre.

— Moi aussi, il faut que j'y aille. Bon courage pour ta déposition.

Elle s'arrêta.

— On se revoit un peu plus tard, pour comparer nos impressions ? J'ai une réunion à 10 heures mais je serai à mon bureau tout l'après-midi.

— J'essaierai de t'appeler.

Réponse vague s'il en était, mais Olivia n'en prit pas ombrage. Hier soir, ils s'étaient embrassés, certes, mais Jack avait agi sans réfléchir, sur une pulsion, et elle avait répondu de même. Cela n'allait pas plus loin. Elle devait mettre cette étreinte au compte des émotions de la soirée.

Même si elle devait bien admettre qu'il l'attirait. Mais peut-être était-elle victime des réminiscences du passé ?

Pour l'heure, le mieux pour elle, c'était de garder ses distances. Après ce qui s'était passé la veille, la ville allait jaser. Olivia ne craignait pas les commérages mais, qu'on le veuille ou non, veiller à sa réputation était important surtout dans une petite ville et compte tenu de son métier. Les semaines à venir allaient être cruciales. Déterminantes pour le bon développement de toute l'année scolaire, sinon pour toute sa carrière. Ce serait de la folie de se laisser distraire ou d'être sujette à controverse, si près du but qu'elle s'était fixé et après avoir travaillé d'arrache-pied pour l'atteindre.

Elle lui dit au revoir et s'apprêtait à traverser la rue quand, la rattrapant violemment par le bras, Jack la fit remonter sur le trottoir au moment où un fourgon noir fonçait vers elle. Son talon se prit dans une fissure, et elle dégringola. Le café qu'elle tenait à la main vola par terre, non sans éclabousser copieusement sa robe au passage.

— Ça va ? lui demanda Jack.

— Oui, oui.

Elle prit la main qu'il lui tendait pour l'aider à se relever. Des badauds s'étaient approchés et faisaient déjà cercle autour d'eux.

*Si seulement je pouvais être trois pieds sous terre*, pensa-t-elle, mortifiée. Elle ne détestait rien tant qu'attirer l'attention sur elle.

— Tu es sûre que ça va ? insista Jack.

— Oui, je te jure.

Elle s'épousseta les mains et tenta de se redonner une contenance.

— Cela fait deux fois que tu voles à mon secours en moins de vingt-quatre heures ! plaisanta-t-elle. Je devrais faire plus attention.

— Il allait beaucoup trop vite. Il faut être cinglé pour conduire à cette vitesse dans Main Street.

Il ramassa le gobelet tombé par terre et le jeta dans la poubelle voisine.

Ce début de matinée était un désastre, songea Olivia. Elle allait devoir rentrer chez elle se changer. Et, comme ce n'était pas à côté, elle n'aurait plus de temps pour préparer sa réunion. Elle gémissait sur son sort quand, se rappelant le destin de Jamie Butaud et la matinée qui attendait ses proches et ses amis, elle eut honte. Se lamenter sur une robe tachée et un talon plus ou moins cassé, c'était indécent comparé à la mort d'un être humain.

— As-tu vu le conducteur ? lui demanda Jack.

— Non. Il est passé trop vite. Et toi ?

— J'ai pu lire les derniers chiffres de la plaque minéralogique. Je vais les indiquer au shérif. Ça, plus la description du véhicule, je pense qu'on devrait pouvoir l'identifier.

— L'autre fois, c'était une voiture normale. Une berline noire, mais je serais incapable de te dire la marque et le modèle.

Il se tourna brusquement vers elle.

— Hein ? Parce que ça t'est déjà arrivé ?

— Oui, vendredi soir. J'avais travaillé tard et je rentrais chez moi quand une voiture a déboulé, pleins phares, juste au moment où je descendais du trottoir. J'ai été complètement aveuglée.

— Tu dis bien vendredi soir ?

— Oui, pourquoi ?

Il avait l'air tendu.

— Pour rien. Je repensais à ma propre soirée de vendredi.

— À mon avis, il n'y a pas lieu d'en faire tout un plat. Je pense qu'on est simplement en train de tester ma résistance.

— Comment cela, ta résistance ?

— Dans trois semaines, je commence mon premier semestre comme proviseur au lycée de Pine Lake, expliqua-t-elle.

Il haussa les sourcils.

— Comme proviseur ?

Elle rit mais le cœur n'y était pas.

— Pitié ! Ne me dis pas toi aussi que je fais trop jeune pour la fonction. On n'arrête pas de me le répéter.

— Ce que j'allais dire, c'est que tu es très courageuse.

— C'est ce qu'on verra ! Pour l'instant, je pense que ces incidents visent à tester mon autorité. Peut-être à m'intimider.

— Drôle de façon d'intimider quelqu'un, dit Jack d'un air grave. Tu aurais pu te blesser grièvement en tombant. Il est hors de question que ces chauffards s'en sortent comme ça.

Elle posa la main sur son bras pour le calmer.

— Ce n'est pas grave. Quand ils verront que ça ne me fait ni chaud ni froid, ils cesseront.

Elle regarda autour d'elle. Il y avait encore quelques badauds qui chuchotaient entre eux. Jack avait été reconnu, c'était fatal. Olivia faillit leur dire de partir mais de quel droit l'aurait-elle fait ? La nouvelle avait dû se répandre en ville comme une traînée de poudre.

« Jack King est de retour le soir même où une jeune femme est assassinée. Et Olivia Belmont a été vue avec lui au lac et maintenant devant le café. »

À l'air crispé de Jack, elle comprit qu'il avait remarqué lui aussi l'attitude des passants. Comment ne pas noter leurs coups d'œil et leurs messes basses ?

— Fais comme si tu ne les voyais pas, murmura Olivia.

— Tous ces gens me sont indifférents.

Sa réflexion l'étonna. Elle était teintée d'amertume.

— En ce cas, pourquoi être revenu ?

— Je te l'ai dit hier soir... Des choses à régler.

— Qui ont quelque chose à voir avec la succession de ton oncle ? Je ne te crois pas. J'ai vu comment tu regardais les gens.

*Tous ces gens*, comme tu dis. Pourquoi ai-je l'impression que tu es revenu te venger ?

— Justice et vengeance, ce n'est pas la même chose.

Olivia sentit son cœur se mettre à battre très fort. Il la regardait avec des yeux durs qui faisaient peur. En dépit de leur passé commun, elle eut l'impression d'avoir un étranger en face d'elle.

— Ton oncle n'a jamais cru que Wayne Foukes avait tué Anna. Et je crois comprendre que toi non plus.

Il hésita avant de répondre.

— Wayne Foukes est un abominable prédateur, mais il n'a pas tué Anna.

— Comment peux-tu en être si sûr, sauf si...

— Sauf si c'est moi qui l'ai tuée ?

— Sauf si tu peux fournir de nouvelles pièces à conviction. Je te l'ai dit hier soir, je n'ai jamais cru que tu l'avais tuée.

— Tu as dit aussi que tu pensais que j'étais un type bien. À voir ta tête maintenant, je me dis que tu as changé d'avis.

Elle ne répondit pas. Il avait raison, elle le voyait d'un autre œil, ce matin. Il était sombre et distant, trop secret à son goût. Non, elle n'était plus du tout rassurée. Et s'il avait raison ? Et si le meurtrier d'Anna courait toujours ? Et s'il vivait encore, bien tranquillement, à Pine Lake ? Peut-être allait-il même à la messe le dimanche et, le vendredi soir, au match de football ? Comment savoir si cet individu n'attendait pas là depuis quinze ans, caché parmi les habitants de cette petite ville, prêt à resurgir le moment venu pour frapper de nouveau ?

— Je maintiens ce que j'ai dit, répondit-elle au bout d'un moment, je pense que tu es un type bien. Mais un type bien venu pour une mission spécifique, et qui va causer des ennuis à certains.

— Les gens qui ont la conscience tranquille n'ont rien à craindre de moi.

Le doute n'était plus possible. Jack était là pour régler un compte. Et à entendre la colère qui couvait dans sa voix, il ne prendrait pas de gants.

Frissonnant d'inquiétude à cette perspective, elle ferma les yeux. La ville ne verrait rien venir. Quelques questions discrètes et, soudain, des soupçons surgiraient avec leur cortège de sentiments méprisables. Les voisins s'épieraient. On chuchoterait, on jaserait... Olivia ne pouvait pas reprocher à Jack de vouloir que justice lui soit rendue. Elle comprenait son désir de se venger de la manière dont on l'avait traité, mais elle redoutait d'être une victime collatérale de son projet.

Il la dévisageait toujours. Son regard était glacial. Elle essaya de regarder ailleurs mais il y avait quelque chose d'hypnotique dans sa façon de la fixer. Pourquoi ne s'en était-elle pas rendu compte plus tôt ? Même en haut du pont, même au comble de la frayeur, elle aurait dû sentir, flairer la dangerosité de cet homme. Son instinct la prévenait trop tard. Ce n'était pas une mise en garde, c'était un cri d'alarme. Mais c'était vraiment trop tard.

— Je... Je dois m'en aller, bégaya-t-elle.

Sans lui laisser le temps de faire un pas, il tendit la main vers son visage et ramena une mèche de ses cheveux derrière son oreille.

— Ma queue-de-cheval ne tient jamais, bégaya-t-elle de nouveau, consciente qu'elle disait un peu n'importe quoi tant le contact de ses doigts sur sa joue la troublait.

— Regarde où tu mets les pieds, lui recommanda-t-il.

Jack, qui était tourné vers la fenêtre, jeta un coup d'œil par-dessus son épaule. Assis à son bureau, Tommy téléphonait toujours. Cela faisait maintenant cinq minutes que Jack attendait. Interceptant son regard, le shérif posa la main sur le combiné pour empêcher son interlocuteur d'entendre.

— Excuse-moi, dit-il à Jack.

— Je t'en prie.

— Tu veux quelque chose ? Un café... De l'eau... ?

— Non merci, ça va. Prends ton temps, dit Jack en se retournant vers la vitre.

Il desserra les poings et remua les doigts. Il était nerveux, en colère même, mais il valait mieux qu'il se détende avant de parler avec son ex-ami.

Cela faisait des années que Jack se contrôlait. Il avait fini par oublier ce qu'était la rancune. La colère qui l'avait habité pendant des années s'était muée en résignation amère. À présent, il n'éprouvait plus que mépris et méfiance envers l'humanité. Autrefois, sa rage l'aveuglait. Aujourd'hui, s'il voulait voir son enquête aboutir, il ne devait pas se laisser influencer par l'attitude des habitants de Pine Lake envers lui, par leurs soupçons, leurs cancans.

Se retrouver dans ces locaux ne l'aidait pas à garder son sang-froid, toutefois. Le matin où il avait appris le décès d'Anna, il avait été emmené au poste de police. Le temps avait passé, mais le souvenir de ces heures restait toujours très vif. Sa mère, la voix tremblante, qui le sommait de se réveiller. Lui, hébété, s'habillant à la hâte et dévalant les marches quatre à quatre. Son entrée dans la cuisine où son père et le shérif Brannigan buvaient un café. Le visage tendu de son père. Le ton lugubre du représentant de la loi : « J'ai besoin de toi et de tes parents au poste. Je vous emmène. »

Jack avait appris ce qui était arrivé à Anna en route. Ensuite, miné par le désespoir et le choc de la nouvelle, il avait subi son premier interrogatoire, assis en face de Brannigan et flanqué de ses parents. Au début, les questions avaient paru innocentes.

Quand avait-il vu Anna pour la dernière fois ?

À quelle heure l'avait-il quittée ?

S'étaient-ils disputés ce soir-là ?

L'interrogatoire s'était poursuivi quelque temps. Les questions sur leurs relations s'étaient faites très précises.

— Aviez-vous des relations sexuelles ?

— Oui, monsieur.

— Depuis quand ?

— Quelques mois.

— Aviez-vous eu un rapport ce soir-là ?

— Oui, monsieur.

— Mais tu as bien dit que tu l'avais ramenée chez elle parce qu'elle ne se sentait pas bien ?

— Oui. C'est vrai.

— Elle se sentait quand même assez bien pour avoir un rapport sexuel ?

— Oui... Je pense.

— Dis-moi la vérité. As-tu forcé cette fille ? Lui as-tu mis la pression parce qu'elle ne voulait pas ?

— Non, monsieur. C'était son idée.

— Son idée ? Elle t'a demandé de la ramener chez elle parce qu'elle ne se sentait pas bien et une fois arrivée elle t'a demandé de faire l'amour dans ta voiture ? Je trouve ça difficile à croire. D'autant plus que ses parents jurent qu'ils ne l'ont pas entendue rentrer. D'ailleurs son lit n'était pas défait. Que réponds-tu à ça ? Tu l'expliques comment ?

— Je ne sais pas.

— En vrai, tu ne l'as pas ramenée chez elle. Dis-le, Jack.

— Je jure que si ! Je suis allé avec elle jusqu'à sa porte et j'ai attendu qu'elle soit entrée pour repartir.

— Tu sais ce que je pense ? Je pense que vous étiez perchés après le match de foot, hier soir. C'est ton équipe qui a gagné, c'est bien ça ? Tu as marqué le dernier point. Tu as voulu fêter ça. Ça te démangeait. Mais ça a dégénéré et Anna a fini morte.

— C'est faux. Je n'aurais jamais fait de mal à Anna.

— Peut-être. Mais elle ne voulait peut-être pas te donner ce que tu voulais alors tu as décidé de le prendre de force. Les fortes têtes comme toi obtiennent toujours ce qu'elles veulent. Tu es un gars très populaire, hein ? Pas habitué à ce qu'on te dise non, pas vrai ? Quand Anna s'est débattue, tu lui as balancé une pierre dans la tête.

— Non ! Ça ne s'est pas passé comme ça. Vous devez me croire...

— Alors tu lui as arraché ses vêtements et tu as fait ta petite affaire.

— S'il vous plaît...

— Tu t'es senti drôlement fort, hein ?

— S'il vous plaît. Je sens que je vais vomir...

— Moi aussi, Jack. Moi aussi, ce que tu as fait à cette pauvre fille me donne envie de vomir.

— Mais je n'ai rien fait. Je jure...

— Allez, vas-y, pleure tant que tu y es, mais tes larmes n'y changeront rien quand ton ADN correspondra à l'échantillon qu'on a prélevé sur le corps d'Anna.

— S'il vous plaît. Arrêtez. J'en peux plus...

— Tu n'as pas arrêté quand elle t'a supplié. Après, tu as paniqué. Tu t'es dit qu'il fallait finir ce que tu avais commencé et tu l'as étranglée. Et puis tu t'es débarrassé du corps en le jetant du vieux pont dans le lac. Et tu es rentré chez toi, tu t'es glissé dans ton bon lit bien confortable et tu as dormi. C'est comme ça que ça s'est passé ? Dis-le, Jack. Dis-le si je me trompe.

— Vous vous trompez tout du long. Je n'ai rien fait de tout ça. Maman, papa, dites-lui, s'il vous plaît. Dites-lui que je ne peux pas faire un truc pareil...

— Ta mère et ton père ne peuvent rien pour toi, mon gars. Moi, je peux. Faut seulement que tu avoues ce qui s'est vraiment passé hier soir. Dis-moi la vérité et je jure devant Dieu que je ferai tout ce qui est en mon pouvoir pour t'aider à te sortir de là le moins mal possible.

Les parents de Jack avaient toujours, ou presque, vécu à Pine Lake. Le shérif Brannigan était un ami. Leur idée était que si Jack coopérait, s'il disait simplement la vérité, tout se passerait bien. Mais après cinq heures d'interrogatoire, son père s'était levé pour aller faire appel à un avocat.

Quand, enfin, ils avaient été autorisés à quitter le poste, toute la ville était au courant du meurtre d'Anna. Il y avait foule sur le parking. Des amis, des voisins, des copains de classe. Les soupçons qui pesaient sur son nom avaient été difficiles à supporter, mais beaucoup moins que la détresse et les larmes silencieuses de sa mère.

Aussitôt rentrée chez elle, elle s'était couchée tandis que son père, abattu, cherchait comment trouver de l'argent pour payer l'avocat. Tout au long de l'épreuve, ils l'avaient soutenu. À aucun instant ils ne lui avaient laissé croire qu'ils doutaient de son innocence. Mais, après cette matinée, Jack avait eu le sentiment qu'ils ne l'avaient jamais plus regardé comme avant.

— Jack ? Tu es prêt, vieux ?

L'accent traînant de Tommy le sortit de ses douloureux souvenirs. Il se détourna de la fenêtre.

— Oui ?

— Tu es prêt pour la déposition ?

— Oui, finissons-en.

Tommy s'étira.

— Désolé de t'avoir fait attendre. Le maire a tendance à être bavard quand il est lancé ! Je ne réponds pas, je l'écoute aimablement, c'est tout. Que me disais-tu avant qu'il appelle ? Tu me parlais d'un fourgon noir qui a bien failli renverser Olivia, ce matin ?

— Oui, elle l'a échappé belle.

— L'ennui, c'est que des fourgons noirs, il y en a des milliers dans le coin. Même avec une partie du numéro, ça va être difficile. Tu n'aurais rien remarqué de spécial ? Des autocollants sur le pare-chocs ? Un pare-brise fêlé ou autre chose ?

Jack, les bras croisés, s'adossa au montant de la fenêtre.

— Non, rien. Il était complètement noir.

— Ça, ça va nous aider.

Tommy nota quelques mots sur une feuille, la détacha de son bloc et alla donner le papier à un inspecteur dans la salle de réunion. Il revint un instant plus tard avec deux tasses de café.

— Tiens, j'ai pensé qu'une dose de caféine ne serait pas superflue, pas vrai ? Perso, j'en ai besoin.

Jack avait renoncé à un café ce matin après l'incident avec le chauffard. Mais, maintenant, ce n'était pas de refus.

— Waouh ! fit-il à la première gorgée.

Tommy pouffa de rire.

— Ici, on l'aime comme ça. Corsé.

— C'est plus que corsé. C'est... de la dynamite !

Jack s'approcha du bureau et déposa sa tasse sur un coin tout en regardant les photos et autres cadres et diplômes accrochés aux murs.

— C'est à toi tout ça ? Félicitations !

Les yeux brillants de satisfaction, Tommy bomba le torse.

— J'ai fait un beau parcours.

— C'est ce qu'on dirait.

Il lui fit signe de s'asseoir.

— Pour ce qui est de ce fourgon noir, dit-il en se laissant tomber sur son siège qui craqua sous son poids, c'est clairement le fait d'un chauffard. Tu ne penses pas que le conducteur a volontairement foncé sur Olivia, j'espère ?

— Elle m'a dit que c'est la deuxième fois en moins d'une semaine que cela lui arrive. Elle se demande si ce ne sont pas ses futurs lycéens qui la testent.

— Elle n'a peut-être pas tort. Les jeunes, ici, conduisent comme des malades. À notre époque, c'était différent. Et, entre toi et moi, Olivia Belmont n'est pas une piétonne très responsable. Je la vois tout le temps marcher en ville, la tête en l'air. Il n'y a pas qu'elle, d'ailleurs. J'en ai vu traverser les rues le nez dans leur portable, sans même regarder si une voiture arrive. Ajoute à cela les automobilistes qui envoient des textos au volant, tu vois le problème !

— Olivia ne téléphonait pas.

— Non, mais elle bavardait avec toi. Elle était distraite. Je ne dis pas que je ne vais pas faire mon enquête, mais, à supposer que je retrouve le fourgon, je ne pourrai rien faire de plus que la morale au chauffeur. Remarque, parfois, ça suffit.

— J'apprécie ton dévouement, rétorqua Jack. Ce serait bête que quelqu'un se fasse blesser.

— Tu as raison. Mais, pour l'instant, j'ai un plus gros poisson à ferrer avec l'enquête sur le meurtre de la fille.

Tommy croisa les mains derrière la tête, attitude qui se voulait décontractée mais qui ne le trompa pas. Le shérif Brannigan aussi jouait les décontractés au début, mais il avait très vite révélé sa vraie nature. C'était une brute mal élevée et obstinée. Un enquêteur qui ne démordait jamais de sa première idée. Par malheur, Jack avait eu, à ses yeux, le profil du coupable idéal, et il avait fait les frais de l'entêtement aveugle du shérif. Quelques mois plus tard, dans l'incapacité de fournir des pièces à conviction autres que des preuves indirectes, Brannigan avait dû se résoudre à chercher ailleurs. C'est alors qu'un ex-détenu passant dans son radar, il l'avait coffré. Plus d'une fois, Jack s'était demandé si ce contrôle routier avait été un hasard. Il tombait trop bien... L'arrestation de Wayne Foukes avait ôté la pression qui pesait sur les épaules d'un shérif très critiqué. De ce jour, Brannigan avait été réélu tous les quatre ans jusqu'à sa retraite.

— Bon, revenons-en à hier soir, dit Tommy. Commence par le commencement et donne-moi tous les détails jusqu'à notre arrivée, à mes adjoints et à moi, sur la scène de crime.

Jack raconta ce qu'il avait vu et entendu. Le faisceau d'une lampe torche sur le pont, un bruit d'éclaboussure et, peu après, le bruit d'une voiture qui s'éloignait.

— Tu décides donc de prendre le bateau pour aller voir, reprit Tommy.

— Ne me dis pas que tu n'en aurais pas fait autant.

Le shérif haussa les épaules.

— Combien de temps as-tu mis pour localiser le corps ?

— Pas longtemps, avec le feu de tête de mât. Cinq à dix minutes.

— Et ensuite ? Qu'as-tu fait ?

— Je t'ai téléphoné. J'ai amarré le bateau et attendu sur la berge avec le feu allumé pour vous indiquer où je me trouvais.

— C'est à ce moment-là qu'Olivia est arrivée ?

— Oui, quelques minutes plus tard.

— Tu n'as pas trouvé bizarre de la voir errer dans le noir, en pyjama ?

— J'en ai vu d'autres.

— Tout de même. C'est inattendu, même de la part d'Olivia.

— Tu as entendu ce qu'elle a dit. Elle croyait que quelqu'un jetait des ordures dans le lac. Je pense qu'elle voulait le prendre sur le fait.

Tommy le regarda, l'air concentré.

— Tu savais qu'elle était somnambule ?

Jack haussa les épaules à son tour.

— Elle était tout ce qu'il y a de plus réveillée quand je lui ai parlé.

— C'est un problème. Avec ces gens-là, on ne sait jamais.

— Tu l'as déjà vue quand elle a une crise ?

— Pas depuis des années. En revanche, quand sa mère et elle habitaient chez les Bolt, Nathan et moi on l'a retrouvée dehors en plein milieu de la nuit. Elle était assise en tailleur dans le jardin de devant et elle regardait la rue. Je lui ai passé la main devant les yeux mais elle n'a pas cillé. C'était surréaliste. Le lendemain, elle ne se souvenait de rien. C'était comme s'il ne s'était rien passé. Une autre fois encore…

— Bon, je sais ce que c'est qu'être somnambule, l'interrompit Jack. Je te jure qu'hier soir elle avait l'air vraiment réveillé et qu'elle avait les idées claires quand je lui ai parlé.

Tommy prit un crayon et examina la gomme avec une concentration que Jack trouva excessive.

— As-tu vu la voiture qui partait ?

— Elle avait disparu depuis longtemps quand je suis arrivé au pont. Quant à Olivia, elle n'a pas pu la voir de la route.

— C'est ce qu'elle a dit, elle aussi.

— Bon, alors, je crois qu'on a fait le tour de la question, maintenant.

— Pas tout à fait, rétorqua Tommy.

Jack, qui se levait, se rassit tandis que Tommy se penchait par-dessus son bureau, les yeux plissés, l'air méchant.

Aussitôt sur ses gardes, Jack demanda :

— Qu'est-ce que je peux faire d'autre pour toi, shérif ?

— Qu'est-ce que tu viens faire à Pine Lake ?

— Je dois m'occuper de la succession de mon oncle.

Tommy ne sembla pas convaincu.

— Je te pose la question autrement. Pourquoi maintenant ? Ça fait des mois que Léon est mort. Tu es sûr qu'il n'y a pas une autre raison ? Pourquoi subitement ce voyage sur les traces de ton passé ? Je te l'ai dit l'autre soir. J'ai suivi ton parcours. Je sais ce que tu fais chez Blackthorn Agency. Il m'est venu à l'idée que quelqu'un avait pu t'engager pour enquêter sur mon service.

— Pourquoi ? Pourquoi quelqu'un voudrait-il enquêter sur ton service ? Il y a une raison ?

Tommy, mal à l'aise, gesticula sur son siège. Jack, qui tenait là un début de vengeance, sourit intérieurement.

— Les gens trouvent toujours une bonne raison de t'en vouloir. Ça vient avec la fonction. Mais toi et moi...

La tension était palpable, maintenant. Se penchant encore plus vers lui, Tommy le fixa, droit dans les yeux.

— Nous deux, on aura un vrai souci si j'apprends que tu travailles pour Nathan Bolt.

— Je ne travaille pour personne. Je suis ici pour moi.

À son tour, Jack se pencha vers Tommy.

— Mais tu as raison. Je suis venu pour autre chose. Pensais-tu vraiment que je ne ferais rien après la grenade que tu as dégoupillée l'autre soir... au téléphone ?

— J'espérais que tu serais assez malin pour ne pas t'en mêler, vieux.

— Dans ce cas, pourquoi m'avoir raconté tout cela si tu ne tenais pas à ce que je vienne à Pine Lake ?

— Je voulais te prévenir de te méfier de Nathan. J'avais besoin que tu réalises à quel point il est pourri.

— Là, je ne comprends plus, rétorqua Jack. Qu'est-ce qui t'a fait penser que Nathan allait essayer de me joindre ?

Tommy jeta un coup d'œil vers la salle où tous les agents se réunissaient. La porte était fermée mais il parla quand même tout bas.

— Un de mes indics m'a dit que Nathan a cherché à savoir plein de choses sur mon service. J'ai appris qu'il avait l'intention d'engager un enquêteur pour me faire tomber. Et comme lui et ton oncle étaient très proches, je me suis dit qu'il allait essayer de t'avoir dans sa poche.

— Dans sa poche ?

— C'est la guerre dans cette ville, Jack. Les choses ont changé depuis que tu es parti. À l'époque, on avait des petits trafiquants minables qui opéraient au pied des immeubles de la cité de Shady Grove. Mais aujourd'hui, ce n'est plus la même came. C'est du lourd. Depuis longtemps, je soupçonne la cheville ouvrière de se trouver ici, une personne qui a le bras long et assez intelligente pour brouiller les pistes. Quelqu'un qui sait inspirer à la fois crainte et respect à ceux qui travaillent pour lui de sorte qu'ils ne vendent pas la mèche s'ils sont arrêtés.

— Serais-tu en train de me dire que c'est Nathan Bolt ?

Tommy regarda de nouveau du côté de la grande salle.

— Je ne m'aventurerais pas sur ce terrain-là. Pas encore. Mais je le sais impliqué à un certain niveau. On perquisitionne — de beaux coups de filet, parfois — eh bien, neuf fois sur dix, la première personne que les voyous appellent, c'est Nathan.

— C'est un bon avocat, m'a-t-on dit.

— Oui, mais ce n'est pas le seul du pays, ni même de Pine Lake. Et je peux t'affirmer que ce n'est pas le moins cher. On peut d'ailleurs se demander qui le paie et pourquoi.

— Le fait d'avoir une certaine clientèle ne fait pas forcément de lui un criminel.

Bien que cette idée lui soit passée par la tête, la veille, Jack se faisait l'avocat du diable.

— Il vient d'une famille riche. Pourquoi risquer sa réputation, pire encore sa liberté, en se lançant dans des actions potentiellement dangereuses ?

— D'accord, il a de l'argent, mais les riches de Pine Lake

seraient des pauvres à Los Angeles ! riposta Tommy en ricanant. Et ce ne sont pas eux qui financent les campagnes des hommes politiques. Nathan a toujours eu de l'ambition. Tu le sais encore mieux que moi. Tu te rappelles au lycée ? Il avait un sens de la compétition qui frisait l'obsession. Il fallait toujours qu'il profite de tout, qu'il soit en tête. Le premier pour tout. Pendant des années, il a visé Austin. La capitale. Tu penses !

— Raison de plus pour se tenir à carreau, fit valoir Jack.

— Il a dû y penser, il n'est pas fou. Tu étais plus intelligent que lui, mais lui était plus malin. Réfléchis. Il fricote avec le milieu de la drogue juste le temps nécessaire pour mettre de côté l'argent qu'il lui faut pour lancer sa campagne. Il brigue le poste respectable de sénateur. Mais on commence à se poser des questions. On fait des rapprochements. Peut-être que son cercle rapproché n'est pas aussi fidèle qu'il croit.

— Des gens comme Jamie Butaud, par exemple ?

Les yeux de Tommy lancèrent des éclairs.

— Qu'est-ce que tu sais de Jamie ?

— Tu as dit hier soir qu'elle travaillait pour Nathan. Ce ne serait pas la première fois qu'un informateur meurt de mort violente.

— Je ne vais pas spéculer avec toi sur les suspects et les mobiles, dit-il d'un ton solennel. Ce que je veux dire, c'est que, si Nathan a senti que l'étau se resserrait autour de lui, il aura fait ce qu'il faut pour entraver l'action de la police, faire courir de fausses rumeurs, fabriquer des preuves et ensuite appeler un enquêteur à la rescousse pour démontrer, preuves à l'appui, son honnêteté. Organiser la chute du bureau du shérif du comté corrompu, voilà un moyen efficace pour se lancer dans une carrière politique.

— Pourquoi ? Il y a de la corruption, ici ? demanda Jack, l'air faussement naïf.

— Mes hommes et moi ne sommes peut-être pas parfaits, mais il n'y a pas de flics pourris chez moi.

Jack regarda une nouvelle fois les diplômes et autres tableaux d'honneur accrochés au mur. Ils ne valaient pas tripette à ses yeux. Adolescent, Tommy en faisait déjà des tonnes. C'était le champion des excès et des combines. Aujourd'hui, la trentaine, sa petite bedaine et ses bajoues trahissaient un manque de volonté. Un certain laisser-aller. Jack l'imaginait bien dans des affaires pas très nettes.

— Où étais-tu le soir où Anna a été tuée ? demanda Jack subitement.

D'abord sonné par la question, Tommy resta sans voix. Puis il réagit violemment.

— Bon Dieu, c'est quoi cette question ?

— Rien de plus qu'une question. Normal, après ce que tu m'as raconté au téléphone. Pourquoi ne pas répondre si tu n'as rien à cacher ?

Tommy s'aplatit presque sur son bureau, ce qui fit craquer son siège.

— Parce que je n'aime pas ton sous-entendu.

— Il n'y a pas de sous-entendu, rétorqua Jack. C'est juste une question. Tu reconnais que tu as menti sur ce qu'a fait Nathan la nuit du meurtre. Pourquoi ne pas me dire où tu étais, toi ?

— Exactement là où j'ai dit.

— Chez Nathan, toute la nuit ?

— Absolument.

— Mais maintenant que tu as sorti Nathan du tableau, il n'y a plus que ta parole.

Tommy serra les poings.

— Où veux-tu en venir, à la fin ?

— J'ai peut-être envie de savoir où se trouvaient mes deux meilleurs copains la nuit où ma petite amie a été tuée.

— Qu'est-ce que ça changera ?

Jack sentit sa colère enfler.

— Peut-être rien, mais j'estime que la moindre des choses serait que tu me dises la vérité. Tu me dois bien ça.

— Qu'est-ce que tu veux savoir ?

— Où Nathan a prétendu qu'il était cette nuit-là.

— Il a dit qu'il était à la recherche d'Olivia.

— Et tu le crois ?

— À l'époque, je n'avais aucune raison de ne pas le croire. J'ignorais que c'était un fieffé menteur et comme j'avais déjà vu Olivia en crise...

— Pourquoi n'as-tu pas dit tout ça à la police ?

— Ça ne me semblait pas important. Je ne pouvais pas savoir que les flics allaient te tomber dessus. J'ai voulu aider un copain, c'est tout. Quant à Olivia, elle en avait déjà bavé entre la mort de son père et la recherche d'un nouveau logement. À mon avis, c'était aussi bien de rester tranquille.

— Bien sûr ! Parce que raconter que Nathan avait passé la nuit chez lui te donnait un alibi à toi aussi !

— Un alibi ? Pour quoi faire ? Je n'ai pas tué Anna.

— Moi non plus. Ça ne m'a pas empêché d'être gardé à vue comme suspect.

Tommy hésita, comme s'il voulait se calmer avant de répondre.

— Tu veux la vérité pour pouvoir tourner la page et je te comprends. Mais je crains que tu n'aies jamais les réponses. Ce soir-là, Anna est ressortie après que tu l'as déposée chez elle. Elle avait peut-être rendez-vous avec quelqu'un ou envie de marcher. On ne le saura jamais. La malchance, c'est que Wayne Foukes est passé par là.

Il s'arrêta.

— Tu voudrais voir l'affaire élucidée, reprit-il. Qu'on puisse la classer une bonne fois pour toutes ; je te comprends, mais n'y compte pas, vieux.

— Pourquoi pas ? releva Jack. En tout cas, une chose est sûre et certaine, c'est que ce n'est pas Wayne Foukes qui a tué Jamie Butaud.

# 5

Debout à la fenêtre de son bureau, au deuxième étage du bâtiment, Olivia regardait dehors. Les bancs et les cours de l'école étaient vides mais, bientôt, tout l'espace bruisserait d'activité. Les salles de classe allaient se remplir, les parkings regorger de voitures et même déborder sur le terrain voisin. Il faudrait séparer les bagarreurs, punir les récidivistes et calmer les parents en colère. Une crise chasserait l'autre.

Mais, pour l'heure, il régnait un silence presque irréel dans le lycée. Olivia avait même failli regarder par-dessus son épaule pour voir si les fantômes de Jamie Butaud et d'Anna Grayson ne la suivaient pas dans les couloirs déserts. Elle ne pensait pas avoir une imagination débordante. Pourtant, tout à l'heure, en revenant de déjeuner, elle avait eu l'impression d'entendre des pas feutrés dans l'escalier.

La réunion pédagogique de prérentrée s'était très bien passée, alors elle n'avait aucune raison objective d'être inquiète. Elle connaissait la plupart des professeurs. Si certains désapprouvaient sa nomination, ils avaient ravalé leur rancœur et, au nom d'une collaboration efficace et aimable, n'avaient rien laissé paraître de leur ressentiment. Pourquoi donc, alors, se sentait-elle si nerveuse ? Pourquoi cette impression de chute alors qu'elle était réveillée et debout sur ses deux jambes ?

Elle voulait croire que c'était l'accident, évité de justesse, avec le fourgon, et les cancans des habitants qui l'agaçaient. Peut-être aussi était-ce son expédition invraisemblable dans les cintres du pont qui laissait des séquelles ? Le syndrome post-traumatique, comme disaient les médecins. Sans compter le meurtre de Jamie, qu'elle connaissait un peu, et la déposition pour le moins fantaisiste qu'elle avait faite à la police. Mis à part l'incident avec le chauffard à la berline noire, tous ces événements s'étaient produits depuis le retour de Jack. Elle n'allait pas les lui reprocher. Il n'y était sûrement pour rien. En revanche, sa présence commençait à la perturber. Elle était sur les nerfs, prête à sursauter au moindre bruit, et ne parvenait pas à se défaire de l'idée qu'elle se trouvait perchée au sommet d'une très haute falaise. Sur le point de tomber.

— Olivia ?

Elle se détourna de la fenêtre en sursautant. C'était Mona Sutton, debout à la porte, qui l'observait, la tête penchée sur le côté.

— Ça va, Olivia ?

— Oui, très bien. Pourquoi ça n'irait pas ?

— Cela fait trois fois que je t'appelle et tu ne réponds pas.

— Excuse-moi. J'ai la tête comme une citrouille ces jours-ci. Et je croyais qu'il ne restait plus que moi dans l'école.

La conseillère d'orientation fit un pas dans le bureau.

— Je peux entrer ?

— Bien sûr. Entre.

Olivia lui désigna un siège tout en revenant s'asseoir à son bureau.

— Je vois que tu t'appropries les lieux, c'est bien, fit Mona.

Elle regardait les murs où Olivia avait accroché des tableaux qu'elle aimait, ses diplômes et des photos encadrés.

— J'essaie, répondit Olivia.

Sur son bureau, elle avait disposé une photo de son père et une autre de sa mère et elle, en croisière, un an auparavant. Mis à part les photos et une plante verte, le reste de son espace de travail était nu. Combien de temps resterait-il ainsi ?

Remarquant le regard insistant de la conseillère d'orientation, Olivia se redressa et tenta de faire bonne figure. Dès leur première rencontre, quinze ans plus tôt, Mona avait lu en elle. Trop. En revanche, hormis ses références professionnelles, Olivia savait très peu de choses de Mona. Apparemment, elle était issue d'une famille aisée. Une seule de ses tenues devait avoisiner son salaire mensuel, songea Olivia. Sa voiture, une luxueuse berline allemande, et sa maison entièrement restaurée sur Primrose Avenue en disaient long sur ses moyens.

À quarante ans, c'était encore une très belle femme. Grande, blonde, de la classe. Elle pouvait être charmeuse et même drôle quand elle le voulait, mais elle fréquentait très peu de monde à Pine Lake. En plus de son métier de conseillère d'orientation, elle suivait en tant que psychologue quelques clients particuliers, triés sur le volet, qu'elle recevait chez elle.

— Je suppose que tu es au courant pour Jamie Butaud ? dit Mona.

Olivia hocha la tête.

— Oui, c'est affreux. J'avais envie d'en parler ce matin lors de notre réunion, mais le shérif m'a demandé de ne pas en souffler un mot. Démarche inutile. Tout le monde en ville doit en savoir plus que moi à l'heure qu'il est.

Mona croisa les jambes, laissant apparaître les semelles rouges de ses escarpins.

— Le shérif te l'a demandé ? Je comprends mieux.

— Quoi donc ?

— On dit que c'est toi qui as découvert le corps.

— N'importe quoi ! s'insurgea Olivia. C'est Jack King qui a trouvé le corps. Moi, je ne suis arrivée qu'après. Tu te souviens de lui ? Un grand brun, plutôt beau gosse.

Mona haussa les sourcils.

— Intéressant, tu choisis de me le décrire physiquement pour réveiller ma mémoire au lieu de me parler de...

— Sa relation avec Anna Grayson ? C'est vieux... Et ça n'a rien à voir avec le fait qu'il a trouvé le corps de Jamie.

— Curieux, quand même. Le soir *même* où il arrive, il trouve un corps entre deux eaux à l'endroit *même* où sa petite amie a été découverte il y a quinze ans. Petite amie dont on dit qu'il l'a tuée.

Olivia sentit l'agacement la gagner.

— Mais il ne l'a pas tuée. Il est innocent, quoi qu'en pense l'opinion.

— C'est ce que tu crois ? Que les gens voulaient le voir coupable ?

Mona avait penché la tête et la regardait étrangement.

— Peut-être pas au début mais, plus tard, dans leur précipitation à juger les autres, oui. Ensuite, comme ils l'avaient vraiment mal traité, ils n'ont pas voulu se déjuger et ils ont continué à le condamner. Ils n'ont jamais voulu reconnaître qu'ils avaient tort pour ne pas perdre la face. Même pas après l'arrestation d'un autre homme.

— Sainte Olivia. Madone de la veuve et de l'opprimé.

Mona fit une espèce de révérence. Elle resta silencieuse un moment avant d'ajouter :

— Tu dis que tu es arrivée après la découverte du corps. Mais que faisais-tu au lac à une heure pareille ? Surtout avec un type comme King ?

Olivia hésita. Adolescente, elle faisait assez confiance à Mona Sutton pour lui livrer ses pensées les plus profondes, et aussi ses doutes, mais lui avouer son mensonge à la police, ça, c'était impossible. Il fallait que cela reste secret. Elle ne s'était encore jamais retrouvée la cible potentielle d'un tueur de sang-froid.

— Je n'arrivais pas à dormir, alors je suis sortie marcher. Je pensais faire un petit tour et me vider la tête et, je ne sais pas comment, je me suis retrouvée au lac.

— Tu ne sais pas comment ? Tu ne te rappelles pas y être allée ?

— Je veux dire que je ne me suis pas rendu compte de l'heure.

— Et tu es tombée sur Jack King ?

— J'ai entendu un bateau. Je me suis approchée pour voir qui jetait des cochonneries dans le lac. C'est à ce moment-là que j'ai croisé Jack et qu'il m'a dit qu'il y avait un corps dans l'eau.

Il ignorait qui c'était, évidemment. C'est Tommy Driscoll qui a identifié Jamie grâce à son tatouage.

— Ah ? dit Mona d'un air pincé. Quoi comme tatouage ?

— Une sirène. Sur son bras. Ce n'est pas courant. Elle en était très fière.

— Je me souviens bien de son tatouage, mais je ne comprends pas pourquoi il fallait qu'il demande une...

Mona plaqua la main sur son cou.

— Mon Dieu ! reprit-elle. Elle devait être... défigurée. Il paraît qu'elle a reçu une balle dans la tête. Quelle horreur !

Olivia se contenta de hocher la tête.

— Pauvre Jamie, poursuivit Mona. Elle n'a jamais eu de chance. Un père épave. Une mère droguée. Et son petit copain...

— Marc Waller.

— J'espère que Tommy... que le shérif Driscoll va s'occuper de lui.

— C'est sûrement déjà fait. Les conjoints et les petits amis sont ceux qu'on soupçonne en premier.

— Ce qui nous ramène à Jack King.

Mona posa un coude sur le bras de son fauteuil et coinça un pouce sous son menton.

— À ton avis, pourquoi est-il revenu... Après tout ce temps ?

— Il a perdu son oncle, il y a quelques mois. Il a des choses à régler.

— Ah ? Peut-être en effet.

Olivia fronça les sourcils.

— Et toi ? Que penses-tu ?

— Qu'il doit avoir pas mal de choses à voir... dans divers domaines... J'ai toujours pensé qu'il avait des problèmes.

— N'importe qui aurait des problèmes à sa place. Après ce qu'on lui a fait...

Pourquoi volait-elle à son secours ? s'interrogea-t-elle. Jack King ne lui avait rien demandé. Et sûrement pas qu'elle prenne sa défense.

— Tu es très compréhensive, fit observer Mona.

— Quiconque a un minimum de sens de la justice ne peut que compatir devant une accusation aussi injuste. Surtout quand l'accusé a dix-sept ans. C'est toute sa vie qui a été gâchée à partir de là.

— Tu avais un faible pour lui, si je me rappelle bien.

— Je ne t'ai jamais dit ça, répliqua Olivia, prise de court.

Mona sourit.

— Tu n'avais pas besoin de me le dire. Je voyais bien la façon dont tu le regardais quand il passait dans le couloir. Et tes coups d'œil quand tu étais au vestiaire.

La conversation prenait un tour qu'Olivia n'aimait pas. C'était vrai qu'elle avait eu le béguin pour Jack King, mais ce n'était pas le problème. Ce qui était déstabilisant aujourd'hui, c'était de se dire que, pendant tout ce temps, elle avait été observée à son insu. Sans doute était-ce pour cette raison que Mona était si compétente dans son métier. Elle notait des détails auxquels personne d'autre ne prêtait attention.

— Il ne savait même pas que j'existais, dit Olivia, mi-figue, mi-raisin. Il n'avait d'yeux que pour Anna. Ils étaient très amoureux.

— *Il* était amoureux.

— Tu penses qu'elle ne l'aimait pas ? demanda Olivia, de plus en plus mal à l'aise.

Elle se reprocha aussitôt cette question.

— Pardon. Tu n'es pas obligée de répondre. D'ailleurs, je ne sais même pas pourquoi on parle de ça.

— Pourquoi pas ? Nous sommes seules, ici, toutes les deux. Anna travaillait pour moi après les cours quelques jours par semaine, mais je ne l'ai jamais eue comme cliente. Et, même si elle était toujours en vie, ce ne serait pas trahir sa confiance que de dire que c'était une fille compliquée.

— Comment cela ?

— Un jour, elle m'a dit qu'elle aimerait suivre la même voie que moi. Cela m'a flattée, bien sûr, mais très vite j'ai développé de sérieuses réserves quant à ses intentions. Anna n'était pas motivée par le désir d'aider les autres ; ce qu'elle aimait, c'était apprendre des choses *sur* eux. Leurs secrets. Je ne lui ai jamais donné mon mot de passe, pourtant je me suis toujours demandé si elle n'était pas parvenue à s'introduire dans mes fichiers. Je ne peux pas l'affirmer, c'est plutôt une impression. Le système informatique de l'école a été piraté. Des notes ont été changées, des demandes de bourse annulées. Le scandale n'a pas éclaté, parce que l'administration s'est arrangée pour que l'incident ne s'ébruite pas. Ils n'ont jamais su qui avait fait le coup, mais j'ai toujours soupçonné Anna d'en être.

— C'est une accusation terrible, dit Olivia.

— Les jeunes sont retors et doués, et ils le sont de plus en plus. C'est pour cela que je ne garde plus mes fichiers dans mon ordinateur. Je suis retournée à la bonne vieille méthode des dossiers qu'on suspend dans de grands classeurs métalliques qui ferment à clé. Un ado qui s'ennuie peut, en l'espace de quelques minutes, entrer dans ton système informatique avec son ordinateur portable et te voler toutes tes données.

— Compris, dit Olivia. Je ferai attention.

Mona sourit et se leva paresseusement.

— J'ai papoté comme une commère et j'ai abusé de ton temps. C'est inconvenant pour quelqu'un de ma profession, dit-elle en se dirigeant vers la porte.

— Mona...

La conseillère d'orientation se retourna. Pas certaine finalement de vouloir parler de son... problème, Olivia lui indiqua d'un geste de la main de continuer son chemin.

— Ce n'est rien, dit Olivia. On en a déjà parlé et je crois que je connais la réponse. Mais c'est plus fort que moi, je m'interroge encore.

— Sur quoi ?

Mona revint sur ses pas et posa un bout de fesse sur son bureau.

— Autrefois, quand j'avais mes crises de somnambulisme, je

ne me souvenais de rien quand je me réveillais. Tu m'as toujours dit que cette espèce d'amnésie était normale.

— C'est exact, surtout chez les enfants et les adolescents. Moins chez les adultes.

— Pourquoi cette amnésie serait-elle moins marquée à l'âge adulte ?

Mona s'installa plus confortablement sur le bureau.

— Pour parler simple, il y a trois phases dans le sommeil. Première phase, la somnolence, on est à moitié réveillé, à moitié assoupi. Deuxième phase, le sommeil léger. Et, phase trois, le sommeil profond. Chez les enfants somnambules, l'amnésie est totale, car ils passent plus de temps en sommeil profond. Avec l'âge, le sommeil devient plus fragmenté. On passe plus de temps en phases un et deux pendant lesquelles le cerveau est encore un peu actif.

Olivia essaya de ne pas trembler. Elle était perchée au sommet du vieux pont quand le meurtrier de Jamie Butaud avait jeté son corps à l'eau. Se pouvait-il alors qu'une bribe de souvenir de cette scène soit enfouie quelque part au fin fond de sa mémoire ?

— Si le cerveau est encore un peu en activité quand une personne a une crise de somnambulisme mais qu'elle ne se rappelle rien à son réveil, existe-t-il un moyen de ressusciter sa mémoire ? Par l'hypnose, par exemple ?

Mona hocha la tête.

— L'hypnose n'est pas fiable. La mémoire est trop sujette à la suggestion, aux distorsions.

— Tu ne la conseillerais pas ?

— Sûrement pas dans le cas que tu viens de décrire. Mais, excuse-moi, pourquoi me demandes-tu cela ?

— Juste comme ça. C'est déconcertant de s'endormir dans son lit et de se réveiller ailleurs sans savoir ce qui s'est passé. Des petits éclairs de mémoire pourraient aider à comprendre le déroulement...

Mona fronça les sourcils.

— Ne me dis pas que tu fais à nouveau des crises de somnambulisme ?

— Non, tout va bien. Je n'ai plus de troubles du sommeil. Juste quelques rêves dérangeants.

— De chute ? Toujours ?

— Ce n'est pas grave.

— Tu sais que ce genre de rêves ne s'arrête que si on en trouve la cause.

Olivia sourit.

— J'en connais la cause. J'ai peur de ne pas être à la hauteur.

Jack passa le reste de la matinée au chalet à trier les papiers de son oncle et ses affaires. Rien de palpitant. Au bout de quelque temps, commençant à s'ennuyer sérieusement, il prit sa voiture pour aller déjeuner en ville. Puis il roula en direction de Commerce Street où se trouvait le cabinet de Nathan.

Son ami avait installé ses bureaux dans une ancienne usine de boutons désaffectée. Une fois les briques de la façade remises à nu, le bâtiment avait retrouvé son état d'origine. L'intérieur, en revanche, avait été complètement revisité. Au lieu de les camoufler, on avait exploité la charpente métallique et les conduites d'eau et d'électricité pour en faire des éléments de décoration. Les sols étaient en béton ciré. C'était le genre de bureaux, ultramodernes, que l'on s'attendait à trouver à Houston ou à Austin, dans des start-up branchées « nouvelles technologies », mais sûrement pas dans une petite ville comme Pine Lake.

Une hôtesse, jeune et élégante, l'accueillit et lui expliqua que Nathan était au palais de justice.

— On ne l'attend pas avant une bonne heure, ajouta-t-elle.

Pouvait-elle prendre son nom et son téléphone ? Ou, peut-être, lui fixer un rendez-vous, plus tard dans la semaine ?

Elle était très aimable et très professionnelle, mais Jack nota qu'elle avait les yeux rouges et qu'elle semblait préoccupée. La nouvelle de la mort de Jamie Butaud, sa collègue de travail, avait dû fortement l'ébranler.

— Je repasserai, annonça Jack.

En retraversant le parking, il aperçut un fourgon noir sur le côté de l'immeuble. Sa ressemblance était troublante avec celui qui avait foncé sur Olivia, ce matin.

Sans chercher à se garer, le conducteur du fourgon s'approcha de l'entrée du cabinet. Jack l'observa un moment avant de monter dans sa propre voiture et de s'éloigner au plus vite pour ne pas qu'on le remarque.

Coup d'œil dans son rétroviseur : le fourgon continuait. Curieux de voir où il allait, Jack ralentit mais le véhicule roulait si lentement qu'il lui était difficile d'avancer à cette allure sans se faire remarquer.

Quelques rues plus loin, Jack dut s'arrêter au carrefour. Il attendait que le feu passe au vert quand il vit le fourgon accélérer brusquement et disparaître. Quand le feu passa au vert, Jack accéléra à son tour, mais la circulation était de plus en plus dense. Commerce Street était la rue la plus empruntée de Pine Lake avec ses banques, la poste, ses bureaux, ses magasins, le palais de justice et la police municipale. Tous se touchaient. Les bureaux du shérif se trouvaient un peu plus loin sur Center Avenue, et le lycée de Pine Lake, encore plus loin, sur West Pleasure Street, la « rue du plaisir », un nom qui avait toujours fait la joie des élèves.

En revoyant cette rue qu'il avait tellement fréquentée, une étrange nostalgie s'empara de Jack. Avant le meurtre d'Anna, ils avaient été heureux ici, sa famille et lui. Son père tenait la quincaillerie locale ; sa mère était employée à la First National Bank. Quant à lui, il lui arrivait de faire des petits travaux chez les voisins, comme tondre les pelouses. Ceux-là mêmes chez qui il avait travaillé l'avaient regardé de travers après la mort d'Anna, allant même, pour certains, jusqu'à changer de trottoir quand ils le voyaient arriver. Un de ses camarades de classe, non content de l'éviter dans les couloirs du lycée, avait même refusé de s'asseoir à côté de lui à la cafétéria.

Jack avait appris, *à la dure*, combien une petite ville peut se montrer cruelle et comment l'on peut, d'un jour à l'autre, s'y retrouver très seul.

Quelque temps après l'examen de fin d'études, quand Wayne Foukes avait été arrêté et incarcéré, quelques-uns de ses camarades de classe étaient revenus vers lui, mais le mal était fait. C'était trop tard. Jack n'avait plus voulu avoir quoi que ce soit à voir avec eux. Il n'avait même pas assisté à la cérémonie de remise des diplômes, préférant faire ses valises pour emménager, à trois heures de Pine Lake, à Huntsville, dans un appartement près de l'université Sam Houston où, c'était décidé, il allait poursuivre des études de criminologie au lieu d'une licence en droit comme il rêvait de le faire jusque-là.

Tout cela n'avait plus d'importance maintenant, et Jack s'en voulait d'être aussi sentimental. Il n'était revenu à Pine Lake que pour une seule raison : savoir pourquoi ses deux ex-grands amis avaient menti sur ce qu'ils avaient fait la nuit du meurtre. L'émotion n'avait pas sa place dans une enquête. Cela aussi, il l'avait appris *à la dure*.

Quand on s'éloignait du quartier des affaires, la circulation devenait plus fluide et les bâtiments moins bien entretenus. Après s'être tordu le cou pour tenter de voir au-delà des voitures qui le précédaient, Jack comprit que le fourgon noir l'avait semé. Il faisait demi-tour pour retourner vers le centre-ville quand il repéra le véhicule garé au fond d'une venelle. Cette ruelle commençait par une vieille boutique de pneus pour se terminer par une bâtisse délabrée. Ce bâtiment était déjà en déshérence du temps de son adolescence, se rappela-t-il. Il continua à rouler, trouva une place pour stationner et revint sur ses pas, à pied.

Deux hommes étaient assis sur un banc devant le magasin de pneus. Ils lui jetèrent un rapide coup d'œil, et Jack n'eut pas l'impression qu'ils le reconnaissaient. Seul l'un d'eux lui retourna son salut. L'autre tourna la tête. Jack n'en fut pas étonné. Même dans une aussi petite ville que Pine Lake, il y avait des coins où il valait mieux n'avoir rien vu.

Après s'être assuré que personne ne le suivait, Jack s'avança dans la ruelle. Arrivé tout près du fourgon, il sortit son téléphone, prit une photo de la plaque d'immatriculation et envoya le cliché à un de ses contacts de la police de Houston. Au bout de quelques minutes, la réponse lui revenait.

Véhicule appartenant à Marc Waller. 212, Locust Avenue, Pine Lake, Texas.

Marc Waller... Le petit ami de Jamie Butaud. Tout s'imbriquait trop bien pour être le fruit du hasard, se dit Jack.

Comment Driscoll avait-il pu ne pas identifier le fourgon à partir de la description qu'il lui en avait faite ?

Jack décida néanmoins de lui accorder le bénéfice du doute. Après tout, les shérifs ne pouvaient pas connaître tous les véhicules de leur juridiction.

Restait quand même une interrogation. Pourquoi Waller conduisait-il comme un dingue, en pleine ville, le lendemain du soir où le corps de sa petite amie avait été découvert ? Plus étrange encore, pourquoi avait-il cherché à effrayer Olivia ?

À en croire cette dernière, on avait simplement voulu l'intimider. Mais Waller n'était plus un gamin...

Et si Olivia n'avait pas été spécialement visée ?

Quoi qu'il en soit, Jack commençait à avoir un mauvais pressentiment. Il se passait quelque chose de louche à Pine Lake. La guerre, avait dit Tommy. Une guerre à laquelle Olivia était peut-être mêlée, qu'elle en ait conscience ou pas.

Jack s'approcha avec méfiance de la cabine du fourgon. Elle était vide. Les portières étaient verrouillées. Où le conducteur pouvait-il se trouver ? Dans l'immeuble en ruine ?

*Allons voir*, se dit-il.

Il enjamba la clôture qui le séparait du bâtiment délabré, et regarda rapidement autour de lui. Une porte, sur le côté de la bâtisse, était entrebâillée.

S'aplatissant contre le mur de brique, il poussa doucement le battant et s'arrêta un instant sur le seuil avant de se glisser à l'intérieur. Éclairé par les rayons de soleil anémiques qui filtraient tant bien que mal par les fenêtres grises de poussière et de toiles d'araignées, l'intérieur était très sombre.

De nombreuses années auparavant, ce bâtiment avait fait l'objet d'un projet de rénovation qui avait, finalement, été abandonné. Il restait encore des tubulures d'échafaudage et des feuilles de polystyrène, déchirées, destinées à délimiter les différentes zones de travaux. Des bouteilles de bière, des mégots de cigarettes et des coffrages en tôle jonchaient le sol. Un vieux matelas était debout contre un mur, un canapé éventré poussé contre un autre. Une odeur puissante, mélange de pourriture, de moisi et de déjections — sans doute tant humaines qu'animales —, le prit à la gorge.

Jack réprima difficilement une nausée. Cet endroit ne lui inspirait rien de bon. Du temps où il vivait à Pine Lake, cette bâtisse était déjà connue comme étant un repaire de voyous. Des rumeurs couraient sur ce qui s'y passait. Des orgies entre drogués, des cérémonies sataniques... Des choses dont on préférait parler à voix basse. Une fois, alors qu'ils étaient au collège, Nathan, Tommy et lui s'étaient glissés à l'intérieur par une fenêtre de derrière pour explorer les lieux, de fond en comble. Il se souvenait plus particulièrement du sous-sol, sorte de caverne malsaine, glauque, pleine d'ombres et de recoins inquiétants où brillaient de petits yeux perçants. Ils ne s'étaient rendu compte de la présence d'un SDF que lorsque celui-ci, surgi de l'ombre, s'était précipité sur eux en rugissant comme un fauve. Jack avait eu la peur de sa vie.

Il s'avança avec méfiance dans cet espace repoussant, attentif à chaque recoin. Arrivé au pied de l'escalier, il stoppa net. Une forme se dessinait sur le palier du premier étage.

Pas de doute. Il y avait quelqu'un là-haut, quelqu'un qui parlait à voix basse, peut-être au téléphone, songea Jack en gravissant quelques marches pour essayer de comprendre la conversation.

Il se morigéna aussitôt. *Ce qui se passe là-dedans n'est pas mon affaire, de toute manière.*

Il avait intérêt à s'en aller avant d'être repéré. Il n'était pas venu à Pine Lake pour se trouver mêlé à l'enquête sur le meurtre qui venait d'avoir lieu et, encore moins, pour se retrouver impliqué dans une affaire de drogue — ce à quoi la situation présente faisait furieusement penser. La seule chose qui l'intéressait était de savoir si le chauffard qui avait failli renverser Olivia, ce matin, l'avait fait intentionnellement ou pas.

N'empêche, que cela lui plaise ou pas, il se trouvait mêlé au meurtre. Dès l'instant où il avait trouvé le corps de Jamie Butaud, il l'était.

Peut-être même depuis le premier coup de téléphone de Nathan Bolt ?

Prétextant leur amitié passée, son grand copain l'avait attiré à Pine Lake. Il lui avait tendu un piège, en fait. Ce qui se passait depuis son arrivée, les circonstances et les personnes en présence — les mêmes que quinze ans en arrière —, tout le poussait à le croire. Jack ignorait, pour l'instant, s'il y avait un lien entre les deux meurtres mais, une chose était sûre, il serait hanté par les mensonges entourant la mort d'Anna aussi longtemps qu'il ne parviendrait pas à obtenir des réponses aux interrogations et aux doutes qui le minaient.

À mi-hauteur de l'escalier, il se figea. Sa nuque s'était mise brusquement à le picoter. L'oreille tendue, il chercha à savoir ce qui se passait sur le palier du dessus, puis il s'approcha de la rambarde pour regarder en bas. *Aïe !* quelqu'un était entré dans le bâtiment. Dorénavant, il se trouvait coincé entre un inconnu, en bas, et celui qui se trouvait au premier étage.

À ce stade, il n'était plus question de prudence. Jack avala quatre à quatre les marches restantes. À la seconde où il arrivait en haut, une porte s'ouvrit et un homme — Marc Waller ? — surgit. Il était grand, maigre, pour ne pas dire squelettique, avec des cheveux aux épaules et un fouillis de barbe. Et il était armé, nota Jack, qui, lui, ne l'était pas.

Des bruits de pas commencèrent à résonner dans l'escalier. Jack se jeta sur l'homme efflanqué et, agrippé à lui, le repoussa dans la pièce dont il sortait. L'arme que l'individu tenait vola. Waller — si c'était lui — plongea pour la rattraper, mais Jack le ceintura. Ils roulèrent à terre, se lançant jurons, coups de poing et coups de pied.

Pendant un moment, Jack crut qu'il avait le dessus. Il était plus grand et plus fort, mais son adversaire, malgré son apparence chétive, lui donnait du fil à retordre. N'empêche, il aurait fini par emporter la partie si, brusquement, un coup sur le crâne ne...

À moitié assommé, Jack s'écroula. Une douleur violente lui vrillait la tête, lui brouillant la vue. Son adversaire le plaqua au sol, face contre terre, et Jack sentit alors une piqûre à la base de son cou.

Il voulut se relever, mais ses jambes ne le portaient plus, il avait les bras mous, comme morts, et le plancher tanguait sous ses pieds.

— Nom de...

Il n'eut pas le temps de finir sa phrase, il s'effondra, sur le dos, les yeux grands ouverts sur un plafond qui roulait bord sur bord.

Après un moment, plutôt court, une étrange euphorie l'envahit en même temps qu'une envie irrésistible de dormir. Des ombres se balançaient dans la pièce sordide mais elles ne le gênaient pas. Rien ne le gênait, même pas les voix déformées qui semblaient descendre des nuages, comme dans un rêve.

*« On ne peut pas le tuer. Ses hommes vont le chercher et ces gars-là ne font pas dans la dentelle. »*

Quelqu'un s'accroupit pour le regarder. Il vit une étoile flotter dans le noir et tenta de l'attraper. Puis c'est lui qui flotta, et il ne vit plus rien d'autre.

# 6

— Jack, tu m'entends ? Tu m'entends, Jack ? Réveille-toi, je t'en prie.

La voix était insistante, mais Jack n'avait pas envie d'ouvrir les yeux. Un marteau cognait dans sa tête et un goût de vomi lui empoisonnait la bouche. Le mieux, c'était de sombrer de nouveau dans le noir. Mais la voix ne le lâchait pas. Elle était calme, mais sous ce calme perçait... la peur.

C'est cette peur qui eut raison de sa léthargie.

Écartant le voile gris tissé par des araignées imaginaires, il reprit peu à peu conscience et ouvrit les yeux.

Tout était flou.

Quelqu'un était penché sur lui.

Il tenta de se lever mais, d'une main ferme, on l'en empêcha.

— Doucement, dit la voix. Ne t'inquiète pas. Tout va bien.

Il grogna et replia un bras devant ses yeux.

— Où suis-je ?

— Chez toi.

— À Houston ?

La voix hésita.

— Non, pas à Houston. Chez ton oncle, à Pine Lake, dans son chalet. Tu as une belle bosse à la tête. Tu te rappelles que tu es tombé ?

Il essaya de déglutir, mais il avait la bouche pâteuse.

— Non.

— Tu as des marques sur les mains et des bleus sur la joue. Tu t'es battu ?

— Je ne me rappelle pas.

Silence.

— Tu sais qui je suis ?

— Oui, Olivia Belmont.

— C'est ça, dit-elle.

Elle semblait soulagée.

Il battit des paupières pour mieux la voir, reconnut ses taches de rousseur sur le nez. Il aurait aimé lui dire que tout allait bien, mais les coups de gong dans sa tête ne lui laissaient pas de répit.

Il se frotta les tempes.

— Que fais-tu là ?

— C'est Nathan qui m'a appelée quand il t'a trouvé.

Jack cligna des yeux.

— Je ne comprends pas. Quand il m'a trouvé où ?

— Ici, dans ton chalet. Il venait te voir et il a vu la porte ouverte. Alors il est entré. Il t'a trouvé inanimé. Sur le canapé. Comme il avait du mal à te réveiller, il m'a téléphoné.

— Pourquoi toi ?

Elle haussa les épaules.

— Nathan a toujours été nul dans ce genre de situation. Il a beau être plus âgé, c'est toujours moi qui suis intervenue quand il y avait du sang.

Elle ajouta très vite :

— Non, non, ne t'inquiète pas, tu ne saignes pas. Grâce au ciel.

— Il a toujours été impressionnable, déclara Jack.

Elle rit de bon cœur.

— Tu vois ! Ça te revient. C'est bien. Maintenant, essaie de te rappeler comment tu t'es fait tous ces bleus et ces bosses ?

— Mystère !

— OK, on va y aller doucement. Quelle est la dernière chose dont tu te souviens ?

Il répondit comme un robot.

— Je t'ai vue devant le café, ce matin. Tu avais une robe

blanche, et un fourgon noir a failli te renverser. Et tu es partie travailler et moi je suis allé voir Tommy Driscoll.

— Jack...

Elle se pencha vers lui, l'air grave.

— On est quel jour aujourd'hui ?

Il réfléchit.

— On est mardi. Je suis arrivé de Houston hier soir.

— On est mercredi après-midi, corrigea-t-elle. Ce dont tu parles a eu lieu hier matin. Qu'as-tu fait dans l'intervalle ?

Jack paniqua. Quelque chose de grave avait dû se produire pendant son black-out.

Il leva la main droite et regarda ses écorchures. Il comprenait maintenant ce que ressentait Olivia après ses crises de somnambulisme. Perdre des *bouts* de temps, des *bouts* de soi, était terrifiant.

Il se massa les tempes, plus énergiquement cette fois, comme s'il comptait sur ce geste pour raviver sa mémoire.

— Attends... Oui, voilà, je suis allé en ville pour déjeuner. Dans un café, sur Main Street. Puis je me suis rendu au cabinet de Nathan. Il n'était pas là, mais...

— Mais ? l'encouragea Olivia en le voyant grimacer.

— Je ne sais plus... Ah, si, j'ai vu le fourgon noir qui avait foncé sur toi. Je crois que je l'ai poursuivi.

Olivia poussa un petit cri.

— Tu es sûr ? Pourquoi aurais-tu fait ça ?

— Je voulais dire un mot au chauffard.

— Un mot ? Et alors ?

— Je ne sais plus.

— Où as-tu suivi le fourgon ?

— Je n'en sais rien.

— Réfléchis calmement. Tu peux peut-être te rappeler le nom de la rue.

Au ton de sa voix, il comprit qu'elle était très inquiète.

— Heu... Oui... Commerce Street.

— Ce sont les bureaux de Nathan qui sont sur Commerce

Street. Tu viens de me dire que tu es allé à son cabinet. Où es-tu allé *après* ?

— Je me souviens d'avoir pris ma voiture.

Jack partageait l'inquiétude d'Olivia. Les nausées et les pertes de mémoire pouvaient être les signes d'une commotion cérébrale. Malgré tout, son intuition lui disait que ce n'était pas ça. Que ce black-out total sur ce qui s'était passé durant ces dernières vingt-quatre heures s'expliquait par quelque chose de beaucoup plus insidieux qu'un simple choc à la tête.

Un bras sur le dossier du canapé, l'autre sur l'assise, Olivia se pencha sur lui. Une odeur agréable se dégageait d'elle. Quelque chose de floral, de plus léger qu'un parfum. Peut-être était-ce son shampoing ? Ou son gel douche ?

Il s'étonna d'être sensible à son odeur quand tout le reste était si flou. Sensible à la clarté de ses yeux bleus, aussi. À la couleur de sa somptueuse chevelure qui tombait sur ses joues. L'envie d'empoigner des mèches et de les froisser dans ses doigts l'effleura, celle de l'attirer à lui et de l'embrasser encore plus. Mais mince ! Comme il était fatigué ! Et faible !

Il ferma les yeux et, faute d'embrasser Olivia, essaya de retrouver le goût de ses propres lèvres.

— Jack.

Elle caressa son épaule.

— J'ai l'impression que tu te rendors. Il ne faut pas. Reste avec moi.

— Je fais ce que je peux.

Il voulut se lever, mais la tête lui tourna aussitôt.

— Tu ne penses pas qu'on devrait aller aux urgences ? Tu as dû avoir un bon choc à la tête.

— Je ne crois pas que ce soit nécessaire.

— C'est toi qui le dis. Personnellement, je préférerais avoir l'avis d'un médecin. Il faut faire attention aux traumatismes crâniens.

— Rien que ça !

— À l'hôpital, tu passeras des examens et ils te garderont quelques heures sous surveillance.

— Non, je n'en ai pas besoin ; ça va aller.

— Encore une fois, c'est toi qui le dis ! Je te signale que tu es resté inconscient pendant vingt-quatre heures.

— Tu as certainement été drogué, dit une voix à la porte.

Jack releva la tête. Il y avait un homme sur le seuil, un homme dont la présence ne semblait pas étonner Olivia.

Nathan ! Dans son brouillard, Jack pensa que si la présence de son cousin ne la surprenait pas c'est qu'il devait être là depuis un moment.

Jack lui fit un petit signe de tête.

— Entre, Nathan, dit Olivia.

À l'inverse de Tommy Driscoll dont les traits s'étaient arrondis avec le temps, Nathan Bolt avait perdu les kilos qui l'enrobaient à l'époque du lycée. Il était mince aujourd'hui et élégant. Une coupe de cheveux moderne, des lunettes rondes — le design du moment —lui donnaient l'air intelligent et sérieux. Son nœud de cravate lâche et ses manches roulées jusqu'aux coudes ajoutaient une touche décontractée à l'ensemble. Il avait un certain chic. Mais Jack n'était pas homme à se laisser prendre aux apparences et il n'était pas dupe de son image de boy-scout moderne. Il ne lui faisait pas plus confiance qu'à Tommy Driscoll. Ce qui l'intéressait, c'était de savoir la raison de la brouille entre ces ceux-là. De quand datait-elle ? De leurs mensonges après la mort d'Anna ? Ou tenait-elle à l'animosité naturelle entre un policier et un avocat de la défense ? Un désaccord professionnel ?

— Salut, Jack.

— Nathan.

— Drogué ? répéta Olivia, incrédule. Mais... par qui ?

Nathan prit un siège en face du canapé. Il avait l'air chez lui, ici. En terrain conquis. Jack repensa à leur conversation téléphonique. Selon Nathan, l'idée de reprendre contact avec lui était venue de Léon. C'était invérifiable aujourd'hui que son oncle avait disparu.

— Tu dis que tu as suivi un fourgon noir, reprit Nathan en se tournant vers lui. Si tu veux mon avis, tu as vu quelque chose que tu ne devais pas voir.

— Mais encore ? dit Olivia.

— Allons, cousine, ne fais pas la naïve. Tu sais mieux que personne ce qui se passe dans cette ville. Tu le vois bien au lycée, non ?

— Tu veux dire que tu penses que Jack est tombé sur un trafic de drogue ?

Nathan haussa les épaules.

— Ça ne m'étonnerait pas.

— C'est effrayant ! Mais si Jack a été assommé et drogué, comment a-t-il pu rentrer chez lui ?

— Bonne question, répondit Nathan.

Et d'ajouter à l'intention de Jack :

— Tu as l'air encore secoué, vieux. Dans cet état, je me demande comment tu as pu conduire pour revenir chez toi. Quelqu'un a dû te ramener et t'allonger sur le canapé. Ta voiture est devant.

Jack essaya de se souvenir, ne serait-ce qu'un peu, de son retour. Impossible, il avait la tête vide.

— Parle-moi de ce fourgon noir, alors, dit Nathan.

— Il a foncé sur Olivia, hier matin.

— Tu exagères peut-être, rectifia Olivia. J'allais traverser dans les clous quand le fourgon est arrivé... à toute allure. Heureusement, Jack était là et m'a fait remonter sur le trottoir.

— Effectivement, tu as eu de la chance, déclara Nathan. Mais dis-moi, tu penses que c'était voulu ?

— Oui... Enfin... Non. Je pense plutôt que c'est un élève qui a cherché à me faire peur.

— Je ne serais pas aussi affirmatif, intervint Jack.

— Moi non plus, renchérit Nathan. Au fait, Marc Waller a un fourgon noir.

Jack porta la main à son front. Une image venait de l'effleurer, celle d'un homme grand et maigre. Mais elle disparut aussitôt. Jack caressa l'arrière de sa tête et grimaça.

— Un fourgon flambant neuf ?

— Oui, qui a dû lui coûter un bras, commenta Nathan. Il y a quelques semaines, il est venu au cabinet le montrer à Jamie. Il était très fier. Mais elle n'a pas voulu monter dedans avec lui, alors il a piqué une rage terrible. Il lui a fait une scène, devant tout le monde. J'ai dû appeler la police.

— À quoi ressemble-t-il ? demanda Jack.

— Maigre et sec. Négligé. Des yeux méchants.

Jack vit Olivia se tourner vers lui. Sans doute espérait-elle que cette description évoque quelque chose chez lui.

— Tu te rappelles l'avoir vu ?

L'image l'effleura de nouveau et, avec elle, le vague souvenir de voix étouffées.

— Non. Aurait-il une raison de t'en vouloir ?

— Bien sûr que non. C'est tout juste si je le connais.

— Il y a peut-être une raison, intervint Nathan.

— Ah ?

— Tu es ma seule famille ici, à Pine Lake, depuis que le vieux est décédé. Marc sait combien nous sommes proches. Ça lui ressemblerait assez de t'utiliser pour me toucher, moi.

— Qu'est-ce que tu racontes ? C'est complètement fou, protesta Olivia. Pourquoi voudrait-il te faire du mal ? À ma connaissance, tu lui as évité la prison.

Nathan haussa les épaules.

— Oui, mais c'est de l'histoire ancienne, ça. Plus récemment, Waller avait l'air de penser que j'essayais de monter Jamie contre lui.

— C'est vrai ? s'enquit Jack.

— Je l'ai aidée à se ranger. Je lui ai donné un travail et je l'ai encouragée à reprendre ses études. Waller n'a pas vu ça d'un bon œil.

Nathan marqua un temps d'arrêt avant de se tourner vers sa cousine.

— Ça t'ennuierait de nous laisser seuls un instant ?

Olivia se renfrogna.

— Ce que tu as à dire à Jack peut attendre. Pour l'heure, l'important c'est d'aller aux urgences. Il faut absolument que Jack voie un médecin.

— C'est lui qui décide, pas nous, déclara Nathan.

— Je te remercie d'être aux petits soins pour moi, Olivia, intervint Jack, mais je te jure que je me sens déjà mieux. Deux aspirines, et je serai frais comme un gardon.

Résignée, Olivia haussa les épaules.

— Comme tu voudras, après tout. Perso, je retourne au bureau. Si l'un de vous a besoin de moi, appelez-moi sur mon portable.

— Merci d'être venue, cousine.

— Oui, merci, renchérit Jack.

Elle le fixa pendant quelques secondes de son regard bleu, indéchiffrable, haussa les épaules, prit son sac et partit.

Aussitôt, Jack voulut la rappeler. Elle avait raison. Ce que Nathan avait à lui dire pouvait attendre. Il n'avait qu'une envie, c'était d'être seul. Seul avec elle. Ce n'était même pas une envie, c'était plus que ça. C'était un besoin ; un besoin qu'il aurait été en peine d'expliquer.

Il se leva précautionneusement et alla à la cuisine sous prétexte de chercher de l'eau pour prendre son aspirine. Debout devant la fenêtre au-dessus de l'évier, il regarda Olivia s'en aller. Même pour un proviseur de lycée, sa robe bleu marine et ses souliers à talons beiges étaient un peu stricts. Ils lui donnaient une allure très professionnelle, un peu démodée peut-être, mais ce n'était qu'une apparence. Sa tenue cachait des rondeurs féminines qu'il trouvait très prometteuses, et ses cheveux, dont une mèche tombait négligemment sur un œil, semblaient attendre la main qui les décoifferait.

Au même moment, il la vit remettre en arrière la mèche qui tombait sur sa joue. Ce geste, sans qu'elle s'en rende compte, était d'une grande sensualité.

Comme si elle avait senti qu'il l'observait, elle se retourna.

Le soleil éclairait tellement fort la vitre derrière laquelle il se trouvait qu'il pensa qu'elle ne pouvait pas le voir. Elle esquissa un sourire, ouvrit sa portière et se glissa au volant.

Ce sourire ne s'adressait sûrement pas à lui, mais il eut un effet lénifiant.

Quand il revint au salon, Jack trouva Nathan debout devant la grande baie vitrée, en train de contempler le lac. Sans se retourner, il murmura :

— J'ai toujours dit que Léon avait la plus belle vue sur le lac.

— Oui, c'est beau.

Jack s'approcha du canapé et se laissa tomber sur les coussins en cuir.

— Dis-le-moi si jamais tu vends, dit Nathan. J'ai toujours rêvé d'un endroit comme celui-ci. Un petit chalet au bord de l'eau où tu peux te détendre loin de la civilisation.

— C'est à moins de deux kilomètres du centre-ville, dit Jack d'un ton un peu moqueur. Mais très loin d'Austin !

Nathan rit. Un peu bruyamment, nota Jack.

— Je vois ! Tu es au courant de ce qu'on raconte en ville. Les ragots vont bon train, ici.

— Oui, j'ai vaguement entendu des trucs mais… tu n'es pas venu jusqu'ici pour me parler politique ou immobilier, j'imagine.

Nathan se retourna. Les mains négligemment plongées dans ses poches, il s'adossa au montant de la fenêtre.

— Non, tu as raison. Laissons les commères colporter les ragots ! Je suis venu pour essayer de comprendre pourquoi tu ne m'as pas dit que tu venais à Pine Lake.

— Parce que je ne suis pas venu pour travailler pour toi, répondit Jack, brutalement. Je suis là pour moi. Et au cas où tu ne le saurais pas, j'ai été un peu occupé depuis mon arrivée.

— Tu vois ! Encore une bonne raison de te séparer de ce chalet. Pine Lake ne te vaut rien, décidément.

Jack haussa les épaules.

— Ce n'est pas pareil, cette fois-ci. Contrairement à toi, je n'ai rien à voir avec la victime.

— Oh ! s'offusqua Nathan. Tu ne crois quand même pas que j'ai quelque chose à voir avec la mort de Jamie ? Je n'ai jamais rien fait que l'aider.

— Je suis sûr que le shérif fera preuve de bienveillance à ton égard.

Les yeux derrière les lunettes rondes se mirent à briller de colère mais le reste du visage resta de marbre.

— On dirait que la mort de Jamie te laisse de glace, reprit Nathan. Tu sais qu'ici la nouvelle a bouleversé beaucoup de monde. C'était une fille sympathique. Au bureau, elle était aimée et respectée par tout le personnel. Elle travaillait sans jamais se plaindre, sans jamais faire d'histoires. Je ne pourrais pas en dire autant de beaucoup de personnes.

— Je suis désolé, dit Jack platement.

— Elle a fait des bêtises quand elle était plus jeune, mais elle avait beaucoup changé. Elle bossait dur pour devenir assistante juridique. Mais tu sais comment c'est, ici. Plus tu travailles pour t'en sortir, plus les autres font tout pour te descendre.

— Tu veux parler de gens comme Marc Waller ?

— Absolument. Ce type, c'est la lie de l'humanité.

— Apparemment tout le monde est d'accord là-dessus, ici, marmonna Jack. Tu l'as pourtant défendu. Tu as même réussi à le faire acquitter.

— On ne te demande pas d'aimer tes clients pour les défendre, mais de les représenter du mieux que tu peux. Même des vauriens comme Waller ont droit à une défense.

— Drôle de métier, déclara Jack.

— Tu l'as dit !

Avec force soupirs, Nathan vint s'asseoir en face de lui. Les coudes sur les bras de son siège, il se pencha vers lui.

— Jamie a essayé à plusieurs reprises de rompre avec Marc, mais il l'a très mal pris. Il ne supportait pas qu'elle ne veuille plus de lui. Il est violent, instable. Incapable de se contrôler.

Mais capable de n'importe quoi s'il a pensé qu'elle sortait avec un autre.

— De tuer ?

— Je pense que oui.

— Et elle voyait quelqu'un d'autre ?

— Je l'ignore. À mon avis, oui, mais je ne l'ai jamais vue avec personne.

— Tommy est au courant de la dispute qui a eu lieu dans tes bureaux ?

— Tout le monde l'a su. Jamie a déposé plainte à la police. Si Tommy cherche à me parler de ça, il me trouvera.

— Drôle de façon de coopérer, déclara Jack en se massant les tempes.

— Peut-être, fit Nathan.

Et de le regarder par en dessous.

— Si je comprends bien, tu l'as déjà vu... Tommy.

— C'est moi qui ai trouvé le corps et le lac dépend de la juridiction du shérif du comté. Point barre.

— Pas la peine de t'énerver, riposta Nathan. Je me demande seulement s'il a des suspects. Tommy doit avoir des pistes.

— Je n'en sais rien. Je vois mal Tommy Driscoll me parlant de son enquête.

— Je pensais qu'il avait peut-être laissé quelque chose fuiter.

Jack laissa tomber, l'air de rien :

— Ton nom revient souvent.

Une ombre passa dans les yeux derrière les lunettes rondes.

— À quel propos ?

Jack ne répondit pas tout de suite.

— Il m'a dit que le soir du meurtre d'Anna tu étais parti un peu après minuit et n'étais revenu que tôt le lendemain matin.

Nathan le fixa méchamment.

— Le soir du meurtre *d'Anna* ?

— Tu m'as dit la même chose sur lui pour m'attirer ici. Que cette nuit-là Driscoll n'était pas là où il était censé être. Apparemment, toi non plus...

Nathan, troublé, resta songeur pendant quelques secondes. Repensait-il à cette nuit funeste ou réfléchissait-il à la meilleure excuse pour justifier son mensonge ? se demanda Jack.

— OK, dit-il enfin. C'est vrai, je suis sorti de la maison cette nuit-là, mais il n'y a rien de suspect dans ce que j'ai fait. J'étais parti à la recherche d'Olivia. Elle était somnambule en ce temps-là. Elle se levait en pleine nuit et déambulait dans les rues ; ce désordre s'est aggravé après la mort de son père. Quand elles sont venues vivre à la maison, sa mère et elle, j'ai développé, comment dire, une espèce de sixième sens vis-à-vis de son somnambulisme. Parfois, je me réveillais en sursaut en pleine nuit, certain qu'elle n'était plus là. Cette fameuse nuit, quand je me suis réveillé, Tommy n'était plus là non plus. Au début, je me suis dit qu'ils étaient ensemble, mais Olivia n'était vraiment pas fan de Tommy et je la voyais mal sortant avec lui. Je suis donc parti à sa recherche.

— Où l'as-tu trouvée ?

— Ça m'a pris la moitié de la nuit, mais j'ai fini par la retrouver sur la route qui longe le lac, pas loin du vieux pont.

— Elle avait une crise ?

Nathan n'hésita pas.

— Oui.

— Et tu ne l'as pas réveillée ?

— Je ne la réveillais jamais. Je l'ai ramenée à la maison, elle s'est recouchée comme si de rien n'était.

— Si tu permets, je résume. Tu dis qu'Olivia se trouvait près du pont, la nuit où Anna a été tuée. C'est bien cela ?

— Oui. C'est ce que je viens de dire, répliqua Nathan. Olivia avait une fascination morbide pour ce pont. Elle y allait souvent. Je ne sais pas si tu te rappelles comment son père est mort. Un accident sur un pont comme celui-là. Une collision frontale. Il revenait d'un voyage d'affaires et se dépêchait de rentrer pour l'anniversaire d'Olivia. Il pleuvait, c'était glissant. Sa voiture a défoncé le parapet. Olivia s'en est toujours voulu. Elle avait fait des pieds et des mains pour qu'il revienne le soir plutôt que le lendemain matin. Sa mère ne lui a été d'aucun secours. Elle était détruite. Elle s'est complètement laissée aller. Alors, s'occuper d'Olivia… L'aider à déculpabiliser… impossible. Mon père les a prises sous son aile. La mère d'Olivia était sa petite sœur. Il s'est occupé d'elle comme je me suis toujours occupé d'Olivia.

Nathan, sans le quitter des yeux, ajouta :

— Tu vois où je veux en venir ?

— J'attends que tu le dises toi-même.

— Je ne suis pas allé à la police pour la même raison que toi quand tu as menti à Tommy à propos de la nuit de lundi.

Il leva la main pour l'empêcher de l'interrompre.

— Ne t'inquiète pas. Olivia n'a rien dit mais, dès que j'ai su ce qui était arrivé, je me suis dit qu'elle avait eu une crise et qu'elle était déjà au lac quand tu as trouvé le corps. Je me trompe ?

Jack resta de marbre.

— Tu as inventé une histoire de peur qu'elle ait vu quelque chose. En fait, tu as eu peur que le meurtrier de Jamie poursuive Olivia s'il découvrait qu'elle avait assisté à la scène. Je comprends, Jack. Et je te jure que j'apprécie ta discrétion.

— Je n'ai rien inventé. Tout s'est passé comme je l'ai dit.

Nathan sourit.

— Bien sûr.

Jack rongea son frein. La suffisance teintée d'ironie de son ex-ami lui était insupportable.

— Donc, reprit-il comme si de rien n'était, tu te réveilles cette nuit-là et tu te rends compte que Tommy et Olivia ne sont pas là. Qu'a dit Tommy pour expliquer son absence ?

— Il m'a dit qu'il avait rendez-vous avec une femme plus âgée que lui, mais que ce serait gravissime si ça se savait. Pour elle surtout, car elle pourrait perdre son boulot. J'ai supposé que c'était une prof du lycée.

— Il ne t'a pas dit son nom ?

— Non. Il est capable de m'avoir raconté un bobard. Rappelle-toi le vantard qu'il était. Et qu'il est toujours, à ce qu'on dit. Je n'ai jamais compris ce que Beth lui trouve.

— Peut-être qu'elle l'aime.

— C'est encore moins compréhensible. Un type comme lui ? Elle devait quand même bien savoir ce qui se passait derrière son dos. Toutes ces filles au lycée qui lui tournaient autour, qui le poursuivaient... comme des mouches. Franchement, c'était écœurant.

Le visage de Nathan se durcit.

— Tu sais ce qu'il m'a dit, un jour ? Qu'il avait demandé à toutes ces filles de se faire tatouer le même dessin sur le corps. Il appelait ça « sa marque ». Leur naïveté le faisait rire ; il se moquait d'elles, en fait, sans se soucier de savoir s'il leur faisait du mal ou pas ; c'était un jeu pour lui. Pas plus grave que faire une entaille dans le montant d'un lit.

— On a tous fait des trucs idiots à l'époque, dit Jack. Mais je n'avais jamais entendu parler de cette histoire de tatouage.

— Je m'en doute. Tommy aimait se vanter devant moi mais, avec toi, il était différent. Il voulait toujours ton approbation.

— Ah ? Tu crois ?

— Je ne crois pas, j'en suis sûr. J'ai vu Tommy Driscoll sous un jour que tu ne connais pas. Il n'est pas seulement méchant, il peut être pervers. Une brute dans tous les sens du terme. Tu m'as demandé si je pensais que Marc Waller avait pu tuer Jamie. Je ne dis pas non, je dis qu'il n'est pas le seul à avoir un mobile. Écoute ça.

Comme pour ménager son effet, Nathan marqua un temps d'arrêt.

— Quelques mois après que Jamie a commencé à travailler pour moi, poursuivit-il, l'air conditionné est tombé en panne au cabinet. On étouffait dans les bureaux, j'ai donc donné congé à mon personnel. Jamie a proposé de rester pour répondre au téléphone. Elle portait toujours des manches longues pour couvrir tous ses tatouages mais, ce jour-là, elle s'est mise en débardeur. J'ai vu le tatouage de Tommy... Sa marque, si tu préfères... Sur son épaule.

— Tu penses qu'elle sortait avec lui ?

— Je pense que ce tatouage n'est pas un hasard. Réfléchis, Jack. Tommy Driscoll est marié. Rien que ça, c'est un mobile. Jamie était encore mineure, au début, quand elle est venue travailler au cabinet. Si Tommy et elle se voyaient déjà à cette époque-là et qu'elle l'a menacé de tout révéler maintenant, que crois-tu que Tommy se soit dit ? Oh ! Jack ? Tu m'écoutes ? Tu n'as pas l'air bien...

La voix de Nathan n'était plus qu'un ronron. Une douleur lui tordait l'estomac, une douleur qui n'avait rien à voir avec la drogue qu'on lui avait injectée. Jack serra les poings. Un souvenir était remonté à la surface de sa mémoire, un peu flou et lointain au début, puis à présent beaucoup plus précis.

Il se leva et alla à la fenêtre.

Le front plissé, sombre, il regarda l'eau tandis que lui revenaient les détails d'une scène qui s'était déroulée chez Anna, un certain soir d'automne.

Ils étaient sur la terrasse et il faisait doux.

— J'avais un peu trop bu... Quelqu'un m'a dit « t'es pas chiche »... Il ne te plaît pas, hein ?

— Si, j'aime bien. C'est sexy. Mais j'essaie de comprendre ce que veut dire l'éclair.

— Rien, ça ne veut rien dire. C'est juste un truc, comme ça. Une chose idiote.

— Peut-être que si je pouvais le regarder de plus près...

— Arrête ! Mon père risque d'arriver d'un moment à l'autre. Tu sais ce qu'il ferait s'il nous trouvait comme ça ?

— Je croyais que t'aimais vivre dangereusement.

— Peut-être que oui... Jack ?

— Oui ?

— Je t'aime. Tu le sais, hein ? Tu es la chose la mieux qui me soit arrivée, mais quelquefois je me demande... « et si je n'étais pas la fille qu'il croit ? » Jack ? Tu ne m'écoutes même pas.

— Jack ?

Il se tourna.

— C'était quoi son tatouage ? Celui sur l'épaule de Jamie Butaud ?

— C'était un cœur transpercé d'un éclair, ricana Nathan. Très subtil. Du Tommy Driscoll tout craché.

# 7

Après une douche et quelques verres d'eau fraîche, Jack commença à se sentir mieux. Il prit une bière et sortit pour profiter du coucher de soleil. Les dernières vingt-quatre heures restaient un mystère, mais plus il essayait de se rappeler leur déroulement, plus sa tête lui faisait mal.

*Détends-toi*, se dit-il. *Ça va te revenir peu à peu.*

N'empêche, il n'arrivait pas à se sortir de la tête qu'il avait dû se passer quelque chose de grave pendant son black-out. Avait-il retrouvé le chauffeur du fourgon noir ? S'était-il disputé avec Marc Waller ? S'étaient-ils battus ?

Il ne se souvenait pas d'une quelconque conversation avec ce type, encore moins d'une altercation. Et pourtant… Dans le fond de sa tête, une impression bizarre le titillait.

Il regarda sa main écorchée et se massa les tempes. Au milieu de l'escalier qui menait à la jetée, il s'arrêta net. Une femme était assise au bord du ponton, les pieds dans l'eau. Il crut d'abord qu'il s'agissait d'Olivia. Il descendit trois marches de plus et pila de nouveau. Non, ce n'était pas Olivia. La femme était brune avec des cheveux courts.

— Ça va ? dit-il très fort. Vous avez besoin de quelque chose ?

Au son de la voix, elle se leva et esquissa un sourire.

— Salut, l'étranger ! répondit-elle aussi fort.

Il resta à la regarder, interdit.

— Beth ? Beth Driscoll ?

Elle éclata de rire.

— Oh ! tu te souviens de moi !

— Évidemment.

Il descendit les dernières marches.

Elle était habillée simplement, petite jupe en coton et chemisier sans manches. Elle faisait très jeune et insouciante. Elle se détachait sur la lumière du soleil couchant, toute simple, sans chichi, exactement comme il se la rappelait. Jusqu'à sa coupe de cheveux qui n'avait pas changé. En approchant un peu plus, Jack remarqua quand même quelques rides au coin de ses yeux et de sa bouche.

En revanche, il trouva que son regard avait durci et que son sourire avait quelque chose de forcé. Son ancienne amie n'était pas aussi insouciante qu'il l'avait cru de loin. Son mariage avec Tommy Driscoll ne devait pas être un chemin bordé de roses.

— J'avais entendu dire que tu étais revenu, murmura-t-elle.

— Les nouvelles vont vite dans le pays.

Elle ramassa ses chaussures qu'elle avait laissées au bord de la jetée.

— J'espère que tu ne m'en veux pas d'être là. Il fait tellement chaud que je me suis dit qu'il y aurait plus de fraîcheur au bord de l'eau. Je n'ai pas pu résister.

— Pourquoi veux-tu que je t'en veuille ? Mais tu aurais pu frapper à ma porte.

Une ombre voila son regard.

— J'y ai pensé et puis, finalement, je n'ai pas osé. J'étais sur les nerfs quand je suis arrivée ici.

— Sur les nerfs ? À l'idée de frapper à ma porte ? Je ne te crois pas, rétorqua-t-il.

Ils étaient maintenant debout, face à face. Elle semblait mal à l'aise.

— D'accord, tu ne me crois pas.

Elle rit, un rire forcé.

— Je te comprends. C'est que...

Elle se tut. Avant de reprendre quelques secondes plus tard :

— C'est fou.

Elle s'approcha, et ils s'étreignirent. Jack nota sa maigreur. Olivia était naturellement mince, mais ce n'était pas le cas de Beth. Elle avait vraiment fondu. « Un sac d'os », aurait dit sa grand-mère.

La tête contre sa poitrine, elle murmura :

— Ça ne devrait pas être aussi difficile de revoir un ancien ami.

— Je ne savais pas qu'il me restait des amis dans cette ville, répliqua-t-il.

Elle s'écarta de lui pour le regarder.

— Je sais que tu as pu croire que tout le monde te tournait le dos à l'époque... Pas moi.

Elle effleura un bleu qu'il avait à la joue.

— Tu as toujours été tellement gentil avec moi.

Il haussa les épaules.

— Ah ?

— Tu ne t'en souviens pas ?

Il posa sa bière sur le ponton.

— Je ne m'attarde pas trop sur cette époque.

Elle se tourna vers l'eau, l'air rêveur.

— Je me suis toujours reproché de ne pas t'avoir soutenu quand les choses ont mal tourné pour toi. Juger, trancher, savoir si tu étais coupable ou innocent, ce n'était pas mon problème alors. À cette époque-là, j'avais des soucis jusqu'au cou. OK, ce n'est pas une excuse. Et je suppose que tu te fiches de tout ça, aujourd'hui. Mais...

Un rire nerveux lui échappa.

— Excuse-moi, je suis très mauvaise dans...

Elle laissa sa phrase en suspens.

— Continue, Beth.

— Ce que je veux que tu saches, c'est que j'ai toujours cru en toi. C'est pour cela que je suis là. Pour cela que je suis venue et pour cela, enfin, que je n'ai pas osé frapper à ta porte. Parce que je... me manifeste quinze ans trop tard. Et j'ai honte.

— Pourquoi seulement maintenant, en effet ?

— Parce que tu es revenu et que j'ai toujours voulu te le dire. La façon dont on t'a traité. C'est ignoble. *On* a été ignobles.

Elle pencha la tête de côté et le regarda dans le blanc des yeux.

— Tu étais ce qu'il y avait de mieux dans cette ville. Plus rien n'a été pareil après ton départ.

— J'en doute, répliqua-t-il.

Qu'il le veuille ou non, le compliment le toucha.

— C'est vrai, insista-t-elle. Je te jure.

Elle se retourna et regarda le lac avec la même gravité qu'elle l'avait regardé.

— Cet endroit me rappelle plein de souvenirs. Tu te souviens quand on venait ici, la nuit, et qu'on prenait des bains de minuit ? Avec toi, Tommy et Anna. Ils aimaient tellement s'amuser. Ce qu'ils pouvaient rire ! Moi, j'étais un peu fleur bleue, et toi, tu étais sérieux. Je me demandais souvent, sans te le dire, si on n'avait pas fait le mauvais choix. Si on n'aurait pas dû échanger nos partenaires ; il me semble que toi et moi nous allions mieux ensemble. Que nous étions... mieux assortis.

— Je crois que je ne serai jamais bien assorti avec personne, répondit Jack, brutalement. Mais toi et Tommy, vous êtes ensemble depuis longtemps. Ça a l'air de marcher entre vous, non ?

— On voit que cela fait longtemps que tu as quitté Pine Lake. Il faut se méfier des apparences.

Jack pensa aussitôt au tatouage sur l'épaule de Jamie Butaud et sur la hanche d'Anna. Un cœur avec un éclair en guise de flèche. La marque de Tommy Driscoll. Comme un symbole reliant deux meurtres à quinze années d'intervalle.

Beth s'était retournée et le dévisageait. Elle souriait. Il ne l'avait jamais vue comme une sainte-nitouche faisant ses coups en douce. Pourtant, à cet instant, son sourire n'était pas franc, trouva-t-il. Et les mots de Nathan s'imposèrent avec force à son esprit.

« Tu m'as demandé si je pensais que Marc Waller avait tué

Jamie. Je ne dis pas non ; je dis qu'il n'est pas le seul à avoir un mobile. »

— Quels soucis ? dit-il brusquement.

— Pardon ?

— Tu viens de dire que tu avais des soucis à l'époque. Je te demande : quels soucis ?

La brutalité de la question sembla la prendre de court.

— Bof, tu vois, les trucs habituels. À cet âge-là, on est excessif. On a l'impression que tout est question de vie ou de mort.

Sentant sa réticence, Jack s'avança près du bord et fixa l'eau.

Quelque chose tomba dans l'eau en éclaboussant.

Comme hypnotisé, il fixa les vaguelettes qui partaient en cercles concentriques depuis l'épicentre. Puis il regarda Beth. Elle semblait ailleurs. Elle était souvent comme cela, se rappela-t-il. Indéfinissable, évanescente, insaisissable, tel un nuage qui ne fait que passer.

Il la vit trembler. Vu la chaleur ambiante, ce n'était certainement pas de froid…

— Tu te souviens de ton voyage à Dallas avec Anna ? reprit-il. C'était en dernière année de lycée. Vous étiez tout un groupe. Elle a raconté que ça avait dérapé.

Beth le regarda, les yeux écarquillés.

— C'est ce qu'elle a raconté à propos de ce voyage ? Que ça avait *dérapé* ?

— Ce n'est pas vrai ?

— Il s'est passé des tas de choses pendant ce voyage, mais rien de mémorable. Enfin…

— Tu en dirais quoi, toi, de ce voyage ? insista-t-il.

Elle détourna la tête.

— Tiens, fit-elle au lieu de répondre à sa question. Je n'avais jamais remarqué qu'on voyait le pont d'ici.

— On ne le voyait pas, avant. Je pense qu'on a abattu des arbres. Ou qu'ils sont tombés. La foudre, peut-être.

Il attendit, puis, comme elle ne semblait pas décidée à parler, mit les pieds dans le plat :

— Alors, ce voyage ?

Elle soupira.

— Cela fait un bail que je n'y ai pas repensé.

— Que s'est-il passé ?

— Nous ne sommes pas allées à Dallas pour faire la fête. Du moins, ni Anna ni moi. Ce week-end entre filles était une couverture. Elle et moi avions rendez-vous dans une clinique... pour avorter.

Un coup de poignard dans les reins ne lui aurait pas fait plus mal. Sous le choc, il suffoqua.

— Quoi ? Elle était enceinte ?

Beth posa la main sur son bras.

— Non, pas Anna. Nous y sommes allées pour moi.

Submergé par un flot d'émotions, il exhala un long soupir.

Quinze ans après la mort d'Anna, son chagrin était moins vif. Le temps avait adouci sa peine mais revenir ici, apprendre tant de choses sur elle et sur tous ceux qui étaient autrefois ses amis, rouvrait des plaies qui n'avaient jamais vraiment cicatrisé.

Contrairement à ce qu'il espérait, le temps n'avait pas tout aplani. Comment avait-il pu s'imaginer qu'il pourrait rester étranger à ses souvenirs ? Finalement, il n'avait pas laissé Pine Lake derrière lui. Cette ville et tous ces gens feraient toujours partie de sa vie, de celle du petit garçon qu'il avait été et de l'homme qu'il était devenu. Il aurait beau dresser des murs pour se défendre, ils ne le protégeraient jamais.

Le ponton tangua sous ses pieds, et il crut qu'il tombait.

— Je suis désolée, dit Beth. Tu as l'air tellement malheureux. Je n'aurais jamais dû te raconter tout cela. Tu as cru que c'était Anna.

— Tommy a été au courant ?

— Tu penses que le bébé était de lui ?

— Heu... Oui, j'imagine. Je me trompe ?

Elle sourit.

— Je ne lui ai rien dit parce que, finalement, je n'ai rien fait. J'ai décidé de garder le bébé. Anna m'a ramenée à la maison, je me suis enfermée dans ma chambre pour le reste du week-end. On avait raconté à tout le monde qu'on passait ces deux jours à Dallas, alors je ne tenais pas à ce qu'on me pose des questions sur mon retour précipité. C'était plus simple de me cacher, et j'avais besoin de réfléchir.

— Et Anna ?

Elle haussa les épaules.

— J'ai toujours pensé qu'elle était retournée s'amuser avec les autres, à Dallas.

*Peut-être que non. Peut-être qu'au lieu de ça elle est allée se faire tatouer la marque de Driscoll sur la hanche...*

Jack soupira. Il avait la tête qui lui tournait. Toutes ces nouvelles, ses souvenirs, ses sentiments contrastés, c'était trop d'un coup pour un homme qui voulait oublier. La trahison n'avait plus d'importance, pas après tant de temps. Il était trop vieux pour éprouver de la rancœur ou encore de l'amour. Ce qui l'irritait, c'étaient les conséquences. Tous ces mensonges. Quelqu'un avait tué Anna de sang-froid, bon sang !

« Un crime gratuit », avait dit l'avocat général. Parce qu'elle s'était trouvée au mauvais endroit au mauvais moment. Et la Cour de conclure qu'elle avait été tuée par un rôdeur. Un monstre. Wayne Foukes.

Jack n'avait jamais admis cette version. Pour lui, il s'agissait du crime d'un proche, mais qui ? Il n'avait jamais eu de suspects à citer. Il n'avait jamais réussi à relier tous les éléments entre eux. Tous ses doutes, tous ses soupçons. Après un certain temps, de guerre lasse, il avait baissé les bras. C'était plus facile.

Là-dessus deux anciens amis avaient refait surface, un certain vendredi soir, et il était là, de retour à Pine Lake, englué malgré lui dans son passé.

— Et le bébé ? Qu'est-il devenu ? Ne me réponds pas si tu ne veux pas.

— J'ai fait une fausse couche. Le stress de la grossesse et la mort d'Anna... C'était trop.

— Je suis désolé, dit-il.

— C'est vieux. Comme toi, je ne veux plus m'appesantir sur ce qui fait mal. La vie continue.

Elle s'arrêta, se passa la main dans les cheveux.

— C'est drôle. Anna est la seule à avoir su que j'étais enceinte et, aujourd'hui, je te parle de ma fausse couche. Je ne sais pas pourquoi je te dis ça, sauf que…

Nouveau silence. Puis elle reprit :

— Sauf que tu as toujours su écouter. C'est facile de te parler, alors qu'avec Tommy… Il y a des choses que je t'ai racontées que je ne lui ai jamais dites, à lui.

— Je ne me rappelle pas que tu m'aies jamais fait des confidences.

— Vraiment ?

Elle sourit. Un sourire énigmatique.

— Je t'en ai sans doute dit beaucoup plus que tu ne crois.

— Alors, pardon.

— Aucune importance. Je voulais juste que tu saches pourquoi je ne me suis pas manifestée quand tu t'es retrouvé dans de sales draps. Mon horizon était plombé. J'étais complètement paumée.

— Ça se comprend.

— Et te revoilà, dit-elle en soupirant de nostalgie.

Le soleil avait disparu derrière la ligne d'horizon, et Jack sentait déjà, dans la pénombre naissante, la fraîcheur du crépuscule tomber sur le lac. Les crapauds et les criquets s'en donnaient à cœur joie, un concert qui contrastait avec la mélancolie qui recouvrait peu à peu le lac et tout le paysage de sa chape grise. Quand il était plus jeune, son oncle lui disait volontiers que le lac avait deux visages. Celui du jour et celui de la nuit. Léon avait raison, jamais Jack ne s'en était autant aperçu que ce soir.

Il jeta un bref regard à Beth, se demandant qui était vraiment la femme qui se trouvait là, près de lui. Elle était de profil et regardait devant elle, impénétrable. Quels autres secrets cachait-elle ?

— Il faut que j'y aille, dit-elle soudain. Je suis heureuse que tu sois revenu. Cela faisait trop longtemps.

— J'ai quelque chose à te demander avant que tu partes, dit-il.

Sa question sembla la stresser, et il se demanda bien pourquoi.

— Oui ? fit-elle d'une petite voix.

— Anna, tu la connaissais vraiment bien ?

Une ombre passa sur le visage de Beth.

— Drôle de question ! Je la connaissais depuis toujours. Comme toi. Nous étions au jardin d'enfants ensemble.

— Tu m'as dit qu'elle était la seule à savoir que tu étais enceinte. Elle te faisait des confidences ?

— Bien sûr. C'est ce que font les filles qui sont amies. Elles papotent.

— Sais-tu si elle voyait quelqu'un d'autre ?

Beth se rembrunit de plus belle.

— Anna ne t'aurait jamais trompé. Elle t'aimait.

— Tu crois ?

— J'en suis sûre.

Elle se mit à rire.

— De toute manière, difficile de cacher une aventure dans une ville aussi petite.

— Cette ville renferme peut-être plus de secrets que tu ne le crois.

Il la regardait toujours. Mais elle semblait fuir son regard, désormais.

— Cette nuit-là m'a toujours hanté, Beth. J'avais déposé Anna chez elle assez tôt. Elle a attendu que je sois reparti et elle est ressortie. N'importe qui penserait comme moi qu'elle est partie rejoindre quelqu'un.

— Elle a très bien pu sortir se promener, tout simplement.

— Toute seule ? À cette heure-là ?

— Il n'était pas tard. Anna était un oiseau de nuit, rappelle-toi.

— Tu n'as pas parlé avec elle, ce soir-là ? Tu ne vois pas avec qui elle pouvait avoir rendez-vous ?

— Jack !

Elle posa la main sur son bras. Il se demanda si elle faisait ce même geste pour calmer les sautes d'humeur de Tommy.

— Pourquoi remuer tout ça aujourd'hui ? C'est derrière nous.

— Vraiment ? En ce cas, qu'es-tu venue faire ici, ce soir ? Pourquoi avoir cherché à me parler ?

— Je t'ai dit pourquoi. Je voulais me faire pardonner, mais sûrement pas faire revivre le passé. Pourquoi te tourmenter avec toutes ces questions sans réponse ?

— Je veux la vérité, Beth.

Elle resta silencieuse un instant.

— Tu n'as jamais cru que Wayne Foukes l'avait tuée, n'est-ce pas ?

— Non, répondit Jack.

— Malgré tout, tu n'as pas cherché à le faire libérer. Tu n'as jamais dénoncé son incarcération.

— Tu ignores ce que j'ai fait, rétorqua Jack. Ce n'est pas parce que je ne l'ai pas clamé sur tous les toits que j'ai gardé mes doutes pour moi. Mais la loi n'accorde aucun crédit à ce que l'on sent. Surtout venant de moi. La justice veut des preuves.

— Et tu es revenu quand même ? Alors que tu ne fais que sentir des choses ?

— Ce que je sens est très concret, cette fois.

Elle fronça les sourcils.

— Je ne comprends pas. Tu as des preuves ? Des éléments nouveaux à produire ?

— Disons que j'ai entendu plusieurs versions de ce qui s'est passé cette nuit-là, et que j'ai acquis la certitude qu'on a menti à la police. Et je saurai pourquoi.

— Même si tu dois faire du tort à quelqu'un ?

— De quoi as-tu peur ?

— Je me suis mal exprimée.

Elle se tourna vers lui, et effleura de la main sa joue meurtrie.

— Je n'ai peur de rien, Jack. Cela fait quinze ans que j'attends de connaître la vérité.

Debout en haut des marches en bois, Olivia regardait le couple qui bavardait sur le ponton. Jack et Beth Driscoll étaient de vieux amis et il n'était donc pas étonnant de les trouver ensemble. Pourtant, sans qu'elle sache pourquoi, la scène lui déplaisait. Non, elle n'était pas jalouse, sûrement pas. Ni envieuse, surtout pas. Encore moins curieuse de savoir ce qu'ils se racontaient.

Alors qu'avait-elle à craindre ? Elle se gratta nerveusement la nuque. Sa réaction était absurde. Déplacée.

Elle était grande. Elle menait une vie normale. Elle avait été amoureuse une ou deux fois. La gentillesse des adieux quand ils s'étaient quittés, ses amoureux et elle, l'avait renforcée dans l'idée qu'il valait mieux qu'ils se séparent. Une rupture ne pouvait pas être « gentille ». Pas si le couple avait vécu une vraie passion. Une séparation était un moment douloureux, source de torrents de larmes, de cris, de récriminations et de longues, longues nuits sans sommeil.

Or, chaque fois qu'elle avait rompu, c'est tout juste si elle avait eu un petit pincement au cœur. Ses partenaires n'avaient pas plus souffert qu'elle. Le premier s'était marié six mois plus tard. L'autre avait quitté le Texas. Si jamais elle les revoyait, elle ne croulerait pas sous le chagrin. C'était certain.

Alors que, s'agissant de Jack…

Le jour baissait. Jack se découpait sur la lumière du soir. Plus elle le regardait, plus elle se sentait nerveuse. Elle redoutait déjà le moment où il ferait ses bagages pour partir. Pour de bon, cette fois. Il n'y avait rien à faire, elle resterait toujours de la race des romantiques attardées comme elle l'était déjà à quatorze ans, et une partie d'elle-même serait toujours irrésistiblement attirée par l'image du fils prodigue. Ce qu'elle ressentait en ce moment n'était pas une lubie, ni un béguin de collégienne. C'était bien autre chose. En l'espace de quarante-huit heures, elle avait développé de vrais sentiments pour Jack King.

*Ça ne peut pas bien se terminer*, se dit-elle en essuyant ses mains moites sur les jambes de son jean.

Jack était venu à Pine Lake pour régler une vieille histoire.

Interférer entre un homme et sa mission n'avait jamais été une bonne idée. Beth Driscoll avait intérêt à s'en souvenir.

Olivia descendit vers le ponton en claquant des pieds pour les avertir de son arrivée. Le ponton, qui n'était pas très stable, bougea, lui donnant l'impression qu'elle était ivre.

C'est Jack qui la vit en premier. Il lui fit un signe de la main et lui lança un bonsoir retentissant. Aussitôt, Beth se pencha pour remettre ses chaussures.

— Pardon, dit Olivia. Je ne voulais pas vous interrompre.

— Je partais, dit Beth.

Puis d'ajouter, en la fixant :

— On n'a pas eu l'occasion de se parler de tout l'été, mais j'avais bien l'intention de t'appeler pour te féliciter de ta promotion. J'attends la rentrée avec impatience.

Malgré le jour qui déclinait, Olivia voyait nettement son visage. Beth semblait sincère. Il y avait, pourtant, quelque chose de sec dans sa voix.

— Merci, Beth. Moi aussi, j'attends la rentrée avec impatience.

— J'ai des idées à te soumettre pour le labo de sciences. On peut en parler un jour de la semaine prochaine, si tu veux.

— Bonne idée. Je serai dans mon bureau tous les jours jusqu'à 17 heures.

— C'est parfait, je passerai en fin d'après-midi, alors.

Beth se tourna vers Jack.

— J'ai été très contente de te revoir. On ne reste plus si longtemps sans se voir à l'avenir, d'accord ?

— Je suis encore là pour quelques jours. On a le temps de se revoir.

— Alors à bientôt.

— Salut.

Olivia regarda Jack. Beth montait les marches et il la suivait des yeux, une expression indéchiffrable sur le visage. Quand elle disparut dans l'ombre des pins, il sortit de ses pensées.

— Désolée de vous avoir interrompus, commença Olivia.

— Tu n'as rien interrompu du tout.

— J'aurais dû t'appeler au lieu d'arriver comme une fleur. En fait, le coup que tu as reçu à la tête me préoccupe. Je voulais m'assurer que tout allait bien. Comme je savais qu'au téléphone tu me mentirais…

— Tout va bien. Mon mal de tête est presque passé.

— Et ta mémoire ?

— Un peu hésitante, mais je ne suis pas inquiet. Ça va revenir.

Montrant d'un signe de tête la bouteille de bière qu'il avait posée sur le ponton, elle lui demanda s'il comptait la boire.

— Elle doit être tiède, répondit Jack. Si tu veux, je vais t'en chercher une fraîche au chalet.

— Seulement si tu en bois une, toi aussi, répondit-elle.

Il hésita.

— Je ferais peut-être bien de rester à l'eau, à la réflexion.

— Alors passe-moi cette bouteille.

Il la lui donna et elle en but une longue gorgée.

— Désolée, j'en avais besoin, je meurs de soif. La journée a été longue.

— Cesse de t'excuser.

— Je déboule comme ça, sans prévenir, et je me doute que je ne suis pas la seule à vouloir te parler. Tout le monde sait que tu es revenu et tous tes vieux copains veulent sûrement te revoir.

— Oui… Parce qu'ils ont besoin de quelque chose, marmonna-t-il.

— Que veux-tu dire ?

— N'écoute pas. Je fais du mauvais esprit.

— Tu as le droit. J'ai senti du tirage entre toi et Nathan tout à l'heure.

Comme il ne répondait pas, elle essaya de lui tirer les vers du nez.

— J'aime beaucoup mon cousin, mais je suis réaliste et je sais qu'il ne fait jamais rien par hasard. Quant à Beth… Vous étiez proches, en classe ?

— Proches ? Je ne sais pas ce que ça veut dire. Nous étions amis.

— Je me souviens de vous quand vous étiez ensemble, dit

Olivia, rêveuse. Toi et Anna, Beth et Tommy. Je vous trouvais beaux. Pour moi, vous étiez comme des vedettes de cinéma. Je vous enviais. Le pauvre Nathan, lui, restait toujours à la traîne.

— Ça ne semblait pas le gêner.

— Bien sûr que si. Mais il ne le montrait pas.

La bouteille toujours à la main, elle se tut un instant.

— Il donnait l'impression d'être toujours bien dans sa peau, sympa et tout, reprit-elle. En fait, il n'allait pas bien du tout. Du coup, il était horripilant. Au lycée, il s'arrangeait pour que personne ne se rende compte de rien... Mais à la maison... Je suis sûre qu'il a encore des moments de déprime.

— « Horripilant », dis-tu ?

— Rappelle-toi, c'était la compétition permanente. Je ne sais pas ce qu'il essayait de se prouver.

Olivia soupira. Elle s'en voulait de critiquer son cousin derrière son dos.

— Son père était dominateur. Il voulait tout contrôler. Il a été très gentil envers ma mère et moi, et je n'oublierai jamais comment il nous a accueillies quand on était au fond du trou. Mais il était constamment sur le dos de Nathan, il le critiquait sans arrêt, le réprimandait pour tout et n'importe quoi. Je ne sais pas comment le pauvre Nathan a fait pour s'en sortir aussi bien.

Jack se tourna vers elle.

— Qu'entends-tu par « s'en sortir aussi bien » ?

Elle rit.

— On a tous nos faiblesses. Moi, je suis somnambule et j'ai la phobie des chutes.

— Si c'est tout ce que tu as comme faiblesses, tu vas plutôt bien.

— Si on veut.

Le regard de Jack, intense, la fit frissonner. Elle fixa l'eau pour cacher son trouble.

— C'est agréable, ici, dit-elle après quelques secondes. J'ai toujours adoré ce lac. Il a quelque chose d'irréel, de magique. Écoute. Tu entends ? Un alligator.

— Les œufs viennent d'éclore, dit Jack. Et les mères protègent leurs petits. Ce n'est pas le moment d'aller nager.

— Je m'en souviendrai. Personnellement, si ce chalet m'appartenait, je resterais sur le ponton des journées entières, et même la nuit, pour contempler le paysage. J'observerais la flore. Et la faune. De loin, évidemment.

— Décidément, ce chalet est très convoité. Nathan m'a dit qu'il voulait l'acheter.

— Ah non ! Tu ne vas pas le vendre ! Pardon, ça ne me regarde pas. Mais j'espère quand même que tu ne le feras pas. Léon adorait cet endroit. Il serait tellement heureux de savoir que tu y viens, même si ce n'est qu'un week-end de temps en temps.

— On verra, répondit Jack.

Il alla vers les transats installés sur un ponton.

— Tu peux rester ?

— Encore un peu.

Olivia n'avait rien de particulier à faire jusqu'au lendemain matin, mais elle ne voulait surtout pas que Jack s'imagine qu'elle s'installait pour la nuit.

Ils s'assirent côte à côte. Une petite brise se frayait un passage dans les branches des pins et leur caressait le visage. Le lac était tranquille sous le manteau noir de la nuit. Des arbres morts restaient accrochés aux mousses et aux hautes fougères qui bordaient les berges, comme des noyés. Des crapauds coassaient, des hérons pêchaient, et les nénuphars n'allaient pas tarder à refermer doucement leurs pétales.

La nuit était tombée. Pendant quelques minutes encore il ferait très noir, jusqu'à ce que la lune apparaisse au-dessus de la cime des arbres.

Olivia posa la bouteille de bière entre eux et bascula la tête en arrière pour admirer le ciel. Elle se sentait nerveuse. Jack était si près d'elle qu'elle aurait pu tendre la main et caresser son bras. Elle n'avait qu'à tourner la tête, entrouvrir les lèvres, et — elle en était sûre — il comprendrait qu'elle avait envie qu'il l'embrasse. Une envie folle.

Elle continua de fixer le ciel, mais elle ne pensait qu'à *ça*.

Bientôt, elle entendit Jack s'étirer. Elle sentit son regard sur elle, mais ne cilla pas,

— C'est vraiment un endroit magique, dit-elle simplement.

— Oui, j'avais oublié, dit-il. Rien d'autre que la lune, l'eau et les bruits de la nuit.

— Les bruits de la nuit doivent être très différents à Houston.

— Oui.

— Tu aimes vivre en ville ?

— J'aime l'anonymat.

Étonnée, elle tourna la tête vers lui.

— Mais tu as des amis à Houston, non ? Du moins, des collègues de travail, des relations.

— Ils savent mon nom. Ils connaissent mon métier mais ils ne me connaissent pas.

— Tu n'as personne, vraiment ? osa-t-elle.

— Non, plus personne.

Elle attendit, espérant qu'il en dise un peu plus.

— J'ai été marié, reprit-il après un long silence. Mais ça n'a pas duré longtemps.

— Pourquoi ?

— On a décidé qu'on s'entendait mieux en tant qu'amis que comme mari et femme. On est restés en bons termes.

L'idée qu'il soit resté en relation avec son ex-femme la rassura. Pas de larmes, pas de reproches, pas d'insomnies. Pas d'amour non partagé. Pas de passion brisée.

— Moi, je n'ai jamais été mariée, dit-elle. J'ai seulement failli l'être, à deux reprises.

Il prit la bouteille de bière et but au goulot.

Trouvant à ce geste quelque chose d'érotique, elle frissonna et chercha quelque chose à dire, n'importe quoi, pour tromper son trouble.

— Quand Nathan m'a demandé de sortir pour te parler, à toi tout seul, que voulait-il ? Tu n'es pas obligé de répondre, mais je suppose qu'il s'agissait de moi.

— Il sait que tu as eu une crise, la nuit où Jamie a été tuée.

— Tu le lui as dit ?

— Il s'en est douté. Mais je n'ai pas confirmé. Le mieux en ce qui nous concerne, c'est de ne pas changer un iota de ce qu'on a déjà dit. Même pas avec Nathan.

Elle fronça les sourcils.

— Tu ne penses quand même pas que mon cousin a quelque chose à voir avec la mort de Jamie ? Je sais qu'il l'aimait beaucoup. Il l'a beaucoup aidée.

La lune qui s'était levée éclairait maintenant leurs visages.

— Tu savais qu'il a menti sur ce qu'il a fait la nuit où Anna a été tuée ?

— Quoi ?

— Tommy aussi a menti. Ils se sont fourni mutuellement un alibi pour couvrir le fait qu'ils étaient sortis tous les deux, ce soir-là. Mais pas ensemble, apparemment.

— Tu ne penses quand même pas que...

Elle posa la main sur son bras... mais la ramena aussitôt sur son accoudoir.

— Pour quelle raison auraient-ils tué Anna ?

— Je n'ai jamais dit qu'ils l'avaient tuée. Mais ils ont menti et je voudrais savoir pourquoi.

— Tu as demandé à Nathan ?

— Il m'a raconté qu'il était parti à ta recherche parce que tu avais eu une crise, cette nuit-là.

La soirée était douce, pourtant un souffle froid lui glaça le dos. Était-elle vraiment sortie cette nuit-là ? Le lendemain matin, elle s'était réveillée dans son lit, elle s'en souvenait parfaitement. Le soleil brillait dans sa chambre quand sa mère l'avait secouée pour lui annoncer la terrible nouvelle. Ce drame l'avait anéantie. Le meurtre sauvage d'Anna Grayson avait choqué toute la ville. Penser qu'elle errait quelque part, dans le noir, cette nuit-là... Il y avait de quoi trembler, en effet.

— Tu t'en souviens ? demanda-t-il.

— Non. Je ne me souviens jamais de ce qui se passe pendant ces épisodes. Je te l'ai dit, c'est l'amnésie totale.

Elle lâcha les accoudoirs qu'elle avait empoignés un instant plus tôt.

— Nathan se rappelle où il m'a trouvée ?

— Sur la route qui longe le lac, près du pont.

— Près du pont..., répéta-t-elle, songeuse, en regardant Jack. Quelle coïncidence ! Et quelle horreur !

— Tu ignorais tout ça ?

Elle s'agita sur son transat comme pour se dégager des griffes glaciales qui lui enserraient la colonne vertébrale.

— Nathan ne m'en a jamais parlé. Tu ne penses pas que... que je suis impliquée dans la mort d'Anna ? Et dans celle de Jamie ?

— Bien sûr que non.

— Mais tu penses que j'ai pu voir quelque chose.

— C'est possible.

— Hélas, c'est le vide total dans ma tête, comme toi ces dernières vingt-quatre heures. J'ai demandé à Mona Sutton si elle pensait que l'hypnose pourrait m'aider à recouvrer des souvenirs. Mais d'après elle, ce n'est pas fiable.

— Mona Sutton, la conseillère d'orientation du lycée ? Je pense qu'elle a raison. Mais si tu veux essayer, je connais quelqu'un à Houston.

— Je garde ça dans un coin de ma tête. Jack ?

— Oui ?

Elle allait lui demander quelque chose à propos de la visite de Nathan quand la lune éclaira soudain le lac.

— Il y a une lumière là-bas. Regarde. Je crois qu'il y a quelqu'un sur le pont.

# 8

Jack fouilla la nuit des yeux.

— Reste là, je vais aller voir, dit-il finalement.

— En bateau ?

Elle regretta aussitôt sa question idiote. Évidemment, en bateau. Pensait-elle qu'il allait y aller à la nage ?

Il larguait déjà les amarres quand Olivia le rattrapa.

— Je viens avec toi.

— Je préfère que tu restes ici.

— Pourquoi ? Qu'est-ce que tu penses trouver ?

Là-bas, la lumière vacillait toujours.

— Quelqu'un marche sur le pont avec une lampe torche. La question est : qu'est-ce *qu'il* pense trouver ?

— Une preuve, dit-elle, tout excitée. Quelque chose qu'il a laissé traîner. Une pièce à conviction.

— C'est possible.

— Raison de plus pour que j'y aille avec toi. Quatre yeux valent mieux que deux !

Cela faisait aussi une cible de plus… Elle n'était pas spécialement courageuse. D'où lui venait ce subit élan de bravoure ?

Jack prit place dans le bateau et lui tendit la main pour l'aider à sauter.

— On va laisser les lumières éteintes. Il entendra notre moteur mais, dans le noir, il ne saura d'où vient le bruit que lorsque nous serons tout près.

— Super, dit Olivia, de plus en plus excitée.

— Attention, dit-il. Naviguer la nuit sur le lac n'est pas sans risque. Si, par malheur, on heurte un tronc d'arbre, on n'aura plus qu'à regagner la berge en nageant.

— Je suis bonne nageuse.

Elle sauta à bord et Jack lança le moteur. Il manœuvra pour s'écarter du ponton et mit les gaz. Le bateau vira si vite qu'Olivia en perdit l'équilibre. Elle tomba assise, brutalement, et agrippa le rebord de son siège. L'avant du bateau sortait de l'eau sous l'effet de la vitesse. Pourtant, Jack accéléra encore comme s'ils étaient poursuivis par le diable en personne.

Olivia frémit. Elle aimait le lac et les bateaux, mais filer à cette allure dans une nuit noire, sur une eau noire, à la rencontre d'un éventuel meurtrier, était une expérience qu'elle n'avait jamais connue et qui ne l'excitait plus, soudain.

À l'approche du pont, Jack commença à ralentir et mit au point mort. La lumière qu'Olivia avait remarquée un peu plus tôt avait disparu. La personne qui était là avait dû battre en retraite dans le bois en entendant le moteur du bateau.

Elle plissa les yeux pour mieux voir et crut distinguer une forme sur le pont. Oui, elle l'aurait juré, il y avait une silhouette serrée contre le garde-fou.

— Là ! s'écria-t-elle, sa voix couvrant le ralenti du moteur.

Jack alluma le feu de tête de mât dont le faisceau perça la nuit et éclaira les piliers métalliques qui soutenaient le tablier et toute la structure du pont. S'attendant presque à voir deux yeux, enfoncés dans un visage blanc, la fixer, Olivia frissonna. Il n'y avait rien, ni être humain ni fantôme, que des ombres.

Jack coupa le moteur et vint s'asseoir près d'elle. Ils restèrent ainsi, en silence. Jack prit une lampe torche pour balayer le pont, son tablier en vieilles planches disloquées et toute la structure en fer qui le surplombait. Olivia suivait le faisceau des yeux, encore estomaquée d'avoir été capable d'escalader cette construction en dormant, l'autre nuit…

Un moteur ronfla au loin. Une voiture. Jack fit repartir le bateau et fonça vers la rive sans se soucier des algues qui s'enroulaient autour des pales de l'hélice. Comme ils arrivaient en eaux peu profondes, il réduisit les gaz puis mit au point mort et sauta à terre sans lâcher le bateau auquel il fit faire demi-tour pour diriger l'avant vers le large.

— Tu sauras te servir du volant ?

— Oui. Mais où vas-tu ?

Il était déjà parti.

— Ah non ! grommela-t-elle, le suivant des yeux.

De l'eau jusqu'aux chevilles, Jack longeait la rive. Elle le vit remonter et disparaître dans les futaies en direction de la route.

Sans attendre, Olivia empoigna le volant et s'éloigna de la berge, essayant d'éviter algues, iris, renoncules et les plus redoutables, ces touffes d'élodées surnommées « la peste d'eau », autant de plantes aquatiques qui ne demandaient qu'à se prendre dans l'hélice et bloquer le moteur.

Une fois en eau profonde, elle mit au point mort. Là, elle comprit très vite que, éclairée par la lune, elle était une cible facile. Elle décida donc d'aller se mettre à l'abri sous le pont et trouva un endroit sombre où se cacher.

Assise dans le bateau, elle écouta la nuit. La voiture avait dû filer car elle n'entendait plus son moteur, mais elle n'entendait pas Jack non plus. Tout était calme. Apparemment, elle était seule sur l'eau. Pourtant, elle avait l'impression d'être épiée.

L'inquiétude, d'abord, puis la peur finirent par la gagner. Dans le fond, son idée de se cacher sous le pont n'était peut-être pas si bonne.

Elle réfléchit. Si elle mettait en route le moteur électrique, celui dont l'oncle de Jack devait se servir pour la pêche à la traîne, elle pourrait longer la berge et tenter de retrouver Jack.

S'il était revenu, il l'aurait sûrement appelée. Cela faisait un moment qu'il était parti. Que faisait-il ?

Et s'il lui était arrivé quelque chose ? Et s'il s'était trouvé nez à nez avec le meurtrier de Jamie Butaud ? Ou pire, s'il était tombé dans un piège ?

Ces éventualités — et d'autres, pires encore — tournant en

boucle dans sa tête, elle se roula en boule au fond du bateau et attendit encore. Mais très vite, la quasi-certitude qu'on l'épiait la reprit. Une nouvelle fois, elle scruta la rive, le sommet des arbres. Comme elle s'apprêtait à démarrer le moteur pour s'éloigner dans le chenal, un bruit de pas au-dessus d'elle lui fit lever la tête. Quelqu'un marchait sur le pont.

*Ça doit être Jack*, se dit-elle.

La personne qui était sur le pont tout à l'heure avec une lampe torche avait dû s'enfuir en entendant le bateau approcher. Elle devait même être déjà en ville. Mais si elle se trompait ? Si cette personne était bel et bien encore là ? Elle avait pu rouler jusqu'au bout de la route, se garer et revenir à pied pour continuer à chercher ce qu'elle avait perdu.

Et si cette personne avait vu Jack débarquer et courir vers le bois, ce qui la laissait, pauvre d'elle, toute seule sur le lac ?

Et si cette personne savait qu'elle se trouvait sur le pont la nuit où le corps de Jamie Butaud avait été jeté dans l'eau et qu'elle revenait pour tuer le témoin gênant ? Le seul témoin, d'ailleurs...

L'imagination en ébullition, le cœur prêt à exploser, Olivia ne quittait plus le dessous du tablier des yeux.

Aux aguets, complètement absorbée par ce qui se passait au-dessus de sa tête, elle ne remarqua pas que le bateau dérivait et s'approchait dangereusement d'un pilier. Le raclage de la coque contre le métal la fit sursauter. Prenant appui sur le pilier, elle poussa le bateau puis, à l'aide d'une pagaie, elle essaya de se dégager, mais l'eau qui tapait sur la coque en fibre de verre faisait un bruit aussi fort qu'une déferlante.

Une lumière brilla entre les planches du tablier et, presque aussitôt, s'éteignit. Olivia imagina tout de suite quelqu'un, sur le pont, qui regardait en dessous. Qui *la* regardait. Elle se rassura en se disant qu'elle était dans l'ombre, qu'on ne la voyait pas. Du moins, l'espérait-elle.

Elle empoigna la lampe torche et la dirigea vers le haut. Si elle l'allumait, elle pourrait peut-être apercevoir, par les fentes entre les planches, celui ou celle qui marchait là-haut. S'armant de courage, elle allait allumer quand elle entendit un bruit. Un son très net qui ressemblait au *clic* d'une arme qu'on charge.

Rapide comme l'éclair, elle démarra le bateau, s'écarta du pilier et mit les gaz à fond.

Une balle frappa l'eau devant elle, une autre sur le côté. Elle s'accroupit sous le volant, continua sa course jusqu'à être hors de portée de tir et, alors seulement, mit au point mort sans arrêter le moteur. L'eau clapotait contre la coque. Le courant la poussait vers la berge. Que les plantes ou les feuilles mortes se prennent dans l'hélice n'était plus son problème. Quelqu'un venait de lui tirer dessus. Deux fois.

Sans la décharge d'adrénaline dans son sang, elle serait morte de peur sous le choc. Mais elle devait en avoir une bonne dose dans le corps car, bravant le danger, elle braqua la lampe torche sur le pont et balaya le tablier, le garde-fou et les extrémités plongées dans le noir de la lumière du faisceau. Il n'y avait personne.

Pendant une seconde, elle se demanda si elle n'avait pas rêvé. Avait-elle réellement entendu des pas ou les avait-elle imaginés ? Avait-elle vu les balles éclabousser l'eau ou, là encore, avait-elle rêvé ?

Au même moment, elle vit une forme qui courait sur le pont au mépris des planches rongées par la vétusté, le manque d'entretien et l'humidité. Elle était trop loin pour distinguer les traits de la personne, mais elle sut tout de suite que c'était Jack. Il avait vu quelque chose, lui aussi. Ou entendu les coups de feu et il revenait en courant. Olivia ne le quitta plus des yeux. Elle enclencha la marche avant et le bateau bondit.

Le temps d'arriver au pont, il était parti. Elle passa sous la première arche puis fit demi-tour. Après plusieurs manœuvres du même genre, elle s'entendit appeler. C'était bien Jack. Elle leva la tête et le vit. Il marchait de long en large sur le pont et se servait des interstices entre les planches disjointes pour éclairer le lac avec sa lampe.

— Prends-moi là-bas, lui cria-t-il en lui montrant la rive où il avait débarqué tout à l'heure.

Se frayant un passage dans la végétation et les branches mortes, elle fit glisser le bateau jusqu'à ce que l'avant touche la rive. Jack repoussa le bateau et grimpa à bord.

— Tout va bien ? lui demanda-t-il, visiblement anxieux.

— Oui, ça va.

Il lui fallut un moment pour reprendre son souffle.

— Jack, quelqu'un m'a tiré dessus. Il était sur le pont.

— J'ai entendu.

Il y avait de la colère dans sa voix.

Il tendit la main vers son visage et remit une mèche de ses cheveux derrière son oreille.

— Tu es sûre que ça va ?

— Je... Je crois.

Comme l'effet de l'adrénaline se dissipait, le choc qu'elle venait de subir imposa son inévitable cortège de manifestations, frissons, sueurs froides... Il remarqua que ses mains tremblaient.

— Je vais prendre la barre, maintenant, dit-il.

Quelques minutes plus tard, ils accostaient au ponton. Jack amarra le bateau. Ils montèrent les marches en silence et, arrivés au chalet, refermèrent prudemment derrière eux. Jack alla tout droit à la cuisine et leur servit à chacun un verre de whisky.

— Il vaut mieux que j'évite, dit-elle comme il lui en tendait un. Je vais devoir conduire pour rentrer.

— Tu n'es pas obligée de rentrer chez toi. Tu peux rester ici, ce soir. Je pense même que ça vaudrait mieux.

Sans lui laisser le temps d'accepter ou de refuser, il lui indiqua le salon d'un signe de tête.

— Je prendrai le canapé.

— C'est que... C'est très gentil de ta part, mais il faut que je rentre chez moi. J'ai des obligations tôt demain et...

Se rendant soudain compte du peu d'importance de ses préoccupations — réunions, budget, etc. — alors que, quelques instants plus tôt, elle avait failli perdre la vie, elle laissa sa phrase en suspens.

— Dans le fond..., reprit-elle.

Sur ces mots, elle prit le verre et le vida d'un trait.

— Oh là là, c'est fort ! s'exclama-t-elle en plaquant la main sur sa poitrine.

— Léon aimait ce qui est bon.

Jack prit son verre et retourna à la porte d'entrée. Il alla ensuite vérifier celle qui donnait sur le ponton.

— As-tu fait installer ton alarme ?

— Ils viennent demain, répondit Olivia. Tu vois, il faut vraiment que je rentre.

— Si j'étais toi, j'attendrais que mon système de sécurité soit en place.

Elle fit pivoter son tabouret de bar pour le regarder dans les yeux.

— Tu penses que celui qui m'a tiré dessus est capable de venir m'agresser chez moi ?

— Et pourquoi pas ?

— Toi et moi, nous parlons d'un homme, mais c'est peut-être une femme, après tout.

Jack haussa les épaules.

— Oui, il ne faut pas l'exclure. En tout cas, mon instinct, mon expérience professionnelle me disent que tu... que *nous* avons intérêt à nous méfier, l'un et l'autre.

Donc, il considérait qu'ils étaient tous les deux embarqués dans l'aventure ? Partenaires en crime, en quelque sorte !

Une sorte de complicité qui ne lui déplaisait pas vraiment, songea Olivia.

— Tu ne penses pas que nous devrions appeler le bureau du shérif ?

— Ce n'est pas une bonne idée.

Il la regarda, l'air sombre, avant d'ajouter :

— Je n'ai aucune confiance en Tommy Driscoll.

— On peut appeler la police d'Austin.

— Ce coin ne fait pas partie de sa juridiction. Ils transmettront au shérif du comté.

— Jack ?

— Oui ?

— Y a-t-il une personne dans ce pays à qui tu fais confiance ?

— Non.

La réponse était nette et catégorique.

— Encore que, après t'avoir vue manœuvrer le bateau, je connais au moins une personne que je juge digne de me protéger.

— Mon père et moi allions souvent à la pêche. Il voulait être sûr que je serais capable de revenir si jamais il lui arrivait quelque chose. Juste pour info, tu peux me faire confiance.

— Juste pour info, je n'ai pas *pas* confiance en toi. En revanche, Nathan Bolt a beau être ton cousin, je me méfie de lui.

— Ça, j'avais compris.

Olivia le suivit dans le salon et se laissa tomber sur le canapé. Les bras croisés, elle le regarda inspecter la maison. Il n'arrêtait pas.

— Tu es nerveux, dit-elle.

— Un peu à cran. L'adrénaline me fait toujours cet effet.

— À ton avis, qui était sur le pont, ce soir ?

— Comment veux-tu que je le sache ? Je suis comme toi, je n'ai vu qu'une lumière mouvante. Mais ce que cette personne cherchait doit être assez important pour qu'elle ait pris le risque d'être vue. Il ou elle a dû s'éloigner en voiture en entendant le moteur du bateau. En tout cas, je n'ai pas entendu de voiture revenir, ni n'ai aperçu de véhicule garé, d'ailleurs. Il devait être bien caché. Une chose est sûre, le suspect est revenu sur le pont, peut-être pour continuer à chercher ce qu'il avait perdu ou parce qu'il savait qu'il avait des chances de t'y trouver toute seule.

— Ça fait beaucoup de *peut-être*, dit-elle.

— Désolé, mais c'est tout ce que je peux dire… Pour l'instant.

— J'étais sous le pont quand il est revenu. Il se trouvait juste au-dessus de moi. Je l'ai entendu marcher. J'ai même entendu quand il armait son fusil. Il a tiré mais il m'a ratée. Les balles ont fini dans l'eau. Je me demande s'il n'a pas voulu seulement me faire peur.

— Encore un *peut-être*.

— C'est tout ce que je peux dire pour l'instant ! ironisa-t-elle. Ce que je trouve bizarre dans cette histoire, ce sont toutes ces tentatives pour m'atteindre. À chaque fois, on me rate. Si on avait vraiment voulu me tuer, c'était simple à faire, non ?

— Rien n'est simple dans cette affaire, Olivia, crois-moi.

Olivia se rembrunit.

— Il faut vraiment que je rentre chez moi, murmura-t-elle après un long silence. C'est très gentil de me proposer de rester, mais je n'ai rien pour me changer, je n'ai même pas de brosse à dents.

— Pas de problème, lui dit-il. J'ai vu que mon oncle en avait plein d'avance. Tu as de la chance.

Sa tentative pour s'en aller tombant à plat, elle essaya de trouver un autre prétexte.

— Tu as raison, j'ai de la chance, dit-elle finalement. Jack ?

— Oui ?

— Tu as une arme ?

— Oui.

— Ici ? Dans le chalet ?

— Oui.

— Pourquoi ne la portes-tu pas sur toi ?

Il ne répondit pas tout de suite.

— Je ne suis pas fan des armes. Je n'emporte jamais que le minimum.

Elle le regarda, étonnée.

— Tu as été policier.

Pour toute réponse, il haussa les épaules. Alors, elle insista.

— Pourquoi as-tu quitté la police, Jack ?

— Parce que j'ai pensé que travailler dans le privé me

conviendrait mieux. Ma hiérarchie te dirait que je ne m'intègre pas bien dans un groupe.

— J'ai comme l'impression que tu ne me dis pas toute la vérité.

— Tu la dis toujours, toi ?

Il prit la bouteille de whisky et leur versa une nouvelle rasade.

— Tu n'avais pas dit qu'il valait mieux que tu restes à l'eau ?

— Je commencerai demain.

Elle but une gorgée et reposa son verre sur la table basse.

— On fait quoi maintenant ?

— Je vais préparer quelque chose à manger. Tu as faim ?

— Non, j'ai l'estomac encore noué.

— Si tu continues à boire du whisky, il vaut mieux que tu manges. Allez, assieds-toi et détends-toi. Je vais voir ce que je peux trouver dans les placards.

— Jack ?

— Oui ?

— À ton avis, qui a tué Anna ?

Il se frotta les joues, l'air perdu, en regardant au loin. Elle ne l'avait jamais vu sous ce jour, à la fois dur et fragile. Non, pas fragile, hanté plutôt.

— Je me pose sans arrêt cette question depuis quinze ans. Et la réponse ne change pas. Je ne sais pas.

— Tu n'as pas une petite idée ? Une intuition ? Une intime conviction ? Tu as été policier...

— Non, seulement une tonne de questions sans réponse...

Il ouvrit le réfrigérateur et regarda ce qu'il pouvait utiliser.

— Je ne suis pas un grand cuisinier, la prévint-il en sortant une boîte d'œufs et des légumes. Je suis basique.

Basique ? Son impression à elle, c'est que Jack n'avait rien de basique.

Elle se leva du canapé et s'approcha du bar pour le regarder officier. L'agilité avec laquelle il coupait les légumes la stupéfia.

— On dirait que tu n'as fait que ça toute ta vie, plaisanta-t-elle.

Elle était fascinée par ses doigts. Des doigts longs et souples qu'elle imaginait caressant son dos et, pourquoi pas, ailleurs...

Immanquablement, elle repensa à leur baiser, le premier soir, et se demanda s'ils auraient une deuxième fois la même pulsion. Jack semblait se contenter de sa présence à bonne distance de lui. Elle... Pourquoi subitement se sentait-elle si seule ?

Elle prit son whisky et en avala une bonne gorgée. Elle en avait bien besoin pour se réconforter.

— Jack ?

— Oui ?

— J'ai quelque chose à te dire.

— Je t'écoute.

— C'est à propos d'Anna.

Il resta le bras en l'air, figé, avec le couteau qu'il tenait et la regarda.

— Quoi donc ?

— Je sais un truc que tu ignores peut-être. Mais tu n'as peut-être pas envie de savoir, après tout, ajouta-t-elle.

Il recommença à couper les légumes avec une précision chirurgicale.

— Vas-y, dis-moi.

— Tu savais qu'elle travaillait avec Mona Sutton après les cours et, parfois, le samedi ?

— Oui, je m'en souviens. Elle voulait être psy.

— Oui. Mona m'a raconté qu'au début ça l'avait flattée et puis elle a commencé à douter des motivations d'Anna. Selon elle, Anna ne cherchait pas à aider les gens mais à découvrir leurs secrets.

Jack fronça les sourcils.

— Quel genre de secrets ?

— Mona n'a pas été très précise, mais elle se demandait si Anna n'avait pas consulté ses fichiers. Elle m'a, entre autres, parlé d'un piratage. Toute l'informatique du lycée en a pâti. Des notes changées, des demandes de bourse annulées... Le scandale n'a pas éclaté parce que l'administration a tout fait pour étouffer l'affaire. Mona a toujours pensé qu'Anna était dans le coup. Elle t'en avait parlé, Anna ?

Jack ne bougeait plus. Il était totalement ailleurs. C'est le grésillement du beurre dans la poêle qui le ramena à la réalité. Il baissa le feu et mit légumes et œufs dans la poêle.

— Je n'ai pas été au courant de cette histoire de piratage, en revanche je me suis étonné quand j'ai vu mes notes. J'ai demandé des explications à mes professeurs qui m'ont répondu qu'il y avait eu des erreurs. Ils sont restés très vagues. J'avais aussi fait des demandes de bourse auprès de plusieurs universités, une m'avait admis. Elle et les autres m'ont rayé de leurs listes quand j'ai été accusé.

— Ce n'est pas juste.

Il haussa les épaules.

— Je ne vois pas pourquoi Anna aurait falsifié mes notes. Et encore moins annulé mes demandes de bourse.

— Elle ne voulait peut-être pas que tu partes loin.

— Elle partait, elle aussi.

Il resta pensif pendant quelques secondes.

— La chose que je ne comprendrai jamais, c'est le mobile.

— Tu veux dire le mobile du meurtre ? Et si elle avait trouvé quelque chose de grave dans les fichiers de Mona ? Quelque chose de compromettant qui lui permette de faire chanter un étudiant, par exemple ? Compte tenu de ce que je me rappelle d'elle, ça ne lui ressemble pas, mais sait-on jamais...

— Anna était compliquée.

— C'est ce que dit Mona. Personnellement, je ne l'ai jamais vue comme ça, mais je ne la connaissais pas très bien. En fait, je ne connais personne vraiment bien, même pas mon cousin Nathan. Mais j'ai du mal à croire qu'un étudiant puisse avoir un secret tellement inavouable qu'il soit prêt à tuer pour cela.

— Qui parle d'un étudiant ?

— Ce n'est qu'une supposition...

Olivia, laissant sa phrase en suspens, l'interrogea du regard.

— Tu penses à quelqu'un d'autre ? demanda-t-elle.

— Tu connais bien Mona Sutton ?

— Mona ? Tu plaisantes ! Quelle raison aurait-elle...

— Mona t'a dit, l'interrompit-il, qu'elle soupçonnait Anna d'avoir mis le nez dans ses dossiers. Anna a peut-être découvert quelque chose sur elle.

— Quoi par exemple ?

Il haussa les épaules.

— C'est toi qui peux me le dire.

— Complètement idiot, rétorqua Olivia en haussant les épaules. Si on va par là, on peut monter un dossier contre n'importe qui. C'est trop facile.

— Holà, on se calme ! lança Jack.

— Excuse-moi, je m'emballe quelquefois. Mais Mona est une amie, et Nathan mon cousin. J'ai mauvaise conscience à dire du mal d'eux derrière leur dos.

— Il faut bien qu'on trouve des explications.

La machine à café était en marche et une délicieuse odeur de café se dégageait. Une odeur qu'Olivia aimait car elle lui rappelait sa grand-mère, grande amatrice d'arabica. *Granny*, comme elle l'appelait, pouvait en boire plusieurs tasses à la file, alors qu'Olivia était hyper sensible aux effets de la caféine. Conjugué à l'adrénaline, le café avait toutes les chances de l'empêcher de dormir, cette nuit.

Elle leva les yeux vers Jack. Il la dévisageait.

— Qu'y a-t-il ?

— Je me demandais si tu as quelquefois entendu des bruits de couloir sur Mona Sutton. Une aventure avec un étudiant... Ou autre chose ?

Le visage de Jack était resté impassible, mais ses yeux brillaient exagérément. Elle se demanda pourquoi.

— Non, jamais, répondit-elle sans hésitation. Enfin, quelques bricoles mais rien de sérieux. Mona est quelqu'un de très respecté. Un exemple pour tout le monde.

— Tu ne trouves pas bizarre qu'avec les références qu'elle a, ses diplômes et tout son background, elle ait choisi de rester travailler comme conseillère d'orientation dans un trou comme Pine Lake ? Elle ne doit pas avoir un salaire mirobolant.

— Son salaire ? riposta Olivia. C'est le même que le mien. Je te l'accorde, ce n'est pas gras ! Mais, tu sais, on ne choisit pas ce métier pour l'argent. On le fait par amour, pour transmettre aux jeunes générations.

— Pardon, pardon, je ne voulais pas te vexer.

— Je ne suis pas vexée. Mais tu as raison, on peut se demander pourquoi une femme comme Mona reste à Pine Lake. Je sais qu'elle a aussi une clientèle privée, en plus de son travail au lycée.

— Ah, ça, je l'ignorais.

— Si ce dont nous parlons en ce moment était vrai et s'ébruitait, ce serait la fin de sa carrière, reprit Olivia après un silence.

— C'est probable.

— Ce que tu penses, si je t'ai bien suivi, c'est qu'Anna a dû découvrir des choses sur Mona Sutton. Éventuellement, une liaison avec un étudiant. Qui serait... ?

— Tommy Driscoll.

Olivia en resta bouche bée.

— Mona et Tommy. Tu es sûr de ce que tu avances ?

— Je ne suis sûr de rien. Tu l'as dit toi-même, ce ne sont que des suppositions, dans le secret du chalet de mon oncle. Une conversation qui ne sortira pas de ces murs.

— Mona et Tommy, répéta Olivia, songeuse. Je n'y crois pas. Elle est belle, raffinée. Tommy Driscoll est... Comment dire ? Tommy Driscoll ! D'accord, il peut plaire avec ses manières affectées, enfin si l'on veut... On peut même le trouver charmeur, mais il est surtout content de lui. Cette suffisance !

Et pourtant...

Elle-même s'était demandé pourquoi Mona ne s'était jamais mariée. Pourquoi elle ne fréquentait personne à Pine Lake.

— Mona a peut-être tué Anna parce que sa relation avec un étudiant allait se savoir. C'est ton hypothèse ?

— C'est *une* hypothèse, rétorqua Jack.

— Je n'y crois pas.

— Comme tu voudras.

— N'empêche que maintenant cette idée ne me sortira plus de la tête. Je te remercie !

Il se retourna vers la cuisinière en riant.

— Ce sera bientôt prêt, dit-il.

Il répartit la préparation aux œufs dans les assiettes, versa du café dans les tasses et ils s'installèrent au bar. Tout en mangeant, ils parlèrent de tout et de rien. Olivia lui exposa le programme qu'elle s'était fixé pour la prochaine année scolaire. Elle parla aussi du remariage de sa mère. Jack évoqua vaguement sa vie mais, à ce qu'elle comprit, il menait une existence solitaire. Ses parents avaient déménagé à Phoenix des années plus tôt et il n'avait personne dont il se sente proche. Son choix sans doute. Olivia faillit lui dire qu'il ne devait pas être facile à vivre et qu'il n'était pas d'un naturel heureux. Mais elle préféra garder ses remarques pour elle.

Le dîner terminé, elle s'installa devant l'évier pour faire la vaisselle pendant qu'il descendait au ponton voir ce qui s'y passait. Les assiettes lavées, séchées et rangées, elle alla le rejoindre.

— Qu'est-ce que tu fais là ? lui dit-il. C'est dangereux.

— C'est dangereux partout. J'ai repensé au type qui marchait sur le pont. Pourquoi penses-tu qu'il n'est pas resté plus longtemps s'il cherchait quelque chose ? Il ne faisait pas encore nuit quand j'ai aperçu la lampe torche.

— Il a peut-être eu peur de voir quelqu'un arriver.

À côté de lui, Olivia fixait l'eau. La lune éclairait la surface du lac d'une lumière argentée qui lui donnait un aspect irréel.

— Pour commencer, je manque me faire écraser par un fourgon qui était peut-être conduit par Marc Waller. Mais ça, je ne l'affirme pas. Ensuite tu te fais agresser et droguer et maintenant on me tire dessus. Mais qu'est-ce qui se passe à Pine Lake ? Dans quoi avons-nous mis les pieds, Jack ?

— Je ne sais pas, dit-il d'une drôle de voix. Mais j'aurais préféré t'éviter ça.

— Tu n'y es pour rien. C'est moi qui ai escaladé le pont en

dormant, rappelle-toi. C'est moi qui étais là quand le corps de Jamie Butaud a été jeté dans le lac.

— Non, je parle de ce soir. Je n'aurais pas dû t'emmener.

Elle se raidit.

— Si j'étais restée derrière, celui ou celle qui se trouvait sur le pont serait peut-être venu me chercher ici.

— Personne ne savait que tu étais au chalet. Sauf si tu l'as dit à Nathan.

— Non, je n'ai rien dit à Nathan. Mais tu oublies quelqu'un. Beth. Elle, elle savait.

— En effet.

Elle nota encore une drôle d'intonation dans sa voix.

— Et si quelqu'un était en train de surveiller le chalet ? Et si quelqu'un me guettait ? Si Nathan s'est douté que j'ai eu une crise de somnambulisme la nuit du meurtre, d'autres personnes ont pu y penser aussi. Peut-être que l'objectif, c'était de me faire sortir du chalet.

— Encore des *peut-être*.

Olivia regarda l'eau qui brillait sous la lune. Les vaguelettes qui ondulaient à la surface du lac lui faisaient penser à des écailles d'argent. En revanche le pont, avec ses poutrelles métalliques qui s'entrecroisaient comme des membres disloqués, faisait peur.

Elle se tourna pour regarder plutôt du côté des berges. Tout était tranquille. Aucune lumière ne vacillait dans le noir. Pas de silhouette fuyant se cacher sous les arbres. La nuit était calme avec juste une brise légère qui ridait un peu la surface du lac.

Malgré ce calme, elle commença à éprouver une sorte de malaise, comme un peu plus tôt sous le pont. Quelqu'un les observait. C'était sûr. Peut-être depuis le pont, peut-être depuis le bois sur la rive d'en face. Peut-être plus près, depuis un bateau caché derrière le rideau épais de mousse espagnole.

Quelqu'un les épiait.

# 9

Jack se réveilla en sursaut. Un bruit difficile à identifier l'avait sorti de son sommeil.

Dans le noir, il lui fallut un petit moment pour comprendre où il se trouvait. Il était dans la chambre du chalet de son oncle, au bord du lac. Olivia, qui avait insisté pour prendre le canapé, dormait dans le salon. Jack se releva sur les coudes et écouta. C'était sans doute Olivia qui s'était levée et fourrageait dans le salon. Mais si ce n'était pas elle, alors c'est qu'un intrus s'était introduit dans le chalet.

Un léger courant d'air dans la pièce agitait les rideaux. Quelque part dans le chalet une porte donnant sur l'extérieur avait été ouverte.

Il se leva et passa son jean. Prit son arme dans le tiroir de la table de nuit et sortit de la chambre. Il longea le couloir qui menait au salon. Premier coup d'œil, le canapé. La couverture était en boule par terre. Alerté par un courant d'air sur ses épaules nues, il regarda les baies vitrées qui donnaient sur la terrasse. L'une d'elles était à moitié ouverte.

Ça ne ressemblait pas à Olivia de sortir en laissant tout ouvert, sauf si elle avait une crise.

Coinçant son pistolet dans son dos, sous sa ceinture, Jack sortit sur la terrasse. La lune brillait et un voile argenté flottait au-dessus du lac. Le spectacle avait quelque chose d'irréel. De l'autre côté du lac, la forêt de pins, très noire, impénétrable, ne donnait pas envie de s'approcher. La nuit bruissait de toutes sortes de sons. Des hululements de chouettes. Le cri d'un plongeon.

Glacé par un mauvais pressentiment, Jack frissonna. Olivia errait quelque part par là, seule dans le noir, à la merci de n'importe quel prédateur.

Il dévala les marches de la terrasse et courut vers le ponton. Avec un peu de chance, il allait la trouver là, assise sur un transat, et elle s'étonnerait de le voir arriver. « Je suis sortie prendre l'air », lui dirait-elle.

Hélas, elle n'était pas là.

Il tournait les talons quand il crut voir, du coin de l'œil, quelque chose bouger sur le lac. Il se retourna pour vérifier. Olivia se trouvait dans le bateau. Elle portait le T-shirt qu'il lui avait prêté pour dormir. Assise à la barre, elle regardait droit devant elle, une main sur sa cuisse nue, l'autre sur le volant. Elle semblait attendre. Soudain, elle abaissa la main qui tenait le volant, tripota des manettes puis le tableau de bord. Jack jeta un rapide coup d'œil autour de lui. Le bout avait été détaché et, s'il n'y avait eu ce nœud qui s'était pris dans un des taquets, le bateau aurait dérivé jusqu'à Dieu seul sait où.

— Olivia ?

Pas de réponse. Elle n'avait pas conscience de sa présence. Ses doigts couraient sur le tableau de bord et s'arrêtèrent sur le démarreur.

À genoux sur le ponton, Jack ramena le bateau contre les bouées qui empêchaient les embarcations de cogner contre le ponton. Puis il sauta dans le bateau, essayant de ne pas trop le faire bouger pour ne pas réveiller brutalement Olivia. Elle était d'une pâleur de morte sous l'éclairage de la lune. Elle regardait fixement devant elle mais elle avait les yeux vides. C'était impressionnant. Jack se frotta les bras qui s'étaient hérissés de chair de poule.

— Olivia, appela-t-il de nouveau, doucement.

Elle le regarda et Jack pensa qu'il l'avait réveillée. Mais son regard était toujours aussi vide, presque vitreux, et sa main courait sur les manettes avec insistance.

— Olivia, tu m'entends ? lui demanda-t-il.

— Il faut que je parte, dit-elle.

Son ton, complètement plat, le glaça.

— Que tu partes où ? reprit-il.

Le regard d'Olivia dévia vers le pont.

— Olivia, s'il te plaît, réveille-toi.

Il passa la main devant ses yeux dans l'espoir de la faire réagir. Rien. Pas de réaction, pas même un battement de cils.

Elle se tourna vers les commandes et son insistance à actionner les manettes devint frénétique.

— Où dois-tu aller ?

Pas de réponse. Ne sachant plus que faire, Jack réfléchit. Il ne fallait surtout pas la réveiller brusquement. Dans un espace aussi petit, elle risquait de se blesser si elle se débattait, et il ne serait peut-être pas capable de la maîtriser. D'un autre côté, il ne pouvait pas la laisser là. Exposés comme ils l'étaient, ce soir, ni l'un ni l'autre n'étaient en sécurité.

— Allez, Olivia, à présent, il faut que tu te réveilles.

Il lui prit le bras et essaya doucement de la mettre debout. Il avait lu quelque part que les somnambules étaient plutôt dociles. Qu'en les remettant dans la bonne direction, ils réintégraient souvent sagement leur lit. Il n'y avait pas de raison pour qu'Olivia échappe à la règle.

Il s'accroupit près d'elle et lui dit, d'une voix très calme :

— Dis-moi où tu dois aller.

Elle se retourna vers l'eau.

— Tu veux aller près du pont ? C'est ça, Olivia ?

Il repensa à la conversation qu'il avait eue avec Nathan. Le vieux pont comptait beaucoup pour Olivia. Elle y venait souvent après le décès tragique de son père. Peut-être était-ce pour cette raison qu'elle voulait y aller cette nuit ? Peut-être y trouvait-elle l'apaisement dont elle avait besoin ? Un certain réconfort ? Ou, au contraire, cherchait-elle à se punir ?

L'effort qu'elle faisait pour actionner les commandes finit par l'émouvoir. Pouvait-il l'aider, la calmer ? Ce qu'il avait en tête était risqué, et peut-être pas complètement désintéressé. Olivia errait sur la route qui longeait le lac la nuit où Anna avait été tuée. Peut-être avait-elle vu quelque chose avant que Nathan ne la trouve ? Et si c'étaient ces souvenirs enfouis qui la ramenaient inlassablement vers le pont ?

— Veux-tu que je t'y emmène ? lui demanda-t-il.

Pas de réponse. Elle semblait n'avoir toujours aucune conscience de sa présence mais, quand il la fit se lever du siège, elle s'installa sans maugréer sur le bord du bateau. Trouvant cette réaction étrange, Jack se demanda si une zone de son cerveau n'était pas consciente.

Il défit le nœud et dégagea le bout du taquet puis chercha la clé dans sa poche. N'avait-il pas tort de faire ce qu'il allait faire ? Il n'était pas en territoire connu. L'emmener près du pont pouvait se révéler extrêmement dangereux. Qui sait ? Le meurtrier de Jamie Butaud rôdait peut-être encore dans le coin, dans le noir. Mais Jack avait le sentiment que la situation pourrait virer au cauchemar s'il devait contrarier le souhait d'Olivia. Après la scène dont il venait d'être témoin, il était clair que quelque chose d'important s'était passé sur le pont, quelque chose qui attirait Olivia comme un aimant puissant.

Le bateau ronfla, vrombit sans qu'elle réagisse, comme si, pensa Jack, elle s'était inconsciemment armée contre le bruit. Il posa une main sur le volant, une autre au bord du siège, prêt à la retenir si elle se levait ou, pire, si elle sautait. Pour l'instant, assise bien sagement sur le bord, elle regardait devant elle.

Il s'écarta du ponton et se dirigea vers le port avec la lune pour seule lumière. Pas facile de se guider dans ces eaux dangereuses.

Les cyprès se détachaient sur le ciel pâlot, la mousse espagnole ondulait dans le vent léger de la nuit. À sa droite, Jack voyait le squelette d'un arbre foudroyé. À sa gauche, les petits yeux brillants comme des diamants d'une créature nocturne. Près de lui, Olivia, muette comme un fantôme. Quel périple ! Jamais il n'aurait imaginé faire un jour une virée pareille.

Arrivé près du pont, il trouva un endroit où accoster et sauta à terre, laissant le bateau s'échouer en douceur. Quand il se retourna pour aider Olivia à descendre, elle avait déjà débarqué. Les pieds nus, elle passa devant lui se dirigea tout droit vers deux montants du pont qui pouvaient faire office d'échelle. C'était par là qu'ils étaient passés tous les deux, deux nuits plus tôt. Jack se dépêcha de la rattraper pour l'empêcher de grimper. Et si elle se débattait pour escalader, il la laisserait faire mais il la suivrait.

Olivia resta là sans bouger, un temps infini, la tête tournée vers le ciel, l'air de réfléchir à ce qu'elle allait faire. Puis, brusquement, elle saisit les montants du pont et se mit à grimper. Jack se précipita derrière elle. Arrivée à hauteur du tablier, elle enjamba le garde-fou.

Alors, Jack la vit s'agenouiller. Et se mettre à frotter les planches nerveusement.

Jack s'agenouilla devant elle, fasciné par l'agilité de ses doigts qui allaient et venaient sur le bois plein d'échardes. Elle marqua une pause et releva la tête, distraite par un bruit qu'elle seule entendait. Elle jeta un coup d'œil par-dessus son épaule et recommença son drôle de manège sur les planches. Puis l'arrêta.

Intrigué, Jack sortit son téléphone de sa poche et dirigea la lumière de sa lampe sur les doigts d'Olivia. Que regardait-elle ? Qu'avait-elle vu ?

Par curiosité, ou peut-être pour s'amuser, il dirigea sa lumière entre les planches disjointes, s'attendant à voir briller l'eau en dessous.

Sa lampe éclaira alors quelque chose de métallique coincé dans une fente d'une des planches. Une petite chaîne en or qui avait glissé si profondément dans la fissure qu'il ne l'aurait jamais remarquée si Olivia n'avait pas frénétiquement passé les mains sur le bois.

Jack n'avait pas d'outil sur lui. La seule chose qui pouvait lui servir était la clé du bateau. En coinçant la chaîne entre deux dents de la clé, il pourrait peut-être la remonter. Faisant très attention, il partit à la pêche et remonta la chaîne et le petit cœur en or qui coulissait dessus. Malgré quinze années de poussière et de crasse, le rubis serti dedans — la pierre d'Anna — brilla dans le rayon de lune. Quelle émotion ! Bouleversé, le souffle coupé, il le retourna.

Le temps avait rendu la gravure au dos du bijou quasiment illisible mais ce n'était pas grave. Jack se souvenait par cœur de l'inscription.

« JACK À ANNA.
Mon amour pour toujours. »

Il lui avait offert ce bijou en dernière année de lycée et elle ne le quittait jamais. Elle l'avait porté tous les jours jusqu'à sa mort. Pas une fois il ne l'avait vue le retirer. Était-ce une si bonne idée de lui offrir un cœur ? se demanda-t-il soudain. N'avait-il pas cherché, par ce geste, à enlever du sens au cœur transpercé d'un éclair qu'elle avait sur la hanche, le tatouage qui la marquait secrètement comme une des conquêtes de Tommy Driscoll ?

Olivia s'assit sur les talons et, comme hypnotisée, regarda le pendentif se balancer sur la chaîne. Puis, poussant un curieux soupir, elle s'allongea sur le pont et ferma les yeux, oubliant complètement ce qui l'entourait, l'oubliant lui, Jack, oubliant la signification de sa découverte.

Olivia ouvrit les yeux et, aveuglée par le soleil, tourna la tête vers le plafond. Elle se redressa aussitôt dans son lit, paniquée. Où était-elle ? Elle ne connaissait pas cette chambre. Elle n'avait jamais vu ce plafond en pitchpin. Avait-elle encore eu une crise de somnambulisme ?

Des bribes de ce qui s'était passé la veille lui revenant peu à peu à la mémoire, elle se calma. Jack lui avait proposé de rester dormir au chalet, invitation qu'elle avait volontiers acceptée compte tenu des événements de la veille, au pont. Rester seule chez elle, dans sa maison sans système de sécurité, et sans personne pour la protéger, si besoin, n'avait rien de rassurant. Il se passait des choses louches à Pine Lake et, bien malgré eux, Jack et elle s'étaient retrouvés pris entre deux feux.

Jack avait établi une liste de suspects, parmi lesquels Mona Sutton, une collègue et amie, et Nathan Bolt, son cousin, la seule famille qu'elle avait encore dans cette ville.

Jack l'avait peut-être couchée sur sa liste, elle aussi, mais, franchement, elle en doutait. Il n'avait jamais semblé la soupçonner. Il valait quand même mieux qu'elle se méfie, pas tellement pour sa sécurité, plutôt pour son équilibre, se dit-elle. Ce qu'elle ressentait pour Jack King risquait de la dépasser. Être attirée par lui était une chose, être amoureuse de lui une autre. La présence de Jack à Pine Lake était provisoire et elle craignait de mal vivre cette séparation. Si tant est qu'elle puisse, en l'occurrence, parler de séparation. Quoi qu'il en soit, elle ne voulait pas prendre le risque de se retrouver sur le flanc... Trois jours plus tôt, juste avant le retour de Jack, elle était parfaitement heureuse. Pourquoi chercher des complications...

Émergeant brusquement de ses pensées, elle se morigéna.

Voyons ! Que faisait-elle dans cette chambre, la seule chambre du chalet ? Elle avait insisté pour prendre le canapé. Elle se rappelait parfaitement avoir vu la lune par la fenêtre avant de s'endormir.

Que s'était-il passé pendant la nuit ? Et pourquoi ne s'en souvenait-elle pas ? Elle n'avait pas bu à ce point, hier soir !

Agacée, troublée plutôt, elle s'assit au bord du lit, prit ses vêtements — proprement pliés sur une chaise toute proche — et longea le couloir qui menait à la salle de bains. Après s'être lavée, elle s'habilla et, guidée par un délicieux arôme de café, rejoignit Jack dans la cuisine.

— Bonjour, fit-il en l'entendant arriver.

Son ton la surprit, mais peut-être était-ce son imagination qui lui jouait encore des tours... Elle s'approcha et avança un tabouret de bar.

— Un café ? lui proposa-t-il.

— Oui, je veux bien, merci. Noir et serré.

Elle lui lança un coup d'œil. Il semblait bizarre. Comme s'il n'osait pas la regarder.

Il remplit une tasse et la poussa devant elle.

— Tu manges quelque chose ? Pain grillé, céréales, fruit ?

— Non merci. Je ne prends jamais rien au petit déjeuner. Rien que du café.

Il s'était adossé au comptoir et l'observait maintenant, les bras croisés.

Elle posa sa tasse.

— Qu'est-ce que tu as ? Je te trouve bizarre, ce matin. Dis-moi ce qui ne va pas. Il est arrivé quelque chose, cette nuit ? Hier soir, je me couche sur le canapé et, ce matin, je me réveille dans la chambre. J'aimerais savoir pourquoi.

— Tu as eu une crise, Olivia. Quand je t'ai ramenée, j'ai pensé qu'il valait mieux que je prenne le canapé pour t'entendre si tu t'avisais encore de sortir.

— Hein ? Je suis sortie, la nuit dernière ?

Cette fois, il la regarda franchement.

— Tu ne te rappelles pas ?

Elle plissa le front.

— Je me rappelle m'être couchée sur le canapé.

— C'est vrai, et ensuite ?

— Ensuite quoi ? Je ne me souviens de rien d'autre, ajouta-t-elle en haussant les épaules d'impuissance.

— Tu es sûre ? Vraiment sûre ?

— Parle, au lieu de tourner autour du pot ! s'écria-t-elle, agacée. Dis-moi ce qui s'est passé, cette nuit.

— Il n'y a pas que cette nuit, mais commençons par là.

Il se servit une tasse de café.

— Allons nous asseoir sur la terrasse. Un peu d'air frais nous fera du bien.

Elle le suivit dehors à contrecœur. En d'autres circonstances, elle aurait adoré profiter en toute tranquillité de cet endroit de rêve. Pas de voix, pas de voitures, pas de sonneries. Juste un moment de pur bonheur, de paix, à regarder les nénuphars s'ouvrir et écouter les oiseaux gazouiller. Mais ce que Jack lui demandait, c'était de l'aider à éclaircir une sombre histoire. Elle se tourna vers lui pour étudier son profil. Une brise légère soulevait ses cheveux, apportant une odeur de résineux.

— J'attends, dit-elle, résignée.

Il sortit une chaîne en or de sa poche de poitrine et la fit danser dans la lumière avant de refermer les doigts sur elle.

— Je me suis réveillé au milieu de la nuit et tu étais partie. Je t'ai retrouvée en bas, au ponton, tu étais montée à bord du bateau.

— Dans le bateau ? Mais qu'est-ce que je faisais là ?

— Tu avais détaché le bout, mais il y avait un nœud et il était coincé dans un taquet. Autrement, tu aurais dérivé je ne sais où.

— Je ne me rappelle même pas avoir quitté le chalet. Sais-tu ce que je faisais dans le bateau ?

— Tu as dit qu'il fallait que tu partes.

Elle écarquilla les yeux.

— J'ai parlé ? Alors que je dormais... ?

— Oui. Pourquoi, c'est inhabituel ?

— Non, c'est possible. En général les somnambules marmonnent, grommellent. Il y en a d'autres qui entretiennent une vraie conversation sans jamais se réveiller. Moi, non, ça ne m'est jamais arrivé.

— Comment peux-tu le savoir ? Sauf si on te l'a dit, bien sûr.

Olivia haussa les épaules.

— Donc, tu m'as récupérée dans le bateau.

— Tu tripotais les manettes du tableau de bord. J'ai eu l'impression que tu cherchais à démarrer. Et tu regardais le pont. Il était clair que tu voulais y aller. Alors, je t'y ai amenée.

Incrédule, elle le regarda.

— Tu m'as ramenée au pont ? Alors que quelqu'un m'a tiré dessus là-bas.

— Ça avait l'air important. Urgent. Je suis resté tout le temps avec toi. Je ne t'ai pas lâchée une seconde. Tu n'es pas obligée de me croire, mais je te le dis quand même, je ne supporterais pas l'idée qu'il t'arrive quelque chose.

Olivia sentit son cœur battre plus vite. Le regard que Jack posait sur elle était si intense et si perçant qu'elle en fut déstabilisée. Vite, elle détourna les yeux pour qu'il ne puisse pas lire ce qu'ils exprimaient sûrement, un mélange de panique et de désir.

— Tu sais que tu ne me dois rien, Jack. Je suis sérieuse quand je dis ça.

Elle se tut. Comment pouvait-il la croire quand elle ne pensait pas elle-même un mot de ce qu'elle disait ? Le mieux qu'elle avait à faire était de se lever et de partir. C'était préférable pour eux deux. Elle y gagnerait en tranquillité d'esprit.

Malgré sa bonne résolution, au lieu de mettre de la distance entre eux, elle resta là, assise, les yeux braqués sur l'eau et le cœur prêt à exploser.

— Je vais être franc avec toi. Il y avait une autre raison pour que je t'accompagne au pont. J'espérais que tu te rappellerais quelque chose.

— En dormant ?

— Je ne sais pas vraiment comment fonctionne un somnambule. Je me suis dit que j'allais voir. Et ça a payé.

À ces mots, il ouvrit la main. Une chaîne en or et un pendentif en forme de cœur brillaient au creux de sa paume.

— C'est moi qui ai trouvé ce bijou ? balbutia-t-elle. Où ?

— Il était tombé dans une fente, dans une planche du tablier du pont. Impossible à voir sauf pour quelqu'un qui savait où chercher.

— Tu permets ? dit-elle en tendant la main.

Jack sembla le lui confier avec réticence.

— Il est beau ! s'exclama-t-elle, admirant le rubis qui ornait le pendentif.

L'espace d'un instant, Olivia eut l'impression que l'éclat de la petite pierre réveillait quelque chose d'enfoui dans son inconscient. Pas un souvenir. Plutôt l'émotion que provoque un rêve qui ressuscite.

— Tu le reconnais ? demanda Jack d'un ton plein d'espoir.

— Je ne crois pas. Mais... Je ressens un truc bizarre quand je le regarde.

— Quoi ?

Son ton brutal la fit sursauter. Que lui arrivait-il pour qu'il soit si nerveux ?

— Je ne comprends pas. Ce collier ne m'appartient pas. Je ne me rappelle pas l'avoir vu. Et pourtant...

Elle battit des cils.

— Comment aurais-je pu savoir où le trouver ?

— Regarde mieux, la pressa Jack. Regarde bien le pendentif. Il ne te dit rien ?

Elle laissa pendre la chaîne au bout de son doigt. Agité par le vent, le cœur se balançait doucement.

— Vu la façon dont tu me regardes, j'en déduis que tu attends que je te dise que je le reconnais. Eh bien non, désolée de te décevoir. Ou alors, si je l'ai déjà vu, je suis incapable de te dire où et quand.

— Retourne-le.

Olivia plissa les yeux pour déchiffrer les quelques mots gravés au dos du pendentif.

— C'était à... Anna ? fit-elle, interloquée, la main tremblante.

— Elle l'avait sur elle la nuit où elle est morte.

Olivia devint blême.

— Le collier était... « impossible à voir sauf pour quelqu'un qui savait où chercher », c'est ce que tu viens de dire. Si c'est vrai, je ne comprends pas comment j'ai fait pour le trouver, alors.

Jack se pencha vers elle, l'air grave.

— Si, Olivia. Tu as su où aller le chercher parce que tu étais là, la nuit du meurtre d'Anna. Tu as dû voir le collier tomber de son cou. Ou le tueur le lui arracher. Quoi qu'il en soit, tu as vu où il était tombé et, cette nuit, tu y es allée tout droit. Et si tu y es allée tout droit, c'est que tu as été témoin du meurtre.

Olivia pâlit. Toute menue dans son jean, elle semblait très fragile. Elle avait les cheveux ébouriffés et un air apeuré.

Il faillit la prendre dans ses bras pour la réconforter, mais il se retint. Cela aurait été facile pourtant de la rassurer. Il suffisait qu'il prenne sa main, l'attire à lui et lui dise qu'elle ne craignait rien puisqu'il était là et la protégeait.

Il ne bougea pas. Ne remit même pas les mèches qui barraient son front derrière son oreille. Non, il ne s'autorisa pas un geste.

Il n'était pas audacieux. Poli et respectueux, oui, parce qu'il avait été bien élevé mais, depuis le lycée, il n'avait plus jamais rien osé.

Olivia Belmont avait changé tout cela. Dès l'instant où leurs regards s'étaient soudés, là-haut au sommet du pont, elle lui avait fait ressentir des choses. Des choses inattendues. Des choses qu'il ne souhaitait pas.

Tout ce qu'il fallait pour se compliquer la vie, se dit-il. Il n'avait pas besoin de ça.

Elle le regardait bizarrement.

— Je suppose que tu ne crois pas aux coïncidences.

— Dans ce cas précis, non. Tu es allée tout droit au collier, Olivia. Tu ne diras pas le contraire.

Elle soupira.

— Peux-tu me dire pourquoi je ne m'en souviens que maintenant ? Le collier est resté coincé dans la fente d'une planche pendant quinze ans. Encore plus étrange, pourquoi quelqu'un le cherchait-il hier soir, précisément ?

— On ignore ce que cette personne cherchait. Peut-être un objet oublié par mégarde après le meurtre de Jamie Butaud ?

Mais si c'était vraiment ce collier qu'on cherchait, c'est que ma présence a réveillé des inquiétudes.

Il hocha la tête en ricanant.

— Je suis là. Je reviens après quinze ans d'absence et je pose un tas de questions dérangeantes. Je remue des souvenirs. Les soupçons refont surface. C'est peut-être pour cela que tu t'es rappelé.

Elle regarda la chaîne dans le creux de sa main.

— Que va-t-on faire, Jack ? C'est une pièce à conviction.

Elle tendit la main ouverte vers lui.

— On ne peut pas garder ça pour nous.

— Pourtant, c'est ce que nous allons faire, rétorqua Jack. Notre découverte ne change rien. Nous savions déjà qu'Anna était sur le pont la nuit où elle est morte puisque son meurtrier a jeté son corps dans l'eau. La découverte de son collier ne nous apprend rien de plus sur sa mort.

— En ce cas, pourquoi le tueur serait-il inquiet ? Il n'avait aucune raison de revenir sur le pont, cette nuit.

— Il en avait sûrement une, reste à savoir laquelle… Non, le problème, c'est que si tu as vu ce qui s'est passé cette nuit-là…

— Non ! le coupa Olivia. Non, je ne veux pas y penser. Je ne veux pas me dire que tout cela se serait arrêté il y a des années si seulement j'avais pu me souvenir. Que Jamie Butaud serait peut-être toujours en vie.

— Non, ne pense pas ça. On sait qu'il n'y a pas de lien entre le meurtre d'Anna et celui de Jamie. Enfin, on suppose…

— Tu crois ça, toi, Jack ? Vraiment ?

Il se tut. La veille, Nathan avait longuement parlé avec lui des deux meurtres. Deux jeunes femmes tuées à quinze années d'intervalle, toutes les deux tatouées d'un cœur transpercé d'un éclair, un tatouage qui les reliait à Tommy Driscoll. Jack se méfiait des conclusions hâtives, mais il souhaitait quand même en savoir plus sur les déplacements du shérif du comté la nuit du meurtre de Jamie.

— Jack ?

Il revint à l'instant présent. Allongeant le bras dans sa direction, Olivia lui prit la main.

— Tiens, je te rends le collier.

Elle referma ses doigts sur le bijou et laissa sa main sur la sienne.

— Tu l'aimais beaucoup, je sais.

— Oui, mais ça fait longtemps, tout ça. Nous étions des gosses.

— Peut-être. Mais il y a des choses qui ne s'oublient jamais.

Il la regarda. Elle était sombre, les yeux comme hantés par de sinistres souvenirs.

Prisonnier de ses soupçons, il repensa à sa conversation avec Nathan Bolt. Le père d'Olivia était mort dans un terrible accident de voiture qu'elle se reprochait depuis toujours. Apparemment, elle donnait l'image d'une femme heureuse, satisfaite de son sort et bien équilibrée. Mais sous le vernis se cachaient des secrets, des secrets qu'elle se rappelait... Ou pas.

Elle se leva et s'approcha du garde-fou de la terrasse. Jack hésita et, finalement, se leva pour la rejoindre. Le soleil était haut maintenant et éclairait les nénuphars. Il faisait tiède et une odeur d'eau stagnante se dégageait du lac.

Jack serait bien resté là des heures avec elle. Pourquoi fallait-il qu'il ait des choses à faire ? Des choses urgentes, qui plus est. Il y avait un criminel dans la nature. L'individu devenait de plus en plus nerveux, de plus en plus dangereux. Il fallait l'arrêter.

— Il faut que j'y aille, dit brusquement Olivia comme si elle sentait son malaise. On vient installer mon système d'alarme ce matin et, ensuite, je dois aller travailler. J'ai encore des tonnes de choses à faire avant le début de l'année scolaire...

Elle laissa sa phrase en suspens.

— Quant au collier... Je ne...

Nouvelle hésitation.

— Très franchement, je ne me rappelle pas l'avoir vu. Et je t'assure que je ne mens pas.

— Je te crois, Olivia.

— Je sais que le meurtre non élucidé d'Anna... Je veux

dire, je sais combien tu aimerais qu'on trouve son meurtrier. Malheureusement, je ne te suis d'aucune aide.

Il haussa les épaules.

— Oui, malheureusement. Mais ce n'est pas ta faute. Ni pour le meurtre d'Anna ni pour celui de Jamie.

— Et si, par extraordinaire, j'avais des souvenirs de ces deux nuits-là ? Des souvenirs enfouis très profondément dans ma mémoire ? Je n'arrête pas de me dire que ta vie aurait été différente si seulement j'avais pu me rappeler ce qui s'était passé.

— Ma vie me convient peut-être telle qu'elle est, répliqua-t-il.

— Pour un peu, tu me convaincrais, ironisa-t-elle.

Il se redressa et la regarda, pensif.

— Il faudrait que tu cesses de te sentir responsable de tout ce qui arrive.

— Je n'y peux rien, je suis comme ça. Je me sens toujours coupable. Toi, c'est l'inverse, tu muselles tes émotions. Je sais que tu aimais Anna. Je voyais bien de quelle façon tu la regardais. Tu veux que je te dise ? Je l'enviais. Je me disais *Ah ! si seulement quelqu'un pouvait me regarder comme ça*. Et tu sais quoi ? Il m'arrive encore de me le dire !

Elle faisait semblant de se moquer d'elle-même, mais la tristesse de son sourire la trahissait.

Sa gravité le toucha. Elle était empreinte de rêve et de mélancolie.

Comme si la mélancolie était contagieuse, une chape de tristesse tomba brusquement sur lui.

— Je regretterai toujours ce que la vie aurait dû être, dit-il. Pas pour moi, pour Anna. Elle méritait une longue vie heureuse, mais je ne porte pas son deuil depuis sa mort. Je refuse d'être amoureux d'une morte.

Il se tourna vers elle.

— Le fantôme d'Anna ne me hante pas, Olivia. Elle est dans un coin de ma tête, mais son souvenir ne brouille pas les sentiments que j'éprouve pour toi.

Elle eut un haut-le-corps qu'il remarqua. Elle le fixa de ses grands yeux bleus qui n'avaient jamais été aussi bleus. Aussi brillants. Et insondables. Ardents et, en même temps, méfiants.

— Les sentiments que tu éprouves... pour *moi* ? répéta-t-elle.

Il ne répondit pas mais caressa ses cheveux et remit quelques mèches derrière ses oreilles en la fixant.

S'il avait perçu la moindre résistance, il n'aurait pas bougé. Mais c'était le contraire. Visage levé vers lui, bouche entrouverte, elle le suppliait du regard. Puisque c'était ce qu'elle souhaitait, il la prit par le cou et l'attira à lui.

Leur baiser fut lent, doux et tendre, loin de la frénésie de leur première étreinte. Bouleversé, Jack recula pour mieux voir son visage, puis se pencha pour l'embrasser de nouveau. Cette fois, il l'avait prise par la taille et la soulevait pour être visage contre visage, bouche contre bouche, battements de cœur contre battements de cœur. Elle ne pesait rien. Elle était si légère, si menue, qu'elle aurait glissé entre ses bras s'il ne l'avait pas retenue. Alors, il la serra plus fort et approfondit son baiser.

Son désir enfla jusqu'à devenir étouffant. Il n'avait plus seulement *envie* de la prendre, il en avait *besoin*. Un besoin violent, irrépressible. Immédiat. Il allait la prendre là, tout de suite, sur la terrasse, à l'air libre, sous le regard des oiseaux chanteurs perchés dans la cime des arbres, dans le murmure des feuilles.

Il voulait la voir éperdue de désir, ondulant contre lui, sous lui, se tordant, l'appelant, mêlant ses gémissements de plaisir aux piaillements des animaux peuplant le marécage.

Il ne la prit pas. Il ne l'embrassa pas. Pire, il la repoussa parce qu'il y avait bien autre chose dans son désir qu'une attirance sexuelle. Il sentait naître en lui des sentiments profonds, compliqués. Des sentiments qui lui faisaient peur.

Sentit-elle son hésitation ou éprouva-t-elle, elle aussi, une certaine réticence, il ne le saurait jamais, mais elle recula en le regardant droit dans les yeux. Elle posa deux doigts sur ses lèvres comme pour emprisonner leur baiser.

— C'était... pas prévu, dit-elle.

— Vraiment ?

Elle trembla.

— Peut-être pas. Jack ?

— Oui ?

— Tu ne m'as pas répondu. Tu éprouves quoi pour moi ?

— Si, je t'ai répondu. Clairement, j'espère.

Se tournant vers le lac sur lequel dansait un rayon de soleil, elle se mit à rire.

— Ça ne va... Comment dire ?

Elle fit un geste de la main entre eux.

— Ce qu'il y a entre nous, ça ne va pas bien se terminer, n'est-ce pas ?

— Non, je ne pense pas.

— Mais ça ne va pas nous arrêter.

— Non.

Elle suivit des yeux une aigrette qui balayait l'eau du bout de ses pattes.

— OK, dit-elle en se retournant vers lui. Mais je veux que tu saches que j'ai les yeux grands ouverts.

# 10

Un coude sur son bureau, le menton dans le creux de la main, Olivia laissa échapper un profond soupir. Une semaine plus tôt, elle n'avait qu'une préoccupation : exceller dans sa nouvelle fonction de proviseur pour prouver qu'elle n'avait pas usurpé cette nomination. Aujourd'hui, ses soucis étaient tout autres.

Son attirance pour Jack King n'en faisait pas partie. D'ailleurs, elle faisait tout pour ne pas y penser. Elle aurait le temps, quand il serait parti, d'analyser ce qu'elle avait vécu avec lui. Pour l'heure, elle avait des problèmes plus pressants. En l'espace d'une courte nuit, on lui avait tiré dessus et elle avait retrouvé le collier d'Anna Grayson. Un bijou, perdu depuis longtemps, qu'Anna portait la nuit où elle avait été tuée.

Jack avait l'air de penser qu'elle avait été témoin du meurtre, et il avait promis de la protéger pour lui assurer tranquillité de l'esprit et intégrité physique, mais pouvait-elle croire en ses promesses ? Prenait-il vraiment ses intérêts à cœur ? Lui aussi avait des choses à régler. En revenant à Pine Lake, il espérait résoudre le meurtre d'Anna. Alors, jusqu'où était-il capable d'aller pour tenter de lui faire recouvrer la mémoire de cet événement ?

En revanche, depuis qu'on avait découvert son corps, Olivia ne pouvait s'empêcher de se demander — jusqu'à l'obsession — si elle n'avait pas assisté, sans le savoir, au meurtrier de Jamie Butaud. Auquel cas, alors qu'elle était allongée au sommet du pont, en pleine crise de somnambulisme, elle avait dû voir le tueur. Ce souvenir était peut-être enfoui dans son subconscient, ne demandant qu'à resurgir à la faveur d'une étincelle...

Mais pour le meurtre d'Anna Grayson, non, elle ne pensait pas avoir été physiquement présente, cette nuit-là. En quinze ans, jamais rien n'avait pu le laisser envisager. Jusqu'à la nuit dernière...

Ce qui s'était passé hier était troublant, en effet. Jack avait raison. Comment aurait-elle pu, dans son sommeil, aller droit à la fente dans laquelle était tombé le collier si elle n'avait pas été, autrefois, témoin de la scène ?

Se pouvait-il qu'il y ait d'autres détails prisonniers de son subconscient ?

À première vue, qu'elle ait été témoin de deux meurtres ne pouvait pas passer pour une coïncidence. Si ce n'est que sa présence sur le pont, la nuit du meurtre d'Anna, si tant est qu'elle s'y soit trouvée, pouvait s'expliquer et n'était donc pas due au hasard.

Depuis qu'elle avait déménagé à Pine Lake avec sa mère, Olivia venait régulièrement sur le pont où, se complaisant dans son chagrin, elle pleurait son père décédé. Ce pont était devenu son havre et, finalement, y aller une habitude. D'après ce qu'elle savait du trouble du sommeil, les somnambules répètaient souvent leurs gestes quotidiens. Aller aux toilettes. Boire de l'eau. Dans son cas, escalader le pont.

Cette fixation pouvait expliquer sa présence, il y a quinze ans, au sommet de cette structure métallique, mais lundi soir ? Quel événement avait pu raviver ses rêves de chute et ses crises de somnambulisme ? Pourquoi s'était-elle rendue, endormie, sur le pont ?

Au début, Olivia avait attribué ce désordre à l'anxiété d'affronter sa nouvelle fonction, et puis elle s'était demandé si elle ne devait pas plutôt en chercher la cause dans la méchanceté et les ragots qu'elle imaginait dans son entourage.

Le premier incident qu'elle avait connu lui était arrivé avant la mort de Jamie, avant même le retour de Jack King à Pine

Lake. Une berline noire avait bien failli l'écraser, le vendredi précédent, et Olivia n'avait eu que le temps de remonter sur le trottoir. Elle avait cru à une facétie de quelque lycéen désireux de l'intimider mais, à la lumière des événements récents, elle devait admettre que l'intention était bien plus maligne.

Nathan avait avancé que Marc Waller l'avait dans le collimateur et qu'il se servait d'elle, sa cousine, pour l'atteindre. Marc en voulait-il à ce point à Nathan parce qu'il avait pris Jamie sous son aile, ou y avait-il autre chose, qu'elle ignorait, pour que leur relation se soit pareillement aigrie ?

*Tout cela n'a aucun sens*, se dit-elle.

Mais elle ne voyait rien d'autre pour expliquer qu'elle se retrouve dans la ligne de mire de Waller. C'était tout juste si elle le connaissait. Quant à Jamie, elle avait eu très peu de contacts avec elle depuis qu'elle avait cessé de venir aux cours.

C'était rageant de penser qu'elle aurait pu livrer un meurtrier à la justice si seulement elle avait pu se souvenir. Cela aurait mis fin à la galère de Jack, quelque quinze ans en arrière, et bouclé le dossier Anna. En ville, les commères se seraient tues et Jamie Butaud serait toujours en vie.

Mais à quoi bon se flageller ? Sur ce point-là aussi, Jack avait raison. Elle était spécialiste des remords non fondés. Elle n'était pas coupable de ce qui était arrivé à Anna Grayson et à Jamie Butaud, pas plus qu'elle n'était responsable de l'accident de son père. Cela ne l'empêchait pas de se désoler de ce qui était arrivé et aurait pu être évité. Elle avait supplié son père de rentrer le soir même. Dans son égoïsme de petite fille, elle n'avait pensé qu'à elle, qu'à son plaisir. Peut-être son père avait-il une petite part de responsabilité pour avoir cédé à son caprice alors qu'il savait les routes glissantes ? C'est du moins ce qu'on s'était efforcé de lui faire croire...

À la longue, Olivia s'était pardonné mais, de temps à autre, les *et si...* revenaient la hanter pour lui donner mauvaise conscience. Comme maintenant.

Gagnée par la nostalgie, elle fit pivoter son fauteuil et regarda par la fenêtre. Des cumulus ronds et joufflus comme des choux à la crème traînaient dans le ciel bleu. Il faisait chaud et humide à l'extérieur, mais l'air était frais dans son bureau climatisé. Elle se frotta les bras couverts de chair de poule.

Si elle parvenait à ressusciter un souvenir, peut-être les autres tomberaient-ils à la suite, comme des dominos. Mais était-ce souhaitable ? Le meurtrier d'Anna courait toujours et si elle était la seule à pouvoir l'identifier… *Brrr…* Elle préférait ne pas y penser.

Un bruit, bizarre, dans le couloir la fit soudain se retourner.

*On se calme*, se dit-elle. Les bâtiments de l'école étaient vieux et tout craquait.

De toute manière, elle n'était pas seule. Comme toujours avant la rentrée, des professeurs allaient et venaient pour préparer leurs salles de classe. Il y avait aussi des ouvriers qui faisaient des réparations de dernière minute. Tout ce petit monde circulait, il n'y avait donc aucune raison de s'inquiéter à cause d'un bruit. Sauf que…

Ce bruit était particulier… furtif. Comme les pas étouffés de quelqu'un qui ne tient pas à se faire remarquer. Et ce quelqu'un se dirigeait vers l'accueil.

Olivia se leva et traversa son bureau pour regarder par la porte vitrée. Son assistante, qui occupait le bureau voisin, était partie déjeuner plus tôt, pour se rendre ensuite à un rendez-vous chez le médecin. Elle l'avait prévenue qu'elle reviendrait en milieu d'après-midi. Mais d'autres agents administratifs devaient être là.

Elle traversa le bureau de son assistante et regarda par la vitre. Puis elle ouvrit la porte et, après un coup d'œil prudent à droite et à gauche, sortit dans le couloir. Rien de spécial à signaler. Elle eut beau ne voir personne, elle se sentit mal à l'aise.

La main sur la poitrine, Olivia remonta le couloir. Ce matin, elle s'était habillée de manière décontractée. Pantalon slim noir et tricot bleu. Aux pieds, des ballerines plates, légères, qui ne faisaient aucun bruit quand elle marchait. À plusieurs reprises, elle se retourna pour regarder derrière elle.

Elle connaissait bien le monde académique pour y avoir passé une grande partie de sa vie. Elle aimait l'atmosphère qui régnait dans les écoles, l'odeur de l'encre et des livres, celle de la craie, et même celles des vestiaires. Mais une école sans vie, avec des salles et des couloirs sans fin, vides, c'était angoissant.

Elle approcha de l'escalier et regarda par-dessus la rampe. Elle prit sa respiration et appela d'une voix qui se voulait dégagée :

— Hou hou ? Il y a quelqu'un ?

Sa question ricocha sur les murs et lui revint comme un boomerang. Elle attendit, espérant une réponse d'un professeur ou d'un agent.

Rien.

— Hou hou ! appela-t-elle de nouveau.

Comme le premier, cet appel ricocha sur les murs.

Elle pivota et revint sur ses pas. Au milieu du couloir, elle s'arrêta pour jeter un coup d'œil dans la salle de repos des professeurs. Vide. Comme les classes alentour.

Curieux, pensa-t-elle en revenant vers l'escalier.

On aurait dit que tout le monde s'était passé le mot. Sans vouloir sombrer dans la théorie du complot, elle s'interrogea. Où étaient-ils tous passés ?

Mona Sutton occupait un bureau un demi-étage au dessus. Olivia n'y avait jamais fait attention, mais sa situation à l'écart éloignait la conseillère d'orientation du chahut des élèves. Une image de la femme blonde, calme et froide, sur son palier presque privé s'imposa à elle. De son belvédère, la conseillère pouvait observer, avec le recul nécessaire à sa fonction, les lycéens qui s'agitaient aux étages inférieurs et prendre note de choses qui échappaient aux autres. Elle en avait elle-même fait les frais, songea Olivia en se remémorant les propos de Mona. « Je voyais bien la façon dont tu le regardais quand il passait dans le couloir. Et tous tes coups d'œil quand tu étais au vestiaire. »

Chassant de son esprit ce souvenir importun, Olivia se pencha pour regarder dans la cage d'escalier. La porte de la conseillère d'orientation était fermée et il n'y avait apparemment ni lumière ni mouvements dans le bureau derrière la vitre opaque. Elle s'apprêtait à regagner son propre bureau quand elle entendit un clic métallique suivi d'un juron étouffé et un bruit de voix. Un frisson la saisit.

*Non, tu n'as pas à t'inquiéter.* Mona était probablement absorbée par la préparation de l'année à venir. Elle devait se battre avec les tiroirs métalliques de son classeur, ce qui expliquait le bruit entendu. Malgré tout, cela n'expliquait pas les voix, dont l'une très grave et pleine de colère et, sans le moindre doute possible, masculine.

Un autre professeur, peut-être. Ou un homme de ménage.

Essayant de se convaincre qu'il devait y avoir une explication, Olivia s'efforça au calme. Juste un instant car, guidée par son instinct, qui la trompait rarement, elle sentit que quelque chose d'anormal se tramait.

Indécise, elle resta sur place à réfléchir. Elle pouvait monter les quelques marches et faire irruption dans la pièce. Ou appeler le shérif du comté. Mais si Mona était présente dans son bureau et qu'Olivia avait paniqué à tort, tout le monde le saurait et la prendrait pour une folle. Sa crédibilité en prendrait un coup, sans parler de son autorité. Si le moindre bruit la mettait dans un état pareil, comment gérerait-elle une vraie crise ?

Mais elle avait de bonnes raisons d'être sur ses gardes, songea-t-elle. Étant donné ce qu'elle avait vécu la nuit passée, elle aurait été folle de ne pas l'être.

Elle inspira à fond pour calmer sa crise d'angoisse. Il y a une semaine encore, elle n'aurait pas hésité. Elle aurait avalé les marches et frappé à la porte. Elle aurait même hélé Mona. Mais les soupçons de Jack avaient déteint sur elle et elle n'arrivait plus à se sortir de la tête l'image de la conseillère d'orientation étranglant Anna Grayson de ses mains ; et qui serrait, serrait... jusqu'à...

Tout en s'avançant prudemment dans l'escalier, Olivia garda

les yeux fixés sur la porte de la conseillère d'orientation. Une ombre passa derrière la vitre opaque. *Non, je ne rêve pas.* Elle hésitait encore sur la conduite à tenir quand la poignée de la porte s'abaissa et que Mona Sutton surgit dans l'entrebâillement. C'était la première fois qu'Olivia la revoyait depuis que Jack avait semé ses graines de suspicion. Cette apparition brutale la fit sursauter.

— Oh ! s'écria-t-elle, la main plaquée sur la poitrine.

La conseillère d'orientation avait une drôle de tête. Le regard fiévreux, des mèches de cheveux échappées de son chignon à la Grace Kelly habituellement si soigné, et son rouge à lèvres rouge vif, sa signature, aux trois quarts effacé... De toute évidence, il s'était passé quelque chose, ici, se dit Olivia.

— Olivia ? Mais que... ?

Bien que très surprise aussi de se trouver nez à nez avec elle, Mona s'était reprise très vite.

— Tu m'as fait peur, répondit Olivia précipitamment. Je ne m'attendais pas à te voir.

— Tu ne t'attendais pas à me voir ? Mais c'est mon bureau, ici, jusqu'à nouvel ordre.

D'un revers de main, Mona lissa ses cheveux en bataille puis sortit complètement sur le palier en prenant soin de repousser la porte. Cherchait-elle à cacher ce qui se passait à l'intérieur ? ne put s'empêcher de penser Olivia. Cette manœuvre, plus les soupçons qui germaient déjà dans sa tête, il n'en fallut pas plus pour décupler sa curiosité.

— Je ne pensais pas que tu étais là, aujourd'hui, commença-t-elle. J'ai entendu un bruit... Des voix, en fait... Et j'ai eu peur que quelqu'un ne soit entré dans ton bureau.

Elle laissa échapper un petit rire.

— Excuse-moi, c'est idiot.

— Je faisais un peu de rangement, répondit Mona d'un ton affecté. Quant aux voix, j'ai toujours un podcast en fond sonore.

La vraisemblance de l'explication ébranla sa certitude que Mona lui cachait quelque chose.

— Tu n'as pas l'air dans ton assiette, Olivia. Ça va ?

— Stress et manque de sommeil, dit Olivia en haussant les épaules. Maintenant que je suis là, on peut se voir une minute ?

— Bien sûr.

Faisant un pas en avant, Mona tira la porte derrière elle.

— Je m'apprêtais à partir, de toute façon. Faisons un bout de chemin ensemble, si tu veux.

Elles descendirent l'escalier. Mis à part le bruit de leurs pas, un silence de mort régnait dans le bâtiment. Olivia l'aurait juré, il y avait quelqu'un dans le bureau de Mona. Et l'envie de se retourner la démangeait.

Comme si elle sentait son trouble, Mona lui prit le bras.

— Qu'est-ce qui ne va pas ? dit-elle. Tu sembles très nerveuse.

— Je n'arrête pas de penser à ce qui est arrivé à Jamie Butaud.

— Moi aussi, soupira Mona. Toute la ville est bouleversée. On ne parle que de ça.

Incapable de résister plus longtemps, Olivia jeta un coup d'œil derrière elle.

— Un nouveau meurtre, un nouveau meurtrier dans la nature…

*Ou dans l'enceinte de l'école*, pensa-t-elle.

Mais non ! Elle avait le droit de spéculer mais pas de délirer. Mona Sutton et elle étaient amies et collègues depuis des années. Rien n'avait changé entre elles.

Mais ce bruit dans le bureau de Mona. Cette voix d'homme. Sa gêne et ses efforts pour l'empêcher de voir à l'intérieur…

*À ma place, n'importe qui aurait trouvé cela suspect, non ?* Et lui revinrent à l'esprit les insinuations de Jack.

— C'est très perturbant, dit Mona.

— Oui, effectivement. Vraiment très perturbant.

Olivia se frotta les bras. Elle avait froid, subitement.

— Puisqu'on parle de ça, as-tu remarqué comme l'école est calme aujourd'hui ? Où sont-ils tous passés ? On dirait qu'il n'y a personne.

— J'ai croisé Beth Driscoll tout à l'heure. Elle était en bas, au labo.

— Comment l'as-tu trouvée ? demanda Olivia, un peu sur la réserve.

Mona haussa les sourcils.

— Quelle drôle de question ! Elle allait bien. Pourquoi me demandes-tu cela ? Tu es inquiète pour Beth ?

*Oui, parce que Jack m'a mis dans la tête que tu avais une liaison avec son mari quand il était étudiant, ce qui vous donne à tous les deux un mobile pour avoir tué Anna si cette dernière l'avait découvert.*

Olivia s'éclaircit la voix.

— Je me fais du souci pour tout le personnel. Tu l'as dit toi-même, tout le monde est perturbé.

Mona se pencha et, à voix basse :

— De toi à moi, dit-elle, tu as raison de te faire du souci pour Beth Driscoll. Ce n'est un secret pour personne qu'elle espérait obtenir le poste de proviseur. S'être fait coiffer au poteau… Elle l'a pris comme une gifle en pleine figure. C'est le genre de rancœur qui ne disparaît pas en un jour.

— Oh ! s'écria Olivia, stupéfaite.

À la pensée des conflits qui commençaient avant même la rentrée, elle hocha la tête. Se mettant de la partie, son estomac se mit à gargouiller.

— Ne me dis pas que tu l'ignorais, ricana Mona. Tu as bien dû entendre les protestations à peine voilées quand ta nomination a été annoncée. Beth a même menacé de présenter sa démission.

— Je savais que certaines personnes le prendraient mal, mais je ne pensais pas que ce serait à ce point. En fait, je ne voulais peut-être pas le savoir.

— Je ne t'en aurais pas parlé si tu n'avais pas mis Beth sur le tapis.

Mona esquissa un semblant de sourire.

— Quoi qu'il en soit, c'est réglé, maintenant. Tu es le nouveau proviseur et tout le monde doit accepter ta promotion.

La réunion de mardi s'était très bien passée, pourtant, se rappela Olivia. Mieux encore qu'elle n'avait osé l'espérer, et quand Beth et elle avaient discuté sur le ponton, près du chalet de Jack, celle-ci avait semblé heureuse de parler de la future année scolaire. Les chaleureuses félicitations qu'elle lui avait adressées avaient-elles été pure formalité ? Sa satisfaction était-elle feinte et cachait-elle un vilain sentiment de jalousie ? Sinon, que pouvait bien cacher Beth Driscoll ?

— Olivia ?

Elle sortit de ses pensées en sursautant.

— Décidément, tu es bien nerveuse, aujourd'hui, commenta Mona. Tu m'as dit que tu étais fatiguée. Tu es sûre qu'il n'y a pas autre chose ? ajouta-t-elle en la regardant bizarrement, comme si elle la jugeait.

Olivia ne répondit pas tout de suite.

— Je n'arrête pas de penser à notre dernière conversation. À ce que tu m'as dit à propos d'Anna Grayson et de son penchant pour les secrets. Tu te demandais si elle n'avait pas fouillé dans tes fichiers.

— C'est vrai, je me suis posé la question. Mais je n'ai aucune preuve.

— En admettant qu'elle l'ait fait, tu penses qu'elle a pu trouver quelque chose dans tes documents qui soit à l'origine de sa mort ?

— Que veux-tu dire ?

— Je pense à un secret, par exemple, dit Olivia. Un secret aux conséquences si terribles s'il était divulgué qu'on l'a supprimée.

Mona fronça les sourcils.

— Tu sais que je ne peux pas parler du contenu de mes dossiers.

— Même si cela permettait de livrer un criminel à la justice ?

— Même dans ce cas.

La conseillère d'orientation laissa passer quelques secondes avant de reprendre :

— Mais pourquoi te poses-tu ces questions ? Un homme a

été jugé et condamné pour le meurtre d'Anna Grayson. Il purge toujours sa peine en prison.

— Et si c'était une erreur judiciaire ?

— Tu penses que Wayne Foukes est innocent ? demanda Mona d'un ton aigre. Il n'avait pas d'alibi. Et on a retrouvé une bague d'Anna dans sa voiture.

— Oui, je sais mais, malgré cela, j'ai toujours douté de sa culpabilité.

— Vraiment ? Es-tu bien sûre que tes doutes ne datent pas du retour de Jack King à Pine Lake ?

— Je n'ai besoin de personne pour me dicter ce que je dois penser, riposta Olivia, agacée.

Mona se tourna vers elle, l'air soucieuse.

— Attention, Olivia. Tu joues gros, cette année. La rentrée risque d'être difficile. Ce n'est pas le moment de te laisser distraire par toutes ces histoires. Je sais que tu as tendance à sauter à pieds joints dans toutes les causes qui se présentent. Mais méfie-toi. Jack King... Il a quitté Pine Lake il y a longtemps. Que savons-nous de lui aujourd'hui ?

— Que savons-nous les uns des autres ?

Mona ouvrit la bouche pour répliquer puis, comme si elle était déstabilisée par sa remarque, se contenta d'acquiescer d'un haussement d'épaules.

— C'est plus fort que moi, je m'inquiète de l'influence qu'il a sur toi. Que sais-tu de sa vie à Houston ? De la société pour laquelle il travaille ?

Mona n'avait pas tout à fait tort. Olivia ne savait pas grand-chose de la vie de Jack à Houston.

— Il travaille dans une société de surveillance.

— Blackthorn Agency est plus qu'une entreprise de surveillance. C'est une agence connue dans le monde entier dont la réputation laisse, semble-t-il, à désirer. Le grand patron, Ezra Blackthorn, est un ancien agent de la CIA. C'est ce que l'on dit. Ses employés, dont Jack, sont soit d'anciens militaires, soit des ex-officiers de police qui ont tous une chose en commun, ce sont tous, d'une façon ou d'une autre, des ratés ou des inadaptés. En tout cas, des marginaux.

— Comment sais-tu tout cela ? s'exclama Olivia, sidérée, en s'arrêtant pour la regarder dans les yeux.

Silence.

Après une hésitation, Mona expliqua qu'elle avait vu Tommy Driscoll récemment et qu'il semblait en savoir long sur Blackthorn.

— Tu ne voudrais quand même pas que je croie un seul mot de ce que le shérif raconte, rétorqua froidement Olivia.

Machinalement, elle se retourna. Elles étaient maintenant loin du bureau de Mona, mais la voix masculine qu'elle avait entendue la turlupinait toujours. Qui était cet homme qui parlait d'une voix étouffée mais semblait en colère ? Et pourquoi Mona avait-elle surgi, échevelée, elle toujours si soignée ?

— Où l'as-tu vu ?

— Ici. Il cherchait Beth.

Olivia scruta le visage de Mona, espérant y voir un battement de cils ou tout autre signe qui aurait trahi son embarras. Son mensonge ?

Mona ne cilla pas, ne frémit pas, ne rougit pas. Elle ne manifesta rien, pas la moindre émotion. Pourtant, Olivia l'aurait juré, quelque chose de sombre, d'inquiétant, passa dans son regard.

— Tu ne m'as pas dit que Beth était en bas, dans le labo ?

— Si, mais elle a dû s'en aller après notre petite conversation. Tommy ne la trouvait pas. Elle ne répondait pas au téléphone et avec tout ce qui se passe, il se faisait du souci. Bref, on a un peu bavardé et, fatalement, il a été question de Jack. Apparemment, le bureau du shérif s'est intéressé à lui.

— Pourquoi donc ?

— Pourquoi ? Eh bien, parce qu'une jeune femme a été tuée le soir de son retour.

— Mais Jack ne savait même pas qui était Jamie Butaud, protesta Olivia, offusquée. Bon sang ! C'est même lui qui a découvert le corps.

— Je suis sûre que le bureau du shérif s'intéresse à lui par principe, dit Mona, plaquant un sourire forcé sur son visage. C'est la routine quand quelqu'un de nouveau arrive.

— De nouveau ? ironisa Olivia.

Et d'ajouter, exaspérée :

— Je suppose que Tommy n'a pas dit que ça ! Qu'a-t-il dit d'autre ? Je veux savoir. Jack est considéré comme suspect ? C'est pour cela que tu es gênée ? Inquiète ?

Mona prit ses grands airs de princesse offensée.

— Je suis inquiète pour toi parce que tu es mon amie. Et je n'ai pas besoin de Tommy Driscoll ni de qui que ce soit pour penser que Jack King représente un danger.

Beth Driscoll regardait le lac depuis le pont. Le soleil auréolait ses cheveux d'une lumière dorée et sa robe jaune virevoltait dans le vent. À première vue, elle semblait détendue mais, en s'approchant, Jack nota son visage crispé. Ses mains serraient le garde-fou tellement fort que leurs articulations étaient toutes blanches. Elle semblait à des années-lumière du lac et n'avoir pas remarqué sa présence.

— Beth ? appela-t-il.

Elle se tourna lentement comme si elle revenait d'un lointain voyage.

— Jack ?

Elle lâcha la rambarde et mit les mains dans ses poches.

— Que fais-tu là ?

— J'allais te demander la même chose.

Elle avait les yeux cernés et de profondes rides sur le front. Son visage n'exprimait pas vraiment le bonheur.

— Tu vas bien ?

Un nuage sombre voila son regard.

— Oui. Pourquoi ?

Se sentant bête, il haussa les épaules.

— Je ne sais pas. Tu avais l'air absent quand je suis arrivé.

— Ah ? Je rêvassais. Surtout ne dis à personne que tu m'as vue, d'accord ? Je musarde.

Elle essayait de plaisanter mais le ton n'y était pas.

— Tu peux me parler, si tu veux, Beth. Je suis une tombe, tu sais.

Il soufflait une petite brise qui diffusait son parfum, un parfum floral, léger, teinté d'une pointe de musc beaucoup plus lourde. Fleurs et musc, une alliance contrastée, qui symbolisait à merveille ce qu'il avait toujours pensé de Beth Driscoll. Qu'elle était double. La Beth de jour et la Beth de nuit.

— J'ai toujours aimé venir me promener ici, dit-elle en promenant les yeux sur le pont.

Elle balaya du regard la rambarde métallique où avait été accroché le cordon qui délimitait la scène de crime. Plus ou moins déchiré, arraché, il battait dans le vent.

— Je sais que ça peut paraître bizarre, macabre même après ce qui s'est passé, mais j'ai heureusement quelques bons souvenirs sur ce pont. On a passé de bons moments ici, tu es d'accord ? Rappelle-toi comme on a ri. Et ces bains de minuit ! Quelles fêtes on faisait !

— Oui, c'est vrai, murmura-t-il. Il y a eu de bons moments.

Elle remit ses cheveux en arrière et le regarda en coin.

— Et toi ? Qu'est-ce qui t'amène ? lui demanda-t-elle.

Sans qu'il sache pourquoi, l'image d'Olivia, à genoux, le regard vide, sans expression, passant et repassant les mains sur les planches du tablier du pont s'imposa à lui.

— J'avais envie de jeter un coup d'œil, dit-il. Quelqu'un est venu sur le pont, cette nuit. J'ai aperçu la lumière d'une lampe torche qui se balançait dans le noir. Je pense que la personne qui était là cherchait quelque chose.

Beth le regarda, affolée.

— Tu sais qui c'était ?

— Non, je n'ai pas pu le voir.

Il crut lire un certain soulagement sur son visage.

— Que cherchait-il à ton avis ? s'enquit-elle.

— C'est ce que j'essaie de savoir.

Elle empoigna la rambarde comme si, subitement, elle perdait l'équilibre. Savait-elle qui était venu cette nuit ? Ou en avait-elle une idée ?

Jack scruta de nouveau son visage. Elle avait les traits tirés, ses yeux lui mangeaient les joues et sa petite robe en coton soulignait sa maigreur.

Consciente qu'il la détaillait, elle croisa les bras et frissonna.

— Tu penses que ce que cette personne cherchait a quelque chose à voir avec le meurtre de Jamie Butaud ?

— Je ne sais pas, dit-il sincèrement. Mais je sais par expérience que même les plans les mieux préparés pèchent toujours par un détail auquel on n'a pas pensé. Presque toujours, on laisse quelque chose traîner derrière soi.

Elle hocha la tête.

— Tu ne laisses jamais tomber, murmura-t-elle.

— Au contraire, on dit souvent que je baisse les bras trop facilement.

Elle plissa le front.

— J'ai du mal à le croire. Tu me donnes l'impression de ne jamais lâcher prise. Tu continues à mener l'enquête...

— L'enquête ?

Les bras posés sur la rambarde, il regarda l'eau. Le soleil avait beau lui chauffer le dos, une sensation de froid lui glaçait les os. Le tétanisait. Beth Driscoll avait actionné le warning, mais Jack ignorait ce qu'il devait craindre.

— Si j'étais aussi engagé que tu sembles le penser, je n'aurais pas quitté Pine Lake comme je l'ai fait. Je serais resté et je me serais battu pour défendre mon honneur et le nom de ma famille. J'aurais fait tout ce qui était en mon pouvoir pour que la vérité éclate et que justice soit rendue.

— Je te trouve trop sévère envers toi. Personne ne peut te reprocher d'avoir quitté Pine Lake. Parfois, je me demande pourquoi nous ne sommes pas tous partis.

Jack se raidit.

— Tu n'es pas partie, toi. Pourquoi ?

— Pour une raison évidente. J'étais amoureuse. Ou je croyais l'être. À l'époque, il n'y avait que lui qui comptait pour moi, il était toute ma vie. Tommy Driscoll.

— Et maintenant ?

Elle garda le silence pendant un long moment et finit par lui expliquer que la mort de Jamie Butaud faisait resurgir un tas de souvenirs douloureux.

— Pas seulement pour moi, ajouta-t-elle. Pour nous tous, je suppose, puisque te revoilà, à Pine Lake. Mais bon, inutile de se lamenter sur ce que nos vies auraient pu être.

Ses yeux brillaient très fort. Pourquoi ? se demanda Jack. Quels secrets cachait-elle derrière son sourire inusable ?

— Tu es encore jeune, dit-il. Qu'est-ce qui t'empêche de quitter Pine Lake et de vivre ailleurs la vie que tu souhaiterais avoir ?

Le sempiternel sourire de Beth se figea.

— À t'entendre, on pourrait croire que c'est facile. Ou alors, que je ne suis pas assez courageuse pour repartir de zéro.

Elle l'aurait presque ému s'il n'y avait eu cet étrange éclat dans ses yeux. Jack ne pouvait se défaire de l'idée que Beth Driscoll était plus complexe qu'il ne le pensait autrefois. Elle lui apparaissait aujourd'hui comme une femme plus profonde et plus sombre que la lycéenne dont il avait le souvenir. Il commençait à se demander si son attachement à Anna ne l'avait pas aveuglé et empêché de percevoir la nature compliquée des êtres qui l'entouraient à l'époque, y compris Anna.

— Beth ?

Elle se tourna.

— J'ai quelque chose à te demander.

Il l'observa attentivement.

— Où étais-tu la nuit où Anna a été tuée ?

Interloquée par la question, elle resta une seconde bouche bée.

— Quoi ? Jack, tu n'es pas sérieux ?

— On a tous quitté le stade ensemble après le match. J'ai ramené Anna chez elle tôt parce qu'elle disait qu'elle ne se sentait pas bien. Tommy a fini chez Nathan, mais où étais-tu, toi ? Pourquoi n'étiez-vous pas ensemble tous les deux, ce soir-là ?

Elle fit courir un doigt sur la rambarde.

— On s'était disputés. Je ne me rappelle plus à quel propos. Sans doute à cause d'une fille. On se disputait souvent pour ça.

Elle lui lança un coup d'œil.

— Il y avait plein de filles qui lui couraient après. Ça m'énervait.

— Et tu es quand même restée avec lui.

— C'est lui qui revenait toujours.

— Tu ne t'es jamais disputée avec Anna ?

Sa voix changea.

— Pourquoi se serait-on disputées ?

— Tu savais ce qu'il y avait entre eux, hein ?

Il sentit qu'elle hésitait à mentir. Elle était touchée, au bord des larmes. Ses lèvres tremblaient. Elle se détourna en soupirant.

— Je n'avais que des soupçons.

— Et qu'est-ce qui a fait naître tes soupçons ? demanda Jack.

— Ça se voyait. La façon dont il la regardait. Et, au contraire, sa façon à elle d'éviter son regard.

— Tu ne t'es pas expliquée avec eux ?

— Non.

Elle haussa les épaules.

— Je crois que je préférais ne pas savoir. Je voyais Tommy comme le seul grand amour de ma vie et Anna était mon amie. Ma meilleure amie. Je lui ai dit quand je me suis retrouvée enceinte et que j'ai décidé de garder le bébé. Je lui disais tout.

Elle serra les poings.

— J'ai été très en colère contre elle. Tu n'as pas idée. Je me sentais trahie. Abandonnée. Toute petite. Je n'avais qu'une envie, me recroqueviller dans un coin et mourir. Et je voulais qu'elle meure elle aussi. Mais je ne l'ai pas tuée, je le jure.

Elle poussa un profond soupir.

— S'il te plaît, Jack, dis quelque chose. Ne reste pas là à me regarder comme si tu avais trouvé un œuf dur ! Tu te rappelles ? C'est ce qu'on disait toujours autrefois.

— J'essaie d'assembler les pièces du puzzle, dit-il en réfléchissant.

Elle s'ébouriffa les cheveux.

— Tu les as toutes maintenant, les pièces du puzzle. Je t'ai tout raconté. Mais je vois à tes yeux que tu ne me crois pas complètement.

— Pourquoi t'es-tu échinée, hier soir, à essayer de me convaincre de la fidélité d'Anna ? Pourquoi ne pas m'avoir dit la vérité ?

Elle leva les bras au ciel comme pour le supplier.

— Je ne voulais pas te faire de mal. La vérité... Après toutes ces années... Pour quoi faire ? Et puis, peut-être qu'au fond de moi, je ne veux toujours pas savoir.

— Tu aurais dû me le dire, Beth. C'est une chose que j'aurais dû savoir à l'époque.

Elle plissa les yeux et le regarda, l'air méfiant.

— Pourquoi ? Parce que cette trahison me donnait un mobile pour tuer Anna ? C'est aussi vrai pour toi, Jack. Tu y as pensé ?

— Ne me dis pas que tu as gardé le silence pour *me* protéger ?

— Réfléchis une seconde. Pendant tout le temps où tu as été persécuté, le shérif n'a jamais pu trouver une raison qui explique pourquoi tu aurais voulu tuer Anna.

— Ton silence ne m'a pas protégé, Beth. Et toi non plus. En fait, il a seulement servi à cacher la relation qui existait entre Tommy et Anna.

Elle ne commenta pas.

— T'a-t-il dit, par hasard, où il était cette fameuse nuit ? reprit-il.

— Tu le sais bien, il était chez Nathan.

— Oui, sauf que j'ai su récemment par Nathan que Tommy était sorti pendant la nuit parce qu'il avait rendez-vous avec une femme plus âgée, sans doute une prof. Tu étais au courant de cette histoire ?

Elle ne mordit pas à l'hameçon.

— Tu sais, je n'accorde qu'un crédit très relatif à ce que raconte Nathan, fit-elle, imperturbable.

Et comme il faisait mine de s'en étonner, Beth poursuivit :

— Tommy et lui se sont fâchés il y a quelques années et, depuis, c'est la guerre entre eux. Surtout de la part de Nathan. En fait, ça avait commencé avant. Rappelle-toi Nathan. Il était odieux au lycée. L'esprit de compétition, la rivalité... C'était infernal. Surtout avec toi. Il ne supportait pas que tu réussisses en tout. Que tu aies tout. Beau garçon, brillantes études, excellent sportif. Lui, il ne pouvait compter que sur son intellect. Malheureusement, ses notes n'étaient pas à la hauteur de ses ambitions.

— Serais-tu en train de suggérer qu'il aurait tué Anna pour me faire du mal à moi ?

— Ton admisssion a été annulée, je ne rêve pas ? Tu es devenu le paria de Pine Lake. Tu dois bien te douter que Nathan s'est réjoui secrètement de ton malheur. C'est un sale type. Il l'était déjà, il l'est toujours. Anna ne le supportait pas.

— Elle ne m'a jamais dit qu'elle avait un problème avec Nathan.

Beth le regarda, entre pitié et sarcasme, un air qui en disait long sur ce qu'elle pensait de sa relation avec Anna.

— Apparemment, elle ne te disait pas grand-chose.

Jack ne releva pas.

— Quand on y pense, c'est drôle de voir comment les choses ont tourné. Anna et toi vous étiez le couple à qui tout réussissait. *Le couple en or.* Tout le monde pensait que vous viviez un conte de fées. Et finalement, c'est Tommy et moi qui sommes toujours ensemble.

Pourquoi lui lançait-elle cela en pleine figure ? L'avait-elle fait exprès ? Et si oui, pourquoi ?

Elle pencha la tête comme si elle le jaugeait.

— Je peux te demander une chose ? Où en êtes-vous, Olivia Belmont et toi ?

Le warning clignota de plus belle, mais Jack ne broncha pas.

— Qu'est-ce qui te fait penser qu'il y a quelque chose entre nous ?

— Je ne suis pas aveugle. Je vous ai vus ensemble et je crois que je sais encore voir ce qui se passe entre deux personnes. La façon dont tu la regardes… La façon dont elle te regarde. La tension sur le ponton était palpable, hier. La seule chose que je me demande, c'est *pourquoi elle* ?

— Tu as un problème avec Olivia ? rétorqua-t-il, agacé.

— Un problème ? Non. Mais je n'aurais jamais cru qu'elle soit ton type.

Le tour que prenait la conversation lui déplaisait de plus en plus. Quelle insinuation, ou méchanceté, Beth Driscoll avait-elle encore en réserve ?

— Comment sais-tu quel est mon type ?

— Je connais Olivia. Nous avons travaillé ensemble pendant plusieurs années. Très franchement, je la trouve vraiment excentrique.

— C'est mal ?

— Pas forcément, mais rappelle-toi, au lycée. Elle était vraiment originale. Un peu… bizarre, non ? Moi, je me souviens qu'elle nous suivait partout, tout le temps. Elle nous collait. Nous épiait.

— Elle était toute jeune et timide, dit Jack. Je ne me rappelle pas qu'elle nous ait seulement adressé deux mots.

— Elle n'avait que trois ans de moins que nous. Et elle était déjà dingue de toi. Ça se voyait comme le nez au milieu de la figure.

— Mais… Pourquoi me racontes-tu ça ?

Un peu vexée, elle se tourna vers le lac.

— Je ne sais pas. Je… me suis dit que tu serais curieux de le savoir… qu'il valait mieux que tu le saches.

À la voir ainsi de profil, Jack se rappela une scène à laquelle il avait assisté en spectateur. Cela se passait à cet endroit, devant cette même rambarde. Beth était comme maintenant, debout, de profil, et tirait sur des canettes de bière que Tommy avait alignées sur un tronc d'arbre. Une image en amenant une autre, le front de Jamie Butaud, avec sa plaie en X entre les deux yeux, s'imposa à lui.

Comme si elle devinait ses pensées, Beth dit brusquement :

— Je vais rentrer, avant que Tommy envoie ses troupes à ma recherche.

Elle posa la main sur son bras, et Jack dut prendre sur lui pour ne pas s'écarter vivement.

— Fais attention à toi, Jack. Tu sais, cette ville est un sale bled.

Contre quoi le mettait-elle en garde ? Et cherchait-elle vraiment à le protéger ? Il la regarda partir, bras ballants, tête un peu baissée. Arrivée au bout du pont, elle s'arrêta et se retourna pour l'observer pendant quelques secondes qui lui parurent interminables.

Puis elle disparut, avalée par les hautes fougères et l'ombre du bois de pins, le laissant sur le pont, transi de froid et de doutes, en proie à l'inquiétude que sa menace déguisée venait de distiller.

Qui était vraiment Beth Driscoll ?

# 11

— J'ai fait une drôle de rencontre, aujourd'hui, lança Olivia. Enfin… Ce n'est pas tant la rencontre qui a été bizarre que l'impression que j'en ai tirée…

Ils étaient sur le ponton, Jack et elle, et profitaient de la fin d'après-midi ensoleillée pour boire un verre dehors.

— Moi aussi, dit Jack. J'ai vécu la même chose aujourd'hui.

— Ah ?

— Vas-y. Toi la première. Raconte.

Olivia opina mais elle avait déjà la tête ailleurs. Elle ne s'était jamais considérée comme une fofolle, au contraire même elle se trouvait trop raide, trop inhibée. Mais le fait d'être à proximité de Jack l'empêchait de mettre de l'ordre dans ses idées. Côté concentration, c'était raté. Elle avait beau essayer de fixer son attention sur un sujet sérieux, son esprit dérivait vers autre chose de plus futile. Les cheveux de Jack soulevés par le vent, sa barbe d'un jour tellement sexy…

Après sa journée à l'école, elle était rentrée chez elle se doucher, se changer. Son programme pour la soirée était fixé : elle allait affiner les prévisions budgétaires de l'école. Avant même de s'asseoir à son bureau, elle avait commencé à s'agiter. Puisqu'elle ne tenait pas en place, elle allait sortir. Marcher d'un bon pas la calmerait.

Elle tirait la porte derrière elle quand Jack l'avait appelée. Et elle s'était retrouvée au lac. À chaque pas, en descendant, elle s'était dit qu'il valait mieux qu'elle fasse demi-tour. Qu'elle mette un point final à ce qui se précisait entre eux. Et puis voilà ! Elle était là. Avec lui.

Ils étaient tous les deux en tenue décontractée en vue d'une soirée bon enfant, au bord de l'eau, mais Olivia bouillonnait intérieurement. L'homme qui se tenait près d'elle et la dernière conversation qu'ils avaient eue la perturbaient beaucoup. Beaucoup trop.

Pour se donner une contenance, elle prit son verre et but alors qu'elle n'avait pas soif du tout. Ce faisant, elle lui jeta un regard en coin. Mais se heurta aux verres teintés de ses lunettes de soleil.

Faute de voir ses yeux, elle regarda sa bouche. Il avait une espèce de petite fente au milieu de sa lèvre inférieure, un peu comme une fossette. Fascinée par cette anomalie, elle garda un instant les yeux fixés sur sa bouche puis continua à le détailler. Des mâchoires carrées, un cou long, des épaules larges et des bras… et des mains bronzés. L'une d'elles était écorchée, témoin de l'agression qu'il avait subie… Avec tout ce qui s'était passé dernièrement, Olivia avait complètement oublié de lui demander s'il avait recouvré la mémoire de cet événement…

Perdue dans ses souvenirs, elle fixa ses mains. S'y s'attarda. Et les imagina glissant sur elle, sur son dos, ses hanches, pétrissant ses cuisses, l'intérieur de ses cuisses.

Dans l'espoir de se calmer, elle regarda le lac. L'eau tranquille, les oiseaux chanteurs, le spectacle était apaisant, non ?

Oui, mais les pins commençaient à étendre leur ombre. Le ponton, heureusement, était encore baigné de soleil. Olivia souleva sa queue-de-cheval pour se rafraîchir le cou. Devant elle, un héron déambulait nonchalamment sur un haut-fond.

— Alors, tu me la racontes, ton histoire ? s'impatienta Jack. Qui as-tu croisé ?

— Ah oui… Désolée… Je travaillais dans mon bureau. Tout était calme. Mon assistante était partie déjeuner. Je ne sais pas si tu t'es retrouvé quelquefois seul dans une école, mais on sent des ondes étranges dans ce genre de vieux bâtiments. Les planchers craquent, les murs aussi, il y a toutes sortes de bruits que tu ne réussis pas à identifier, sans compter toutes les images et les souvenirs qui semblent coller aux cloisons des couloirs.

Elle se tut un instant.

— Tu dois me trouver folle, non ? reprit-elle.

— Pas du tout. Je suis comme toi. Les images, les vieux souvenirs… Cela réveille parfois des démons, aussi.

— À qui le dis-tu ! J'étais donc dans mon bureau, à travailler tranquillement, quand brusquement j'ai eu l'impression qu'on me guettait. Une impression tellement forte qu'elle m'a poussée à sortir de la pièce.

— Pourquoi ne m'as-tu pas appelé ? demanda Jack, presque vexé.

— Parce que je me suis dit que je me faisais un film. Le même phénomène s'était déjà produit quelques jours auparavant. J'avais mis cela sur le compte de ma nervosité. Mon nouveau boulot, l'année scolaire qui commence… J'ai tendance à me faire du souci pour rien. J'ai même des crises d'angoisse.

— Au volant du bateau, tu avais l'air sûre de toi, pourtant. Solide comme un roc, dit-il.

Elle sourit.

— En surface, peut-être. Bref… Au début tout m'a semblé normal. Jusqu'à ce que j'entende du bruit dans le bureau de Mona Sutton. Un bruit métallique, comme lorsqu'on se cogne contre un bureau ou un de nos grands classeurs en fer. Et puis j'ai surpris des voix, dont une voix d'homme.

— Tu les as reconnues, ces voix ?

— Non. Mais mon imagination s'est emballée. Persuadée qu'on s'était introduit dans le bureau de Mona pour fouiller dans ses dossiers, peut-être même pour détruire des pièces à conviction, je…

— Des pièces à conviction… ? l'interrompit Jack. Mais pour prouver quoi ?

Elle écarquilla les yeux.

— Pour le meurtre, évidemment !

Il haussa les sourcils et dit d'un ton exaspéré :

— Et tu as décidé d'aller voir. Toute seule. Tu crois que c'est malin ?

— Heu..., bredouilla-t-elle.

— Continue.

— Quand je suis arrivée en haut de l'escalier, la porte s'est ouverte brusquement. C'était Mona, rouge comme une pivoine et les cheveux en bataille. Je ne sais pas si tu te souviens d'elle, mais elle n'a jamais une mèche qui dépasse. Quand elle a ouvert sa porte — si tu avais vu avec quelle brusquerie ! — j'ai pensé qu'elle m'avait entendue monter et qu'elle ne voulait surtout pas que j'entre. Elle s'est même plantée devant pour être sûre que je ne voie pas à l'intérieur. Impossible de me sortir de la tête que c'était Tommy Driscoll qui se trouvait dans le bureau. Je les ai imaginés en flagrant délit de... Bref. C'est ta faute, c'est toi qui m'as mis cette idée en tête. À cause de toi, l'accusa-t-elle, je soupçonne tout le monde, maintenant.

— Tu dis cela comme si c'était mal.

— C'est mal. La prudence est une chose, mais dire du mal de ses amis ou de ses collègues, ce n'est pas bien, je déteste ça. Avec le meurtre de Jamie, les ragots vont aller bon train. Les gens vont commencer à se regarder de travers, à jaser, à se méfier les uns des autres. Ça a déjà commencé, d'ailleurs. Tout à l'heure, Mona Sutton s'est escrimée à me convaincre que tu es un homme dangereux.

— Si cela lui plaît !

Sa voix grave lui donna la chair de poule.

— C'est tout ce que ça te fait ?

La main sur sa poitrine, comme si ce geste pouvait calmer les battements erratiques de son cœur, Olivia chercha le regard de Jack, mais il portait toujours ces maudites lunettes de soleil.

— Il faut qu'on veille à ce que personne ne nous monte l'un contre l'autre, dit-elle en serrant le poing.

— Je suis d'accord.

— Jack ?

— Oui.

— Tu es dangereux ?

— S'il le faut, oui.

Elle fit la moue. Elle savait que le danger pouvait se présenter sous de multiples formes.

Enfin, Jack se décida à enlever ses lunettes et, sans la quitter des yeux, les replia et les rangea dans sa poche de chemise. Il avait un regard profond, sombre comme le lac et aussi mystérieux, aussi dangereux.

Quelque chose passa, alors, entre eux. Quelque chose de magnétique. Une attirance réciproque que ni l'un ni l'autre ne pouvaient plus nier. Une sorte de courant qui les tétanisait tous les deux. Cela se voyait. Cela se sentait.

À cet instant, elle sut que tout pouvait arriver. Qu'elle n'avait rien à dire, seulement tendre la main et la poser sur la sienne. Et leur conversation en resterait là. Ils remonteraient vers le chalet et s'enfonceraient dans le cocon de sa chambre et, là, se laisseraient aller à leurs fantasmes et à tous les plaisirs que le désir leur inspirerait. Ils s'abandonneraient au magnétisme qui n'avait jamais cessé de les attirer l'un vers l'autre depuis l'instant où il l'avait secourue dans les cintres du pont.

Elle serra le poing encore plus fort pour ne pas faire le geste qui lui brûlait les doigts. Le toucher.

— Il faut faire attention, lâcha-t-il.

Ne sachant si ces mots cachaient un sous-entendu, elle le fixa, interrogative.

— Oui, poursuivit-il. Méfiance... vis-à-vis de Mona Sutton, de Beth Driscoll, de tous les habitants de cette ville.

— Beth Driscoll ? Qu'a-t-elle à voir avec tout cela ?

— Je l'ai vue, tout à l'heure. Sur le pont. C'est elle, ma drôle de rencontre. Elle se tenait là, devant la rambarde, l'air absent. Elle ne m'a même pas entendu arriver ; elle m'a donné l'impression d'être une femme malheureuse.

Olivia laissa échapper un petit rire.

— Normal, elle est mariée avec Tommy Driscoll ! Elle ne peut être que malheureuse.

— Tu as déjà eu des problèmes avec elle ?

— C'est bizarre que tu me poses cette question aujourd'hui, répliqua Olivia en recouvrant aussitôt son sérieux. Hier, je t'aurais dit *non*. Nous nous sommes toujours bien entendues. Mais, tout à l'heure, Mona m'a dit que Beth était très contrariée que j'aie été nommée proviseur du lycée. Qu'elle a même menacé de démissionner. Je savais que cela créerait quelques tensions. De là à imaginer que quelqu'un irait jusqu'à vouloir donner sa démission... Surtout Beth...

— C'est peut-être pour cela que je l'ai sentie nerveuse quand elle m'a parlé de toi.

— Hein ? Qu'a-t-elle dit ?

— Que tu avais le béguin pour moi il y a quinze ans, fit-il en souriant à demi.

*Seigneur !* Tout le monde à Pine Lake avait donc su qu'elle en pinçait pour lui ?

— Elle a vraiment dit ça ?

Cette fois, il rit franchement.

— Pourquoi ? Ce n'est pas vrai ?

Elle acquiesça d'un signe de tête, penaude.

— J'étais seule et très triste quand ma mère et moi nous sommes arrivées à Pine Lake. Je venais de perdre mon père. Je n'avais pas d'amis, je ne connaissais personne ou presque. Je n'avais personne à qui parler et je me sentais tellement coupable... C'est moi qui avais supplié papa de rentrer ce soir-là, alors qu'il y avait un orage terrible. Je m'en suis voulu très longtemps de cet accident. Et je suis sûre que ma mère, bien qu'elle ait toujours prétendu le contraire, m'en a voulu aussi. Bref, je suis passée par une période de déprime, mais il y avait toi, tu étais le seul à être gentil avec moi.

— Si j'ai pu faire ça...

— Ne te moque pas, dit-elle en riant. Je sais, ça doit te paraître pathétique si l'on songe que lundi soir, quand tu m'as trouvée endormie dans les cintres du pont, tu ne te souvenais même pas de moi. Mais peu importe. J'avais vu que tu étais gentil et je me suis accrochée à ta gentillesse, c'était mieux que ressasser mon malheur. Alors oui, je l'avoue, tu me plaisais.

Elle haussa les épaules avant d'ajouter :

— Une amourette d'ado, quoi, ça ne veut pas dire grand-chose...

— Comme tu voudras.

— Ce que je ressentais à l'époque n'a rien à voir avec ce que je ressens pour toi aujourd'hui, fit-elle d'un ton grave en le regardant droit dans les yeux.

Elle vit Jack se raidir, et il passa un bras autour de ses épaules.

— Dis-moi. Que ressens-tu pour moi aujourd'hui ?

Elle se mit sur la pointe des pieds et prit son visage dans les mains.

— Ça, dit-elle en l'embrassant.

Il ne recula pas, au contraire il la plaqua contre lui et, les bras noués autour de son cou, elle savoura ses lèvres. Elles étaient douces et lisses et tendres comme ce baiser. Jack caressa ses cheveux, que le vent soulevait, et sa peau, tiède et gorgée de soleil.

Comme leur baiser s'intensifiait, Olivia sentit le ponton tanguer sous leurs pieds.

— Jack ? murmura-t-elle.

— Oui ?

— Si on remontait au chalet ?

Il n'y avait plus ni sous-entendu ni faux-semblant. L'invitation était claire.

— Tu es sûre ?

— Tu préfères qu'on fasse l'amour ici ?

L'après-midi tirait à sa fin. Le soleil brillait encore et ses derniers rayons inondaient le salon aux larges baies vitrées donnant sur le lac. Mais la chambre, elle, était fraîche. Le couloir était jonché des vêtements qu'ils avaient ôtés dans leur impatience à se retrouver. Jack prit Olivia dans ses bras et la serra contre le mur. Empoignant ses hanches, il l'embrassa à l'étouffer.

— Oh ! gémit-elle.

Se cambrant, elle passa les bras autour de son cou et souleva les cheveux qui balayaient sa nuque.

— Jack ? murmura-t-elle entre ses lèvres.

Il lâcha sa bouche pour mieux la reprendre, descendit plus bas, déposant un chapelet de baisers le long de son cou. Ému par la petite veine qui battait en haut de sa gorge, il s'y attarda, la caressa du bout de la langue.

S'enhardissant, Olivia défit les boutons de son jean mais, dans sa précipitation, ses gestes étaient gauches, imprécis. Elle rit nerveusement.

— Je suis maladroite, dit-elle. Mes doigts ne m'obéissent pas.

— Moi, je les sens bien, dit-il.

Le sous-entendu la fit rire de nouveau.

Il n'y avait pas d'hésitation dans leur attitude, pas de gêne, pas l'ombre d'un doute. Tout était simple et facile. Normal.

Ils finirent de se déshabiller et, aussitôt, il la prit par la taille et la souleva. Elle l'enserra de ses jambes et plongea les mains dans ses cheveux en poussant un soupir. Ils tombèrent à la renverse sur le lit, Olivia sur lui, et rirent en voyant une plume échappée d'un oreiller s'accrocher à ses cils. Jack la lui ôta et vit alors l'expression d'Olivia changer. La serrant très fort dans ses bras, il roula avec elle, tout doucement.

Allongé sur elle maintenant, il la dévorait du regard.

Puis il glissa sur elle pour embrasser ses seins et mordiller ses mamelons, lui mettant les nerfs à vif. Elle retint son souffle mais ne dit rien.

Glissant plus bas, il se mit à déposer des baisers sur ce corps tant désiré. À savourer la douceur de sa peau.

— Oh ! Jack ! gémit-elle quand il lécha le creux de ses cuisses.

Désireux de multiplier son plaisir, il s'attarda là, décuplant les baisers, les caresses profondes. Elle était chaude et moite et elle le désirait.

La sentant trembler sous lui, il remonta pour reprendre sa bouche.

Lui murmurant des mots tendres, à son tour elle glissa sur lui, le couvrant de baisers, de caresses. Ses mains caracolaient sur son corps. Elles le palpaient, le pétrissaient.

Encouragée par la longue plainte qui lui échappa, Olivia s'enhardit. Elle aussi voulait lui donner du plaisir. Elle releva la tête pour le regarder et recommença à explorer de la langue chaque centimètre de son corps. Elle voulait voir son regard se voiler et l'entendre la supplier d'arrêter.

Le soleil s'était couché maintenant et la chambre était plongée dans la pénombre du soir. Allongé sur le lit, Jack n'était plus qu'une ombre. Une ombre qui se laissait faire.

Brusquement, soulevée par un désir qu'elle ne contenait plus, Olivia se redressa, le prit dans sa main pour le guider en elle et, à califourchon sur lui, le chevaucha.

Jack empoigna ses hanches et les serra très fort. Elle se redressa. La tête basculée en arrière, elle se cambra pour mieux s'offrir, pour mieux le sentir. Il donna de violents coups de reins, la sentit se resserrer autour de lui et laissa échapper une longue plainte.

Elle poussa un cri, fort, puis des cris ténus, comme les gémissements plaintifs d'un petit animal blessé dans sa chair.

— Ja-a-ack, murmura-t-elle.

Il ne dit rien mais resserra son étreinte.

Olivia creusa alors une niche dans son épaule pour y enfouir la tête, inspirant l'odeur de ce corps qui venait de lui donner le plus indicible des plaisirs.

— Ja-ack ?

Il s'étira un peu.

— Oui ?

— Ne me laisse pas, tu veux bien ?

— Olivia...

La nuit était tombée quand Jack raccompagna Olivia chez elle. Il gara sa voiture devant la maison et éteignit ses phares mais laissa le moteur en marche ainsi que l'air climatisé. Rapide coup d'œil alentour, il était encore tôt, 10 heures à peine passées, mais dans le voisinage tout le monde était déjà couché. Les rideaux étaient tirés, les volets fermés et aucune voiture ne roulait plus dans la rue. La ville semblait déserte et hantée.

Olivia, son maquillage entièrement effacé, ses cheveux tout emmêlés, le regardait. Dans la lumière du réverbère, les taches de rousseur de son visage faisaient ressortir sa pâleur. Elle offrait une image magnifique, saisissante, et Jack en fut bouleversé. Assis à son côté, il ne pensait qu'à caresser ses joues, embrasser ses lèvres légèrement entrouvertes. Il avait l'impression de la sentir encore contre lui, tiède, souple, amoureuse.

— Tu es sûre que tu ne veux pas changer d'avis ? fit-il en jouant avec ses cheveux. Tu pourrais rester avec moi au chalet ce soir.

— Si tu savais comme ça me tente ! Mais ça ne serait pas raisonnable. J'ai encore du travail et puis, ce n'est peut-être pas plus mal qu'on reste un peu chacun de son côté. Histoire d'y voir plus clair.

— Tu as sans doute raison.

— C'est pour cela que je ne vais pas t'inviter à entrer prendre un verre.

— Dommage.

— Au cas où tu ne t'en serais pas rendu compte, murmura-t-elle, j'ai passé un très bon moment, ce soir.

Elle changea d'expression.

— Jack ?

— Oui ?

— Je peux te poser une question ?

— Vas-y.

— Pourquoi as-tu quitté la police ? Je sais bien que les gens en général n'aiment pas qu'on fouille dans leur passé. Mais... J'aimerais mieux te connaître. C'est mal ? Tu dois me trouver indiscrète.

Il cessa de caresser ses cheveux.

— Non, ce n'est pas mal, mais ma réponse va te choquer.

Elle fronça les sourcils.

— Alors, cette réponse, tu me la dois, maintenant.

— J'ai tiré sur mon équipier et je l'ai tué.

Il vit qu'elle luttait pour rester de marbre.

— Comment cela ? dit-elle d'une voix blanche. Tu peux m'expliquer ?

Il ramena son bras sur sa cuisse.

— Je n'en parle pas beaucoup. Je ne me rappelle même pas quand j'en ai parlé pour la dernière fois. J'ai toujours pensé qu'il y a des choses qu'il vaut mieux oublier. Ou, en tout cas, garder pour soi.

— C'est bizarre, venant de toi.

Il sourit.

— Je suis incohérent, je sais.

— Incohérent ? De la part d'un homme qui revient dans son pays élucider un meurtre vieux de quinze ans, oui, c'est incohérent.

— Pour la faire courte, on travaillait tous les deux sous couverture, mon partenaire et moi, et il m'a piégé.

— C'était un pourri ?

— J'ai découvert que oui. Le plus moche, c'est que je n'ai rien vu venir. Il agissait à mon nez et à ma barbe et je ne me suis douté de rien.

Sa main glissa sur le volant.

— J'ai eu du mal à l'admettre. Nous n'étions pas que des équipiers, nous étions amis. Nous avions fait l'Académie de police ensemble. C'était mon témoin à mon mariage et je suis le parrain d'un de ses fils. Mais... Dans cette sinistre affaire, ça a été lui ou moi. Alors, j'ai tiré.

— Je comprends mieux pourquoi tu ne fais confiance à personne, dit Olivia. Tu as été condamné ?

— Non. J'ai été disculpé et réintégré dans l'active mais tout a changé après la fusillade. Le service auquel j'appartenais m'est apparu sous un autre jour. Alors, j'ai démissionné.

— Je vois, laissa-t-elle tomber, songeuse. Tu as dû te demander qui d'autre allait te trahir. Comment as-tu fait pour intégrer une société de surveillance, dans le privé, ensuite ?

— Par relations. On m'a présenté à un certain Ezra Blackthorn qui m'a proposé un job dans sa société. J'y suis depuis.

— C'est vrai que c'est un ex-agent de la CIA, cet Ezra Blackthorn ?

Surpris, Jack se tourna vers elle.

— Qui t'a raconté ça ?

— Mona, qui le tient de Tommy Driscoll. Elle m'a dit que le shérif du comté avait fouillé dans ton passé. Jack...

Elle posa la main sur son bras.

— Elle ne me l'a pas dit comme ça, mais je veux que tu saches, j'ai comme l'impression que Tommy te considère comme un suspect. Pour le meurtre de Jamie Butaud.

— C'est absurde. Je ne la connaissais même pas.

— Je le sais, ça, mais Tommy cherche un bouc émissaire. En arrivant pile poil le jour de sa mort, tu es tombé à pic.

— Un bouc émissaire ? Tu penses que Tommy a quelque chose à voir avec le meurtre de Jamie ? Tu ne...

Olivia l'arrêta.

— Je n'ai jamais dit ça. Ce que je voulais dire c'est que, sous la pression populaire, il réagit comme le shérif Brannigan, il y a quinze ans. Il lui faut un coupable.

— Nathan pense que Tommy a eu une aventure avec Jamie et que ça remonte à l'époque où la jeune femme a été interpellée pour détention de drogue.

— Mais c'était une gamine à ce moment-là, dit Olivia. Je ne sais même pas si elle avait seize ans.

— Justement. Il a eu peur qu'elle parle. Elle l'a peut-être menacé de le faire.

Olivia hocha la tête, pensive.

— Nathan a-t-il des preuves de ce qu'il avance ?

— Il ne les a jamais vus ensemble, mais Jamie avait, paraît-il, un tatouage considéré comme un signe d'appartenance à Tommy Driscoll. Toujours selon Nathan, presque toutes les filles qui étaient au lycée avec Tommy arboraient ce tatouage, un cœur transpercé d'un éclair. Je n'en ai rien dit à Nathan mais, un jour, Anna est revenue d'un week-end avec ce tatouage sur la hanche.

Olivia resta interloquée.

— Tu veux dire qu'Anna et Tommy Driscoll...

— Oui, c'est possible. Mais je ne peux pas l'affirmer.

Elle se renversa dans son siège.

— Voilà qui change tout. Si Tommy avait une aventure avec Anna, il avait un mobile pour la tuer.

— Moi aussi, en ce cas.

— Non, tu es innocent, répliqua-t-elle aussitôt. Quant à Tommy, on n'en sait rien. Comme je ne l'ai jamais aimé, je ne suis sans doute pas très objective. Tu le crois capable, toi, de tuer de sang-froid ?

— Je n'exclurais pas cette possibilité sous prétexte qu'il est flic.

— Je m'en doute.

— Écoute, reprit Jack, ne pense plus à tout ça. Tu devrais rentrer, t'enfermer et oublier notre conversation.

D'un geste de la main, Olivia lui fit comprendre qu'on ne lui dictait pas ce qu'elle devait faire.

— Ne t'inquiète pas pour moi. Je sais ce que je fais. Les yeux grands ouverts, tu te rappelles ?

— Olivia...

Elle croisa les bras.

— On est tous les deux dans le même bateau. C'est ce que tu as dit.

— Je ne veux pas qu'il t'arrive quelque chose, soupira-t-il.

— Je ne veux pas qu'il *t*'arrive quelque chose. Jack ?

— Oui ?

— On se fiche de ce que Nathan a dit à propos des tatouages et des conquêtes de Tommy Driscoll. Anna t'aimait, je te jure. Je le sais.

Il approcha une main de son visage et remit une mèche de ses cheveux en place.

— C'est vieux tout ça. C'est du passé. Ne te fais pas de souci pour moi. Je ne suis pas abattu.

— Je sais.

— Mais j'aime quand même que tu t'inquiètes pour moi.

Il se pencha vers elle et, tendrement, prit ses lèvres. Encouragé par la fougue qu'elle mettait à répondre à son baiser, il redoubla d'ardeur.

— Il se fait tard, dit-elle, reprenant son souffle. Je vais rentrer.

— Je t'accompagne à ta porte.

— Pas la peine. J'ai mis l'alarme avant de partir.

— Je serai plus tranquille si je jette un coup d'œil.

— Jack ?

— Oui ?

— Si tu veux, viens prendre un dernier verre.

# 12

Jack n'était pas parti depuis trois minutes qu'on frappait à la porte. Persuadée qu'il avait oublié quelque chose, Olivia se précipita dans l'entrée. Coup d'œil dans le judas avant de désarmer l'alarme, et elle ouvrit la porte.

— Nathan ! Çà alors ! Que fais-tu ici si tard ?

— Désolé de débouler comme ça. Je voulais t'appeler avant de venir mais je me suis dit que j'allais te déranger si tu dormais déjà. Alors je suis venu à tout hasard et, comme j'ai vu de la lumière, j'ai pensé que tu étais encore debout.

Il jeta un coup d'œil dans l'entrée.

— Tu es seule ? Tu as le temps de parler un peu ?

— Bien sûr. Entre.

Elle s'effaça pour le laisser passer.

— Qu'est-ce qui t'amène ?

Il plongea les mains dans ses poches comme s'il ne savait pas par où commencer.

— Ça sent le café chez toi. Tu bois du café si tard ?

— J'ai du travail et je pense que je vais y passer une partie de la nuit. Je t'en offre ?

— Tu n'aurais pas quelque chose de plus fort ? Et puis non, ne cherche pas. Du café, ça fera l'affaire.

Il la suivit dans la cuisine où, d'un geste, elle lui désigna une chaise. Pendant qu'il s'installait, elle sortit une autre tasse.

— Je peux te proposer quelque chose à grignoter si tu veux.

Elle versa le café dans la tasse et remplit la sienne à ras bord avant d'investiguer le contenu de ses placards.

— J'ai du fromage et des crackers. Et des fruits. Ça te dit ?

— Non, ça va, merci.

Elle revint vers la table et s'assit en face de lui. Il but une gorgée de café et fit la grimace.

— Hou, il est amer.

— Ah bon ? Ça ne m'a pas frappée.

Olivia prit sa tasse.

— Oui, peut-être un peu, fit-elle. Mais… Tu n'es quand même pas venu pour critiquer mon café ?

— As-tu parlé avec Jack, ce soir ? Je pensais le trouver ici.

— Il vient de partir. Pourquoi ? Tu le cherches ?

Tout en observant son cousin, elle but encore un peu de café.

— Qu'est-ce qui se passe, Nathan ? Tu m'as l'air bien nerveux.

— Je ne veux pas t'ennuyer mais, pour tout te dire, il m'inquiète.

— Ah ? Et pourquoi ?

Nathan enleva ses lunettes et essuya ses verres. Il avait le regard un peu flou.

— T'a-t-il dit quelque chose à propos de son black-out ? La mémoire lui est-elle revenue, finalement ?

— Je ne sais pas. Nathan…

— La dernière chose dont Jack dit se souvenir, c'est d'avoir poursuivi Marc Waller dans Commerce Street. Ensuite, c'est le trou noir. Jusqu'au lendemain, où je l'ai retrouvé dans son chalet, inconscient, avec des bosses partout qu'il n'a jamais pu expliquer.

— Oui, je sais, s'impatienta-t-elle. J'étais là, rappelle-toi. Viens-en au fait, s'il te plaît.

— Marc Waller a été retrouvé mort dans un squat, lâcha-t-il.

— Hein ? Quand ça ?

— On a trouvé son corps dans la soirée, mais la mort remonterait à un ou deux jours. Il a été frappé avant d'être exécuté. D'une balle dans la tête.

Olivia sentit son cœur se mettre à battre si fort qu'elle crut avoir un malaise.

— Qu'est-ce que tu insinues, là ? Que Jack aurait tué Marc Waller ?

Nathan hésita.

— Il y a de quoi être perplexe. Surtout quand on sait ce que la police a trouvé sur la scène de crime.

— Quoi donc ?

— Des empreintes de Jack partout.

Il était tard quand Jack regagna le chalet. Il avait encore les cheveux mouillés de la douche qu'il avait prise avec Olivia. Il descendit de voiture et monta les marches de la terrasse deux par deux. Levant la tête, il vit une lumière qui se réfléchissait dans une des fenêtres.

Persuadé qu'il s'agissait d'un objet qui brillait là-bas, dans le bois, il n'y prêta pas vraiment attention. Mais ce fut plus fort que lui, il se retourna.

La lumière se rapprochait. Elle provenait d'un gyrophare bleu et rouge. Une voiture de patrouille qui venait dans sa direction. Surpris, Jack resta à attendre sur la terrasse. Le véhicule se gara devant le chalet. Une portière s'ouvrit et Tommy Driscoll mit pied à terre.

De la terrasse où il se trouvait, Jack entendait la radio grésiller dans la voiture. Le shérif du comté était en communication avec le dispatcher. Tommy claqua sa portière et, la main sur son holster, scruta les alentours. Apercevant une silhouette sur la terrasse, il dégaina son arme.

Jack s'approcha aussitôt de la balustrade pour être en pleine lumière.

— Qu'est-ce qui t'amène au lac à une heure pareille ? s'enquit-il.

D'un mouvement de la tête, il fit comprendre à Tommy qu'il avait vu son revolver.

— Apparemment, il ne s'agit pas d'une visite de courtoisie.

— Il faut qu'on parle, Jack. Sérieusement. Approche, lentement, je veux voir tes mains.

Jack connaissait la procédure.

— Que se passe-t-il ? dit-il en descendant les marches.

— T'es armé, Jack ?

Il sentit quelque chose de froid dans son dos. Le revolver de Tommy.

— Ouais.

— Mets ton arme par terre et pousse-la avec le pied.

Jack fit ce que Tommy lui demandait.

Tommy ramassa l'arme et la coinça dans sa ceinture.

— Il faut que tu viennes au poste, j'ai quelques questions à te poser.

— À quel sujet ?

— Marc Waller a été ttué. On a retrouvé son corps ce soir. Quelqu'un l'a passé à tabac et lui a mis un pruneau dans la cervelle. À première vue, une affaire de drogue, c'est mais peut-être autre chose. Une chose est sûre, c'est qu'il a fait une mauvaise rencontre.

Jack inspira doucement en s'efforçant de rester calme. Il n'avait plus dix-sept ans. Il était capable de tenir tête à Driscoll.

— OK, mais en quoi ça me concerne ?

— On a trouvé tes empreintes sur la scène de crime.

Jack réfléchit très vite. Autant qu'il s'en souvienne, il n'avait pas à proprement parler rencontré Marc Waller et, pourtant, bizarrement, il voyait à quoi il ressemblait. Grand, maigre, brun, tignasse en bataille et sale gueule.

Sentant l'accusation se profiler, il préféra attaquer.

— Vas-y. Dis-le. Tu penses que je l'ai tué.

— Je veux seulement que tu me répondes.

— Et si je refuse ?

S'il avait encore une image plus ou moins sympathique du Tommy d'autrefois, celle-ci disparut très vite, laissant la place à un visage presque grimaçant de méchanceté et à un regard froid comme le marbre.

— Ne t'amuse pas à faire ça, Jack. Je pourrais t'abattre sur-le-champ sans autre forme de procès et, crois-moi, personne ne me le reprocherait. Je te signale que, pour la majorité des habitants de Pine Lake, c'est toi qui as tué Anna.

— Ah, vraiment ?

— Tu le sais. C'est d'ailleurs pour ça que t'es revenu. Pour essayer de te blanchir. Mais pas de veine, tu t'es encore mis dans de sales draps. Tu m'as déjà menti une fois. Pas seulement toi, d'ailleurs. Vous deux, toi et Olivia. Si tu refuses de coopérer, je n'aurai pas le choix. Je la traînerai de force au poste et je te prie de croire qu'elle passera un mauvais quart d'heure. À ton avis, que fera son administration en apprenant qu'elle a menti à la police dans le cadre d'une enquête pour meurtre ? Elle sera limogée et vite fait, et je vois mal un autre établissement la reprendre. C'est ça que tu veux, Jack ? Tu veux la faire tomber avec toi ?

Jack serra les poings. Il inspira une nouvelle fois, profondément.

— OK, je vais coopérer.

— Heureux de l'entendre. Maintenant, tourne-toi et mets les mains derrière ton dos.

— Je suis en état d'arrestation ?

— Non, mais je te connais, t'es bien capable d'une bêtise. Je me méfie.

Jack se tourna, passa les mains derrière son dos et entendit le *clac* des menottes qui se refermaient sur ses poignets.

— T'aurais jamais dû revenir ici, dit Tommy.

Jack reçut alors un coup violent sur la nuque. Il crut que sa tête allait exploser. Il vacilla. Malgré la douleur insoutenable, il essaya de rester debout, mais le choc avait été trop fort, il sentit qu'il s'effondrait alors que des milliards de papillons noirs volaient devant ses yeux.

Puis il ne vit plus rien.

— Désolé de t'ennuyer avec ça, dit Nathan en finissant son café, mais il faut que je trouve Jack. Je ne serais pas étonné que

Tommy Driscoll soit déjà à sa recherche et je ne voudrais pas que son arrestation dégénère.

— Dégénère ? répéta Olivia, incrédule. Jack sort d'ici et…

— C'est ce que tu dis.

— Mais c'est vrai ! protesta-t-elle.

Elle voulut se lever mais, prise d'un vertige, retomba sur son siège.

Nathan vint s'accroupir devant elle.

— Qu'est-ce qui ne va pas ? Tu n'as pas l'air dans ton assiette.

— Ça tourne. Tout tourne.

Sentant qu'elle perdait l'équilibre, Olivia s'accrocha à la table et, sans le vouloir, renversa sa tasse. Elle regarda la tache qui s'étalait sur la table, puis son cousin.

— Qu'est-ce que tu… ?

— Je suis désolé, Olivia, je te jure que c'est vrai. Tu es la seule personne dans cette ville que j'aime vraiment. J'ai tout fait pour te protéger mais, avec le collier d'Anna que tu as trouvé, tu es devenue une menace.

— Comment as-tu… ?

— Je t'ai vue hier soir, je t'ai vue chaque fois que tu es allée sur le pont. Je t'observe, Olivia. Je te surveille. Depuis des semaines. Je ne sais pas quoi exactement mais, à des petites choses que tu as dites… à la façon dont tu me regardes par moments… j'ai eu l'impression que tu commençais à te rappeler certaines choses. C'est moche…

Un goût amer dans la bouche, Olivia scruta son cousin en essayant de ne pas s'affoler. Difficile. Elle n'arrivait plus à assembler ses pensées, à dire deux mots. Mais, intérieurement, elle hurlait. *Quelqu'un* hurlait…

*D'une certaine manière, Olivia savait qu'elle rêvait. Les cris n'étaient pas réels ; malgré cela, elle était attirée par eux et avançait à leur rencontre, contre son gré, animée par ce mélange étrange d'inertie et de fébrilité propre au cauchemar. Le pont se dressait devant elle. Elle voyait l'entrelacs de montants, de poutres et de poutrelles se découpant sur le ciel de la nuit, représentation monstrueuse de ses peurs les plus profondes et de ses remords les plus sombres. Elle ne voulait pas aller là-bas. Elle ne voulait pas suivre ces cris. Quelque chose de mal se passait sur ce pont. Quelque chose qu'elle ne voulait pas voir.*

*Réveille-toi, Olivia ! Réveille-toi, maintenant !*

*Plus puissante que tout, la léthargie du sommeil la reprit dans sa nasse alors que les cris la ramenaient peu à peu vers la conscience. Elle flottait, tantôt dans son rêve, tantôt dans une semi-conscience, mais toujours à fleur du réel. Des silhouettes s'effilochaient sous ses paupières closes, elle entendait des murmures et des voix...*

*— Lâche-la ! On ne peut pas faire ça, Nathan !*

*— Que penses-tu qu'il arrivera si je la laisse partir ? Elle ira tout droit à la police, idiot ! C'en sera fini de ta carrière de footballeur professionnel et aucune école ne voudra plus de moi. Nos vies seront fichues. Tu ne comprends donc rien ?*

*— Tu as dit qu'on allait juste lui faire une farce. Lui apprendre à vivre. C'est ce que tu as dit. Si on lui fait bien peur, elle nous laissera tranquilles. C'est ce que tu as dit !*

*— Elle sait tout sur toi et ton histoire avec cette cochonne de Sutton. Elle parle, et ta chérie va tout droit en prison. Ça te retombera dessus, Tommy. C'est ça que tu veux ?*

*— Ne me mets pas tout sur le dos ; c'est toi qui as eu cette idée. C'est toi qui auras des problèmes si l'école découvre que c'est toi qui as piraté tout son programme informatique et falsifié tes notes. Ton vieux cherche une excuse pour te déshériter. Il l'aura. Tout le monde sait, dans cette ville, que sans son nom et son argent tu n'es qu'un loser.*

*— Et toi tu n'es qu'un lâche et un geignard. T'as pas assez de culot pour te mouiller. C'est moi qui dois toujours penser à tout. Holà, arrête-toi. Tu vas où comme ça ?*

*— Je rentre. Ça me suffit...*

*— Reviens ! Je t'interdis de partir. Tu crois peut-être que tu vas filer comme ça ? On est dans la même galère tous les deux maintenant, que ça te plaise ou pas. C'est toi qui as appelé Anna, n'oublie pas. C'est toi qui lui as raconté que Beth était dans la mouise. Tu l'as fait sortir de*

*chez elle et tu l'as embarquée dans ta bagnole sous un prétexte. C'est un enlèvement, Tommy. Et maintenant, tu es complice de meurtre.*

*— Elle n'est pas encore morte.*

*— Alors, ferme ta gueule et aide-moi plutôt à finir.*

*— Ah non. Moi, je commets pas de meurtre. Ni pour toi, ni pour personne.*

*— Je te jure que si je dois...*

*— Quoi ? Qu'est-ce que tu feras ? Tu me tueras moi aussi ? Finalement, tout ça c'est même pas à cause d'Anna. C'est pour régler son compte à Jack King...*

*Les voix se turent, remplacées par un écho dans le rêve d'Olivia.*

*« À l'aide. À l'aide. À l'aide. S'il vous plaît. »*

*Elle voulait se réveiller de son cauchemar et, dans le même temps, elle sentait qu'elle s'enfonçait encore plus profondément dans les ténèbres. Elle flottait maintenant dans un espace sombre et silencieux, mais elle savait qu'elle n'était pas seule. Elle distinguait de vagues silhouettes au loin. Par intermittence, elle entendait souffler. D'épuisement. Et puis les voix revinrent, l'une d'elles étranglée par la peur, l'autre frémissante d'excitation.*

*— Elle est... ?*

*— Ouais. Si t'avais vu ses yeux... Ils lui sortaient de la tête.*

*— Arrête ! Je vais gerber !*

*— J'éviterais si j'étais toi. Sauf si tu veux éclabousser ton ADN partout sur ce pont.*

*— Je veux partir, Nathan. Je veux m'en aller d'ici. S'il te plaît. C'est fini. Si on rentrait, maintenant ?*

*— Aide-moi d'abord à la déshabiller.*

*— Quoi ?*

*— Calmos, je suis pas un pervers ; je veux juste que ça ait l'air d'un viol. Elle était avec Jack juste avant. Ils ont fait des culbutes dans sa tire.*

*— Comment le sais-tu ?*

*— Ben quoi ? Je les ai vus, crétin ! Avec un peu de chance, ils trouveront son ADN dans la bagnole quand ils repêcheront le corps.*

*— Mon Dieu, Nathan...*

*— Quoi ? C'est toujours le petit copain qu'on soupçonne en premier. Surtout si la police trouve son collier cassé dans sa voiture. Ils penseront qu'ils se sont battus.*

*— Dis donc, tu le détestes à ce point ?*

*— Disons que ce sera marrant de voir sa tronche quand il se fera coffrer. Ça lui apprendra à prendre de grands airs. Oui, ce sera presque aussi marrant que…*

*— Ta gueule ! Et finissons-en avec ça.*

Olivia sortait peu à peu de son rêve. Nathan, agenouillé à son côté, semblait surveiller ses pupilles. Elle eut envie de le repousser mais elle était sans force.

— Olivia ? Tu dors ? Olivia ? l'entendit-elle dire.

Elle le vit se relever et prendre un essuie-tout pour éponger le café répandu sur la table. Elle voulut crier, mais sa langue collée à son palais et sa bouche sèche l'empêchaient d'entrouvrir les lèvres. Autour d'elle, la pièce se mit à tourner. Elle agrippa le bord de sa chaise pour ne pas tomber. Son esprit s'obscurcit mais elle lutta de toutes ses forces pour rester éveillée. Si elle sombrait de nouveau, ce serait la fin. Comme pour la pauvre Anna.

*Les voix s'étaient tues. Olivia, qui marchait sur le pont, sentait le vent lui fouetter le visage. C'était la nuit et, quelque part, une chouette hululait. Elle était sur le point de reprendre conscience, mais quelque chose… quelqu'un… l'en empêchait.*

*— Dors, Olivia. Encore un peu. Le sommeil est ton ami en ce moment.*

*— Papa ?*

*— Chut. Dors…*

*Une des silhouettes avança vers elle. Un homme. Quelque chose pendait au bout de son doigt. Un collier ou un pendentif. L'éclat de l'or la tétanisait. Quand l'homme l'aperçut dans l'ombre, il laissa tomber la chaîne qui disparut dans la fente d'une planche. Il ne sembla pas s'en rendre compte. Il s'approcha d'elle en l'appelant par son nom.*

— *C'est toi, Olivia ? Que fais-tu là ? Réponds-moi !*

*Il passa la main devant son visage.*

— *Olivia ? Tu dors ? Olivia ? Dors... Dors...*

Malgré son envie de fermer les yeux et de laisser le noir l'envelopper, Olivia chassa les ombres qui se mouvaient autour d'elle, car elle avait une autre voix dans la tête — la voix de Jack — qui la suppliait d'ouvrir les yeux.

*Réagis, Olivia. Réagis, s'il te plaît. Ne lâche pas prise.*

Devant elle, Nathan, impatient, l'encourageait à dormir.

— Laisse-toi aller, Olivia. Ferme les yeux et dors.

Elle cligna des paupières pour lui faire comprendre qu'elle recouvrait peu à peu ses esprits. Sa conscience.

Il soupira.

— J'aurais dû faire ce qu'il fallait quand je t'ai vue sur le pont, cette nuit-là. En finir avec toi. C'est de la folie de ne pas avoir pensé qu'un jour tu pourrais te rappeler, mais j'étais tellement excité après... l'épisode « Anna ». Je me sentais invincible. Je me figurais que rien ne pourrait m'atteindre. Et je t'aimais beaucoup, Olivia. J'aimais ta présence pas loin de moi. Mon père était presque aimable avec moi quand tu étais chez nous. Alors, je t'ai ramenée à la maison, je t'ai mise au lit et, depuis tout ce temps, tes souvenirs sont restés enterrés. Peut-être ne seraient-ils jamais remontés à la surface de ta mémoire si je m'étais tenu à carreau...

» Mais j'ai commencé à ruer dans les brancards. Je ne tenais plus en place. Père était satisfait de sa vie de gros poisson dans une petite flaque. Pas moi. J'ai plus d'ambition que ça. Tu peux le comprendre, toi, non ? Je ne veux pas qu'on dise de moi, à vie, que je suis le fils de mon père. Je ne veux pas qu'on m'identifie par rapport à lui. Je veux imprimer mon passage sur Terre de ma marque. Réussir ce qu'il n'a jamais eu assez de tripes pour accomplir. Mais il y avait Tommy. Et Tommy ne pouvait que m'attirer des ennuis. Aussi longtemps que nous étions tous les deux à Pine Lake, je pouvais le surveiller, le contrôler. Le problème c'est que plus je réussissais, plus il s'enfonçait. Il ne ratait jamais une occasion de proférer des menaces, de se laisser corrompre, sachant que je passerais derrière pour réparer les dégâts. J'ai donc commencé à tirer des plans sur la comète, à envisager le meilleur moyen de régler le problème sans me mettre en danger. Et, un jour, la solution m'est apparue avec une clarté évidente. »

Nathan aller jeter l'essuie-tout dans la poubelle avant de poursuivre son soliloque.

— J'ai déjeuné avec le vieil oncle de Jack à propos d'une autre affaire. On a évoqué Jack. Imagine mon étonnement quand il m'a appris qu'ils étaient toujours en contact et qu'aucun d'eux n'avait jamais cru en la culpabilité de Wayne Foukes. Léon m'a dit que Jack n'aurait de cesse de savoir la vérité. C'est ce jour-là que j'ai pris ma décision. Il fallait que Jack King revienne à Pine Lake et élimine Tommy Driscoll.

Jack sortit peu à peu des ténèbres. Il entendait des voix tout près, mais les coups de gong dans sa tête étouffaient les sons. Il sut tout de suite où il se trouvait. Les planches de bois du tablier bougeaient sous lui et les cintres du pont grinçaient et craquaient là-haut, au-dessus de sa tête. Son poignet droit était accroché au garde-fou du pont par une menotte.

À quelques mètres de lui, près du bord, gisait une forme, immobile. Il ne comprit pas tout de suite.

Sauf que… Un corps menu, des cheveux roux…

— Olivia ! murmura-t-il, affolé. Olivia ! Tu m'entends ?

Pas de réponse.

— Olivia !

Il tira sur la menotte à s'en faire mal, mais se força à rester calme pour écouter les voix.

— J'ai fait comme tu voulais, disait un Tommy Driscoll en colère. Je l'ai amené ici. À toi de jouer maintenant, ça ne me concerne plus.

— Tommy, Tommy.

C'était Nathan. Son ton était doux et persuasif.

— Combien de fois faudra-t-il que je te répète qu'on est embarqués dans la même galère ? Tout comme il y a quinze ans. C'est notre intérêt à tous les deux de s'arranger pour que King ne quitte pas Pine Lake vivant.

— D'accord pour Jack. Mais Olivia ? On fait quoi d'elle ?

Un silence. Puis la voix de Tommy Driscoll, de nouveau :

— Bon Dieu, Nathan, on ne va pas tuer tout le monde. Jamie puis Marc Waller. Et maintenant ça. Quatre cadavres, je ne peux pas étouffer tous ces meurtres.

— Tu sais très bien que tu peux faire ce que tu veux. C'est pour ça que j'ai tout fait pour te faire élire. Malgré nos clashs et tes coups de poignard dans le dos, on en a quand même bien profité, toi et moi, de notre arrangement. On a détourné les yeux quand il le fallait. Et tout ça aurait cessé si Jamie avait ébruité ta liaison. Tu peux me remercier de t'avoir encore arrangé le coup.

— Te remercier ? D'avoir assassiné quelqu'un que j'aimais beaucoup ?

— Tu t'en remettras. Quant à Marc Waller, à quoi tu pensais ? Le payer pour terroriser Olivia ? Tu pensais que tu allais me manipuler en menaçant ma cousine ? Comment as-tu pu imaginer un truc pareil, Tommy ? Tout ce que tu as gagné, c'est qu'on te fasse chanter et, là encore, il a fallu que je passe derrière faire le ménage. Toi aussi, tu as le sang de Marc Waller sur les mains. Alors, descends de ton cheval et finissons-en une fois pour toutes.

— Que veux-tu que je fasse ?

— Tu as apporté le pistolet de Jack ?

Il y eut un moment de silence pendant lequel Jack imagina son arme changeant de mains.

— Je n'arrête pas de penser que tu n'aurais jamais dû le contacter. Tout allait bien avant.

— Non, tout n'allait pas bien. Il aurait continué à chercher qui avait tué Anna.

— C'est ce que tu dis. N'empêche, on ne l'a jamais revu en quinze ans.

— Il serait revenu. Pas vrai, Jack, que tu serais revenu ?

Nathan essayait d'accrocher son regard malgré l'obscurité.

— Ça devait se terminer comme ça, non ?

Jack ne répondit pas.

— Ce n'est pas ce que tu penses ? reprit Nathan.

Jack le vit se pencher sur lui.

— Maintenant, c'est fini avec tes grands airs. Tu vas arrêter de jouer les Goldorak ! Les héros !

— Il n'y aura qu'une façon pour y arriver, dit Jack en relevant lentement la tête.

Nathan ricana.

— Tu sais déjà laquelle, hein !

— Si c'est toi qui as tout organisé, ça ne doit pas être génial.

Vexé, Nathan pointa le canon de son arme sur lui.

— Il t'aura fallu du temps mais tu auras fini par démasquer le meurtrier d'Anna. Tu seras peut-être un héros, finalement. Malheureusement, un héros mort. Mais ton nom sera blanchi. Ça doit te plaire, ça. Quelle satisfaction !

— Bon Dieu, mais de quoi tu parles, là ? intervint Tommy qui approchait.

Jack sauta sur l'occasion.

— T'aurais intérêt à parler avec ton pote, dit-il. Nathan est en train d'essayer de te piéger, Tommy. Il se donne du mal pour y arriver.

— Pour *me* piéger ? Mais c'est *toi* qui es là, menotté à la rambarde.

— Non, c'est Jack qui a raison, déclara Nathan en se tournant vers le shérif. Mais t'es trop nul pour voir ce qui se passe. Primo, t'as tué Anna, secundo t'as éliminé Jamie Butaud et Marc Waller.

Tommy chercha son revolver, mais Nathan le prit de vitesse. Touché en plein cœur, Tommy s'écroula.

Jack tira de nouveau sur sa menotte pour essayer de mieux

voir Olivia. Elle n'avait toujours pas bougé. Soit elle avait été droguée, soit elle était...

— Tu noteras, déclara alors Nathan avec un aplomb glaçant, que je l'ai tué avec ton arme, Jack. Tu as compris qu'il avait tué Anna, alors tu es venu le voir pour régler tes comptes avec lui. Il a dégainé. Tu as pensé qu'il allait te buter. C'était lui ou toi. Exactement comme avec ton ancien équipier. On trouvera des photos de Jamie chez lui, ainsi que le collier d'Anna. Merci de l'avoir retrouvé, au fait.

— Tu as pensé à tout, mec !

— J'ai toujours été plus malin que toi, Jack. Tu en as la preuve, là. Mais tu veux savoir le fin du fin de mon plan ? Je serai intouchable. Ce matin, je me suis enregistré dans un hôtel de Dallas. J'ai déjeuné ensuite avec des vieux copains, pris un verre avant dîner avec un collègue avant d'assister à un gala de charité. Pour l'heure, je dors à poings fermés dans ma chambre d'hôtel où la police viendra me réveiller demain matin pour m'annoncer ce qui sera arrivé à cette *pauvre Olivia*.

Obnubilé par l'arme de Tommy qu'il voulait absolument récupérer, Nathan se rapprocha du corps du shérif. Comme il passait près d'Olivia, celle-ci déplia soudain la jambe et lui fit un croche-pied. Déstabilisé, Nathan tomba non sans avoir donné un coup de pied dans le ventre d'Olivia qui roula sous le garde-fou.

— Non ! hurla-t-elle, affolée, essayant de se raccrocher aux planches pourries du tablier.

— Tiens bon, lui cria Jack qui agitait désespérément son bras gauche. Tiens bon. Accroche-toi.

Mais Nathan n'allait pas tarder à se relever... Et à ramasser son arme...

À cet instant Jack vit quelque chose briller dans la main entrouverte de Tommy Driscoll. La clé des menottes !

Tirant comme un fou sur son bras accroché au barreau, il l'étira du plus qu'il put. La douleur était telle qu'il ne sentait plus sa main. Mais la clé était là, tout près, à portée de ses doigts.

Encore un centimètre.
Un dernier effort.
Voilà, ça y était, il l'avait.
*Ne la lâche pas, ne la lâche pas, ne la lâche pas...*
Il se détacha.
Aussitôt, il plongea vers Olivia. La retenant d'une main, il saisit l'arme de Tommy de l'autre.
— T'es foutu, exulta-t-il en se tournant vers Nathan.
Et il fit feu.

# 13

Les deux journées suivantes ne furent qu'une longue série d'interrogatoires. Olivia vit à peine Jack. Quand l'agitation retomba, elle prit sa voiture pour se rendre au chalet. Le jour baissait déjà. Ils s'assirent sur la terrasse pour boire un verre en contemplant le coucher de soleil.

La chose dont elle n'avait surtout pas envie, c'était de parler des événements des jours précédents.

Qu'y avait-il à ajouter, d'ailleurs ?

Nathan et Tommy avaient tué Anna et s'étaient forgé un alibi réciproque. Donnant, donnant. Le secret avait détruit leur amitié, les obligeant à dépendre l'un de l'autre jusqu'à ce que Nathan décide de se libérer.

Le vent se leva en même temps que l'ombre du bois de pins s'allongeait sur le lac. Un plongeon lança son cri dans le silence. Toute frissonnante, Olivia regarda Jack.

— J'ai été autorisée à voir Nathan, aujourd'hui.

Il se tourna vers elle.

— Comment ça s'est passé ?

— Comme tu peux l'imaginer. Il ne montre aucun remords. C'est même le contraire. Il se glorifie de la façon dont il a manipulé les gens pendant des années, surtout les plus proches de lui. Tommy, Mona, Beth. Moi, encore plus que les autres, je pense. Je ne comprends pas comment j'ai fait pour ne pas voir qui il était vraiment. Je lui faisais confiance. Je croyais que je pouvais compter sur lui en toutes circonstances.

— Il a trompé beaucoup de monde, dit Jack. Il savait quand il m'a téléphoné que je reviendrais. Il savait que je voulais démasquer le meurtrier d'Anna. Il m'a roulé dans la farine, moi aussi. Comme les autres !

— Il a dit une chose qu'il faut que tu saches, Jack.

Elle posa la main sur son bras.

— Anna ne t'a jamais trompé avec Tommy. En fait, Nathan a découvert son tatouage, le fameux soir, sur le pont, quand il l'a déshabillée. Il a inventé de toutes pièces cette histoire de « marque de Tommy ». Pour te faire bisquer. Il pensait que tu redoublerais de rage contre lui. C'était le but qu'il recherchait.

— Mais le tatouage de Jamie Butaud ? Il ne l'a pas inventé. J'ai lu le rapport d'autopsie.

— Non, mais il l'a manipulée pour qu'elle se fasse tatouer le même motif. À ce moment-là déjà, il préparait le terrain pour piéger Tommy. Le cœur percé d'un éclair connectait les victimes entre elles. Ça excitait peut-être Nathan de voir le tatouage d'Anna sur Jamie Butaud. Je ne sais pas. Mais Tommy n'est pas innocent. Il aurait pu empêcher le meurtre d'Anna. Il aurait dû rester fidèle à Beth au lieu de fricoter avec Mona Sutton et, ensuite, avec une fille jeune et un peu déjantée comme Jamie. Il a facilité les choses à Nathan. Dans une certaine mesure, je pense qu'on lui a tous facilité les choses.

Elle s'arrêta, remit une mèche de cheveux derrière son oreille.

— Voilà, je voulais juste que tu saches pour Anna.

Jack lui caressa la joue de sa main meurtrie.

— Merci.

— Jack ?

— Oui ?

— Pour Marc Waller, Nathan a dit que Tommy l'avait engagé pour me harceler.

— Il devait penser qu'il pourrait contrôler Nathan en te menaçant.

— La deuxième fois, devant le café, d'accord, je pense que

ça pouvait être lui. Mais la première fois, près de chez moi ? Tu n'étais même pas encore revenu à Pine Lake.

Jack haussa les épaules.

— Peut-être que c'était quand même Waller. Ou Beth Driscoll. Elle a une grosse voiture noire, elle aussi, et elle avait un compte à régler avec toi. Elle niera, évidemment, mais je ne serais pas surpris qu'elle ait toujours su la vérité pour Anna. Ou, du moins, soupçonné.

— Mona aussi devait s'en douter. Je me demande si ce n'était pas Tommy qui se trouvait dans son bureau l'autre jour. Peut-être la menaçait-il pour qu'elle se taise.

— Oui, répondit Jack. À moins que ce ne soit l'inverse...

— Saura-t-on un jour toute la vérité ?

— On peut l'espérer. On en apprendra sans doute plus pendant le procès de Nathan.

— Et d'ici là ? demanda Olivia.

— D'ici là ? Il sera incarcéré dès sa sortie de l'hôpital. Et, compte tenu de tous les chefs d'accusation, le juge ne lui accordera sûrement pas de liberté sous caution.

— Ce n'est pas ce que je voulais dire, Jack.

Elle se tut. Inspira très fort comme pour se donner du courage et reprit :

— Je voulais dire *et nous* ? Toi et moi. L'école reprend bientôt et, toi, tu vas retourner à Houston. Après tout ce qu'on a vécu ensemble, tout va s'arrêter comme ça ? On va juste se dire au revoir ? Comme ça ? Bêtement ?

Il la dévisagea. Elle ne lui avait jamais vu un regard aussi grave.

— Que veux-tu qu'il se passe, Olivia ?

Elle fit semblant de réfléchir.

— Je n'ai pas envie que tu t'en ailles, dit-elle d'une voix étranglée.

— Et si je prévois de revenir ?

— Tu veux dire pour le procès ?

— Non, avant.

Il détourna les yeux et fixa le plan d'eau.

— J'ai décidé de garder le chalet, ça me fera un pied-à-terre pendant la durée du procès. D'ici là, je peux m'arranger pour revenir les week-ends et pour les fêtes. Et toi, tu peux venir à Houston de temps en temps.

Déçue, elle fit la moue.

— Tu veux dire qu'on va continuer à se voir, mais à distance ? En pointillé ?

— Pour l'instant, oui. En attendant qu'on puisse faire autrement. Tu comptes beaucoup pour moi, Olivia. Tu veux que je te dise ? Je crois que je suis amoureux de toi.

Il approcha sa main de ses lèvres et l'embrassa.

— Je ne veux pas te perdre.

— Moi non plus, je ne veux pas te perdre, Jack.

Le regard perdu, elle enlaça ses doigts et les serra très fort.

— Olivia ?

— Oui ?

— Ne me laisse pas tomber.

Elle sourit.

— Tu peux compter sur moi.